anagramma

1086

Della stessa autrice:

I peccati degli dèi
I piaceri degli dèi

Titolo originale: *Wicked Beauty*

Published by arrangement with The Italian Literary Agency
and Taryn Fagerness Agency

Traduzione dalla lingua inglese di Mariafelicia Maione
Prima edizione: aprile 2023

ISBN 978-88-227-7413-2

www.newtoncompton.com

Realizzazione a cura di Librofficina
Stampato nell'aprile 2023 presso Puntoweb s.r.l., Ariccia (Roma)

Katee Robert

La bellezza degli dèi

Newton Compton editori

A tutti coloro che preferiscono il lieto fine alle tragedie.

LE FAMIGLIE AL POTERE

dell'Olimpo

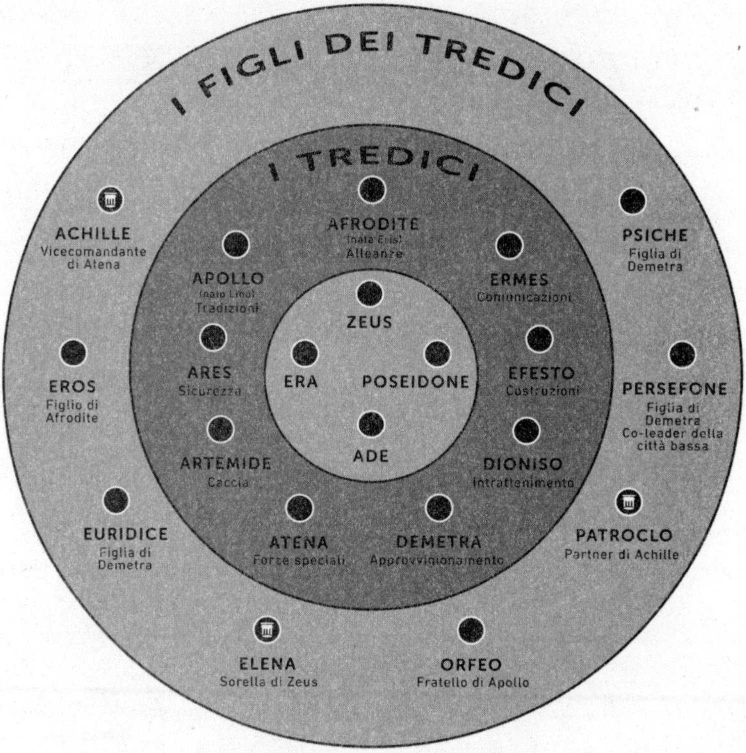

IL CIRCOLO INTERNO

ADE: leader della città bassa
ERA: (nata Callisto) sposa dell'attuale Zeus, protettrice delle donne
POSEIDONE: leader del porto che collega al mondo esterno, import-export
ZEUS: (nato Perseo) leader della città alta e dei Tredici

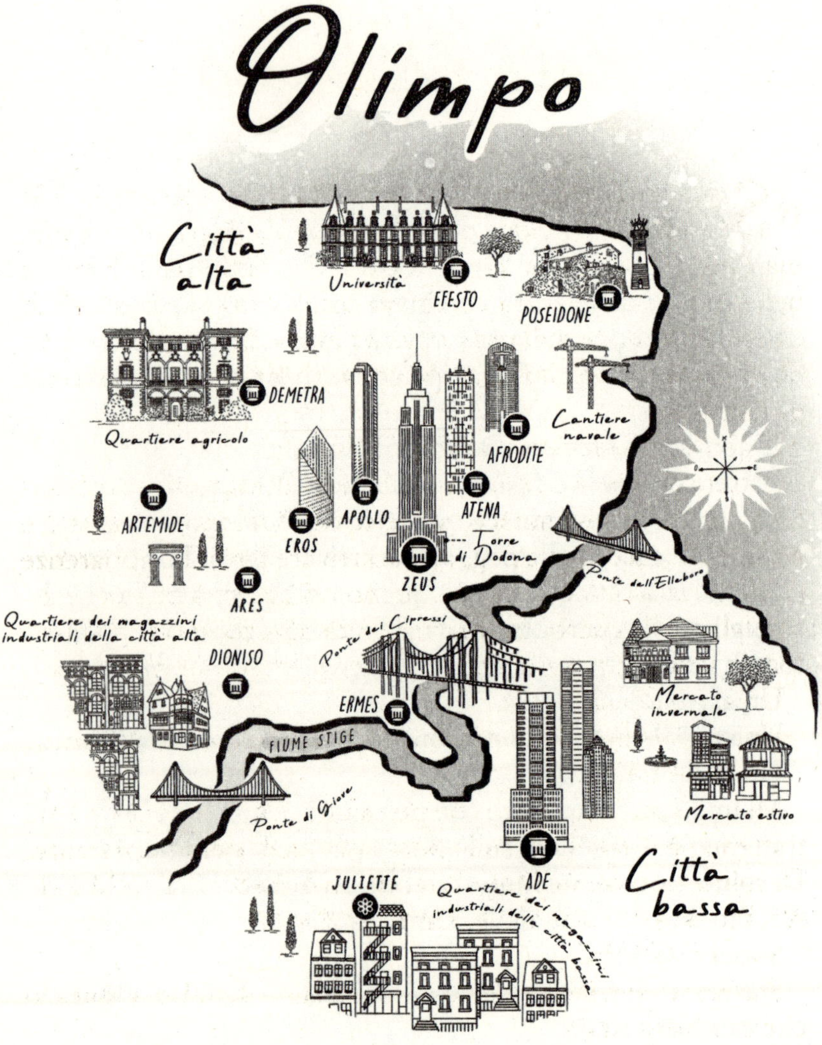
Olimpo
Città alta
Università
EFESTO
POSEIDONE
DEMETRA
Quartiere agricolo
Cantiere navale
AFRODITE
ATENA
APOLLO
EROS
ARTEMIDE
Torre di Dodona
ZEUS
Ponte dell'Elleboro
ARES
Quartiere dei magazzini industriali della città alta
Ponte dei Cipressi
DIONISO
ERMES
Mercato invernale
FIUME STIGE
Mercato estivo
Ponte di Giove
ADE
Città bassa
JULIETTE
Quartiere dei magazzini industriali della città bassa

1
Elena

«Sono in ritardissimo, cazzo», mugugno sottovoce. Per fortuna, i corridoi della Torre di Dodona sono vuoti, ma questo non fa che amplificare il ticchettio delle lancette nella mia testa. Stasera cambierà tutto. Stasera smetterò di essere un pedone sulla scacchiera altrui e finalmente otterrò la libertà d'azione che desidero con tutta me stessa da quando ero bambina.

E non posso credere che sono *in ritardo*.

Affretto il passo e resisto a malapena all'impulso di mettermi a correre. Presentarsi a una festa dell'Olimpo senza fiato e rossa in faccia è anche peggio che arrivare tardi. Le apparenze contano. È da parecchio che qui non si assiste a nulla che assomigli a una guerra tradizionale, ma ogni giorno si combattono e vincono piccole battaglie con gli strumenti più banali.

Un abito di alta moda.

Una parola dolce che nasconde un pungiglione avvelenato.

Un matrimonio.

Mi infilo nell'ascensore che porta fino alla sala da ballo e mi trattengo dal saltellare sulla punta dei piedi per l'impazienza. Di solito, non me ne importerebbe un fico secco di tutto questo. Ho fatto un'arte delle infime ribellioni.

Stasera è diverso.

Stasera, mio fratello Perseo – ora Zeus – farà un annuncio che cambierà tutto.

Meno di una settimana fa è morto Ares. Non esattamente una sorpresa (era un Matusalemme e bussava alle porte dell'oltretomba da tre mesi), ma ha aperto un'opportunità che di solito si presenta solo una volta per generazione. Dei

Tredici, soltanto Ares è un titolo aperto a tutti, proprio a tutti. Il passato, le conoscenze o la condizione economica non contano nulla. Non devi nemmeno essere cittadino dell'Olimpo.

Devi solo vincere.

Tre prove, tutte designate per separare il grano dalla segale; l'ultimo a restare in piedi diventa Ares. Una delle tredici persone che formano il governo dell'Olimpo. Ciascuna gestisce un aspetto specifico del funzionamento cittadino e, cosa più importante per me, nessuno può costringerle a fare ciò che non vogliono.

Nemmeno Zeus può forzare la mano a un altro membro dei Tredici – o almeno in teoria. Mio padre non ha mai prestato molta attenzione alle buone maniere e dubito che lo farà mio fratello, ora che ha ereditato il titolo. Non importa. Se divento Ares, non sarò più la figlia di uno Zeus, la sorella di un altro, una principessa viziata senza alcun valore a parte un bel faccino e i legami familiari.

Diventando Ares, sarò libera.

Le porte dell'ascensore si aprono e mi affretto verso la sala da ballo. Il lungo corridoio è cambiato dall'ultima festa, al posto dei drappeggi scuri e austeri che scendevano dal soffitto fino al pavimento ai lati dell'ingresso ora c'è della stoffa bianca e leggera, intessuta con filo d'argento. Comunque poco accogliente, però molto meno cupo.

Sono curiosa di sapere chi abbia optato per questo arredamento, perché di sicuro non è stato Perseo. Da quando ha assunto il ruolo di Zeus, dopo la morte di nostro padre, a mio fratello maggiore interessa solo gestire gli affari e governare l'Olimpo con il pugno di ferro.

O almeno provarci.

«Elena».

Mi fermo di colpo, poi riconosco la voce e mi si disegna un sorriso sulla faccia. «Eros. Che ci fai appiattato nell'ombra qua fuori?».

Avanza e mi mostra un minuscolo sacchetto ingioiellato. «Psiche ha dimenticato la borsa». Dovrebbe apparire ridicolo, soprattutto considerando quanta violenza abbiano inflitto quelle mani che ora reggono la borsetta, invece Eros ha l'abitudine di condurre la sua esistenza come se fosse intoccabile. Nessuno oserebbe dire una parola e lui lo sa.

«Ma che bravo marito». Annullo la distanza tra noi e gli do due rapidi baci sulle guance. Non ci siamo visti spesso negli ultimi due mesi, ha una bella cera. Eros è una delle persone più affascinanti dell'Olimpo (e non è poco), un uomo bianco con i riccioli biondi e un volto la cui perfezione muove i pittori alle lacrime. «Il matrimonio ti dona».

«Ogni giorno di più». Ha uno sguardo penetrante adesso. «Stasera ti sei data proprio da fare».

«Ti piace il vestito?». Liscio con le mani il mio abito da cerimonia. È fatto su misura, stoffa dorata modellata sul mio corpo dalle spalle ai fianchi e poi leggermente svasata. Coperta da un motivo a malapena visibile, studiato per intercettare la luce a ogni movimento. Lo scollo a V scende in mezzo ai seni e le spalle hanno una forma appuntita che dona una leggera aria militaresca. «Da applauso, avrebbe detto mia madre».

Ignoro la fitta al petto al pensiero, come faccio ogni volta che la mia mente cerca di soffermarsi su quella donna morta troppo giovane. Se ne è andata quindici anni fa, dopo una *misteriosa* caduta quando io ero una quindicenne. Misteriosa. Certo. Come se tutto l'Olimpo non sospettasse che dietro la faccenda ci fosse lo zampino di mio padre.

Come se io non ne avessi la certezza.

Allontanare *quel* pensiero mi viene naturale. Non importa quali peccati abbia commesso mio padre: è morto e sepolto, proprio come la mamma. Spero che soffra negli abissi del Tartaro fin da quando ha esalato l'ultimo respiro. Quando penso alla sua morte, provo solo sollievo. Se ne è andato prima di potermi dare in sposa per qualche fottuta alleanza, prima di poter causare altra sofferenza, come sembrava piacergli tanto.

No, mio padre non mi manca affatto.

«Sarebbe fiera di te».

«Forse». Guardo le porte alle sue spalle. «Forse andrebbe su tutte le furie per quel che sto per fare». Creare scompiglio? Sto per scatenare un uragano in piena regola.

Eros non si smentisce. Inarca le sopracciglia e scuote la testa, con aria mesta. «Quindi è Ares per te. Avrei dovuto saperlo. Di recente ti sei persa un sacco di feste. Ti allenavi?»

«Sì». Mi preparo alla sua incredulità. Siamo amici, sì, ma sempre secondo gli standard dell'Olimpo. So che Eros non mi pianterà un pugnale tra le costole. Lui sa che non lo metterò nei guai con la stampa senza motivo. Passiamo regolarmente del tempo insieme agli eventi e alle feste e ogni tanto ci scambiamo favori. Non gli confido i miei più intimi segreti. Nulla di personale; quella parte di me non la svelo *a nessuno.*

D'altronde, presto l'intero Olimpo scoprirà i miei piani.

Raddrizzo le spalle. «Gareggerò per diventare il prossimo Ares».

«Cazzo». Fischia piano. «Hai una bella gatta da pelare».

Non dice che secondo lui non posso farcela, però mi sento lo stesso un po' delusa. Anche se non mi aspettavo *davvero* un supporto entusiasta, venire sempre sottovalutata brucia. «Già, be', meglio che entri».

«Aspetta». Mi osserva bene. «Hai i capelli un po' fuori posto».

«*Cosa?*». Sollevo una mano. Senza uno specchio, non capisco se è vero. Maledizione, tarderò ancora di più, ma è comunque meglio che presentarmi in disordine.

Faccio per girarmi verso i bagni vicino agli ascensori, quando Eros mi prende per una spalla. «Ci penso io». Apre la borsetta di Psiche e fruga dentro per qualche secondo, poi ne tira fuori un sacchetto ancora più piccolo contenente un mucchio di forcine. Ridacchia di fronte alla mia sorpresa. «Non fare quella faccia. Se avessi una borsa, anche tu ci metteresti la scorta. Adesso sta' ferma e lasciati sistemare».

Lo shock mi paralizza sul posto, mentre lui mi aggiusta con cura le ciocche, fermandole con mezza dozzina di forcine. Si allunga alle mie spalle per controllare bene e annuisce. «Meglio».

«Eros». Mi sfioro di nuovo i capelli. «Da quando fai il parrucchiere?».

Si stringe nelle spalle. «Posso solo contenere i danni, ma se so come dare una mano a Psiche quando usciamo, le facilita un po' la vita».

Dèi, è così innamorato da darmi la nausea. Sono felice per lui, davvero; ma non posso frenare la morsa della gelosia. Non per Eros in sé (lo considero un fratello), ma per l'intimità e la fiducia tra lui e sua moglie. L'unica volta che ho pensato di trovarle anch'io, mi sono esplose in faccia e ne porto ancora addosso le cicatrici emotive.

Riesco comunque ad abbozzare un sorriso. «Grazie».

«Stendili, Elena». Ha un sorriso affilato come una lama. «Farò il tifo per te».

Prendo un lento respiro e mi giro verso le porte. Dal momento che sono in ritardo, tanto vale fare un'entrata trionfale. Raddrizzo la schiena e spalanco i battenti con più forza del necessario. La gente si sparpaglia al mio ingresso nella sala. Mi fermo un istante, così che possano guardarmi e io possa osservare loro allo stesso tempo.

La stanza è cambiata da quando Perseo ha ereditato il titolo di Zeus. Oh, dal punto di vista pratico è sempre identica: lucidi pavimenti di marmo bianco a malapena visibili tra i piedi della folla, un soffitto a volta che la fa sembrare ancora più grande, le enormi finestre e vetrate che si affacciano sul balcone all'altro capo della sala. Però appare comunque diversa. Un tempo le pareti erano color panna, ora di un grigio fresco. Un cambiamento minimo, che però fa la differenza.

Più evidente è il fatto che i ritratti a grandezza naturale dei Tredici allineati lungo le pareti hanno nuove cornici. Sono sparite quelle spesse d'oro, le preferite di mio padre, rimpiazzate da altre nere intagliate con perizia. Dovrei avvicinarmi per verificare, ma paiono tutte fatte su misura, ciascuna con un disegno unico.

Nemmeno questi cambiamenti sono opera di Perseo, ne sono certa. Nostro padre sarà stato ossessionato dalla sua immagine, a lui però non gliene frega un cazzo. Nemmeno quando dovrebbe.

Mi avvio tra la folla, a testa alta.

Di solito, riconosco ogni singolo ospite di una festa alla Torre di Dodona. Le informazioni sono tutto e ho imparato fin da piccolissima che è l'unica arma a mia disposizione. Alcuni incrociano il mio sguardo, altri mi fissano il corpo in una maniera che mi fa accapponare la pelle, e altri ancora mi voltano le spalle. Non mi sorprende: essere una Kasios da un lato ha i suoi vantaggi, dall'altro significa nascere in mezzo a rancori e intrighi politici vecchi di generazioni. Sono cresciuta imparando a distinguere tra chi mi potessi fidare (nessuno) e chi mi avrebbe spinta sotto una macchina alla minima opportunità (troppa gente per stare tranquilla).

Questa festa, però, non è come le altre, e non è una notte come le altre. Quasi metà delle facce mi è nuova, gente arrivata dalla periferia dell'Olimpo o traghettata in città da Poseidone per l'occasione speciale. Non mi fermo a memorizzarle. Non tutti qui si presenteranno come campioni; molti sono come la maggior parte dei cittadini dell'Olimpo: tirapiedi. Non contano nulla.

Non accelero il passo, costringo gli altri a togliersi dalla mia strada con una falcata regolare. La folla si apre in due davanti a me, proprio come mi aspettavo, sussurri seguono la mia scia. Sto dando spettacolo e, anche se la metà di loro mi ama per questo, gli altri non mi sopportano.

Si sono impegnati tutti al massimo, stasera. In un angolo, mia sorella Eris (Afrodite, da tre mesi) ride chissà per quale motivo con Ermes e Dioniso. Ho un sussulto al petto. Vorrei tanto essere lì con loro adesso, come a ogni altra festa. Mia sorella e i miei amici rendono sopportabile la vita nell'Olimpo, ma gli ultimi mesi hanno evidenziato le differenze tra noi. Non si notavano quando Eris era ancora Eris; adesso che invece fa parte dei Tredici…

Mi stanno mettendo da parte. Sorella di Zeus e Afrodite, amica di Ermes e Dioniso? Non significa un cazzo. Sono ancora un pedone sulla scacchiera altrui.

Diventare Ares è l'unica possibilità che ho di cambiare le cose.

Scorgo il clan Dimitriou nell'angolo opposto, Demetra con tre delle sue figlie e Ade, marito di Persefone. Come gli altri, sono vestiti di tutto punto. La presenza di Ade e Persefone non fa che sottolineare l'importanza di quanto sta per succedere. I Tredici al gran completo sono venuti ad assistere all'annuncio rituale del torneo. Eros compare al fianco della moglie, il cui volto si illumina subito in una maniera... Giro la faccia dall'altra parte.

La mia meta è il trono.

Be', i troni – altri cambiamenti causati dall'avvicendamento ai vertici. È scomparso l'obbrobrio d'oro pacchiano che nostro padre amava, rimpiazzato da una scultura d'acciaio affascinante ma così fredda. Un po' come Perseo.

Il secondo trono è una versione più delicata del suo. Ci è seduta Callisto Dimitriou, una bellissima donna bianca con lunghi capelli scuri e un'elegante abito nero. Fissa tutti quelli che si sono radunati sotto di lei come se avesse una gran voglia di spingerci uno per uno fuori dalle enormi portefinestre di vetro aperte per far entrare l'aria balsamica della sera di giugno. Dubito che si fermerebbe lì. Più probabilmente, sarebbe ben contenta di vederci buttare giù dal balcone.

Perché mio fratello abbia scelto *lei* come moglie, come Era, è un mistero per tutti. Non sembrano proprio piacersi. Il matrimonio puzza dello zampino di Demetra, eppure per quanto scavi o sondi il terreno, non sono mai riuscita a trovare una risposta soddisfacente. Immagino che l'importante sia che Perseo l'ha sposata, non il motivo.

Faccio una riverenza veloce che riesce *quasi* a essere educata. «Zeus. Era».

Mio fratello si piega in avanti e mi fissa con sguardo freddo, accigliato. Eris e io abbiamo i colori di nostra madre, invece Perseo è il ritratto di nostro padre: capelli biondi, occhi azzurri, pelle pallida e un volto attraente e rude. Se si sforzasse un po', sarebbe abbastanza bello da incantare la sala. Sfortunatamente, mio fratello non ha mai primeggiato in quell'arte, al contrario del resto della famiglia.

"E nemmeno Ercole. Era un disastro come Perseo".

Respingo quel pensiero. Anche ricordarmi di Ercole non serve a niente. Non c'è più e tanti nell'Olimpo lo credono morto. No, non proprio: la gente parla dei morti. Ercole, fingono che non sia mai esistito. Mi manca quasi quanto mia madre.

«Sei in ritardo». Perseo non alza la voce, non ne ha bisogno. Le persone più vicine a noi si sono azzittite, tese alla possibilità di assistere a una scenata nella famiglia Kasios. Non posso biasimarle. In trent'anni di vita ho dato loro un sacco di materiale per i pettegolezzi.

«Scusa». E sono persino sincera. «Ho perso la cognizione del tempo». Di solito non cedo alla tentazione di eccedere nei preparativi, ma stasera niente va come di consueto.

Perseo scuote piano la testa e sposta lo sguardo sul resto della stanza. «Farò l'annuncio a breve. Non allontanarti».

Rizzo il pelo, ma non serve a nulla prenderla sul personale. Perseo parla a tutti come se fossero bambini o cani; lo fa da quando eravamo piccoli. È fatto così e basta, tuttavia la maniera di comunicare che ha scelto sta già fomentando risentimento nell'élite olimpica.

Non è un mio problema. Non stasera. Gli rivolgo un sorriso radioso. «Ma certo, caro fratello. Non ci penso nemmeno». Dopo l'annuncio, chiunque potrà iscriversi come campione al torneo per il titolo di Ares. Tecnicamente, la finestra di tempo per le candidature chiude all'alba, ma a quanto ho capito è raro che ci siano dei ritardatari, quindi voglio accertarmi di essere nei paraggi per iscrivermi prima che qualcuno possa cercare di impedirmelo.

Mi giro a esaminare i presenti, anche se sento addosso lo sguardo di mio fratello. Forse teme che lo metterò ancora più in imbarazzo. In altre occasioni l'avrei presa persino come una sfida, ma in questo momento ho gli occhi fissi sull'obiettivo. Non mi lascerò distrarre.

Dopo stanotte, sapranno tutti che con me non si scherza.

Non ci vuole molto prima che il resto dei Tredici si avvicini, disponendosi ai lati di mio fratello e Callisto – Era. Sembra annoiata dall'intera cerimonia, ma è l'unica. Una scarica di eccitazione percorre la sala. So che Perseo vuole solo stabilità per l'Olimpo; questo squillo di trombe sarà molto di più per la città. Darà a tutti qualcosa da acclamare, un evento per risollevare il morale dei civili – che di recente ha vacillato.

Anche se i Tredici governano l'Olimpo, alla fine dei conti sono un pugno di persone. Senza il supporto delle masse, è un potere solo di nome. Nella nostra storia c'è stata un'unica rivolta, qualche generazione fa, dopo che una guerra fra i Tredici aveva decimato la città, così brutale da farci capire che non vogliamo accada mai più.

Va tutto al meglio quando i membri correnti si dedicano al gioco della celebrità. Non appena qualcuno assume un nuovo titolo, decide come costruire la propria immagine e ci dà dentro. Alcuni (come Demetra, l'ex Afrodite, Ermes e Dioniso) giocano pesante, usano l'opinione pubblica a vantaggio dei propri scopi personali. Poseidone e Ade, invece, non sono mai entrati in lizza. Ade perché nessuno da questo lato del fiume sapeva della sua esistenza fino a qualche tempo fa. Poseidone perché si fa benvolere a sufficienza, essendo uno dei pochi che può andare e venire liberamente attraverso la barriera che circonda l'Olimpo, e ciò significa importare tutto ciò che le aziende in città non possono produrre da sole.

Un mucchio di membri nuovi instituiti in un breve lasso di tempo è sinonimo di incertezza, e in tempi incerti tutto è possibile. Persino una rivoluzione.

Mio fratello farà di tutto per assicurarsi che non accada mai.

La folla si stringe attorno a noi e io mi sposto dalla prima fila, verso Dioniso. È un bianco più o meno mio coetaneo, con i capelli corti e scuri e baffi impressionanti che ha fatto crescere abbastanza da curvarli ai lati della bocca. Apparirebbe ridicolo, se non si trattasse di Dioniso: il ridicolo con lui diventa una dichiarazione artistica, dai modi vigorosi al completo sgargiante che indossa. Mi sorride. «Sei pronta?».

Ricambio il sorriso nonostante i mille nodi allo stomaco. «Ma certo. La tensione sarà al massimo e lo sai quanto mi piace». E tra poco la farò salire *io*.

Una luce sopra Perseo si intensifica e la troupe prende posizione davanti al trono. L'evento verrà trasmesso in tutta la città, perciò l'impressione che daranno i campioni a cominciare da ora è fondamentale. In teoria ad Ares non serve il supporto dei civili per svolgere il proprio lavoro, ma la popolarità semplifica le cose.

Mio fratello si alza in piedi. Non ha l'aria imponente di nostro padre, però l'abilità di far sembrare che ti stia guardando dritto nell'anima, quella sì. La usa ora, lo sguardo di ghiaccio scruta le persone radunate e infine si ferma su di me. Vi lampeggia qualcosa, qualcosa che non riconosco, si sposta prima che riesca a identificarlo.

«Sapete tutti perché siamo qui». Non solleva la voce, non ne ha bisogno. Io e i miei fratelli e sorelle siamo stati istruiti fin da piccolissimi a parlare in pubblico. A essere simboli perfetti della nostra stirpe perfetta. «Siamo qui per onorare la dipartita di Ares. Ha rivestito il ruolo per quasi sessant'anni e se ne è andato di gran lunga troppo presto». Belle parole. Parole senza senso: l'ultimo Ares, a essere sinceri, era uno stronzo.

Perseo si gira verso l'altro lato della sala. «Stasera, iniziamo la ricerca del nostro prossimo Ares. La tradizione stabilisce che vengano indette tre sfide, la prima delle quali conoscerete tra due giorni. Il vincitore di tutte e tre assumerà il titolo». Una pausa significativa. Di nuovo, gli passa sul volto quella strana espressione.

È il mio unico avvertimento.

Perseo mi guarda, con qualcosa di simile alla solidarietà negli occhi azzurri, e decreta il mio destino. «E sposerà mia sorella Elena».

2
Achille

«Te l'avevo detto», mormora Patroclo.

Non mi serve guardarlo per sapere cosa sta pensando. Io so *sempre* cosa pensa: troppe cose, cazzo. Almeno le groupie in estasi che ci hanno aggrediti non appena entrati si sono disperse adesso che lo spettacolo è iniziato. Che sollievo; so usare il mio fascino quando mi va, però è sfiancante.

All'ultimo Ares non è mai fregato niente di compiacere il pubblico. Era un vecchio bastardo fatto e finito, e non gli importava che tutti lo sapessero. Non so se fosse stato sempre così, ma alla fine lo odiavano tutti. Persino i suoi collaboratori.

Non è in questo modo che lavora Atena e tutto ciò che conta l'ho imparato da lei. Meglio usare il miele che l'aceto, meglio manipolare un po' la gente affinché faccia quello che vuoi che colpirla in testa con la prima arma a disposizione. Ad Ares avrebbero fatto comodo un paio delle sue lezioni, ma lui era tipo da scegliere una strada e tirare dritto.

Le cose cambieranno quando ci sarò io al comando.

Zeus sta ancora parlando, blatera cazzate sulle tradizioni. L'Olimpo è immerso nelle tradizioni fino alla nausea. È così che giustificano qualsiasi cosa, un ragionamento molto comodo per sottrarre ogni responsabilità a chi agisce veramente.

«Già», mugugno. «Però non hai bisogno di dirlo ad alta voce. Lo sentivo già forte e chiaro». Patroclo era *sicuro* che il titolo sarebbe stato accompagnato da una moglie. Non veniva assegnato da un sacco di tempo, quindi io avevo qualche dubbio, ma una delle sue numerose abilità è raccogliere ogni informazione disponibile e immaginare scenari possibili fino a individuare il più probabile. A volte è davvero irritante stargli vicino, però è un genio.

Mi guardo in giro. Nessuno sembra particolarmente sorpreso dall'annuncio, perciò o hanno fatto le stesse ricerche di Patroclo o portano maschere eccellenti.

Lui si accosta e preme una spalla contro la mia. È accigliato, quel cervellone che si ritrova sta facendo gli straordinari. «Però non mi aspettavo che fosse Elena. Non mi aspettavo che Afrodite scegliesse *lei*».

«Già». Contro ogni buon senso, sposto lo sguardo sulla donna ferma in uno spazio vuoto, come se la gente attorno a lei si fosse allontanata per evitare qualunque associazione con ciò che sta per accadere. Anche se la vedo solo di profilo, è sufficiente.

Definirla bella è l'eufemismo del secolo. È *impeccabile*, quel genere di perfezione che nasce solo una volta per generazione. Tutta la sua famiglia è piena di bastardi attraenti, ma lei rientra in una categoria a parte. È anche una festaiola sventata le cui imprese finiscono regolarmente sui siti di gossip. Non segue le nostre stesse regole. Non ha mai patito la fame né ha mai dovuto lottare per qualcosa.

È una principessa in una torre, e a che altro servono le principesse se non a fare da esca?

Cambia posizione, spinge indietro le spalle in maniera impercettibile. Quando si gira verso la sala, sembra contenta... se non la si guarda negli occhi color ambra. Sono freddi quanto quelli di Zeus. Fa un piccolo saluto con un dito. «Fortunelli».

Risate sparse. Io e Patroclo muti. Gli scocco un'occhiata. È un po' più alto e più slanciato di me. Stasera indossa gli occhiali che adoro e un completo che vorrei tantissimo sgualcire. Cazzo, è sempre così ben vestito. Niente lo scalfisce, perché prima di agire ha già immaginato una mezza dozzina di possibilità. È raro che qualcosa lo sorprenda.

Però... «Sei sicuro?», mormoro. Anche se si aspettava che venisse offerta una moglie come parte della tradizione, Elena complica le cose. Tanto varrebbe infilarsi nel letto con un serpente e sperare che non ti affondi i denti nella carne. Morderà; è quel che fanno le serpi. Quella donna è leale solo e soltanto verso la sua famiglia. Sposarla significa che ogni rapporto con altri, dentro e fuori casa, diventerà una battaglia. È una Kasios. Non ci si può fidare di lei.

«È l'unico modo».

Ha ragione. Non so nemmeno perché mi ponga dei dubbi. Questo è ciò che voglio da quando sono abbastanza grande da capire che nell'Olimpo la gente rispetta solo il potere. Dopo averlo assaggiato scalando i ranghi sotto l'egida di Atena... Sì, sono pronto a qualsiasi sacrificio per ottenere il titolo. «Allora andiamo avanti con il piano».

Patroclo mi guarda, il bel volto assolutamente calmo, e fa un piccolo cenno di assenso. Lui non ha mai desiderato comandare, figurarsi reclamare un posto fra i Tredici, ma si iscriverà per aiutare *me* a vincere. È questo il piano, fin da quando ho scelto Ares. Le prime due prove servono a scremare i campioni e solo cinque parteciperanno all'ultima. Le alleanze non sono una rarità, ma io non sono disposto a scommettere il successo sull'ignoto. Ed è qui che entra in scena Patroclo: fornirà tutta l'assistenza necessaria per accertarci che io arrivi alla prova finale. Sono piuttosto convinto che ce l'avrei fatta anche da solo, però lui ha insistito.

A essere sincero, non ho protestato con molta veemenza. Patroclo è al mio fianco da quando ci siamo conosciuti, a diciotto anni. Da allora, abbiamo raggiunto ogni pietra miliare in coppia. Sembrerebbe sbagliato gareggiare e vincere il titolo di Ares senza lui a guardarmi le spalle.

Però. «Se ne sei proprio sicuro».

«Lo sono. Smettila di offrirmi una scappatoia. Gareggerò, fine della storia». Si gira a esaminare la folla. «Ho schedato ogni singolo campione possibile che viene dall'Olimpo. Tu sei il migliore. Con me al tuo fianco, la tua vittoria è garantita».

La mia vittoria. Diventare Ares. Sposare Elena. Io e Patroclo abbiamo un rapporto non convenzionale, almeno secondo alcuni, eppure mi aspetto ancora che l'idea di vedermi sposare qualcun altro lo infastidisca. Cazzo, *io* me la prenderei eccome se ci fosse lui al mio posto. Invece, è tranquillo come sempre. Mi fa ammattire. «Sposare Elena Kasios sarà una rottura di palle gigantesca».

Mi rivolge un altro dei suoi sguardi di disapprovazione. «Ares».

Come se servisse ricordarmelo. Merda, sposerei un'arpia, se significasse diventare uno dei Tredici. Sfortunatamente, Elena Kasios non è poi così diversa. Una ragazzina viziata che ha sempre ottenuto tutto quello che voleva e persino dietro quel sorriso bugiardo vedo che è furibonda. Chiunque vinca, glielo farà rimpiangere per il resto dei suoi giorni. Senza considerare che qualsiasi informazione riesca a estorcermi finirà dritta dritta da Zeus.

Una mossa astuta da parte sua. Degna di un piano di Patroclo. Alla fine dei conti, però, non ha importanza – diventerò Ares e solo dopo penserò a ciò che verrà.

Mi giro dal lato opposto a un movimento di Patroclo. Paride. Un uomo bianco slanciato che investe palesemente un sacco di soldi nel proprio aspetto. Si nota dalla pelle liscia, dai capelli biondi con una piega perfetta. Peccato che non si possa comprare un buon carattere; Paride è uno stronzo. Tutti i geni da brava persona che avevano in famiglia sono andati al fratello maggiore, Ettore.

Ettore mi piace e lo rispetto.

Paride fissa Elena come un pezzo di carne che non vede l'ora di divorare. Non ho l'abitudine di prestare molta attenzione al gossip, ma la rottura fra quei due è stata così brutta da restare sulle prime pagine per settimane. Adesso quel bastardo si sta praticamente sfregando le mani per la gioia.

Mi guarda e sorride. «Scusami, ma lei è mia. Non può dirmi di no se divento Ares e la sposo».

Ettore si avvicina al fratello dall'altro lato e gli tira uno scappellotto sulla nuca con una familiarità da cui è chiaro che lo fa talmente spesso che ormai è memoria muscolare. «Non essere volgare». Mi rivolge un cenno del capo. «Achille».

«Ettore». Una volta capitanava una delle squadre di Ares; dopo il matrimonio e una figlia ha finito per trasferirsi sotto un altro dei Tredici, Apollo. Negli anni seguenti non ci siamo incrociati spesso, ma al tempo era un combattente formidabile. «Come sta la piccola?»

«Ha preso dalla madre». Accenna un sorriso. «Ringrazio ogni giorno gli dèi che non abbia ereditato il mio brutto muso».

Ettore è piacente in maniera rude, con capelli biondo sabbia e occhi gentili, però ha ragione: non vincerebbe nessun concorso di bellezza. Sogghigno e ignoro del tutto Paride. «Tu non combatterai, vero? Hai già una moglie. Pensavo che ormai fossi a metà strada dalla pensione».

Si stringe nelle spalle. «Famiglia».

Annuisco, come se sapessi cosa vuol dire. L'unica famiglia che ho è Patroclo e la squadra che guidiamo insieme. I miei genitori sono un mistero. Sembra che non volessero un figlio, quindi hanno seguito la vecchia tradizione di abbandonare il neonato (me) sui gradini del tempio. Sono cresciuto in uno degli orfanotrofi gestiti in nome di Era, ma non penso che una vera Era ci abbia messo mai piede fin da prima che io nascessi. A diciotto anni, ho potuto scegliere se lavorare per Ares, Poseidone o Demetra. Non è stata proprio scelta, a essere sinceri. Sono stato soldato semplice di Ares per qualche tempo, poi Atena mi ha strappato all'anonimato e mi ha mostrato la grandezza.

Questo era il mio destino da sempre.

«È giunto il momento che quanti desiderano diventare Ares si facciano avanti».

Zeus arretra e rivolge un gesto alla donna nera e alta al suo fianco. Indossa un tailleur pantalone grigio pallido invece di un abito da sera che mette in risalto il tono caldo della sua pelle, i capelli neri sono corti ai lati con dei riccioli più lunghi in alto. Atena.

Esamina la sala come se misurasse le debolezze di ciascuno. Conoscendola, è esattamente ciò che sta facendo. «Una volta iscritti, l'unico modo per uscire dalla competizione è essere eliminati o ritirarsi. Anche se le prove non nascono come scontri all'ultimo sangue… gli incidenti capitano. Dovete essere pronti a sacrificare ogni cosa».

Paride scivola da sotto la mano di Ettore e fa un passo avanti. «Sono Paride Chloros. Sacrificherò ogni cosa».

Non riesco a evitarlo: guardo Elena per cogliere la sua reazione. La pelle pallida ha assunto una leggera sfumatura verdastra mentre fulmina con gli occhi il suo ex. Paride le fa l'occhiolino, come se non le leggesse l'istinto omicida nello sguardo. Se vince, non penso abbia molte probabilità di sopravvivere alla prima notte di nozze.

Non sarà un problema, perché non ha alcuna possibilità. La preoccupazione più grande è Ettore, che avanza e ripete la frase tradizionale. Il prossimo è Aiace (un altro ex comandante di Ares, che considero un amico). Poi una donna nera con un'acconciatura rastafariana raccolta dietro la testa e il volto sfregiato. Si chiama Atalanta e dal passo leggero si capisce subito che dev'essere velocissima.

Avanza una persona alla volta in un flusso infinito. Noto quelli che Patroclo si aspettava e chi lo coglie alla sprovvista. Nessuno di loro mi preoccupa. Ci sono alcuni avversari degni di questo nome, ma i più sono membri delle famiglie altolocate che ruotano attorno ai Tredici. Si cimenteranno nel torneo perché non possono permettersi di ignorare l'opportunità, ma non rappresentano una vera minaccia.

Un'ondata di mormorii si leva alle mie spalle e mi giro, vedendo i presenti pigiarsi l'uno contro l'altro per lasciar passare due uomini. Hanno colori simili (pelle bruna, capelli rosso scuro, occhi scuri) e sono entrambi ben più grossi di me. «Che omaccioni», commento sottovoce.

Il più alto mi rivolge un inquietante sguardo vacuo quando ci passano davanti. È calato un silenzio generale, probabilmente hanno tutti la mia stessa sensazione: ci sono due veri predatori in mezzo a noi. Cosa ancora più importante, sono *forestieri*.

Il più basso è il primo a farsi avanti, con un inchino appariscente. «Sono Teseo Vitalis e sono pronto a sacrificare ogni cosa».

Atena inarca un sopracciglio. «Nuovo in città?»

«È previsto dalla competizione».

«Conosco le regole». Guarda quello più alto. «E tu?»

«Io sono il Minotauro». Ha la voce di uno a cui hanno aperto le corde vocali con un'accetta per poi versare braci roventi sulla ferita.

Atena gli lancia un'occhiata penetrante. «È il tuo nome?»

«Serve al suo scopo». Aspetta a malapena che gli rivolga un cenno d'assenso, prima di continuare. «Sacrificherò ogni cosa».

«Pericoloso», mormora Patroclo.

«Già». Aspettiamo che si facciano da parte, prima di avanzare insieme. Non posso evitare di guardare Elena di nuovo, mentre Patroclo pronuncia la frase per diventare campione. Lei è pessima a mascherare le proprie emozioni; odio la solidarietà che risveglia in me. È ovvio che non è stata una sua scelta. Cazzo, è ovvio che non ne sapeva nulla prima che Zeus facesse il suo annuncio. Questa donna non conta nulla per me, ma quando vincerò il titolo di Ares (e *lo vincerò*) mi assicurerò che non venga maltrattata. Dopo le nozze, non mi importa cosa fa o con chi scopa, purché stia alla larga da me e Patroclo. È più di quanto otterrebbe da chiunque altro.

E poi ecco che tocca a me parlare e senza alcuna difficoltà accantono ogni pensiero su Elena. «Sono Achille Kallis e sono pronto a sacrificare ogni cosa».

Atena non sorride, però l'approvazione le riscalda gli occhi scuri. È la massima dimostrazione di affetto di cui è capace e mi provoca una strana sensazione. Non sono uno che ha bisogno dell'approvazione altrui come conferma, però lei la rispetto e tengo da conto la sua opinione.

Aspetta a lungo, ma nessun altro si fa avanti. Alza la voce affinché la sentano in ogni angolo della sala. «Le iscrizioni chiuderanno all'alba. Buona fortuna».

Le luci si intensificano lentamente, indicando che lo spettacolo è finito. La festa continuerà per ore, noi però non abbiamo più motivo di stare qui. Mi giro verso Patroclo. «Andiamo».

Per un attimo sembra sul punto di protestare, poi annuisce e si volta verso l'uscita. La folla si sposta per lasciarci passare.

Sono stato a qualche altro party del genere da quando Atena mi ha promosso vicecomandante, ma lei preferisce tenere la sua gente fuori dal nido della vipera. Parole sue, non mie. Io non capisco il problema e in fondo non sono tipo da cedere a un bel faccino o a belle parole. Conosco il mio destino.

Tengo la porta aperta a Patroclo e usciamo nel lungo corridoio, diretti all'ascensore per scendere. Ha *quello* sguardo dipinto in faccia; dentro di me, alzo gli occhi al cielo. «Dimmi che non sei preoccupato per la principessa dorata».

«Mi dispiace per lei». Si stringe nelle spalle; non si vergogna nemmeno un po' del suo cuore sensibile. «Non credo sia piacevole essere legata a doppio filo a così tanti dei Tredici. Non ha mai avuto una vita sua, nemmeno appena nata».

Stavolta, non riesco a evitare una smorfia. «Giusto. Povera principessina, nata nella famiglia più ricca della città, con qualsiasi cosa potesse sognare a portata di mano. Non ha mai dovuto lottare per niente in vita sua. A differenza di me. A differenza di te».

«Non è del tutto vero, almeno non per me. Se le cose fossero andate diversamente, sarei il figlio di Afrodite».

«Non è lo stesso».

«Se lo dici tu». Fa di nuovo spallucce. «Non ho la tua stessa ambizione, Achille. Lavorare per Atena, per me è solo un lavoro. Lo è sempre stato».

Lo amo e tuttavia a volte proprio non lo capisco. Se non lotti per qualcosa, verrai usato come scalino da chi lo sta facendo. Patroclo è una delle persone più intelligenti che conosca, ma è troppo tenero. Se non gli guardassi le spalle, lo avrebbero schiacciato una dozzina di volte da quando ci siamo conosciuti da adolescenti.

Ripensandoci, se non fossi entrato nella sua vita non penso che sarebbe nelle forze speciali di Atena. Visto il suo amore per la ricerca e la conoscenza, avrebbe potuto gravitare verso le operazioni di Apollo, come Ettore.

Qualcosa di simile al senso di colpa mi colpisce dritto in faccia; lo respingo. Quando sarò Ares, Patroclo sarà libero di fare ciò che vuole. Con tutto quel potere a mia disposizione, tutte quelle risorse, lui non dovrà nemmeno lavorare, se non gli va.

Gli cingo le spalle con un braccio e lo bacio rapidamente su una tempia. «Smettila di preoccuparti tanto. Quando diventerò Ares, baderò io a tutti e due». Sorrido. «Cazzo, mi prenderò cura perfino di Elena, se ti fa stare meglio». Anche se è una ragazzina viziata.

3
Elena

«Mi prendi per il culo?». Affondo le dita nella stoffa del vestito. O questo o tiro un pugno dritto sulla mascella squadrata di quel bastardo di mio fratello. Nonostante la soddisfazione che ne ricaverei, non posso rischiare di ferirmi alla mano. Non se voglio diventare Ares. Solo che come cazzo faccio dopo che Perseo mi ha nominata *moglie* di Ares? «Mi hai fatta diventare un premio da vincere! Data in sposa a uno sconosciuto! Senza nemmeno parlarne con me».

Sono riuscita a contenermi finché la festa non si è conclusa e un gruppetto di noi è finito nello studio di Perseo – io, mio fratello, Eris e Callisto. Io, Zeus, Afrodite ed Era. Perseo è seduto dietro la sua ampia scrivania e sembra annoiato dalla mia scenata. Eris, un fianco appoggiato alla stessa scrivania, sorride in un modo che non mi piace per niente. Voglio bene a mio fratello e mia sorella, davvero, però non devo mai dimenticare che mettono potere e ambizione davanti a tutto, da sempre, persino prima di entrare fra i Tredici. In fondo, ci hanno cresciuti così.

L'unica eccezione era Ercole, ed ecco com'è finito.

Callisto è ferma davanti alle portefinestre, all'apparenza del tutto estranea alla conversazione. O litigio, per essere più precisi.

Eris si esamina le unghie. «È tradizione che Ares ottenga una moglie insieme al titolo».

Chissà come, durante tutta la mia preparazione, mi sono persa questo piccolo dettaglio. Ero talmente concentrata sulle possibili sfide da non prendermi la briga di indagare il resto. L'ultimo Ares ha avuto più mogli durante la sua carriera. Non mi è mai venuto in mente che una di loro fosse il risultato della vittoria nel torneo. «Non è una scusante. Avresti potuto scegliere qualcun'altra. Avresti dovuto scegliere *chiunque altra*. Perché proprio io?».

Perseo giunge le mani davanti alla bocca. «Perché sei una Kasios».

Sussulto. Non ho chiesto io di nascere in questa famiglia. Non ho chiesto io di dover convivere per tutta la vita con ciò che ne consegue. «Quindi verrò punita perché ho il sangue di nostro padre nelle vene?»

«Piantala di fare la melodrammatica, Elena».

Odio il tono condiscendente che ha assunto adesso. «No, vaffanculo. Non sai che significa…».

Si alza lentamente in piedi, interrompendomi. «Non so che significa… cosa, esattamente? Sacrificarsi in nome dei Tredici? Sposare degli estranei per un bene superiore?». Non guarda Callisto. «Non ti sto chiedendo nulla che non abbia già fatto io».

«Non l'ho chiesto io», riesco a dire dopo un attimo.

«Non fare la bambina. Non sei speciale. Nessuno di noi ha voluto tutto questo». Si gira verso la porta. «Eri destinata da sempre a un matrimonio di potere, lo sai».

A essere onesta, è un piccolo miracolo che sia riuscita a evitarlo fino adesso. Mio padre pensava di spezzarmi prima di offrirmi come pedina a qualcun altro ed è l'unico motivo per cui non mi ha infilato un anello al dito e trasportata di peso all'altare. Tuttavia, da *Perseo* non me lo aspettavo.

Che stupida.

Ovvio che mio fratello non permetta a una sciocchezza come la mia felicità di ostacolare i suoi piani. Nostro padre lo ha istruito troppo bene. Come tutti noi. Persino Zeus, con la sua crudeltà meschina, proteggeva l'Olimpo a modo suo. Nessuno poteva proteggerlo *da lui*, però almeno con mio padre sul trono non dovevamo preoccuparci dei nemici esterni. «Ma…».

«I Tredici sono troppo divisi al loro interno e i vari avvicendamenti stanno causando agitazione. Riprenderò il controllo di tutti loro, uno per uno, a qualunque costo. *Tu* farai la tua parte influenzando Ares in modo che mi appoggi. Esattamente come ti è stato insegnato».

Effetti collaterali di un matrimonio politico? Non smetterebbe di esserlo appena detto: "Lo voglio". Mi ritroverei a fare il funambolo tra il mio sposo e la mia famiglia e sanno gli dèi quanto sia leale verso quest'ultima, per quanto imperfetta. Per quanto mi uccida fare ciò che è necessario. E ciò significa che ho una sola risposta a disposizione. «Capisco».

«Bene». Perseo si gira e mi inchioda con uno sguardo freddo. «Domani sarai alla cerimonia di apertura, ti siederai accanto ad Atena con un bel vestito addosso e ispirerai i candidati alla grandezza. Serve uno spettacolo che verrà ricordato nei secoli e ho bisogno del tuo aiuto. È tuo dovere, Elena. Non hai dimenticato il prezzo dell'esistenza che conduciamo, vero?».

La vergogna mi trapassa come una lancia e riesco a malapena a non curvare le spalle. Non importa quanto sia stato orribile crescere come figlia di Zeus; rimane il fatto che quando si parla di bisogni materiali, non mi è mai mancato nulla. Le scuole migliori, i vestiti migliori, una casa nella città alta, l'accesso ai circoli dei ricchi e potenti. Tutto grazie alla famiglia in cui sono nata.

Ma, come ama ricordarmi mio fratello, questo ha un prezzo.

In un certo senso, Perseo ha ragione: non mi chiede nulla che non sia disposto a fare lui stesso. D'altronde, ha sposato una delle figlie di Demetra. Malgrado le mie recriminazioni, persino io riconosco che è un'alleanza preziosa, anche se non capisco fino in fondo perché mai dovesse essere proprio *Callisto*. Lui più di tutti noi è consapevole della terribile eredità che portiamo nel sangue, dei peccati commessi da nostro padre mentre era Zeus. Perseo sta già muovendo mari e monti per assicurarsi di seguire una via diversa. Anche se mi irrita all'inverosimile, devo rispettarlo per questo.

Però...

Non voglio questa responsabilità. Non l'ho scelta io.

"Non importa". Alzo il mento e sbatto le palpebre per scacciare il bruciore negli occhi. Sono una Kasios e i Kasios non piangono. «Farò il mio dovere». Che altra scelta ho? Scappare? Per piacere. L'unica via d'uscita dall'Olimpo è in mano a Poseidone e lui non mi aiuterebbe mai. Non gli piaccio e, soprattutto, sa quanto io sia importante per il piano in atto. Aiutarmi significherebbe mettersi contro Zeus, Afrodite e il prossimo Ares, in un colpo solo. Probabilmente anche Demetra, anche se su quello non ci sono garanzie. Lui ha troppo autocontrollo per compiere un gesto così avventato.

«Devo metterti alle costole uno degli scagnozzi di Atena?».

Irrigidisco la schiena. «Assolutamente no».

«Okay. Non farmene pentire». Un gesto del capo e scompare, lasciandomi sola con Eris.

Lei si scosta dalla scrivania. Indossa un abito aderente grigio piombo e argento, e ha legato indietro i lunghi capelli scuri con una serie di intrecci complicati. «So che non è un sogno che si avvera, ma ha ragione lui. Un nuovo Ares significa introdurre fra i Tredici un elemento ignoto. Ci servi per spianare la strada a una nuova alleanza tra lui e Zeus».

Voglio bene a mia sorella. Un sacco. Ciò non cambia il fatto che, proprio come il resto della mia famiglia, mette l'Olimpo al primo posto, poi sé stessa e tutti gli altri in fondo. Forse la famiglia viene un po' prima della popolazione olimpica, ma non di molto. Ci tiene a me, ma non permette che questo intralci un'azione decisa – o le impedisca di agitare le acque a ogni occasione. «Avreste potuto scegliere qualcun'altra. Chiunque altra».

Si stringe nelle spalle, un accenno di sorriso agli angoli delle labbra. «Cadrai in piedi, Elena. Come sempre».

Inclino la testa all'indietro e fisso il soffitto. «Meschino come complimento», rispondo con voce acuta e tesa. Sono troppo brava a controllarmi per fare i capricci di fronte alla piega presa dagli eventi, eppure vorrei tanto tirare qualcosa sulla faccia compiaciuta di mia sorella. «In questo momento sono arrabbiatissima con te».

«Ti passerà. In questa città, cane mangia cane, soprattutto fra i Tredici. Lo sai».

«Già, be', io avrei assicurato *eccome* un'alleanza Zeus-Ares a prova di bomba, se aveste permesso *a me* di diventarlo».

Sobbalza, come se l'avessi sorpresa. «Non volevi mica candidarti davvero? Credevo che avessi rinunciato a quell'idea ridicola quando eravamo bambine».

Dovrebbe fare un male tremendo, non essere presa sul serio da mia sorella. Tra tutti quanti, pensavo che lei capisse che la mia ambizione non è affatto superficiale. A quanto pare mi sbagliavo. «Non ci ho mai rinunciato».

Un sorriso teso. «Tesoro, so che hai buone intenzioni, ma guarda i campioni. Achille, Ettore, Atalanta, quei due stranieri. Sono enormi e in pratica trasudano violenza. Senza parlare dell'altra trentina di concorrenti. Tu sei...». Esita. «Capace, ma non sei una guerriera, Elena. Non potresti mai vincere».

Chissà perché, questo è peggio che sminuire le mie aspirazioni. Pensa davvero che non ce la farei. Il mio petto cerca di contrarsi e solo anni di esperienza mi impediscono di vacillare. «*Avrei vinto*».

«Immagino che adesso non lo scopriremo mai». Stringe le labbra, ha un'aria mortificata che non c'era quando ha praticamente venduto la mia mano senza chiedermelo. «Mi dispiace, Elena. Sul serio. Però, lo sai come funziona: l'Olimpo viene prima di tutto il resto. A volte questo comporta dei sacrifici».

«Continua a ripetertelo. Tu non sacrifichi un cazzo». Tremo da quanto sono furiosa. La tentazione di sfogare la rabbia ora, alla presenza dei soli parenti, è quasi più forte di me. Sono passati molti anni dall'ultima volta che ho fatto a botte con Eris; eravamo adolescenti. Sarebbe bellissimo buttare fuori qualcuna delle tremende sensazioni che ho dentro. Il senso di tradimento che mi appesantisce la lingua, minacciando di soffocare tutto quanto.

«Non fare quella faccia, ti verranno le rughe. Finirà bene, Elena. Fidati di noi». Si volta ed esce. A Eris è sempre piaciuto lasciare le discussioni a metà.

Sono stata un'ingenua a credere che mi avrebbero trattata

in modo diverso da come voleva fare mio padre. Elena Kasios, principessa dell'Olimpo, destinata a sposare qualcuno che aumenterà il potere della sua famiglia – come se ne avesse bisogno. «*Cazzo*». Costringo i pugni a mollare la presa sulle pieghe del vestito. «Desideravo così tanto quel titolo».

«Perché non vai avanti lo stesso?». La voce di Callisto emerge dal buio, bassa e quasi seducente.

Sussulto e mi giro di scatto, il cuore a mille. Mi ero completamente dimenticata della sua presenza. Scivola fuori dalle ombre vicino alla finestra dove era rimasta in piedi, quasi invisibile. In quell'abito nero e con i capelli scuri, sembra una creatura della notte entrata nello studio per sbaglio. Non riesco ancora a credere che mio fratello abbia sposato *lei*. Capisco volersi accaparrare Demetra e il suo potere non indifferente, ma di certo Euridice sarebbe stata una scelta migliore. È molto più dolce; sposarla avrebbe significato una vita molto meno tumultuosa.

Pensandoci, però, se Euridice fosse diventata Era, l'Olimpo l'avrebbe mangiata viva.

«Non posso. Non è così che funziona».

«Davvero?». Callisto si guarda le unghie. «Sono una fan del chiedere perdono invece che permesso. È quel che ha fatto tuo fratello, dopotutto. Perché non dargli un assaggio della sua stessa medicina?».

La fisso. «Stai cercando di portare guai».

«L'Olimpo è costruito sui guai». Qualcosa di pericoloso si insinua nel suo tono. Non che abbia del tutto torto, ma questo non vuol dire che abbia ragione. Sua madre, Demetra, ha vinto il titolo e ha portato le figlie nella città vera e propria poco più di dieci anni fa. Callisto non ha mai smesso di sbandierare la sua derisione per tutto quanto concerne i Tredici, fin dall'inizio. Prima di sposare mio fratello, non veniva alle feste. Non partecipava al gioco delle parti. Era sempre pronta a mettersi in guardia e combattere, chiunque fosse il suo avversario.

Adesso che è ufficialmente Era, non so che pensare di lei.

Incrocio le braccia al petto e cerco di calmare il cuore impazzito. Seppur all'apparenza pericolosa, è solo una donna e io gioco questa partita da prima che lei arrivasse in città. Instillo nel mio tono una finta allegria. «Sei dolcissima a fare la cognata incoraggiante, ma non voglio entrare in nessuno scontro in ballo tra te e mio fratello».

Callisto mi fissa a lungo con gli occhi nocciola da vera predatrice. «Tuo fratello non c'entra nulla».

«Magnifico. Ora, ho dell'olio di serpente che mi piacerebbe molto venderti. Fantastico per la pelle. Praticamente la fonte della giovinezza».

Curva le labbra. «Quali che siano le mie motivazioni, stiamo parlando *di te*. C'è qualche regola che ti impedisce di essere premio e campione insieme?».

La guardo bene. Nonostante l'istinto mi metta in guardia, sto considerando le sue parole. «Dovrei controllare, ma probabilmente no. Nulla lo vieta perché dubito che a qualcuno sia mai venuto in mente di provarci». Odio rafforzare i sospetti che Eris aveva su di me, però... «Hai visto chi si è presentato. Avversari di tutto rispetto».

Callisto fa spallucce. «Se volevi diventare Ares, avevi già l'intenzione di combattere contro di loro e sconfiggerli».

Non ha torto, ma sembra comunque una trappola. È solo che... Non sono sicura che me ne importi. Se gareggio e vinco, prendo due piccioni con una fava: divento Ares ed evito di sposare qualcuno che non conosco. Mio malgrado, immagino la faccia melliflua di Paride e il ghigno con cui mi ha guardata prima, quando si è fatto avanti. "O sposare *quell'uomo*". Un destino che ho schivato una volta e sono decisa a evitarlo ancora.

Tuttavia, c'è qualcosa che non torna. Soffoco l'eccitazione crescente e assumo un tono calmissimo. «Ripeto, che ci guadagni a darmi questo suggerimento?».

Un'altra alzata di spalle. «Forse non mi piace vedere la gente costretta a un matrimonio che non ha scelto. Forse voglio vivere attraverso di te perché avrei gareggiato anch'io, se non fossi già Era. Forse voglio fare il dito medio al mio caro marito in ogni maniera possibile. Il mio ragionamento non ha granché importanza, ti pare?». Ancora quel sorriso da predatrice. «Vuoi entrare nel torneo, Elena? Fallo. Tutti quegli stronzi che ti vedono solo come un bel trofeo da vincere… Dimostra loro che si sbagliano».

È come se mi avesse scagliato una freccia dritto in mezzo al cuore. Non posso fidarmi di questa donna, cognata o no. Tuttavia… non significa che la sua sia un'idea stupida. «Lo odi proprio mio fratello, vero?»

«Odio tutti i Tredici».

«*Ne fai parte*». Anche se il titolo di Era si è indebolito da quando mio padre è diventato Zeus. Passandolo dall'una all'altra delle sue tre mogli (tre Era), l'ha spogliato di ogni influenza, finché non è diventato altro che una parola vuota per indicare la sua sposa.

«Sì. È vero».

Si apre la porta e rientra Perseo. Sposta lo sguardo da sua moglie a me e ritorno. «Eccovi qua».

Lei ha un sorriso che è puro veleno. «Facevamo due chiacchiere tra ragazze».

Lui non commenta ed è meglio così. «È ora di andare, Era».

«Ma certo, Zeus». Parole abbastanza educate, ma cinte dalla collera. Callisto si volta verso di me. «Congratulazioni per le future nozze, Elena. Sono certa che sarai un gioiellino adorabile al braccio del prossimo Ares».

La guardo avvicinarsi a passi felpati a mio fratello e sento i peli rizzarsi sulla nuca. Questa donna è un rapace più feroce della maggior parte dei Tredici e non riesco a liberarmi della sensazione che Perseo si pentirà di averla sposata. Da parte sua, lui si gira come nulla fosse e le appoggia una mano sulla curva della schiena. Sempre a preoccuparsi delle apparenze, anche se sono io l'unica testimone della menzogna.

Li seguo e prendiamo l'ascensore per il parcheggio sotterraneo. Solo una volta fuori portata d'orecchio della guardia accanto alla porta, Perseo dice: «Non fare nulla che metta a repentaglio questo processo, in nessuna circostanza. Promettimelo, Elena».

Accidenti a lui, mi tira una palla curva e poi vuole che gli prometta di fare la brava. Accidenti a sua moglie per le parole astute con cui ha incrinato la decisione già precaria di obbedire alla mia famiglia. Scuoto piano la testa. «Lo sai, hai preso proprio da nostro padre».

Sussulta, un movimento a malapena percettibile che subito mi fa sentire in colpa. È stato un colpo basso e l'ho fatto apposta, per ferirlo. Non faccio mai la stronza volontariamente, ma a volte le spine che ho dentro mi pungono al punto da farmi uscire di bocca cose orribili. Parole che vogliono colpire dritto al cuore.

Perseo dà una spintarella a Callisto verso il SUV e di nuovo mi sorprende che la tocchi con tanta nonchalance, senza timore di perdere una mano. Lo vede, lo sguardo penetrante che lei gli lancia ogni volta che si avvicina troppo, vero?

Aspetta che salga sul sedile del passeggero, prima di girarsi verso di me. «Me lo sono meritato, ma non cambia nulla. Promettimelo, Elena».

«Promesso», mento senza esitazioni. Non mi sento nemmeno in colpa. Nella nostra famiglia, in pratica è una dimostrazione di affetto.

Mi guarda in faccia e per un brevissimo istante il freddo si scioglie. «Chiunque diventi Ares ti tratterà bene. Me ne assicurerò personalmente».

Rido, amara. «*Come?* Metterai le telecamere per assicurarti che non mi maltratti? Per favore».

«Sì».

Non... non sta scherzando. Lo fisso. «E poi cosa, Perseo? Che farai se mi hai condannata a sposare un mostro?»

«Non arriveremo a tanto. Sei troppo smaliziata e la maggior parte dei campioni sa che farti del male gli metterebbe contro buona parte dei Tredici».

Il mio ambizioso e spietato fratello non può certo essere tanto ingenuo. «La maggior parte, ma non tutti».

«Gli stranieri non vinceranno, Elena».

No, infatti. Perché vincerò io. Quella decisione mette radici nel mio petto e mi fortifica. "Diventerò Ares". E tuttavia, non posso trattenermi dall'insistere. Non so cosa cerco – rassicurazioni, consolazione. Qualcosa. Sono una sciocca. «E se invece succede? E se vince *Paride*?»

«Non ti faranno del male. In caso contrario», si gira verso il SUV, «ti renderò vedova».

4
Patroclo

Lascio Achille che dorme nel nostro appartamento e mi avvio verso il quartier generale di Atena a piedi. Le piace tenere un basso profilo, per questo ha scelto un edificio abbastanza vecchio nella zona nord-orientale della città alta, appena a sud del molo e vicino alla costa. È abbastanza lontano dal centro scintillante di Zeus da avere palazzi con più personalità, alleggeriti della corazza di acciaio e cemento tanto gradita nei quartieri che circondano la Torre di Dodona.

Il termine per iscriversi scadrà a breve. Mi aspetto che la maggior parte dei partecipanti si sia già palesata, ma a me non piacciono le sorprese. Mancano alcune ore all'alba e se qualcuno vuole aggiungersi all'ultimo lo farà adesso, al riparo delle tenebre.

Storicamente, le tre sfide sono di natura più che altro fisica; tuttavia il vantaggio di un contendente a sorpresa non può essere sottovalutato. Per assicurarmi che Achille vinca, devo prendere in considerazione ogni variabile e tenerla da conto nei miei piani. Ed è per questo che sono *qui* anziché nel letto caldo accanto a lui.

La strada è fiancheggiata da alte querce piantate a intervalli regolari che creano una frescura piacevole nel caldo di inizio estate, persino a quest'ora. Mi fermo sotto una che offre la visuale sull'ingresso del palazzo di Atena e attendo.

Sento una persona arrivare prima ancora di vederla. Tacchi che picchiettano sul marciapiede, così rapidi e secchi da trasmettere una rabbia profonda. Mi nascondo nella tenebra più fitta, girato verso la direzione da cui proviene il rumore.

Un sussulto di sorpresa quando riconosco l'abito dorato

che scintilla alla luce dei lampioni. Da qui non vedo con chiarezza il volto di Elena, ma la determinazione nella postura delle spalle parla da sola. Faceva la stessa cosa da bambini, al parco giochi: raddrizzava le spalle appena prima di gettarsi nella mischia.

All'epoca la posta in gioco non era così alta.

Quasi mi convinco che sia solo una coincidenza se passa proprio di qui, se viene proprio in questa direzione, finché non spalanca il portone di Atena ed entra a grandi falcate.

Sono un bravo stratega, forse il migliore dell'Olimpo. Ho ipotizzato che Elena sarebbe stata scelta come sposa del prossimo Ares perché i dati a disposizione supportavano quel risultato. Per lo stesso motivo sapevo che Paride ed Ettore si sarebbero candidati. Ho persino anticipato la presenza di forestieri, anche se non ho avuto la possibilità di indagare sui nuovi arrivati.

Questo non l'avevo previsto.

Elena vuole competere per il titolo di Ares? È un pensiero ridicolo, anche se, sfogliando mentalmente le cronache lette sull'argomento, non penso che sia vietato. Solo che nessuno l'ha mai fatto prima. Non ci sono precedenti.

Che succede se muore durante una delle prove? Capita che i campioni vengano uccisi, sebbene sia un'eccezione più che la regola. Zeus non potrebbe cambiare la sposa promessa come se nulla fosse. E anche se potesse e i Tredici, l'opinione pubblica e i campioni l'accettassero… Viene da ridere solo all'idea. Chi può paragonarsi a Elena Kasios quanto a conoscenze e bellezza? Nessuno.

Sarà un disastro da qualsiasi punto di vista lo si guardi.

Sono così impegnato a riflettere che non la sento uscire. Non mi accorgo nemmeno di lei finché non me la ritrovo davanti, un sopracciglio perfetto arcuato. «Un tempo non eri un tipo furtivo».

«L'ultima volta che ci siamo visti, avevo otto anni. La gente cambia». Anche se, a ben pensarci, Elena era sempre stata un'anticonformista. Una bella bambina in un vestitino impeccabile… che non poneva nessun problema a far sanguinare il naso ai bulli e a farli piangere.

«Alcuni sì». Si stringe nelle spalle. «Comunque, spiare non ti si addice, Patroclo».

Saremo anche stati amici da piccoli, almeno finché le mie mamme non decisero di trasferirsi fuori dal centro cittadino, quando andavo in terza elementare, ma da allora non ci siamo visti spesso. Con il senno di poi, era carina; per me è sempre stata una dea. È stata lei a voler stringere amicizia quando ero un bambino e a impedire agli altri compagni di prendermi in giro per gli occhiali. Dopo il trasloco, ho sentito la sua mancanza, anche se i ricordi sono sbiaditi con il passare del tempo.

Da adulto, la sua bellezza è come un'aggressione. Nella notte, con solo la luce dei lampioni a baciarle gli zigomi alti e le labbra carnose, sembra una creatura di un altro mondo. Se prima la consideravo una dea, adesso ne ha davvero l'aspetto.

«Non spio», rispondo a fatica. Le parole escono un po' roche ma, cazzo, mi ha colto di sorpresa. Abbasso gli occhi sui suoi piedi e mi acciglio. «Che fine hanno fatto le tue scarpe?»

«Ti ho visto appostato qua fuori e volevo scambiare due parole». Mi mostra un paio di tacchi così alti che, per solidarietà, fanno male i piedi *a me*. «Ho pensato che saresti fuggito se mi avessi sentita arrivare».

«Lavoro per Atena. Non *fuggirei* mai per non parlare con te».

Curva le labbra. «A quanto pare la gente cambia, dopotutto».

Sento la pelle riscaldarsi. «Mi sorprende che ti ricordi di me». Non so perché l'ho detto. Proprio non lo so. È *Elena Kasios*. Anche se è stata gentile con me quando avevamo otto anni, è successo molto tempo fa.

Il suo sorriso scompare. «Eravamo amici, Patroclo. Ovvio che non ti ho dimenticato. Mi sei mancato, quando sei andato via».

Non riesco a decifrare il suo tono. Sembra quasi ferita, ma dev'essere una mia impressione. «Che ci fai qui?». Conosco già la risposta, voglio solo sentirglielo ammettere.

«Pensavo che potessimo chiacchierare un po'».

«Non abbiamo nulla di cui parlare». *Soprattutto* se stiamo

per competere entrambi per il titolo di Ares. Io non ho nessuna intenzione di vincere, non è mai stato il mio obiettivo. Guardando le spalle ad Achille, posso assicurarmi che arrivi all'ultima sfida e trionfi. La cosa migliore, ovviamente, sarebbe se rimanessimo solo noi due e a quel punto io mi ritirerei, ma visti i contendenti non sono sicuro di durare tanto. Il mio punto di forza è la strategia, ma mi manca un tratto fondamentale che hanno Achille e svariati altri: la determinazione che li spinge oltre le capacità della gente comune.

A dirla tutta, nemmeno Elena mi sembra avere grandi possibilità. Tuttavia, essere stato preso sotto l'ala di Atena e istruito dalla sua mente brillante significa che so bene quanto sia stupido fidarsi delle apparenze di *qualsiasi cosa* nell'Olimpo. Elena sembra una reginetta della festa che svolazza da un evento all'altro, un bellissimo uccello in una gabbia dorata. Non posso permettermi di dare per scontato che sia vero.

Scommetto che ha ancora un gancio destro formidabile.

«Patroclo». Scandisce il mio nome, quasi lo stesse assaggiando. «Sei l'unico a sapere che mi sono candidata – a parte Atena, ovviamente. Direi che ne abbiamo, di argomenti».

Non è difficile capire cosa intenda. «Vuoi che lo tenga per me».

«Sì. Almeno fino all'annuncio di domani, alla cerimonia di apertura».

Scuoto la testa. «No. Forse eravamo amici da piccoli, ma è stato tanto tempo fa. Non ti auguro nulla di male, tuttavia non sei tu la mia priorità in questo torneo. È Achille».

Piega la testa da un lato e ancora una volta la sua mera bellezza mi toglie il fiato. Amo Achille (da quando eravamo adolescenti), eppure c'è qualcosa in Elena che mi colpisce in un punto dove la logica non arriva. È come una regina del vecchio mondo che potrebbe spingere nazioni intere a entrare in guerra in suo nome.

Adesso è *pericolosa.*

Ride, un suono basso e peccaminoso. «Quel che Achille non sa non lo danneggia». Sembra *quasi* che cerchi di sedurmi.

Mi preoccupa non riuscire ad allontanarmi di un passo da

lei. Il mio corpo si oppone alla mente, e questo è ancora più preoccupante. «Scusa, Elena, ma a lui lo dirò». Mi schiarisco la voce. «C'è altro?»

«In realtà sì». Indica una mia spalla. «Ti dispiace?»

«Fa' pure». Rimango perfettamente immobile mentre lei mi usa come sostegno e infila le scarpe. È strano rendersi conto di quanto sia minuta. L'ultima volta che mi ha toccato così, appoggiandosi a me per infilarsi le scarpe, era più alta lei. Adesso sarà almeno quindici centimetri più bassa del mio metro e novantadue; o, meglio, più di venti, visto che persino con quei tacchi assurdi deve sollevare la testa per guardarmi negli occhi. A parte questo, ha una corporatura così snella che potrei definirla delicata.

«Come ti viene in mente di partecipare al torneo?». Non era mia intenzione chiederlo. Da dove viene fuori questo improvviso istinto di protezione? Non è una bambina bisognosa di uno scudo. Cazzo, Elena non ha *mai* avuto bisogno che la difendessi io. Alla fine dei conti, non ha alcuna importanza perché lo stia facendo, però ha complicato gli scenari possibili da qui in avanti. La sua presenza avrà delle conseguenze e devo pensare a quali siano.

Saggia la stabilità della seconda scarpa e si raddrizza, passandomi distrattamente una mano sul petto. Il suo tocco è come un marchio. Da parte sua, sembra quasi non rendersi conto dell'effetto che mi fa; guarda la strada, un'espressione indecifrabile in faccia. «Sei felice, Patroclo? Non fai il contabile come desideravi all'epoca». Soffoca una risatina e scuote la testa. «Che razza di bambino vuole fare il contabile a otto anni?».

Sento l'affetto montarmi dentro, nonostante cerchi di reprimerlo. Non porterà a nulla di buono questa strana connessione con Elena di cui mi ero completamente dimenticato fino adesso. «E tu non sei un pirata. *Tu* sei felice?».

Invece di rispondere, ribatte: «Non ti stanchi mai di restare all'ombra di Achille?»

«No», replico subito. «È troppo arrogante, troppo impulsivo. Ha bisogno di un'àncora». Senza di me a coprirgli le spalle, sanno gli dèi dove sarebbe finito. Achille è un genio a modo suo, ma a volte le sue priorità sono talmente distorte che non vede la figura d'insieme – né gliene importa. Assorbe le informazioni che ritiene sufficienti e *agisce*. La sua determinazione ed energia sono terrificanti e irritanti in uguale misura.

«E che ne è di quello di cui hai bisogno *tu*?».

La logica mi dice che non sta parlando di me, non davvero. Eppure, rispondo con sincerità. «Io ho tutto quello che mi serve». È quasi la verità. Sono felice della situazione con Achille. Non è una relazione tradizionale; non ci prendiamo la briga di etichettare le cose e non siamo una coppia esclusiva, anche se io non vengo ammaliato dal fascino altrui spesso quanto lui. Lo amo. Lui mi ama. Entrambi abbiamo ciò di cui sentiamo il bisogno, almeno per ora. Se covo la paura segreta che un giorno non gli basterò più... Be', questi sono solo affari miei.

Non lo confesserò a Elena, passato in comune o no.

«Sei fortunato», mormora. Per essere una che si muove nei circoli più alti della politica olimpica, ha una pessima faccia da poker. O forse sono le ombre a ingannarmi e mostrarmi vulnerabilità dove non ce n'è.

«Tu sembri avere tutto quello che ti serve». Non sarebbe il caso di fare supposizioni. Achille pensa di avere inquadrato Elena e la sua cerchia; io, anche se le mie mamme si sono allontanate dalla politica meschina quando ero alle elementari, riconosco comunque che nella città alta sono ben pochi quelli che esprimono sinceramente i propri bisogni e desideri. Esporli alle persone sbagliate significa fornire loro l'arma ideale per ferirti.

«Davvero?». Elena mi dà una pacca sul petto e fa un cauto passo indietro. «Be', immagino che sia vero, se lo dici tu».

«Elena». Non volevo pronunciare il suo nome con voce bassa e severa.

Sorride, un'espressione più di tristezza che di gioia. «Non sono tutti fortunati come te, Patroclo. Madri amorevoli che hanno sacrificato le proprie ambizioni per darti un posto sicuro in cui crescere. Un fidanzato vicecomandante di Atena. Una carriera promettente nelle sue forze speciali».

«Sembri sapere molte cose di me».

Distoglie lo sguardo, poi lo riporta su di me. «Forse ho cercato di sapere come stavi nel corso degli anni, ogni tanto. Immagino che tu non abbia fatto lo stesso».

Non mi piace quell'espressione triste, ma non dovrei essere io a cercare di risollevarla. Quel che *dovrei* fare è mettere fine a questa conversazione il prima possibile. Elena è troppo smaliziata per fornirmi argomenti da usare contro di lei, e non posso dire lo stesso di me, considerate le strane reazioni provocate dalla sua presenza. «Non serviva che controllassi. Sei sempre sulle prime pagine».

«È proprio vero, eh?». Abbozza una risata, un minuscolo suono divertito che scompare troppo presto. «Stavolta darò loro davvero qualcosa di cui parlare».

«Non vincerai». Non lo dico per crudeltà, ma lei sussulta ugualmente. Insisto comunque. «Potresti persino morire. Non è troppo tardi, se chiedi ad Atena di cancellarti dalla lista lo farà. Nessuno saprà che ci sei mai stata».

Elena mi rivolge un sorriso agrodolce che mi stringe il cuore. «Per certe cose, vale la pena anche rischiare di morire. Buona fortuna, Patroclo. Hai una bella gatta da pelare con quello scemo dorato». Mi volta le spalle e si allontana verso la direzione da cui è venuta.

Non mi muovo. Ho un piano, dopotutto, e quel piano prevede di tenere la posizione fino all'alba per assicurarmi di conoscere tutti i campioni che intendono restare in incognito fino alla cerimonia di apertura. O almeno tornare da Achille e riferirgli gli ultimi sviluppi. Tuttavia, il mio corpo sceglie al posto mio, un passo diventano due e poi una corsetta che mi affianca a Elena. «Ti accompagno alla macchina».

«Non è necessario».

Nonostante abbia le gambe più lunghe, devo concentrarmi per adeguarmi alla sua andatura svelta. «Le strade in questo quartiere sono abbastanza sicure, ma tu sei Elena Kasios. Ti renderai conto che rischi più degli altri uscendo da sola, senza guardie del corpo».

Mi guarda in modo strano. «Non sarebbe nel tuo interesse che un campione venga eliminato ancor prima che inizi il torneo?»

«No». Lo dico con troppa energia e non posso più tornare indietro. Faccio uno sforzo per rilassare le spalle. «Non so come funzioni nei circoli che frequenti tu, ma io non credo alle perdite giustificate. Non se si possono evitare».

«Quanto sei carino». Mi guarda ancora come una strana creatura sconosciuta che non ha mai visto prima d'ora. Quando riprende a parlare, ha un tono quasi gentile. «Patroclo, va tutto bene, davvero. Se qualcuno è abbastanza stupido da aggredirmi, so come difendermi». Soleva un pugno minuscolo. «Tanto tempo fa, proteggevo anche te».

Sorrido mio malgrado. «Eri il terrore del parco giochi».

«Come ho già detto». Abbassa il pugno. «Non c'è bisogno che ti prenda cura di me».

Forse no. Di sicuro sa badare a sé stessa, se è così sicura da partecipare al torneo. Ma non riesco a staccarmi da lei. Non finché non sarà fuori pericolo. «Non importa. Diciamo che ti sto ripagando per aver dato un pugno sul naso a Menelao dopo che mi aveva rotto gli occhiali».

Sospira. «Dovevo aspettarmelo: la tua irritante testardaggine non è cambiata. Per forza, o non dormiresti nel letto di Achille. Molto bene. Vieni con me, se ti fa sentire meglio».

Mi colpisce l'idea che questa Elena sia un po' diversa da quella che tappezza i siti di gossip. I cambiamenti sono impercettibili, ma ho l'abitudine di archiviare ogni scambio con gente di potere che si muove fra i Tredici. Sono pericolosi a modo loro e non farsi cogliere impreparati paga.

La versione che recita in pubblico è vivace in maniera quasi aggressiva. Illumina ogni stanza in cui entri, sta troppo vicino alle persone e ride troppo forte per la buona società. È come se forzasse la propria impronta in ogni spazio che occupa, come se ti sfidasse a ignorarla.

La Elena che vedo adesso continua a invadere lo spazio personale altrui, ma è più quieta. È *triste*. Quasi vulnerabile. È strano accorgermi che è più complessa di quanto mi aspettassi. «Non sapevi del matrimonio, vero?».

Invece di rispondermi, sferra l'offensiva. «Tu e Achille state insieme? O siete solo scopamici?».

Per poco non inciampo. «Non sono affari tuoi».

«Nemmeno se fossi stata avvertita o no sono affari tuoi». Ci fermiamo all'angolo della strada ed Elena tira fuori un telefono dalla custodia glitterata. Tutto in lei sembra scintillare. Mi rende nervoso, ricorda vari animali i cui colori sgargianti indicano le difese velenose. Mi mostra lo schermo con un gesto rapido del polso. «La mia macchina sarà qui tra pochi minuti. Hai fatto il tuo dovere, adesso puoi andartene».

Non muovo un passo. «Resto finché non arriva».

«E va bene». Mette le mani sui fianchi, e a quel punto è impossibile non notare quanto le calzi bene il vestito. È un'opera d'arte, un taglio che sembra sfidare le leggi della fisica in maniera quasi incomprensibile. Ha usato del nastro adesivo o qualche altro aggeggio per impedire al seno di uscire dalla scollatura, vero?

Quando la sento ridere sottovoce risollevo di colpo gli occhi alla sua faccia. Dèi, le stavo guardando il petto. Mi sento arrossire e sono grato alla semioscurità. Spero che nasconda il mio imbarazzo. «Scusa».

«È un vero peccato che tu e Achille non siate affari miei. Sei molto bello e stasera mi sento particolarmente avventata». Si avvicina. Non abbastanza da toccarmi, ma poco ci manca. Elena mi guarda dritto in faccia. «Vuoi metterti nei guai con me, Patroclo? Dopo puoi raccontarlo ad Achille con… tutti… i dettagli».

Ho fin troppo chiaro come finirebbe. Se fosse un'altra persona, se fosse una situazione diversa, Achille si ecciterebbe. Di solito, succede il contrario: lui va a divertirsi e poi me lo racconta mentre mi scopa o io lo sto divorando, anche se mi tempesta sempre di domande quando qualcuno attira la mia attenzione abbastanza da cercare l'avventura di una notte. È da tanto che non me ne concedo e se le circostanze fossero diverse lui sarebbe entusiasta della mia inusuale impulsività.

Però questo…

Questo assomiglia troppo a un tradimento, per ragioni che non voglio indagare. Dopo un po', scuoto la testa. «No. In circostanze diverse, ma...». Odio la delusione che le oscura il volto, la odio così tanto che le prendo una mano e la sollevo, girandola per baciarle il polso. «Mi dispiace».

«Peggio per te». Non cerca di allontanarsi né di interrompere il contatto fisico.

L'attimo si dilata, sottile come un filo di ragnatela e gravido di possibilità. Rifiutare è la scelta giusta. Ho già reazioni troppo veementi alla presenza di Elena senza includere la componente fisica. Nonostante i miei molti pregi, a volte il sesso può intorbidire le acque, annebbiare la mia mente di solito brillante. Non posso permettere che accada adesso, con Achille a un passo da ciò per cui ha lavorato e sacrificato così tanto. E di certo non con *questa* donna, che si frappone al suo obiettivo.

"Se Achille vince, la sposerà".

Quel pensiero scatena una fiamma così intensa che mi chino verso Elena senza volere. Abbiamo considerato un matrimonio di facciata, ma... e se non lo fosse?

Lei inclina la testa all'indietro e si lecca le labbra, gli occhi fissi alle mie. «Patroclo».

Dèi, come pronuncia il mio nome, la voce bassa e affannata con un leggero tono interrogativo che mi fa venire voglia di stringerla a me e baciarla finché l'unico oggetto della sua impressionante capacità di concentrazione diventi *io*.

Che cazzo mi sta succedendo?

Suona un clacson, strappandoci a quel momento. Elena fa un grande passo indietro e sottrae la mano alla mia presa. «Magari un'altra volta». Il suo sorriso si fa malizioso. «Ho cambiato idea: niente segreti. Sono certa che Achille sarà *entusiasta* di sapere che dovrà affrontarmi in tutte e tre le prove».

Se è brava la metà di quanto è arrogante, potrebbe avere una chance. Rimango lì a guardarla salire sul mezzo che l'attende. I fanalini di coda scompaiono in fretta in fondo alla strada e svoltano verso il centro della città.

Non ci sono dubbi.

La situazione si è appena complicata moltissimo.

5
Achille

Mi sveglio non appena Patroclo si infila a letto. Sta cercando di fare piano, ma per quanto si muova furtivo io non ho mai avuto il sonno pesante. Né da bambino né sicuramente una volta diventato soldato. Mi giro e gli cingo la vita con un braccio, premo la sua schiena contro il mio petto. seppellisco il viso nella sua nuca. Odora di luce estiva... e profumo.

Apro gli occhi. È ancora buio, l'orologio segna le tre. «Sei tornato presto».

«Già». È tesissimo, sembra un blocco di cemento. È successo qualcosa. Qualcosa di cui non vuole parlare.

Okay, con me può scordarselo. «Patroclo». Lo spingo contro il materasso e appoggio la testa su una mano. «Sputa il rospo».

Nella penombra non riesco a vederlo bene in faccia, ma non ne ho bisogno. Conosco quest'uomo come le mie tasche. Riesco a percepire il rimorso che emana, anche se non ha il minimo senso. Nulla che possa aver fatto stanotte dovrebbe poter scatenare un *senso di colpa*. Non è così che funziona tra noi.

Finalmente, prende fiato. «Elena Kasios si è iscritta al torneo».

«*Cosa?*»

«Già».

Scuoto la testa. «Che cazzo le viene in mente? Si farà male e farà incazzare Zeus e Afrodite, rendendo le cose più difficili al nuovo Ares». A *me*.

«Un tempo ci conoscevamo».

È uno shock così grande che mi sollevo a sedere. «Di che parli? Non conosci Elena Kasios, tu».

«In passato sì». Lo dice come se confessasse un crimine.

«Siamo andati a scuola assieme da bambini, prima che la mia famiglia lasciasse il centro città. Eravamo… amici».

Da quando lo conosco non l'ha mai nominata, neanche una volta. So che dovrei considerarla come la prova che non conta nulla per lui, ma riesco a concentrarmi solo sul fatto che ci sono lati di Patroclo che non riconosco. Mi sfrego la faccia con una mano. «Quindi una volta conoscevi Elena Kasios e adesso lei è tra i campioni». Non basta a giustificare il rimorso. «Che altro è successo?»

«Lei…». Si schiarisce la voce. «Sono piuttosto sicuro che volesse portarmi a letto».

Con Patroclo ci provano di continuo. È sexy, ha un corpo da soldato ed è un genio. Chiunque ci parli per dieci secondi capisce che è un buon partito. Il più delle volte, nemmeno si accorge che lo stanno corteggiando, e quando gli si accende la lampadina si allontana educatamente. È raro che qualcuno lo interessi abbastanza da farsi sedurre e ancora più raro che dopo si comporti così. Sono quasi certo che non sia mai successo prima.

Non mi piace.

Cazzo, di sicuro non mi piace come mi fa sentire.

«Come?». Lo chiedo senza volerlo. Quella singola parola, troppo pesante, è un guanto di sfida lanciato in mezzo a noi.

Patroclo si irrigidisce. «Cosa?».

Mi alzo dal letto e gli faccio un cenno impaziente. «Fammi vedere come».

«Achille…». Mi segue, riluttante, e si mette di fronte a me. È nudo e in parte eccitato, il che non mi farebbe irritare di solito, ma nulla ora sta andando come dovrebbe. Patroclo sospira. «Perché lo fai?»

«Voglio saperlo». Mi sto comportando da stronzo, però non riesco a trattenermi. L'ho vista, Elena Kasios. Ogni tanto ci ho parlato, anche se la sua personalità aggressivamente vivace mi dà sui nervi. Si può definire la persona più bella in tutto l'Olimpo. Il genere di bellezza che ti fa perdere la ragione e agire contro i tuoi interessi. Il genere di bellezza che scatena guerre e rovina coppie.

Non le permetterò di rovinare la mia. Me ne frego se ha adocchiato Patroclo, non può averlo. Lui è mio.

Sospira di nuovo. «Non ne verrà fuori nulla di buono».

«Da quand'è che abbiamo dei segreti tra noi?»

«Non è successo niente, Achille. Non capisco perché tu sia geloso».

Gelosia, ecco cos'è questa sensazione. La odio. Voglio darle fuoco. Ma le emozioni non sono facili da superare come le sfide fisiche. Mi avvicino a Patroclo, abbastanza da percepire il calore emanato dal suo corpo. «Si è avvicinata così?».

Impreca. «E va bene. Facciamolo». Mi prende una mano e se la mette sulla spalla. «Si è appoggiata a me per infilarsi le scarpe».

Infilarsi le scarpe?

Non ho la possibilità di dare voce alla domanda: mi stringe più forte il polso e lo fa scendere lungo il petto. «E ha fatto così. Fine della storia. Sei ridicolo».

Il modo in cui si è trincerato è più eloquente delle proteste. Patroclo non sta *mai* sulla difensiva. «Volevi scoparla». Per poco non si strozza; è una risposta sufficiente. Scendo con le nocche lungo il torace e chiudo il pugno attorno all'uccello duro. Per me? Per lei? La mancanza di conferme fa scattare qualcosa di perverso dentro di me. Lo strofino con molta poca gentilezza. «È bellissima».

«Lo dici come se non lo sapesse già tutto l'Olimpo». Continuo ad accarezzarlo e lui comincia ad ansimare. «Achille, andiamo a letto».

Mi fermo. «Patroclo». Non mi serve dire altro. Mi conosce come io conosco lui. Sa cosa voglio.

Mi affonda le dita tra i capelli e preme la fronte contro la mia. «Questo non ti farà felice».

«Forse sì».

Abbozza una risata, anche se ha un suono sofferto. «E va bene. Sì, volevo scoparla. Se non fosse destinata a diventare *tua moglie*, avrei potuto accettare la sua offerta».

Mia moglie.

Non avevo intenzione di fare nulla sul fronte sposa annesso

alla vittoria, ed è ancora così. Tuttavia, in questo momento è impossibile impedire alla mia immaginazione di correre all'eventuale prima notte di nozze con Elena Kasios. È una ragazzina viziata, sì, ma ciò non mi rende immune al suo fascino. Penso che nessuno lo sia. Sarà una bomba in camera da letto. Non so come, ma all'improvviso ne ho la certezza.

Patroclo mi bacia. O forse sono io che bacio lui. Non importa, raggiungiamo il letto incespicando. Ho le sue mani tra i capelli, mi accarezzano la schiena, mi agguantano il culo e mi stringono più forte contro di sé. Impossibile negare la fonte di questa frenesia e lo sappiamo tutti e due.

Si inginocchia e ho a malapena il tempo di allungare una mano verso di lui che prende in bocca il mio uccello. «*Cazzo*». A volte, quando lo fa, è un provocatore di merda, mi tormenta con movimenti lenti delle labbra e della lingua sapiente finché non perdo la pazienza e lo trascino sul letto per scoparlo.

Non è così che succhia stanotte: lo prende tutto, fino a che le labbra non toccano la base del mio pene. Lo fisso a lungo, ma Patroclo ha gli occhi chiusi. La determinazione della sua bocca su di me mi indurisce le palle. Come se volesse sfuggire a qualcosa. Come se stesse cercando di dimostrare qualcosa.

«Me lo stai succhiando come se ti scusassi». Inclino la testa all'indietro e chiudo gli occhi. «Sei perdonato, Patroclo». Ha ragione: non ha fatto nulla di male. Non so perché sto reagendo in questo modo, riconosco che è una stronzata. Il gemito con cui mi risponde ne è la conferma: quest'uomo mi ama quanto io amo lui. Lotterà per non mettere a repentaglio la nostra relazione.

Ci credo. Davvero.

Quasi sempre.

Stavolta, non lo ribalto sul letto. Lascio che sconti una penitenza che non merita perché so che lo farà sentire meglio. A ogni movimento lungo il mio uccello, la gelosia si affievolisce. Non importa se Patroclo vuole Elena – cazzo, la voglio *io*. Quel che conta è che lui è qui, con me.

Rafforzo la presa sui suoi capelli. «Mi manca poco».

In risposta, mi afferra le palle. Sa cosa mi piace, cosa mi provocherà l'orgasmo più violento. Impreco e vengo così forte che mi cedono le ginocchia. Patroclo non smette di succhiare, nemmeno quando mi aggrappo al bordo del letto per non cadere a terra. Solo allora lascia l'uccello e mi bacia su un fianco. «Mi dispiace».

«Non hai niente di cui scusarti».

«A me non sembra».

Mi accascio sul pavimento accanto a lui e mi appoggio al letto. «Ho esagerato».

«Forse un pochino».

«Decisamente». Persino con la mente offuscata dall'orgasmo, la gelosia aleggia ancora da qualche parte. Ci sono migliaia di persone nell'Olimpo con cui potrebbe fare sesso e non ci penserei su due volte. Elena? Lei è un'altra storia. «Dispiace anche a me». Alzo una mano. «Sputa».

«Cazzo, Achille…». Però obbedisce. Al solito. Mi sputa su una mano e mi fissa con *quello* sguardo mentre gli prendo l'uccello e lo sfrego pigramente. Fa sempre così, come se non credesse di essere proprio qui, toccato da me in questa maniera. Siamo compagni da un decennio, fin da quando la nostra amicizia si è trasformata in carezze impacciate e baci goffi, quando avevamo vent'anni.

«Mi farò perdonare».

«Ah sì?». Curva le labbra. Ma più importante, rilascia la tensione residua nelle spalle. Si appoggia al materasso e inclina la testa indietro, esponendo il collo.

«Sì». Non perdo tempo e la bacio appassionatamente, continuando a fargli una sega. È una bella sensazione, averlo nella mia mano, essere imprigionato dalla sua bocca in un bacio rude. Potrei farlo venire così. L'ho fatto tantissime volte. Oggi, non basta.

Interrompo il bacio, ignoro il suo verso di protesta e scivolo con la lingua lungo il suo petto e la pancia per prendere l'uccello. Il tremore che gli attraversa le cosce conferma che non gli ci vorrà molto ad avere un orgasmo; mi sta benissimo. Stanotte non sono più interessato di lui a stuzzicare. Lo succhio forte, lo lavoro con le labbra, la lingua e quell'accenno di denti che ogni tanto gli piace.

«Porca *puttana*, Achille. Io…». Non ha il tempo di finire, almeno non a parole. Viene nella mia bocca e io gemo ingoiando tutto. Non mi fermo lì. Cazzo, non mi fermo finché non mi tira via per i capelli. «Merda».

Lo bacio rapidamente sulle labbra. «Visto? Non c'è niente di cui preoccuparsi».

«Non ho mai detto il contrario». Sorride adesso. «Però io mi sono scusato e tu hai piantato la tua bandiera senza lasciare ombra di dubbio».

«Già». Sorrido, affatto pentito. «Ora, a letto».

«A letto».

Ci laviamo i denti e ripuliamo velocemente prima di infilarci sotto le coperte. Stavolta, quando lo abbraccio, è rilassato e stanco. Ma è pur sempre Patroclo. Penso che l'unica cosa in grado di spegnere del tutto quel cervellone che si ritrova sia scoparlo fino a un passo dal coma. Un solo orgasmo lo rallenta a malapena.

Non mi sorprendo quando mi accarezza l'avambraccio con le dita e dice: «Ho cercato di dissuaderla dalla gara».

«Ci scommetto». Lo stringo di più a me. «Immagino che sia andata bene».

«Nemmeno un po'». Sospira. «Complicherà tutto».

Rafforzo la presa, come se bastasse a tenerlo al mio fianco. «Non complica niente che non vogliamo. Me ne frego se ci ha provato con te. È off limits».

«Lo so». Assume un tono asciutto. «Parlavo del torneo. Il trofeo che compete per il titolo è… un casino».

«Oh. Giusto». Chiudo gli occhi. «Qualunque cosa succeda, troveremo una soluzione».

«Sei sempre così sicuro di te». Mi prende una mano e bacia il polso. «Ma hai ragione: non sarà un ostacolo così grande da avere effetti duraturi. Elena è tante cose, ma non una guerriera. Non ha la minima possibilità contro di te».

"Ci puoi scommettere".

Non nell'arena. E nemmeno con il mio uomo.

6
Elena

Sono così nervosa che mi viene da vomitare. Nonostante la notte scorsa con Patroclo (e mi rifiuto di soffermarmi su *quel* comportamento autodistruttivo in particolare), resta il fatto che comincio a dubitare di aver fatto una scelta intelligente. Sembrava una buona idea finché cavalcavo l'onda di collera e indignazione, spronata dalle parole tentatrici di Callisto. Persino Atena non ha battuto ciglio quando mi sono presentata nel suo ufficio per iscrivermi al torneo.

Alla fredda luce del giorno, si fa strada il dubbio.

Anche se l'annuncio è stato trasmesso in TV, ora c'è la cerimonia di apertura ufficiale. Si tiene nello stesso luogo del torneo – l'arena accanto agli alloggi militari. Cammino avanti e indietro tra le mura di cemento. Sento il mormorio del pubblico arrivare dalla porta ad arco che conduce all'arena. Sono certa che mio fratello e mia sorella saranno seduti nel palco riservato a presentatori e figure del genere. Gli altri candidati entreranno dall'arco di fronte al mio, quindi questa soglia è misericordiosamente vuota.

Una volta che esco e prendo posto tra i campioni, non si torna più indietro.

Mi avvicino alla porta e sbircio fuori. L'edificio è costruito come un'arena tradizionale: lo spazio ovale al centro sembra piccolo rispetto alle gradinate che si elevano tutto attorno, ma inganna. L'ho visto trasformato in palco per concerti e a volte persino in una pista di pattinaggio sul ghiaccio in inverno. In questo momento, è cosparso di sabbia e ci sono trentasei podi bassi allineati uno accanto all'altro, per i contendenti.

L'ultimo Ares aveva una passione per l'arena e organizzava

regolarmente eventi e competizioni per mettere in mostra le capacità dei suoi uomini. Sono un bellissimo spettacolo; da piccola, il mio preferito era guardare i soldati mettere in scena battaglie fittizie o duelli. Vedere quella gente vigorosa all'apice delle abilità militari risvegliava qualcosa dentro di me.

Forse è stato allora che ho intrapreso questa strada, anche se fin dall'inizio ho incontrato molti ostacoli. Mio padre aveva un'opinione molto ferma sul genere di attività a cui avrebbero dovuto partecipare le figlie. Qualsiasi genere di arte marziale era fuori questione. Eris scelse la danza classica, il che dimostra che è una stronza con una vena masochistica. Io però non sono molto meglio, perché scelsi la ginnastica. Gareggiavo alle scuole superiori, ma non sarei mai diventata una delle migliori. Tuttavia, è servita al suo scopo: mi ha tenuta in eccellente condizione fisica. Persino dopo il diploma ho continuato buona parte dell'allenamento, il che significa che pur essendo minuta nascondo una discreta forza nella parte superiore del corpo e una resistenza senza paragoni.

Entrambe mi sono state d'aiuto quando ho iniziato a praticare le arti marziali miste. Sei mesi non sono lontanamente sufficienti a diventarne esperta, ma tra le mie abilità e le tecniche di base posso cavarmela. Spero.

In questo momento, siamo ancora alla teoria. Ho una vaga idea di come saranno le sfide, visto che sembrano seguire uno schema simile ogni volta che il titolo di Ares viene assegnato, tuttavia ci sono troppe variabili. E poi, provare a immaginare quali siano è giusto, ma la vera incognita restano i campioni stessi.

Le luci si abbassano e scatenano un ruggito tra la folla. Mi sporgo un po' di più e seguo il fascio dei riflettori fino a mio fratello e Atena in piedi nel palchetto. Lui è in perfetto completo formale, ovviamente fatto su misura, della sfumatura di grigio ideale per esaltare la sua carnagione chiara. Anche Atena è in completo tre pezzi, ma porpora scuro e con spalline affilate come coltelli.

Se Perseo è irritato dalla mia assenza, lo nasconde benissimo a chiunque non lo conosca intimamente; io però gli leggo il disappunto nel freddo gelido degli occhi. Laddove la mia maschera pubblica è una vivacità sopra le righe, quella di Perseo è l'esatto opposto. Più intensi sono i suoi sentimenti, meno li mostra. In questo istante, il suo volto potrebbe essere scolpito nella pietra. È *furibondo.*

Callisto è accanto a lui ed Eris vicino ad Atena, entrambe in abito nero. Un impeccabile quartetto consolidato. I palchi tutto attorno all'arena appartengono ai vari membri dei Tredici, anche se adesso nessuno di loro viene proiettato sui giganteschi schermi piazzati in posizioni strategiche.

Mio fratello alza una mano e subito cala il silenzio. «Le prove inizieranno dopodomani. Stanotte conoscerete i vostri campioni». Lancia un'occhiata ad Atena. «Ma prima, mostrate il vostro sostegno alla donna a capo dell'evento: Atena». Applaude educatamente e l'arena esplode.

Atena è fra i Tredici che di solito evitano di mostrarsi in pubblico. In quanto comandante delle forze speciali olimpiche, preferisce lavorare nell'ombra senza farsi notare.

La sua riluttanza a pavoneggiarsi e posare davanti alle telecamere ha generato un seguito quasi religioso tra i residenti dell'Olimpo. Ci sono intere bacheche zeppe di gente che vuole sottomettersi a lei o scrive fanfiction su tutti i Tredici e su di lei in particolar modo. Atena preferisce fingere che non esistano, finendo per diventare una delle più popolari.

Fa un rapido gesto con la mano, impassibile. Le acclamazioni della folla si interrompono subito, come se avesse premuto un pulsante. Notevole. Magari non apparirà spesso in pubblico, ma di certo ha il carisma e l'attitudine al comando necessari. Volge lo sguardo su tutta l'arena. «Vogliamo cominciare? Bene. Il nostro primo campione è Paride Chloros».

Sussulto e sento un nodo allo stomaco alla vista del mio ex che esce dall'arco opposto al mio e saluta la folla, incamminandosi verso il podio all'estrema destra. Sullo schermo in alto scorre una carrellata di clip provenienti da diversi siti di gossip e ho un po' di nausea quando mi rendo conto che in molte ci sono anch'io. Il vuoto allo stomaco non fa che peggiorare non appena noto quanto sembri *felice*. A volte era una menzogna (vedersela con i paparazzi significa imparare a proiettare l'immagine che vuoi immortalino), ma in fondo *ero* felice con Paride... prima di accorgermi che il mio ragazzo così educato fosse un bugiardo anche più grande di me.

Il video l'ha fornito Paride; lo so perché mi è stata chiesta la stessa cosa per la mia entrata. Che cazzo cerca di dimostrare? Non può essere solo un tentativo di riconquistarmi, vero? Scuoto la testa. No, trattandosi di lui, probabilmente vuole solo marcare il territorio, ricordare a tutti che sono stata sua prima che moglie del prossimo Ares. Rabbrividisco. C'è un motivo se l'ho lasciato e sono pronta a usare una buona dose di violenza per impedire che si avvicini di nuovo a me.

In tutto l'Olimpo, era l'unica persona di cui credevo di potermi fidare. Quello a cui confessavo i miei dubbi e le mie paure. Invece di attutire la caduta, ha affilato quei dubbi e quelle paure e li ha sfruttati per colpirmi dritto al cuore, sempre con un sorriso su quel bel volto.

Quando sono riuscita a sbattergli la porta in faccia accertandomi che non si riaprisse mai più, ormai aveva abbrutito il mio istinto e rovinato la maggior parte delle mie amicizie più intime. Non mi ero nemmeno accorta che mi stava facendo terra bruciata attorno finché non ho messo fine alla relazione e mi sono ritrovata sola.

«Il nostro secondo campione è Ettore Chloros».

Sorrido mio malgrado e guardo Ettore avvicinarsi senza fretta alla seconda piattaforma. Tutti i geni buoni della famiglia sono andati al fratello maggiore, un dato di fatto dimostrato dal suo video. Al novanta per cento composto da scene con la moglie Andromaca e la figlia. Sarebbe strano se fosse qui per vincere, ma sembra più una dichiarazione di altro tipo. È evidente che agisce come spalla di Paride.

Questo sarà un problema.

Le alleanze sono lecite, ma ero così concentrata sull'aggirare la mia famiglia che ho pensato solo a iscrivermi e prendere parte alle sfide, niente di più. Adesso che ci rifletto, però... ho tre coppie di alleati di cui preoccuparmi, decisamente più pericolose del resto dei campioni: Ettore e Paride, i due stranieri arrivati insieme e Achille e Patroclo. Aiace probabilmente si allineerà a Ettore o Achille, visto il passato in comune. Forse persino Atalanta, il che significherebbe un quarto duo da gestire. Ciascuno di questi campioni rappresenta già una sfida da solo. Ma uniti? Le cose si sono complicate parecchio.

«Cazzo», mormoro. Forse potrei avvicinare Atalanta prima che Aiace o gli altri ne abbiano la possibilità e vedere se vuole collaborare per superare le prime due prove. Non avrò molto tempo per fare le mie magie e non la conosco per niente, ma di sicuro la solidarietà femminile giocherà a mio favore.

Faccio una smorfia. "Poco probabile".

Mentre rimuginavo, Atena ha snocciolato un buon numero di campioni. Entrano uno dopo l'altro. Alcuni si trascinano con la schiena curva – non sono qui per scelta ed è chiaro –, altri hanno una falcata da smargiasso e salutano la folla. Li conosco quasi tutti di vista ed è palese che, dopo Paride ed Ettore, Atena sta riservando i veri avversari per ultimi.

Come volevasi dimostrare, arriva l'annuncio di Aiace e Atalanta. E poi il Minotauro (insomma, ma che razza di nome è?) e Teseo. Allineati agli altri, quei due sembrano ancora più grossi. Ettore e Aiace non scherzano, eppure li superano entrambi in quanto ad altezza e muscoli. Ciò significa che torreggiano su chiunque altro. Spero siano almeno lenti e li toglieremo di mezzo alla prima sfida.

«Patroclo Fotos».

Riporto l'attenzione sull'ingresso mentre Patroclo l'attraversa. Gli altri si sono tutti messi in ghingheri, lui indossa i jeans e una maglietta bianca. Sembra uno che vorrebbe essere ovunque tranne che qui, in un certo senso fa tenerezza. Non riesco a non paragonarlo al bambino che conoscevo, dolce e silenzioso, un vero nerd. Sebbene sia cambiato esteriormente, mi è comunque familiare. Senza contare che adesso è *sexy*. Nessuno può più considerarlo un bersaglio facile, non con quelle spalle larghe e le mani grandi. E cazzo, se è intelligente. A distanza ravvicinata riuscivo praticamente a vedere gli ingranaggi del suo cervello sproporzionato che giravano e vorticavano. Di recente sono stata attratta più da tipi carini e superficiali, ma non posso negare che mi è piaciuto fargli arruffare le penne.

Voglio rifarlo.

Voglio arruffargliele *un sacco*.

«Achille Kallis».

Senza volere, mi si mozza il fiato alla vista di Achille in completo blu scuro. È attraente, cavolo, e lo sa, calpesta la sabbia con passo felpato e una determinazione quasi violenta. Perché è tanto sensuale? Proprio il genere di persona che avrei puntato una volta, proprio il genere di persona che avrebbe considerato la mia vicinanza a Zeus come uno strumento da usare a proprio vantaggio. Paride l'ha pensato di certo. Riesco a *sentire* sulla pelle la concentrazione e ambizione di Achille. Gli altri sono pericolosi; lui vuole il titolo più di tutti.

Tranne me.

Una volta conclusi gli applausi, compare un leggero sorriso sulla bocca di Atena. «E il nostro ultimo campione. Elena Kasios».

Esplode il caos, mentre liscio la gonna del vestito corto dorato e scendo la passerella fino al fondo dell'arena. Alla fine dei conti, non importa cosa pensino le masse dell'Olimpo di ogni singolo campione, perché solo chi vince diventa Ares. Ciò detto, solo uno stupido non cercherebbe di guadagnarsene il favore fin dall'inizio. Achille ci ha chiaramente pensato, ma non ha la mia stessa esperienza nel manipolare l'opinione pubblica.

Faccio l'occhiolino e mando un bacio alla telecamera puntata verso di me e collegata ai grandi schermi in alto. Il caos si muta in applausi. Perfetto. Saluto e mi dirigo al mio podio. Camminare con grazia sulla sabbia con i tacchi alti è più difficile di quanto sembri, ma io in pratica ci vivo sui tacchi quindici; lo faccio apparire facile.

Achille si muove prima che io arrivi a destinazione, salta giù dalla sua piattaforma e si avvicina. Mi irrigidisco, pur riuscendo a non perdere il sorriso. Vuole davvero cercare di fermarmi?

Il coglione sorride e mi porge la mano. «Che sorpresa trovarti qui, principessa».

Parlo a denti stretti. «Non crederai che mi serva aiuto per un gradino di trenta centimetri, vero?».

Quel sorriso affascinante non sbiadisce. «Tutti amano i gentiluomini».

Oh sì, Achille sa come si fa. Potrebbe impressionarmi, un soldato orfano con più *savoir-faire* di alcuni figli dei Tredici che conosco, ma sono troppo irritata per riconoscergli qualunque merito. Una sola mossa e mi ha relegata all'angolo delle damigelle in difficoltà. Non posso ignorarlo, altrimenti farei la figura della stronza, e non posso permettermelo all'inizio dei giochi.

Appoggio la mano sulla sua e parte di me si eccita al sentirsi minuscola in confronto a lui, persino dall'alto del podio. Trattiene le mie dita un secondo in più del necessario, percorrendomi con uno sguardo d'approvazione che non risulta lascivo. «Sai, ieri sera pensavo che averti come moglie sarebbe stato solo un effetto collaterale del titolo che bramo».

«Non sarò tua moglie», sibilo.

«Oh sì, eccome». Allarga il sorriso, negli occhi scuri guizza qualcosa di simile al desiderio. «Non vincerai, principessa. Meglio che ti spalmi subito un po' d'uovo sulla faccia e conservi quei bei lineamenti. Essere sposata con me non sarà poi tanto male, fidati».

Lo fulmino con un'occhiata. «Leva quella mano».

Mi lascia come se nulla fosse e rivolge il sorriso accattivante verso la folla, saltando di nuovo al suo posto. La gente va in deliquio sugli spalti, il che mi fa salire la pressione. Forse è per questo che perdo la bussola e alzo gli occhi al palco su cui si erge mio fratello. Sento il suo sguardo truce fin qui, anche se non compare su nessuno schermo. Devo reprimere un brivido.

È troppo tardi per tornare indietro. Nemmeno Zeus può rimuovere un campione una volta che è stato annunciato. Da questo istante in poi, saremo tutti ospitati in una location secondaria e isolati dal resto della città. L'intenzione è impedire intromissioni o tentativi di imbroglio, e per me significa che mio fratello e mia sorella non potranno farmi una visita a sorpresa per convincermi a ritirarmi. L'unica dei Tredici che può andare e venire a suo piacimento dagli alloggi dei campioni è Atena.

Che ora fa un gesto del braccio verso di noi. «Saluta i tuoi campioni, Olimpo».

Le ovazioni e le urla sono così forti che quasi sento l'arena vibrare. Non esiste nulla di più sbalorditivo. Fino a ora, ogni mia interazione con la folla è avvenuta attraverso un filtro costruito ad arte. Sono una figura pubblica con una facciata pubblica e compaio spesso su MuseWatch, il sito di gossip locale. Ma non ho mai fatto niente del genere. Persino alle mie gare di ginnastica c'era un pubblico selezionato, una condizione impostami da mio padre se volevo partecipare. Di sicuro non è servito a farmi degli amici tra compagni di squadra e avversari.

"Spero che tu possa vedermi adesso, padre. Dal Tartaro o da qualunque altro posto in cui abbia deciso di spedirti l'universo. Spero che sia buio e orribile, e che tu soffra immensamente".

Dopo, succede tutto molto in fretta. Compaiono diverse persone nell'uniforme delle forze speciali di Atena (maglia nera, pantaloni neri, un gufo in picchiata sulla spalla destra) che ci guidano verso l'entrata da cui sono venuti gli altri campioni. Stavolta, Achille non cerca di offrirmi aiuto per scendere, e meno male, perché non penso che potrei controllare la mia espressione.

Ci fanno attraversare una serie di corridoi di cemento e uno spogliatoio fino a entrare in una sala d'attesa con una sola uscita. Il soldato più alto ci conduce a una serie di furgoni allineati con i finestrini oscurati.

Inarco un sopracciglio. «Non è un po' esagerato?».

In risposta, apre una portiera e mi scocca uno sguardo indecifrabile. «A te la scelta».

Non c'è altra scelta: rifiutarsi di seguire il protocollo adesso significa essere eliminata prima ancora di cominciare. Sospiro e salgo sul sedile di dietro del secondo furgone. Troppo tardi mi viene in mente che avrei dovuto controllare dove andavano gli altri e decidere di conseguenza. Per allora, Paride è già salito sul mio stesso mezzo ed è seduto accanto a me, troppo vicino. Lo segue Ettore, con un'espressione rassegnata sul bel viso. Atalanta completa il quartetto, i rasta legati per lasciare libera la faccia segnata da cicatrici.

Paride si china su di me, i lineamenti così perfetti che provo l'improvviso desiderio di rompergli il naso e dargli un po' di personalità. Non che mi dispiacesse il suo bel faccino quando uscivamo insieme; è stato quello a ingannarmi e convincermi ad andargli dietro, all'inizio. Accenna un sorriso che mi fa venire la pelle d'oca. «Elena, che stai facendo?»

«Non sono sicura di capire che intendi, Paride». Per quanto cerchi di tenere la voce sotto controllo, la sua vicinanza mi rende nervosa.

Allarga il sorriso, lo sguardo solidale. «Capisco che non ti piacesse il ruolo di trofeo designato, ma ti sei spinta un po' troppo in là, non credi? Metterai in ridicolo te stessa e, soprattutto, la tua famiglia».

Non riesco a evitare di irrigidirmi. «Prego?»

«Non fraintendermi. Sei una bomba in questo vestitino dorato. Una principessa». Un verso compassionevole. «Ma non puoi certo aspettarti di superare nemmeno la prima sfida. Tesoro, sei troppo delicata».

Delicata.

Solo un altro modo per dire *debole*.

Giro la faccia dall'altra parte. «Non sono affari tuoi, Paride. Preoccupati di te stesso».

Ride. «Non vedo l'ora di diventare tuo marito, Elena. Potremo ricominciare da capo, è proprio quello che ci serve».

Mi sembra di sentire Ettore sospirare, più forte del rombo che ho nelle orecchie, ma non ne sono sicura. È questo il punto con Paride: a chiunque non lo conosca il suo tono affascinante e sicuro sembra totalmente ragionevole; persino le sue parole non risultano orribili. Aveva quello stesso sguardo paziente durante i nostri litigi, quando mi dava sui nervi fino a trasformarmi in un mostro urlante. Mi faceva sentire *pazza* e quella sensazione si risveglia all'istante ogni volta che sono costretta a interagire con lui.

«Mettiamo in chiaro una cosa, Paride». Mantengo un tono dolce e leggero, anche se ho voglia di gridare. «Se pensi di vincere e godere di un singolo privilegio coniugale, non sopravvivrai alla prima volta che mi tocchi senza permesso».

Sorride, per nulla scoraggiato. Non posso credere che un tempo lo trovassi sexy. Mi ci è voluto più di quanto voglia ammettere per capire che esiste una linea sottile tra un corteggiamento benaccetto e lo stalking vero e proprio. Paride ha la brutta abitudine di sentire solo quello che vuole. È ovvio che la distanza non l'ha curata. «Quando saremo sposati, avrò tutto il tempo di sedurti. Ti piaceva quello che facevamo insieme, Elena. Ti piacerà di nuovo».

Stavolta, Atalanta soffoca una risata. Accavalla le lunghe gambe e si appoggia alla parete del furgone. «Cogli l'antifona, carino. In questo momento si staccherebbe la pelle pur di allontanarsi da te».

Ha ragione, ma odio risultare così trasparente. Di solito sono più brava a nascondere le emozioni. Alzo il mento. «Sono capacissima di difendermi da sola».

Atalanta ha un sorriso indifferente. «Forse, ma quando diventerò Ares ti sposerò. Sarei proprio scarsa come moglie se non ti difendessi da feccia del genere».

«Nessuno ha bisogno di proteggere Elena da me». Paride mi schiaccia in un angolo. Non sento più altro se non il profumo della sua acqua di colonia, che mi dà la nausea.

Il sorriso di Atalanta si raggela. «Toccala senza il suo consenso ed è molestia sessuale. Ti frutterà la squalifica».

Paride si tira indietro mugugnando un'imprecazione, ma io non riesco ad apprezzare lo spazio guadagnato. Mi cascano le braccia. Non posso credere di non aver considerato questo aspetto, nella fretta di mettere in moto il mio piano. Entrando tra i campioni, mi sono infilata in un gruppo di persone fermamente decise a sposarmi. Sono l'esca per gli squali, buttata in acqua per indurli a uno stato di frenesia con la mia sola vicinanza.

"Merda".

7
Achille

Sospetto che stiano trasferendo i campioni fuori dalla città vera e propria, come previsto da Patroclo, e ne abbiamo la conferma quando le portiere si aprono e rivelano diversi edifici imponenti circondati da alberi. Sento il mormorio basso dell'oceano in lontananza, a riprova che siamo sulla costa a nord del quartiere agricolo. Se continuassimo verso ovest, arriveremmo ai terreni coltivati sotto il controllo di Demetra.

Aiace sbuffa mentre scende dal furgone. È da quando ci siamo seduti che non smette un attimo di parlare, com'è nel suo carattere. Non significa che non voglia imbavagliarlo per avere un po' di pace. Fischia sottovoce, guardandosi attorno. «Mura alte».

Seguo la direzione del suo sguardo. E sì, riesco a intravedere mura di almeno tre metri che svettano in mezzo agli alberi. Di certo circondano l'intera proprietà, per garantire sicurezza e privacy ai campioni. A un certo punto ci saranno interviste e cazzate del genere, probabilmente dopo la seconda prova, una volta eliminati i più deboli e rimasti in pochi. A quel pensiero sento irrigidirsi le spalle. So fingere, e anche bene, quando serve, ma c'è un motivo se Atena non mi affida missioni in cui bisogna trattare con personalità sensibili.

Sono una palla da demolizione umana. È Patroclo quello con l'abilità politica. Lui sa qual è la mossa giusta da fare, la cosa giusta da dire.

Patroclo… e la persona che si sta avvicinando a noi adesso. Bellerofonte è altə, pelle di un caldo bruno e una zazzera di riccioli neri. Mi supera al poligono, ma non nel combattimento corpo a corpo. Nove volte su dieci, con me finisce al tappeto, e tuttavia ha l'agilità di uno scoiattolo, nonostante i lunghi arti.

E siamo anche amici; non che adesso abbia importanza.

Si ferma davanti al nostro gruppo sgangherato. «Regole fondamentali». Ha una voce piana e profonda. «Vi verranno assegnate stanze singole nei tre dormitori disponibili. Fraternizzate se volete, ma non cercate di fare del male agli altri campioni, altrimenti sarete squalificati all'istante. Se cercate di uscire dalla proprietà senza preventiva autorizzazione sarete squalificati all'istante». Ci guarda negli occhi a uno a uno. «Ci siamo capiti?».

Vari grugniti e mugugni di assenso, che sembrano soddisfare Bellerofonte. «In ogni stanza c'è una tabella oraria dei pasti e della palestra, e una mappa dell'area comune. Se vi serve qualcosa per allenarvi che non abbiamo a disposizione, vedremo se è possibile recuperarla. La prima sfida è dopodomani, quindi ci si aspetta che nel frattempo vi teniate impegnati senza diventare una rottura di palle per me». Gira sui tacchi e si dirige al portone d'ingresso. «Andiamo a smistarvi nelle stanze assegnate». Indica due persone in fondo. «Tu prendi il terzo di destra. Tu, il centro. Tutti quelli a sinistra, con me». Con un gesto della mano indica me, Patroclo, Elena e altre sei persone.

Che assurdità immane, un mucchio di guerrieri grandi e grossi che seguono Bellerofonte come tanti anatroccoli. Be', un mucchio di guerrieri... ed Elena Kasios.

Anche se Patroclo mi aveva avvertito, è stato comunque uno shock vederla comparire dal nulla. Ero certo che le sarebbero venuti i sudori freddi e si sarebbe ritirata. Che potrà mai fare una principessa abituata a tutti i comfort contro *questi* contendenti? Non è come Atalanta, lei. *Atalanta* lavora per Artemide. Quella donna è un'attaccabrighe e competitiva all'inverosimile. Non va sottovalutata.

Elena?

Ben altra storia.

«Smettila di guardarla male», mormora Patroclo.

Allora fulmino lui. Non siamo monogami; non lo siamo mai

stati. La nostra relazione funziona e non mi va di cambiare le cose... ma non posso evitare di provare sentimenti contrastanti, visto che è stato a un passo dal dire di sì a Elena ieri notte. Non è tipo da lasciarsi dominare dalle emozioni e i desideri più primitivi, ed ecco che per poco non getta la cautela al vento e va contro l'interesse di entrambi per l'opportunità di andarci a letto. Questo la rende pericolosa in un senso che non ha nulla a che fare con la battaglia.

«Smettila di fissarle il culo», mugugno di rimando.

Inarca un sopracciglio, una disapprovazione muta che mi irrita ancora di più. Mi tiene la porta aperta, poi mi segue nel dormitorio fiocamente illuminato. Noto a malapena i mobili costosi e la scelta oculata dei colori. La mia attenzione è focalizzata sui fianchi e sul fondoschiena di Elena che ondeggiano mentre ci precede. Sono certo che sta esagerando un po' la falcata per vendicarsi del numero che ho messo in scena con il podio.

«Achille, controllati».

Di solito accolgo volentieri l'effetto calmante di Patroclo. In questo istante, però, ho quasi voglia di spingerlo in una stanza e fotterlo fino a diventare *io* il suo unico pensiero, invece che una certa principessina viziata. Dèi, mi si è fritto il cervello con questa storia. Pensavo di aver superato il peggio ieri notte, quando lo shock si è intrecciato alla gelosia e mi ha fatto girare la testa. A quanto pare, mi sbagliavo. Dovrei concentrarmi sul futuro e prepararmi mentalmente, eppure penso solo a quei due insieme.

Sarebbe un bel quadretto. Cazzo, se si trattasse di chiunque altro, cercherei di convincerli a lasciarmi assistere... e forse anche partecipare un pochino. Ma non è chiunque altro.

È Elena Kasios.

La principessina dell'Olimpo.

Sorella di Zeus e Afrodite. Futura moglie del prossimo Ares.

Fare sesso con lei è fuori questione. Anche solo avvicinarsi è fuori questione, il che complica la situazione perché qualcuno la eliminerà dai giochi e lei coverà rancore per quella persona. Non posso essere io. Cazzo, non può essere nemmeno Patroclo, è una presenza costante nella mia vita e lo rimarrà anche quando diventerò Ares. Creare animosità tra lei e uno di noi due è una pessima idea.

Ha messo ogni singolo campione in una posizione di merda e non sembra importarle, ma combacia con quanto so di lei: è una principessa viziata ed egoista. Ha deciso che non voleva essere il premio, perciò ha fatto i capricci e si è iscritta al torneo, nonostante la sua inferiorità rispetto a tutti gli altri. Non ha la minima possibilità di vincere. A essere sincero, è una cosa che mi fa incazzare.

Lei mi fa incazzare.

«Smettila di fulminarla con lo sguardo», ripete Patroclo.

«Non mi vede nessuno».

Bellerofonte percorre una serie di corridoi fino a raggiungerne uno con tre ramificazioni. Indica la prima. «Tre persone qui. Sceglietevi la stanza che volete, ma evitate di fare gli schizzinosi». Aspettiamo che tre si separino dal gruppo e imbocchino il breve passaggio con due porte per lato e poi ci avviciniamo al secondo. «Altri tre».

Succede troppo in fretta. Una volta divisi, rimaniamo solo in tre: io, Patroclo, *Elena*. Cazzo.

«Gli ultimi tre».

Elena si avvia a passo di marcia senza guardare nessuno. Odio la sua bellezza. Il vestito corto dorato sembra fatto apposta per intercettare ogni raggio di luce, modellare il corpo atletico e permettere una visuale perfetta del culo rotondo. Se ricordo bene, faceva la ginnasta o una roba simile. Di fronte a quel corpo, non ho dubbi.

Solo ieri provare attrazione nei suoi confronti non sarebbe stato un problema. Ho intenzione di sposarla, dopotutto; l'attrazione si avvicina abbastanza al piacersi da rendere possibile un accordo.

Adesso non ne sono più così sicuro.

Elena si gira verso di noi e inarca un sopracciglio appena alzo di colpo gli occhi sul suo viso. «Questa è la mia». Apre la porta al centro ed entra, chiudendosela alle spalle con uno scatto che sa di definitivo. L'ha scelta perché così ha una parete comunicante con ciascuno di noi? Ne dubito fortemente. Avrà anche un bel sorriso, ma non può essere poi tanto sveglia se si trova qui.

Bellerofonte incrocia le braccia al petto. «Questa divisione delle stanze creerà problemi?»

«No», rispondo in fretta. Troppo in fretta.

Mi fissa a lungo. «Non sapevo che conoscessi Elena».

«No, infatti. *Nessuno* dei due la conosce». Me ne frego se giocava nella sabbia con Patroclo. È stato molto tempo fa e ormai è acqua passata. Nessuna lealtà lo lega a *lei*. «È tutto a posto».

«Sul serio». Patroclo scuote la testa. «Le distribuzione delle stanze non cambia nulla».

Ecco il problema: il mio uomo aveva un piano e da nessuna parte figurava gareggiare contro la stessa Elena. Conoscendolo, ha bisogno di un po' di silenzio per mettere in ordine le idee e aggiornare la strategia. Riflette meglio quando "non gli sto addosso", come dice lui.

Annuisco. «Passo tra un po'».

«Achille». Mi guarda dritto negli occhi. «Non prendere decisioni avventate».

Rido e mi stampo sulle labbra il mio sorriso più seducente. «Io? Impulsivo? Mai».

«Mmh». Patroclo scuote la testa e scompare oltre la porta a destra.

Quando l'ha chiusa, mi giro verso Bellerofonte. «C'è Atena?»

«No». Mette le mani sui fianchi. «E anche se fosse qui, non deve rispondere a te di quel che fa e ha i suoi motivi per permettere a Elena di partecipare. È troppo tardi, ora si può solo andare avanti. Tieni gli occhi sulla palla, Achille. Facciamo tutti il tifo per te».

Ma certo. Se assumessi il titolo di Ares si instaurerebbe una pace con Atena che non esiste da decenni. Data la natura delle loro responsabilità, anche se lavorano spesso insieme competono per le stesse risorse: Ares gestisce i servizi di sicurezza utilizzati dalla maggior parte dei Tredici e Atena comanda le forze speciali. Entrambi rispondono direttamente a Zeus e all'ultimo piaceva metterli l'uno contro l'altro. Il suo successore promette di regnare con meno pugno di ferro; avere uno degli ex uomini di Atena come Ares semplificherebbe ancora di più le cose.

«Non preoccuparti». Gli do un colpetto sulla spalla. «Dopotutto, sono il migliore».

«Sì, sì». Soffoca una risata. «Riposa un po' e cerca di non metterti nei guai». Esita. «E tieni particolarmente d'occhio il Minotauro e Teseo. Sembrano brutti ceffi».

«Lo penso anch'io». Entrare e uscire dall'Olimpo non è facile, infatti non si vedono molti stranieri in giro. La città e il territorio limitrofo sono circondati da una barriera abbastanza ampia da includere i terreni sorvegliati da Demetra e assicurarsi che la gente abbia da mangiare. Non ho mai ottenuto una risposta sensata su come Poseidone e un gruppo scelto dei suoi riescano ad attraversarla liberamente. Patroclo ha le sue teorie, relative ai loro alberi genealogici, ma non è il mio campo. Nel bene e nel male, l'Olimpo è dove sono nato e dove lascerò il segno. Me ne frego del mondo fuori di qui.

Fisso la porta dietro cui è scomparsa Elena. Devo fare due chiacchiere con la principessina. Lo sguardo che lancio alla porta di Patroclo non è *proprio* rimorso, ma lo provo lo stesso mentre busso piano. Mi ha detto di comportarmi bene e sono quasi certo che non approverebbe la conversazione che sto per avere.

Se c'è la minima possibilità di convincere Elena a ritirarsi, devo provarci. È meglio per tutti se non gareggia – lei compresa. Patroclo approverebbe la mia logica... Probabilmente.

Elena apre, ma sbarra l'entrata con il suo corpo. E non sembra nemmeno sorpresa di vedermi. «Achille».

«Dovremmo parlare». Ecco. Gentile e neutro.

Mi osserva a lungo, poi finalmente si fa da parte, reggendo la porta con una mano. «Perché tu lo sappia: prova a fare scherzi e te ne pentirai».

La supero stando ben attento a non sfiorare la sua esile figura. Sono grosso e non mi vergogno ad ammettere che in passato ho sfruttato la mia mole per intimidire. Faceva parte del lavoro, dopotutto, ma ora non sono qui per questo. Eppure, non riesco a frenare la lingua. «E che farai, principessa? Mi pesti un piede con i tacchi a spillo? Non rallenterebbe nessun guerriero che si rispetti».

«Mmh». Chiude la porta e ci si appoggia con la schiena, osservandomi. Sembra quasi che mi stia valutando come avversario. «I tacchi a spillo possono fare un sacco di danni su altre parti del corpo». Mi guarda i fianchi in maniera significativa.

Rido, sorpreso. «Mi piacerebbe vederti provare».

«Non tentarmi, sarebbe divertente».

Non sta andando affatto come mi aspettavo. La dolce principessina dell'Olimpo avrebbe dovuto tremare al minimo accenno di minaccia, per quanto velata. Questa donna sembra fin troppo disposta a mettere in atto la sua e affondarmi uno di quei tacchi vertiginosi nella carne.

Mi accosto senza volerlo. «Credi che riusciresti a stendermi».

«Tesoro, lo so con certezza». Mi viene incontro a metà strada e si pianta a gambe larghe, quasi sfidandomi ad azzerare le distanze. Mi squadra da capo a piedi e non penso di essermi immaginato la fiammata di calore negli occhi d'ambra. «Più sono grossi, più rumore fanno quando cadono».

«Come se non potessi schiacciarti con un braccio legato dietro la schiena». Che cazzo sto facendo? Cerco di spaventarla? Il problema non è solo che è una donna: non credo allo stereotipo che le donne non siano delle combattenti, dato che sono ovviamente più che capaci di dimostrarsi avversari pericolosi. Chiunque sottovaluti Atena sopravvive a malapena per pentirsene.

Però non mi aspettavo di trovare un nemico in *questa* donna. Se la si può definire così. *Nemico* sembra una parola grossa, ma come altro dovrei chiamarla? Vuole prendersi ciò che desidero di più al mondo, il titolo che inseguo da una vita. "Nemico" è l'unica etichetta che le rende giustizia.

Elena si lecca le labbra. «Dimostralo».

Appoggio una mano alla porta, vicino alla sua testa. A questo punto mi ritrovo a chinarmi su di lei e, anche se una voce molto simile a quella di Patroclo sussurra che è un errore, che abbiamo promesso di starle alla larga, non riesco a tirare il freno. «Non vincerai il torneo, principessa. Non diventerai il prossimo Ares. Cazzo, probabilmente non andrai oltre la prima prova. Questa tua piccola ribellione è adorabile, ma alla fine dei conti inutile. Il tuo destino è startene su quel podio e accogliere chi emergerà vittorioso per sposarti». Sorrido. «Accogliere *me* quando verrò proclamato nuovo Ares».

Se non la osservassi con attenzione, non vedrei quel minuscolo sussulto. Qualcosa di simile al senso di colpa cerca di attanagliarmi il petto, ma lo ignoro. Ci sono in ballo cose più importanti dei sentimenti di questa donna. «Vattene. Torna al tuo elegante attico e ai bei vestiti. Se resti ti farai male».

Elena si preme contro la porta, mettendo un altro paio di centimetri tra noi, anche se i suoi capelli mi sfiorano il pollice e io provo l'impulso ridicolo di spostare un po' la mano per sentirli di nuovo. Alza il mento e pare guardarmi dall'alto in basso, nonostante sia molto più minuta. «*Tu* mi farai male, Achille?»

«Non per mia volontà». È vero. Non provo alcuna gioia a schiacciare avversari più deboli di me fisicamente; ma adesso non posso nemmeno permettermi di tenere troppo all'onore, mi sto giocando tutto. «Però sì, lo farò».

Socchiude quei begli occhi. «E Patroclo? Pensi che *lui* mi farà del male?».

Non serve essere un genio per leggere tra *quelle* righe. Mi chino fino a trovarmi a un palmo dalla sua faccia, imponendo la mia corporatura come un vero stronzo. «Lascialo stare, principessa. Me ne frego se un tempo lo conoscevi. Adesso non più. Non è come noi. Lui ha sentimenti troppo profondi e, cazzo, gli spezzerai quel cuore tenero se lo sfiori senza fare attenzione». Merda, non volevo dire nemmeno questo. Mi raddrizzo. «Parlo sul serio, Elena. Lascialo in pace».

Distende le labbra in un lento sorriso che fa scattare campanelli d'allarme nella mia testa. «Ti ha detto di ieri sera, vero?»

«E questo che c'entra?»

«Achille». Scuote il capo, come davanti a un bambino che l'ha delusa. «Tesoro, hai la voce di uno *geloso*. Se la tua relazione – la tua relazione *non* monogama – con Patroclo è tanto forte, che importa se lo scopo fino a fargli dimenticare come si chiama?». Ha un'aria quasi pensierosa. «Forse lo scoperò fino a fargli dimenticare come ti chiami *tu*. Sarebbe proprio un bel trucco».

«Stagli alla larga, Elena!».

Mi appoggia una mano sul petto, facendomi arretrare di un passo e poi di un altro. Usa lo spazio ottenuto per aprire la porta. «È stata una bella chiacchierata, Achille. Dovremmo replicare, prima o poi».

Un palese congedo senza la promessa di stare lontana da Patroclo *né* di ritirarsi dalla gara. Riderei, se non fosse per la frustrazione immensa. È riuscita ad abbindolarmi. E ha ragione: sono geloso marcio che ci abbia provato con lui ieri notte. Non solo: lo ha colpito tanto e gli ha fatto girare la testa.

Solo quando entro in camera e chiudo il resto del mondo fuori dalla porta posso ammettere con me stesso che non so *di chi* sono più geloso.

Di Elena, per aver cercato di andare a letto con Patroclo.

O di Patroclo, per aver avuto la possibilità di andare a letto con la principessina dell'Olimpo.

8
Patroclo

Non importa quale scenario prenda in considerazione, il risultato è sempre ambiguo. L'ingresso nel torneo di Elena Kasios ha complicato tutto. Il problema non è che sia un avversario formidabile – anche se non posso escluderlo, per quanto Achille insista al riguardo. No, il punto è quanto la sua presenza turbi gli altri concorrenti. Con lei qui potrebbero comportarsi in modi che sfuggono alle mie previsioni, e *questo* mi sta facendo impazzire.

Le emozioni di Paride sono già compromesse quando Elena è nei paraggi, per via del passato in comune. Non riesco a decidere se significa che cercherà di aiutarla per entrare nelle sue grazie o di eliminarla il prima possibile con ogni mezzo.

Ettore si sente palesemente in colpa per come l'ha trattata suo fratello e potrebbe darle una mano, se questo pesa più della lealtà familiare.

Persino Achille si comporta in modo un po' diverso dal solito, perde la pazienza più in fretta da quando gli ho riassunto gli eventi di ieri sera.

A essere del tutto sincero, la sua presenza suscita reazioni insolite *in me* per primo. Non riesco a smettere di esaminare da angolature differenti l'inaspettata attrazione per quella donna, come se trasformarla in una mania potesse concedermi un po' di chiarezza. Sarebbe più facile se ad ammaliarmi fosse solo la sua bellezza. *Quello* avrebbe un senso logico. Sfortunatamente, è… più… complicato. Sento un legame con lei per via del nostro passato, seppur lontano. La desidero, adesso. Cazzo, la rispetto per essersi iscritta al torneo e aver preso in mano il proprio destino, anche se mi ha complicato la vita.

Il punto fondamentale è che mi attrae. È scomodo e illogico, e il desiderio contrapposto di seguire il mio piano originario e andare a bussare alla porta di Elena solo per starle più vicino mi sta facendo perdere il senno.

Non sono un uomo in lotta con sé stesso, di solito. Io esamino le possibilità, uso la ragione. Le emozioni hanno pur sempre un ruolo (sono umano, dopotutto), ma non mi governano. Quello spetta al mio cervello.

Fino a oggi, proprio quando meno posso permettermi di cambiare strada.

Sento bussare e mi accelerano i battiti; mi maledico per la speranza fuggevole che sia lei. Impossibile. Ovvio che è impossibile. Elena non ha motivo di cercarmi. Non ci parliamo da oltre vent'anni, escluso ieri notte, ed è stato per via di circostanze particolari. L'ho pescata a candidarsi e voleva convincermi a tenere la bocca chiusa. Probabilmente *lei* non ci ha più nemmeno pensato.

Bussano di nuovo, un ritmo rapido nel quale riconosco il modo preferito di Achille di annunciarsi. Trattengo un sospiro e apro prima che decida di buttare giù la porta. Per poco non mi travolge entrando nella stanza. «Quella donna è *una minaccia*».

Lo fisso. «Sei andato a parlare con Elena». Perché non mi sorprende? Naturalmente, alla prima occasione si è rimangiato la promessa di starle alla larga. Achille ha in mente solo il suo obiettivo finale e non apprezza che Elena inceppi gli ingranaggi. È normale che abbia cercato di convincerla a ritirarsi. "Se si è limitato a questo…". Accantono quel pensiero. Non ho motivi per dubitare di lui. «Avresti dovuto chiedermelo prima. Non cambierà idea».

«Credevo di riuscire a convincerla».

Sbuffo e mi avvicino all'angolo cottura nella zona giorno della suite. Penso che le stanze siano tutte strutturate allo stesso modo, ma dovrei fare un giro in quella di Achille per esserne sicuro. La porta d'ingresso si apre sul soggiorno con divanetto, televisore e tavolino. Angolo cottura sulla parete di fronte con lavandino, minifrigo pieno di stuzzichini e una piccola selezione di alcolici, e microonde. Breve corridoio per la camera da letto e il bagno con una doccia assurda e una vasca da bagno profonda.

Il divano è abbastanza solido. Mi siedo senza la minima delicatezza. «Te l'avevo detto».

«Cazzo, non mi serve che mi controlli, Patroclo». Però mi segue e si accascia al mio fianco con un grugnito. «Si farà male».

«È probabile».

«E ti sta bene?».

Lo guardo come la domanda merita. Lo sa benissimo che non mi sta bene, ma almeno stavolta devo mostrare la sua stessa determinazione e concentrazione. Non posso permettermi di stare in ansia per Elena. E comunque, ormai è poco più che un'estranea. Non è *logico* preoccuparsi per lei, nonostante la sua bellezza, nonostante la nostra storia. «Dubito che succederà qualcosa di grave. Persino il nuovo Ares dovrà rispondere a Zeus, e nessuno vuole farlo incazzare ferendo seriamente la sorellina».

Achille nota la mia esitazione. «Ma?»

«Ma...». Preferirei di gran lunga non parlarne, però è un pensiero che mi tormenta da quando si sono presentati i campioni. «Ma non abbiamo molte informazioni sui due stranieri. Non posso escludere del tutto che siano pericolosi».

«In ogni caso, dobbiamo stare entrambi alla larga da Elena. È off limits». Mi fissa con insistenza. «D'accordo?».

Una parte irrazionale di me vuole ribellarsi, ma non ha senso. Non abbiamo molte regole ferree tra noi, perciò qualora uno dei due faccia una richiesta del genere è importante rispettarla per la salute del nostro rapporto in generale. Non ricordo nemmeno l'ultima volta in cui è successo. Forse qualche anno fa, quando ho chiesto ad Achille di non corteggiare Cassandra. Però in quel caso non c'entrava la gelosia, avevo solo notato come la guardava Apollo – e la guarda ancora, a giudicare dall'ultimo evento a cui abbiamo partecipato. Nessuno desidera mettersi *Apollo* contro.

Annuisco lentamente. «Ho già accettato ieri sera. Non è cambiato nulla da allora. Elena è off limits».

«Bene». Achille allunga le membra muscolose, calcia via le scarpe e appoggia i piedi sul tavolino. Coglie il mio cipiglio e ride. «Non è casa nostra. A chi importa se metto i piedi sul tavolo?»

«È comunque da maleducati».

«Rilassati, Patroclo». Mi dà di gomito. «Siamo esattamente dove dovremmo essere. Andrà tutto bene».

Mi acciglio ancora di più. «Non fare la parte del dio indolente con me, Achille. Lo so che sei preoccupato». Può indossare una maschera con gli altri, ma non deve farlo *con me*. «Dobbiamo...».

«Dobbiamo *rilassarci*». Mi afferra la nuca e mi attira a sé per baciarmi. È un po' brusco, un po' dolce, e tutto Achille. Sono tentato di continuare a discutere, però ha ragione lui: continuerò ad arrovellarmi per giorni su questa faccenda. Fare qualcosa che mi spenga il cervello è una buona idea e non possiamo muovere nessun passo fino alla prima sfida. Quindi...

«Patroclo». Mi mordicchia il labbro inferiore. «Stai ancora pensando troppo».

«Scusa».

Ride. «Meno male che conosco un paio di trucchetti per aiutarti». Si sposta e si inginocchia tra le mie gambe. Non c'è abbastanza spazio per entrambi, tuttavia resto in silenzio mentre mi sbottona i jeans e li tira giù. Mi rivolge un sorrisetto malizioso. «Adoro quando mi guardi in quel modo».

Lo sanno gli dèi che faccia ho, però i momenti così sembrano quasi troppo belli per essere veri. Quest'uomo, questa magnificenza di un dio dorato, è mio, almeno in parte. Achille è nato per ergersi di fronte a una folla urlante, per stare al centro dell'attenzione, essere l'unico che adorano e di cui racconteranno storie in futuro. È un gigante, persino quando svolge le normali attività richieste da Atena.

Ancora di più adesso, in ginocchio e con un pugno chiuso sul mio uccello. Continuo ad aspettare il giorno in cui se ne renderà conto e mi lascerà alle sue spalle. Achille avrà sempre gli occhi fissi alle stelle. E io? Io ho i piedi ben piantati a terra. Sembra inevitabile che prima o poi prosegua senza di me, perciò cerco di godermi ogni momento insieme, mettendoli da parte per l'inverno del mio futuro senza il suo calore lucente.

Si china e mi prende il membro in bocca, e i miei pensieri sbiadiscono di fronte al piacere intenso. Stiamo insieme da tantissimo tempo. Sappiamo con esattezza quale tocco, carezza e pressione servano all'altro per eccitarsi al massimo. Ma Achille non ha la stessa fretta di ieri di raggiungere il traguardo. Le sue labbra scendono piano piano, bagnate, facendomi capire che ha intenzione di andare con calma. Sarà anche un impulsivo, ma quando si fissa su un compito da svolgere è terrificante come nessun altro.

A quanto pare, stasera si concentra sul mio piacere.

Affondo le mani tra i suoi capelli scuri, cercando di non guidarlo, ma di godermi il viaggio e basta. Mi provoca, alterna le carezze profonde a lunghe leccate e altre più brevi. Cominciano a tremarmi le gambe troppo presto e gli strattono i capelli. «Achille!».

Il suo sorriso indolente mi fa male al petto. I momenti così sono quasi perfetti. Troppo perfetti. Come faccio a non aspettarmi che scocchi l'ora fatidica? Afferra l'uccello e lo accarezza con calma un paio di volte. «Ti porto a letto. Non fare il timido».

La comprensione si fa strada lentamente tra la nebbia del desiderio. Lancio un'occhiata alla parete… quella adiacente alla stanza di Elena. «Vuoi che ci senta».

Si stringe nelle spalle, per nulla mortificato. «Sono ancora un po' geloso».

Il concetto di *Achille* geloso di chiunque è quasi incredibile. Forse sono uno stronzo egoista, perché in un certo senso mi piace. Gli tiro di nuovo i capelli, con più delicatezza stavolta. «Non cercherò di fare piano, ma il livello di rumore dipenderà da te».

Sorride, proprio come mi aspettavo. «Sfida accettata». Si alza senza sforzo, nonostante il tempo che ha passato in ginocchio, e mi prende una mano per tirarmi su. Incespichiamo in corridoio, baciandoci e sfregandoci l'uno contro l'altro come due adolescenti impacciati, ma non appena raggiungiamo la camera da letto è di nuovo concentrato su di me. Quando faccio per togliermi la maglia, mi spinge via le mani. «Ci penso io».

«Prepotente».

«A te piace». Mi sfila la maglietta e finisce di abbassarmi i pantaloni. E poi ecco che si tira su e si impadronisce di nuovo della mia bocca. Adesso, non c'è alcuna delicatezza né dolcezza. Achille mi bacia come un dio della guerra in vena di conquiste e io sono prontissimo a cedere alle pretese della sua lingua. Tra un bacio e l'altro si spoglia e mi fa arretrare verso il letto.

Cerco di scostarmi per ammirare il panorama, ma non me lo permette. Si abbassa i pantaloni e si rifionda su di me, mi schiaccia contro il materasso, sovrastandomi. Sarò anche più alto, ma lui è molto più muscoloso e attimi come questo mettono in risalto la differenza. Mi accarezza le braccia e i fianchi. «Non voglio più aspettare».

«Impaziente».

«Di possederti? Sempre».

Mi inarco verso l'alto e lo bacio. A volte preferisco i preliminari lenti e la preparazione accurata che richiede stare con un uomo della sua potenza, ma stasera sono impaziente quanto lui. «Sì. Ho bisogno di te, adesso. Non voglio aspettare».

Si allontana il tempo di aprire il comodino. Sto già arrossendo quando ride, perché so cosa sta per dire. Come mi aspettavo, scuote la testa. «Siamo qui da venti minuti e hai già disfatto i bagagli?»

«Non mi piace vivere con la valigia aperta».

Prende il lubrificante e mi fissa con sguardo infuocato. «Lo so».

Lo osservo cospargersi l'uccello di gel con il cuore in gola. Come il resto del suo corpo, ha delle proporzioni impeccabili... il che significa che è piuttosto grosso. Persino dopo tanto tempo, un secondo di esitazione si mescola alla trepidante attesa e i miei sensi raggiungono nuove vette quando mi penetra lentamente il culo. Mi sfugge un gemito roco e lui in risposta spinge ancora di più. «Voglio vederti venire sulla tua pancia. Cazzo, adoro quando perdi il controllo».

Perdo la capacità di parola e vengo inondato dal desiderio. Mi inarco verso l'alto e lo bacio. Ho bisogno che mi consumi totalmente. Non riesco a pensare ad altro che a sentire lui dentro di me. Achille sembra percepire con esattezza la mia brama, perché spinge fino in fondo e appoggia più fermamente il peso sul mio corpo, schiacciandomi contro il materasso e baciandomi come se gli servissi più dell'aria.

Provo lo stesso anch'io.

È sufficiente. È *perfetto*. Potremmo restare così per sempre, sospesi nell'attimo in cui lussuria e amore si incontrano.

Ma il nostro desiderio non è così facile da soddisfare. È lui il primo a muoversi, affondi impercettibili che mi fanno gemere e divincolare. È bello, troppo bello, cazzo. Cerco di trattenermi, di resistere, ma non ho mai vinto una battaglia di volontà contro Achille. Non comincerò stasera.

Gli afferro un'anca e mi sfugge un gemito roco. Lui sorride. «Ancora».

Non posso fare altro che obbedire. Ogni affondo mi strappa un altro mugolio. È *magnifico* quando mi scopa così, tutta la sua concentrazione è rivolta a me e soltanto a me. Ogni movimento brusco eppure perfettamente controllato, studiato per deliziarmi e spezzare qualsiasi pensiero nella mia mente. Tempo che il mio corpo prenda il controllo e mi faccia venire su tutto il mio stomaco e petto, sto scandendo il suo nome.

Achille si scosta, si appoggia sulle mani per accelerare il ritmo, inseguendo il suo piacere personale. Mi divora con quegli occhi scuri, una carezza possessiva che riesco quasi a sentire sulla faccia e più giù, dove il mio seme mi segna la pelle. «Sei mio, Patroclo». Impreca, il ritmo diventa irregolare. «E io sono tuo. Dillo».

«Sono tuo». Ansimo. Allungo una mano, l'afferro per un fianco, spingendolo più in profondità. «E tu sei mio».

Almeno per ora.

9
Elena

Non mi tocco mentre sento Achille e Patroclo che scopano... però poco ci manca.

I tonfi regolari della testiera del letto, inframmezzati da bassi gemiti e Patroclo che in pratica urla il nome di Achille non mi aiutano a addormentarmi. Me ne sto sdraiata nel letto e faccio del mio meglio per non immaginare quei due che ci danno dentro. Sono abbastanza avvenenti da compromettere il mio stato d'animo e *io* sono fin troppo attratta da tutti e due. Se non competessimo per lo stesso titolo, potrei sforzarmi un po' di più per sedurre l'uno o l'altro... o entrambi.

Secondo la mia logica, andare a letto con uno sarebbe bello, quindi di sicuro averli insieme sarebbe una notte fenomenale.

Mi giro su un fianco e do un pugno al cuscino. Anche se il desiderio che provo fosse reale (e mi è d'intralcio) è solo la mia sventatezza che parla. Passo gran parte della mia vita a eliminare le componenti sensibili del mio essere così che nessun altro possa vederle, toccarle, *ferirle*. C'è forse da stupirsi che i frammenti più brutti ogni tanto affiorino in superficie e mi travolgano? Che a volte diventi troppo difficile vivere in questa pelle e abbia bisogno di uno sfogo?

C'è stato un tempo in cui sceglievo metodi più autodistruttivi del sesso per alleviare la pressione. Oggi non mi piace pensarci, ma non è che avessi i mezzi per affrontare in maniera sana il peso di vivere nella famiglia di Zeus. Solo quando ho iniziato ad andare in terapia di nascosto sono riuscita a controllare gli impulsi peggiori. Lo psicologo non fa i salti di gioia quando li reprimo con il sesso, ma siamo giunti a un compromesso: bado sempre alla sicurezza e a chi mi porto a letto, anche quando faccio cose che non dovrei. Sembra un ossimoro, però funziona.

Andare a letto con Achille o Patroclo (o entrambi) non è né sicuro *né* prudente. Sì, li voglio, anche se vorrei buttare Achille da una finestra. Tuttavia, Patroclo ha fatto bene a respingermi l'altra notte. Senza contare che… dèi, nemmeno lo conosco più. Non davvero. E cazzo, Achille non lo conosco proprio affatto. Potrebbero essere dei mostri come Paride; non ho visto la sua vera natura se non quando era troppo tardi per sfuggirgli facilmente. Il sesso complica le cose, persino con chi è inavvicinabile emotivamente. Il sesso con due uomini che hanno il mio stesso obiettivo, che distruggerebbero il mio sogno senza pensarci due volte…

Non sarò certo autolesionista fino a quel punto.

Indubbiamente.

Dall'altra parte della parete, il letto ricomincia a sbattere.

«Mi prendete per il culo?». Non riuscirò mai a dormire così. Tanto vale non provarci nemmeno. In altre circostanze, potrei ammirare la loro resistenza, ma sono stanca e stravolta, e sentire Patroclo che si fa fottere senza ritegno mi irrita e allo stesso tempo mi fa diventare verde d'invidia.

Sospiro e mi alzo. Forse il divano è più comodo di quanto sembri. Non manca molto alla prima sfida, ho bisogno di dormire e prepararmi mentalmente. Dovrebbe essere facile. In fondo, questo è quello che voglio. Eppure, quando cerco di raccogliere le idee si sparpagliano in tutte le direzioni come biglie.

Sono solo stanca. Ecco tutto.

Quando dal corridoio esco nella zona giorno, quasi mi aspetto di trovare Ermes e Dioniso ficcanasare in giro. A tutti e due piace giocare al gatto randagio, ti piombano in casa quando meno te l'aspetti. Solo che… non sono a casa mia e persino quei due esiterebbero a sconfinare nella proprietà di Atena durante il torneo di Ares.

È sciocco sentire la loro mancanza. È sciocco sentire la mancanza del mio appartamento e della mia camera arredata con cura. È sciocco essere vagamente ferita dal fatto che né Perseo né Eris sono venuti a trovarmi o urlarmi addosso, o almeno a rinfacciarmi di aver mandato a puttane i loro piani. Non so perché me lo aspettassi. Nostro padre è stato un ottimo maestro. Quando era furibondo con me per un motivo o per l'altro, fingeva che non esistessi. Con il senno di poi, era una benedizione e avrei dovuto accoglierla come tale, ma da bambina avevo meno autocontrollo. Alzavo la voce, mi arrabbiavo ancora di più, facevo grandi scenate e lui mi ignorava come se fossi un fantasma che percuoteva i muri, invisibile e muto.

Rabbrividisco. *Odio* che mio fratello e mia sorella usino i vecchi trucchi di Zeus. Sanno quanto facessero male, eppure… Scuoto la testa. «Brava, Elena, ti metti al centro dell'universo di tutti. Probabilmente si stanno occupando di faccende importanti da Tredici e io sono in fondo alla lista delle priorità». Non riesco a trattenere l'amarezza nella voce. Almeno, la sento solo io.

Giro per il soggiorno. In momenti simili, quando mi sento particolarmente sola, provo l'impulso quasi irrefrenabile di chiamare mio fratello minore, Ercole. Non eravamo molto uniti da bambini. Persino da piccoli era troppo sincero, troppo puro, e questo lo rendeva il bersaglio della "ferma disciplina" di nostro padre. Noialtri prendevamo le distanze per evitare di fare la stessa fine. Ripensandoci adesso, la vigliaccheria ha un sapore orribile sulla mia lingua. Forse, se avessimo provato a intrometterci…

Ma siamo stati noi più grandi a perderci. Ercole ha trovato una via d'uscita. Vive nella sua felice famigliola poliamorosa a Carver City, più libero nel suo esilio di quanto sia mai stato entro i limiti di questa città. La maggior parte degli abitanti dell'Olimpo è talmente concentrata sul centro che non si ferma mai a considerare che di fatto siamo ratti intrappolati in una gabbia.

Alla fine, la barriera non è un reale ostacolo. Nel bene e nel male, non ho nessuna intenzione di andarmene dall'Olimpo.

Però *sono* contenta che Ercole sia riuscito a scappare. Sono contenta che lui sia felice. Bada bene a tenere i suoi partner alla larga da noi, a proteggerli dalla corruzione di questa città e della famiglia Kasios. Uomo intelligente. Noialtri invece continuiamo a ballare alla musica decisa dall'Olimpo.

Non chiamerò Ercole nemmeno stavolta, così come non l'ho chiamato tutte le altre volte che la solitudine e l'autocommiserazione hanno minacciato di schiacciarmi. L'idea del suo carattere affettuoso è magnifica in teoria, ma non avremmo nulla di cui parlare e una conversazione imbarazzante tra fratelli che realizzano quanto siano distanti sarebbe peggio che non sentirlo per nulla.

Torno in camera da letto e fulmino con un'occhiata la parete dietro cui sento ancora Achille e Patroclo che fanno sesso. «E divano sia». Prendo la trapunta e cerco di mettermi comoda. È ovvio che il sofà non era destinato a questo scopo, ma proprio quando penso che non mi addormenterò mai... mi sveglio con la luce mattutina che filtra come una lama dalla finestra.

Mi siedo e mi sfrego gli occhi. Ho la sensazione di essermi spezzata la schiena in maniera permanente, ma spero che il dolore scompaia con un po' di movimento. Barcollo verso il frigo e osservo la tabella con gli orari appesa sopra. Un'occhiata veloce all'orologio del microonde mi dice che devo sbrigarmi se voglio arrivare in tempo per la colazione. Dal momento che non so cucinare nemmeno un uovo, saltare quella offerta dal campo non è un'opzione valida. Mi servono energie, quindi calorie.

Faccio una doccia veloce, lego i capelli in una treccia semplice e infilo un paio di leggings e un reggiseno sportivo. Dopo una colazione leggera, cercherò la palestra e mi allenerò abbastanza da guadagnarmi un sonnellino pomeridiano. Spero che Achille e Patroclo prendano seriamente la sfida di domani e non vogliano stare di nuovo alzati tutta la notte. Faccio una smorfia all'idea di dormire ancora sul divano.

A essere sincera, se hanno intenzione di scopare come conigli, potrei chiedere di fare cambio di stanza con Achille, in modo da non avere pareti comunicanti. È stata una strategia stupida scegliere la camera al centro, non mi aspettavo di pentirmene così presto.

Trovare il refettorio non è difficile. I tre dormitori sono disposti a U attorno all'area principale, che comprende anche un soggiorno e una palestra immensa. Uno spazio palesemente creato per un gruppo. La cucina è gigantesca e piena di elettrodomestici industriali. C'è una sala da pranzo con quattro tavoli che possono ospitare tutti i campioni e anche qualche persona in più. Persino il soggiorno ha una serie di divani raggruppati attorno a una TV enorme, anche se dubito che se ne serviranno in molti.

Giro attorno alla lunga isola osservando le opzioni disponibili del buffet. Alla fine scelgo delle uova strapazzate, con salsa di pomodoro e avocado. Una cucchiaiata di macedonia e una gigantesca tazza di caffè completano il tutto. Non c'è nessuno, salvo i due stranieri. Sto per sedermi vicino a loro per dimostrare che non mi innervosiscono (bugia), ma il rischio di un'indigestione è troppo alto. Così opto per il capo opposto dello stesso tavolo, da cui godo comunque di un'ottima visuale.

Li esamino mentre mangio lentamente. Sono entrambi abbastanza attraenti, del tipo rude, ma persino io esiterei a flirtare con loro se li incontrassi a una festa. Hanno un che di pericoloso, però non saprei dire da cosa scaturisca quella sensazione, esattamente. Quello con i capelli corti, Teseo, ha un naso pronunciato, storto, che sarebbe quasi troppo grande per la sua faccia, se non fosse per la mascella squadrata. L'altro, il Minotauro, ha i capelli leggermente ondulati sciolti sulle spalle. Visibilmente ben curati, folti e dall'aspetto sano, un successo non da poco per certi uomini. Riescono quasi a distrarmi dalle cicatrici: sottili linee sbiadite, così numerose che sembra qualcuno abbia cercato di tagliargli via la faccia. Rabbrividisco al pensiero di come dovevano apparire quando le ferite erano fresche. Tuttavia, ha delle belle sopracciglia pronunciate e labbra dalla forma sorprendentemente sensuale.

Oggi indossano vestiti casual, pantaloncini e T-shirt; è ovvio che intendono usare la palestra anche loro. Dalle maniche corte spuntano i tatuaggi sulle braccia, ma non sono abbastanza vicina da cogliere i dettagli. Forse fanno parte del crimine organizzato?

Non sarebbero i primi a cercare di infiltrarsi nell'Olimpo. Il metodo di selezione dei Tredici tenta alcuni stranieri verso la scalata al potere. In teoria, chiunque potrebbe ottenere abbastanza titoli da strappare il potere a Zeus, Poseidone e Ade e governare la città. È per questo che tante famiglie della città alta arrivano a frotte alle feste della Torre di Dodona e organizzano matrimoni combinati fra loro. Tutto si riduce al potere, alla politica e alle alleanze che tengono insieme la maggior parte dei Tredici, i veri regnanti dell'Olimpo. O, almeno, della città alta.

A volte i forestieri giungono alla stessa conclusione. Attraversare la barriera è difficile, ma non impossibile. Mio padre parlava spesso di un vecchio nemico che aveva tentato un colpo di Stato proprio quando lui aveva ereditato il titolo di Zeus, ma io non avevo l'abitudine di ascoltare le sue storie di "guerra", dal momento che erano al novanta per cento inventate.

In fondo, non importa. Questi due sono miei avversari e i motivi per cui si sono iscritti al torneo non cambiano niente. Anche se uno di loro riuscisse a vincere e diventare Ares, non è come avere la maggioranza. Non possono toccare i titoli ereditari e non hanno la minima possibilità di accaparrarsi Afrodite o Demetra, anche se per ragioni molto diverse. Compiango lo sciocco che cercherà di prendersi Atena. E lo stesso vale per Ermes.

C'è una regola poco conosciuta sull'omicidio, ma…

Scuoto la testa. È poco conosciuta per buoni motivi. Anche se uccidere uno dei Tredici sarebbe la scorciatoia per bypassare l'iter normale, nessuno è così folle da provarci. Gli altri gli si rivolterebbero contro con una ferocia che non li vedrebbe sopravvivere nemmeno al primo giorno. È nell'interesse di tutti fare le cose come si deve.

Tentare di rovesciare il governo dell'Olimpo è una pazzia.

Finisco di mangiare e mi appoggio allo schienale della sedia, pensando di godermi il caffè per un po' e il panorama dalle ampie finestre allineate lungo la parete dietro il tavolo. Un rumore di passi mi avverte che sta arrivando un altro gruppo di campioni, appena prima che entrino nella sala.

Atalanta va dritta a versarsi del caffè, ignorando tutti. Ettore ha un piccolo fremito quando mi vede e si mette tra me e Paride, nel chiaro tentativo di indirizzare il fratello verso il buffet e darmi il tempo di scappare. Sospiro e mi alzo. È stato bello finché è durato, il mio attimo di pace.

Mi fermo di colpo alla vista di Achille e Patroclo. Patroclo, da creatura adorabile qual è, sembra arrossire e fa di tutto per non guardare nella mia direzione. Achille, da parte sua, mi fissa dritto negli occhi con un sorrisetto soddisfatto. Be', ho la mia risposta: sapevano benissimo che li sentivo.

Volevano che li sentissi.

"Non vi aspetterete mica che mi imbarazzi e balbetti come un'adolescente, idioti. Questa è una partita che si può giocare in tre". Lascio il piatto vuoto nel lavello e mi avvio verso di loro, ondeggiando un po' le anche. Patroclo pare voler fuggire, ma Achille gli cinge le spalle con un braccio come se niente fosse e lo tiene fermo. Perfetto.

Con il caffè tra le mani, rivolgo un sorriso malizioso a entrambi. «Achille?».

Mi lancia quel sorriso scanzonato e falso fino al midollo. «Sì?»

«La prossima volta che vuoi marcare il territorio, perché non tiri fuori l'uccello e gli pisci su un piede? Così noialtri riusciamo a dormire». Ignoro Patroclo pietrificato dall'imbarazzo e mi chino verso il compagno, gli occhi sgranati e un'aria innocente che di certo non rispecchia i miei sentimenti. «A meno che non fosse un invito; in tal caso, la prossima volta usa la voce». Parlo abbastanza piano da non farci sentire dagli altri. Dopotutto, sono questioni private.

La sua pelle bruno chiaro diventa un po' più scura. «Io…».

«Buona giornata». Gli giro attorno ed esco dalla sala. Solo dopo aver svoltato l'angolo mi rilasso in un sorriso. Niente di più soddisfacente di un'uscita teatrale. E me l'ha resa anche molto facile.

La sensazione di una misera vittoria sbiadisce a ogni passo. Sto permettendo a quei due di distrarmi ed è inaccettabile. Sarà meglio tenermi alla larga dagli altri campioni durante il torneo. Avrei dovuto ricordarmelo prima di stuzzicare Patroclo e provocare Achille.

La palestra è proprio quello che mi aspetto da Atena: attrezzata con una buona selezione di pesi e macchinari che sembrano all'avanguardia, tutti lucidi. Finisco il caffè e rifletto sulle opzioni disponibili. Voglio scaricare un po' di energia, senza ridurmi uno straccio. Una corsa di quattro chilometri basterà a malapena come riscaldamento; dopo, un rapido allenamento a circuito dovrebbe completare l'opera.

Deciso ciò, rientro in camera per sciacquare la tazza di caffè e prendere una bottiglia d'acqua dal frigo. Quando torno in palestra è ancora meravigliosamente vuota; senza perdere tempo, infilo gli auricolari e salgo sul tapis-roulant.

Dopo il primo chilometro e mezzo, ho i muscoli sciolti e comincio a rilassarmi. Non è andato tutto secondo i piani, ma va bene così. È una vita che mi adeguo ai capricci altrui. Perché questa volta dovrebbe essere diverso?

Certo, non credevo che Perseo avrebbe seguito alla lettera le orme di nostro padre. Non mentiva quando ha detto che ha fatto dei sacrifici anche lui, ma ha intenzionalmente sorvolato su un dettaglio: lui li ha *scelti*, i suoi. A me non ne ha dato la possibilità. Invece, ha preso una decisione al posto mio e si aspetta che obbedisca, come una marionetta di cui può manovrare i fili.

Ed Eris? *Lei*, tra tutti quanti, dovrebbe rendersi conto che comprendo il funzionamento nascosto della politica olimpica. Se me l'avessero chiesto invece di cogliermi alla sprovvista... Scuoto la testa e vorrei che fosse altrettanto semplice liberarmi di questi pensieri. Eris sapeva che avrei protestato, costringendola a una lunga discussione per convincermi, quindi ha aggirato il discorso e mi ha scavalcata. *Lei* non sembra morire dalla voglia di sposare uno sconosciuto, ma è stata più che contenta di gettare me in mezzo ai lupi.

Dèi, ho davvero la famiglia peggiore del mondo.

Accelero il ritmo. Sono solo quattro chilometri. Posso andare più veloce, metterci un po' più di energia. Tutto pur di non pensare a mio fratello e a mia sorella seduti a un tavolo mentre decidono, insieme, di essere disposti a sacrificarmi per ingraziarsi il prossimo Ares. Me ne frego delle rassicurazioni uscite di bocca a Perseo; se si realizza lo scenario peggiore, interverrà comunque troppo tardi. La vendetta non è per le vittime: è per attenuare a chi viveva a stretto contatto con loro il rimorso di non aver fatto nulla per impedire qualcosa di brutto.

Io non sono una vittima.

Non più.

In casa di mio padre ero inerme. Mia madre ha cercato di aiutarmi, ottenendo solo di spezzarsi l'osso del collo quando mio padre è passato a un'altra donna, un'altra Era. La gente *scherzava* sul fatto che le sue mogli fossero intercambiabili, giocattoli fatti a pezzi da un uomo arrabbiato e sostituiti senza troppi problemi. L'avrebbe fatto di nuovo se non fosse morto. Aveva già messo gli occhi su Persefone, che è più giovane di me, santo cielo.

È stato Perseo ad annunciarmi la sua morte. In quel momento, mi aspettavo di provare qualcosa. Dolore. Rimorso. Gioia. *Qualcosa.* Invece, mi sentivo come se qualcuno mi avesse tolto un grosso peso dalle spalle. Il mostro dalla maschera affascinante non poteva più ferirmi né controllarmi.

Non immaginavo che mio fratello rivestisse i panni di Zeus da capo a piedi. Non immaginavo che mi chiudesse tra quattro mura – per la mia sicurezza, ovviamente. Che si mettesse a decidere cos'era accettabile per una Kasios e cosa no, proprio come nostro padre.

Che mi scegliesse come pedone sacrificabile, *proprio come voleva fare nostro padre*.

Accelero ancora di più. Non mi è d'aiuto. Continuo a pensare troppo. Non posso seminare gli scheletri che invadono la mia mente, ma sfinirmi fino a metterli a dormire *sì*. Devo. Cazzo non posso vivere così. Non ora che sono così vicina alla libertà, non ora che distrarsi significa fallire.

Una mano entra nel mio campo visivo.

Non ho tempo per molto più di un sussulto, prima che Patroclo prema il pulsante "Stop". Il macchinario rallenta e io mi tolgo bruscamente gli auricolari. «Che cazzo ti viene in mente?»

«Può bastare, Elena».

Apro la bocca per dirgli dove può ficcarsi la sua opinione, poi mi cade l'occhio sui numeri in rosso. Undici chilometri, non quattro, a un ritmo che so bene che non dovrei mantenere a lungo. Adesso che ho rallentato, mi accorgo dei tremori. Del sudore di cui sono ricoperta. Del dolore che accompagna ogni respiro dentro e fuori dai polmoni. Mi è capitato di correre più veloce e per più tempo, ma non avevo pianificato questo genere di allenamento.

"Debole. Sventata. Impulsiva". Nonostante cerchi di scacciare quelle parole, rimangono a prendersi gioco di me, appena fuori portata.

Patroclo non si muove, la mano ferma sul pulsante. Sospetto che voglia impedirmi di ignorarlo e riaccendere quest'affare maledetto. Mi tampono la fronte con l'avambraccio. «Sto bene».

«Sicura? Perché hai l'aria di una che ha esagerato e avrebbe continuato a correre finché non le avessero ceduto le gambe». Mi guarda da capo a piedi. Non c'è nulla di sessuale nella sua espressione. Sembra che controlli se sono ferita. Non ho la minima scusa per il brivido che mi attraversa. Do la colpa all'aria condizionata sulla pelle madida di sudore se mi si inturgidiscono i capezzoli, duri contro la stoffa sottile del reggiseno sportivo.

«Sto bene», ripeto. Non è più vero ora rispetto a un attimo fa. Sono così lontana dallo stare bene che è quasi divertente, ma che altro mi aspettavo? Mio fratello e mia sorella mi hanno gettato nella fossa dei leoni; lascerà il segno, anche se una piccola, oscura parte di me non ne è affatto sorpresa. Tuttavia, non ho voglia di cercare di spiegarlo a Patroclo. Sembra un tipo a posto, ma è il tipo a posto *di Achille*. Solo perché eravamo amici da bambini e adesso ha fatto un gesto carino nei miei confronti, non significa che sia disposto a sobbarcarsi tutti i miei problemi.

Però, non posso chiudere la conversazione in maniera tanto brusca. Esito. «Senti, non ti sto invitando a impicciarti in futuro, perché non mi serve una baby-sitter, ma grazie per avermi fermata».

«Nessun problema». Si passa una mano tra i corti capelli scuri. Ha un velo di barba che gli dona un'aria da malandrino, e questo non fa bene alla mia libido.

Non che abbia altro di furbesco, Patroclo. Per quanto ne so, la facciata da bravo ragazzo non è una recita. *Quello*, almeno, non è cambiato. Potrei usarlo a mio vantaggio, ma all'improvviso sono così stanca che non riesco a pensare con lucidità. Merita di meglio che essere la frusta che scelgo per flagellarmi, perciò devo andarmene di qui prima di commettere una stupidaggine imperdonabile. «Vado a farmi una doccia».

«Elena».

La severità del suo tono mi provoca un lieve senso di vuoto allo stomaco. Mi blocco. «Che c'è?»

«Stretching». Indica le mie gambe con un cenno del capo, come se le vedesse fremere. «Altrimenti te ne pentirai, più tardi».

Ha ragione. Sento i miei bisogni in lotta tra loro: una parte vuole riparare nella mia stanza fino a quando non mi sentirò un po' meno fragile, l'altra desidera restare in compagnia di quest'uomo, permettergli di scacciare i fantasmi che mi tormentano. Di certo non gli importa tanto quanto sembra. Dev'essere una maschera, come quelle che indossano tutti nell'Olimpo. Non so a che gli servirebbe mai la gentilezza (forse a farsi sottovalutare), eppure ciascuno di noi sceglie una strategia per sopravvivere.

Però…

Quand'è stata l'ultima volta che qualcuno ha cercato di prendersi cura di me? Anche con una cosa banale come consigliarmi di fare stretching dopo un allenamento sfiancante? Ho una stretta al cuore. Non me lo ricordo. L'ultima a mostrarmi tenerezza nella mia vita è stata mia madre ed è morta quindici anni fa. Cazzo, non è patetico?

Pur consapevole che dovrei andarmene, cresce dentro di me quell'impulso sconsiderato, troppo forte per ignorarlo. Sorrido guardando i suoi gentili occhi scuri. «Mi aiuti, Patroclo?».

10
Achille

Aiace mi intercetta prima che arrivi in palestra. Quell'omaccione mi agguanta per una spalla. È qualche centimetro più alto di me, immagino si avvicini al metro e novantotto, e si è rasato i lati della testa lasciando una cresta di capelli ricci e neri. Ha la pelle di un caldo bruno e ne tiene un sacco bene in vista, dal momento che indossa solo i pantaloncini e una canottiera che ha più buchi che stoffa. Sogghigna. «Stavo pensando».

«Con te, è pericoloso».

Ride. «Sì, sì. Lo sappiamo tutti e due che preferisco un grande martello a una tavola rotonda politica, ma le cose cambiano».

«Stai per suggerire un'alleanza nella prima sfida». Patroclo l'aveva predetto. Ha fatto ricerche e ipotizzato scenari, anche se a volte la sua mente lavora in maniera inquietante. Questo, però, me l'aspettavo persino io. Con Aiace, Patroclo e me non ci sono sorprese. Abbiamo lavorato insieme in passato, perciò ha senso unirci per eliminare più gente possibile al primo round. L'alleanza non ha ragione di proseguire oltre e sarebbe fruttuosa.

Ride di nuovo e mi stringe la spalla. «Già. Direi che ci sono un paio di campioni che nessuno vuole veder diventare Ares. Non c'è motivo di facilitare loro il compito di toglierci di mezzo uno alla volta».

Interessante. Mi acciglio. «Sei alleato con qualcun altro?»

«Parlo con un po' di gente». Abbassa la mano e si stringe nelle spalle. «Che ne dici?».

Dico che Aiace è più smaliziato di quel che pensavamo. Tuttavia, non cambia nulla per la prima prova. Ci sono alcuni che preferirei eliminare alla svelta e con lui dalla nostra parte le probabilità aumentano. Ciò detto, non c'è motivo di intorbidire le acque. Ho Patroclo. Non ho bisogno di nessun altro e, a essere sincero, se Aiace uscisse all'inizio andrebbe a nostro vantaggio.

Sorrido e scuoto il capo. «Non stavolta, amico mio».

«Cazzo. Speravo di averti dalla mia parte. Oh be', valeva la pena tentare». Mi dà un'altra stretta alla spalla, poi si allontana tranquillo in corridoio, nella direzione opposta alla mia. «Ci vediamo domani, Achille. Buona fortuna».

«Non mi serve».

Si lascia dietro l'eco della sua risata mentre scompare dietro l'angolo. Io vado in palestra. Patroclo avrà le sue teorie su quali alleati si sia scelto Aiace; io scommetto su Atalanta. Lui ha lavorato con Ettore per qualche anno e penso che siano in buoni rapporti, ma Ettore è legato a doppio filo a Paride e nessuno vuole quello là come nuovo Ares. Anche se nessuno di noi è stato a stretto contatto con Atalanta, la sua reputazione la precede: mantiene il sangue freddo sotto pressione ed è un fottuto genio. Non quanto Patroclo, ma ha decisamente più cervello di me e Aiace.

La palestra è sistemata bene; da Atena non mi aspetto nulla di meno. Conosce le priorità ed era ovvio che attrezzasse questa stanza secondo i suoi precisi desideri, come tutto il resto dell'edificio. Un sacco di varietà per soddisfare le necessità di chiunque.

Scorgo il Minotauro su una panca, lui però non accenna a sdraiarsi e sollevare il bilanciere con impilata una quantità davvero notevole di pesi. No, sta fissando qualcosa che non riesco a vedere, con l'aria di un falco che osserva un topo particolarmente succulento nel campo sotto di sé. Non promette bene. Passo in mezzo ai macchinari a lunghe falcate e mi fermo di colpo appena mi accorgo cosa sta puntando.

Patroclo… ed Elena.

Lei è sdraiata supina sul tappeto che occupa un angolo intero della stanza, con una lunga gamba appoggiata alla spalla di

Patroclo. Lui, in ginocchio, gliela flette verso il petto. Razionalmente, mi rendo conto che stanno facendo stretching per il tendine del ginocchio e che hanno tutti i vestiti addosso, ma alla vista di quella posizione il mio cervello dice: "Scopano". Soprattutto quando lui si sposta in avanti e le abbassa la gamba di un paio di centimetri. Sono abbastanza vicini da baciarsi e riconosco persino a distanza il rossore sulla sua pelle.

È eccitato. Molto, molto eccitato.

Monta la furia. Avevo detto loro di stare lontani e dopo appena dieci minuti ecco che Elena ce l'ha addosso sul pavimento, accaldato e nervoso. Cazzo, lui *lo sa* che non è una buona idea. Non mi ascolta nessuno quando parlo? Stringo forte i pugni, lottando contro l'istinto di andare lì e tirarlo via di peso.

Una risata trattenuta mi fa girare verso il Minotauro. Inarca un sopracciglio sfregiato. «Non ha perso tempo, con quello là».

Stavo pensando la stessa cosa, ma non significa che apprezzi se altri se ne accorgono. «Chiudi quella cazzo di bocca».

Di nuovo quel verso divertito, poi si sdraia, solleva il bilanciere come se niente fosse e comincia a muoverlo su e giù. Lo osservo per diverse ripetizioni, prima di guardare di nuovo Patroclo ed Elena. Lei ha cambiato gamba e mi irrita ancora di più che nessuno dei due si sia accorto della mia presenza. È questo a farmi scattare, una sgradevole sensazione di possessività che prende il sopravvento dentro di me. Mi fermo a pochi centimetri da loro e ringhio: «Alzati».

Patroclo sobbalza, il che mi fa incazzare. È quasi impossibile coglierlo alla sprovvista, perché lui è sempre dieci passi avanti, eppure è talmente concentrato su *questa* donna da mettere in pausa quel cervellone che si ritrova. Si siede sui talloni e sposta i fianchi, come se non potessi notare l'erezione rampante. Lo fulmino con un'occhiata e poi mi giro verso di *lei*. «In piedi».

Elena ha un bell'aspetto. Merda, è stupenda e lo odio. I leggings e il reggiseno sportivo appiccicati alla pelle sudata mettono in evidenza la pancia tonica e il bel seno. Si tira lentamente su a sedere, un'aria di sfida scritta in faccia. «Mi stava aiutando con lo stretching».

«Lo vedo benissimo cosa stava facendo». Pescarli in flagrante è già grave, ma con il Minotauro che guarda, giudica, che *ride*, cazzo, non riesco a trattenere la rabbia. «Tu». Indico Patroclo. «Fa pace con il cervello».

«Achille...».

Ignoro l'esasperazione nel suo tono e guardo Elena. «E tu. Torna nella tua fottuta stanza, principessa».

«Vuoi fare lo spiritoso». Si tira su e *odio* il modo in cui Patroclo la osserva, come se fosse pronto a balzare in piedi e afferrarla al volo se dovesse inciampare. Il Minotauro ha ragione: non ha perso tempo e ha puntato il *mio* uomo. Elena stiracchia le braccia in alto, gli occhi color ambra una provocazione in piena regola. «Non sei il mio capo».

«Elena». Patroclo ha rivolto l'esasperazione su di lei, indice di quanto si siano affiatati in così poco tempo. Avrà anche il cuore tenero, ma proprio per questo sta molto attento a chi include nel suo cerchio di protezione. Di solito ci mette secoli ad accogliere una persona nuova. Come ci è riuscita lei in pochi giorni? Non può essere perché lo conosceva da prima di me. Non è possibile.

«Non sarò il tuo capo adesso, ma diventerò tuo marito e devi smetterla di comportarti da ragazzina viziata».

Patroclo trasalisce ed Elena irrigidisce la schiena come un manico di scopa. «Prova a ripeterlo», mormora, rabbiosa.

Non mi prendo la briga di farlo. Invece, l'afferro per la vita e me la butto in spalla. Patroclo cerca di intervenire, ma lo fermo con un gesto. «Adesso non voglio sentire una sola parola da te. Allenati. Parliamo dopo». Non gli do modo di replicare: mi giro e porto via di peso Elena, che continua a imprecare, fuori dalla palestra e un corridoio dietro l'altro. Dopo una brevissima esitazione, entro nella mia stanza anziché nella sua.

Ho a malapena il tempo di rimetterla a terra che lei mi sferra un pugno. Scatto all'indietro e lo intercetto senza difficoltà. «Fiacco».

«Te lo do io il *fiacco*, coglione». Cerca di darmi un calcio nelle palle e io giro il bacino. Mi colpisce a una coscia con abbastanza energia da farmi vacillare. Ed è anche veloce, arretra subito e mi tira un altro calcio dritto in faccia.

Le agguanto la caviglia e la butto a terra, gettandomi su di lei quando tenta di rialzarsi. Sa fare a botte, devo riconoscerglielo. Riesce a darmi una gomitata in faccia prima che la inchiodi per i polsi, le braccia sollevate ai lati della testa. «Basta così».

«Vaffanculo». Freme tanto è furibonda, gli occhi d'ambra scoccano raggi laser contro di me. «Non mi meraviglia che tu voglia diventare Ares. Sei proprio come l'ultimo: un bullo del cazzo».

«Sta' zitta».

Ma non mi ascolta. Quasi mi ringhia contro e cerca di spingermi via, come se non pesassi una tonnellata più di lei. E continua a non tenere a freno quella lingua maledetta. «Povero piccolo Achille, con l'orgoglio ferito perché Patroclo è stato gentile con me. Dèi, sei patetico».

«Sta' *zitta*», ripeto a denti stretti.

«Costringimi!».

Non ci sono scuse per quello che succede. L'attimo prima ero pronto a tirarla su e buttarla fuori a calci nel sedere. L'attimo dopo... non so chi sia il primo a muoversi. Forse lei si inarca. Forse io mi chino. Il risultato è che sto baciando Elena Kasios, la principessina dell'Olimpo, la donna che ho tutta l'intenzione di sposare quando diventerò Ares.

Ha il sapore della vittoria.

Mi scosto di colpo e la fisso. Sembra sconvolta come me e quasi altrettanto furiosa. È stato un errore. «Io...».

«Zitto». Si inarca di nuovo e questo bacio spazza via quel poco di razionalità che mi rimaneva. Non ha nulla di tenero. Forse in quel caso riuscirei a fermarmi, ma ho la mente offuscata dalla guerra che scateniamo l'uno contro l'altra, una battaglia fatta di lingua e denti e piccoli gemiti sorprendentemente dolci che lei riversa nella mia bocca.

Elena cambia posizione sotto di me, mi sfrega un polpaccio sulla gamba. Le lascio i polsi per afferrarla dietro un ginocchio, incastrandoci meglio. Mi accarezza il petto e la leggera tensione nel suo corpo è il mio unico avvertimento, prima che mi agganci con un piede dietro la coscia e ci ribalti. Mi sale a cavalcioni sulle anche e, cazzo, non è mai stata più bella come adesso. È un totale casino, ma è *vera*.

La frenesia monta tra noi, come se presentissimo tutti e due che rallentare permetterebbe alla realtà di ripiombarci addosso. Non so da cosa scappi, lei. Non mi importa. Sono ancora talmente furioso che vado avanti per mero istinto; allungo una mano verso la stoffa dei leggings e tiro forte. Si strappano lungo l'orlo centrale, quindi tiro ancora e li straccio in due.

Elena si inarca all'indietro e mi dà uno schiaffo forte. «Sono i miei leggings da corsa preferiti, pezzo di merda».

«Mandami il conto». Ci ribalto di nuovo e sfrutto il cambio di posizione per sistemarmi tra le sue cosce. Lei mi toglie con frenesia la maglia e mi graffia la schiena, un dolore che mi fa sobbalzare contro di lei. Gemiamo entrambi, il fiato si mescola come in tempesta. Dovrei baciarla più dolcemente, trattenermi, ma Elena mi infila le mani nei pantaloncini e affonda le unghie nel culo. Mi inarco una seconda volta e poi una terza, i pantaloncini si abbassano sui fianchi, finché lei non li spinge giù del tutto.

Cazzo.

Ho perso il controllo.

Faccio per ritrarmi, per recuperare un minimo di razionalità, ma ecco che lei ruota il bacino e mi ritrovo l'uccello premuto contro la sua fessura. Ci paralizziamo entrambi. È così bagnata, cazzo, così accogliente, che le scivolo leggermente dentro per la mera forza dei nostri respiri affannati. Elena emette un mugolio ansimante. «Ancora».

Dovrei fermarmi. Dovrei dirle di aspettare, di rallentare, dobbiamo prima parlarne. Non era questa la mia intenzione quando l'ho portata qui dentro. Merda, nemmeno lo so che cosa volessi fare davvero. Non riesco a pensare se non alla bella sensazione che mi provoca adesso, a quanto è fradicia dopo la zuffa, a quanto desidero penetrarla fino in fondo.

«Non dovremmo», mormoro.

«Hai ragione». Però le sue unghie affondano di nuovo nel mio culo e io sprofondo in lei di un altro paio di centimetri. Non riesco a vederla in faccia, né a impedirmi di girare la testa e morderle la pelle morbida del collo. Reagisce curvando la schiena e attirandomi ancora più dentro di lei. Trasalisce. «Ti odio».

«Ti odio anch'io».

Rabbrividisce. «Allora scopami come se mi odiassi, Achille. Piantala di piagnucolare e datti da fare».

L'ultimo scampolo di autocontrollo che mi restava si sfilaccia fino a spezzarsi. Mi scosto di colpo, il suo gemito di protesta mi sprona a continuare. Le abbasso i leggings fino alle caviglie e poi le tolgo il reggiseno. Cerca di tirarmi un altro schiaffo, ma io le afferro il polso e lo uso come leva per rigirarla bocconi. Sta già sollevando il sedere quando mi sposto tra le sue gambe, e poi la penetro di nuovo.

Stavolta non esito, sfrutto la mia mole per schiacciarla a terra e tenerla ferma, scopandola senza alcuna delicatezza. Lei si muove il tanto che le permetto, solleva il bacino per facilitare i miei affondi, ma non basta. Annaspo con le mani sotto di lei, con una le afferro il collo e l'altra la premo tra le sue cosce per stimolare il clitoride. È completamente presa da ciò che faccio, completamente alla mia mercé.

Ma quando comincia a parlare mi sembra che sia *io* alla sua mercé.

«Sì. Così. Più forte». Mi afferra le braccia, le unghie di nuovo affondate nella mia pelle. Mi resteranno i segni per giorni e il pensiero mi rende solo più sfrenato, più rude.

«Cazzo, sei un pericolo pubblico». Scopro come le piace che le stimoli il clitoride, il tocco che la fa sfregare sulla mia erezione così forte che devo lottare per non perdere la testa. L'orgasmo è già all'orizzonte. Merda, è troppo bello con lei. «Fa' la brava, principessina, e vieni sul mio uccello».

«Costringimi». Boccheggia, preme il collo contro il palmo della mia mano. «Se non fai schifo in questo come in tutto il resto». Un altro gemito. «Forse dovrei chiedere una mano a Patroclo».

«*Stronza*». Non mi fermo, né rallento. Continuo a trombarla e lei va in mille pezzi; le sue parole velenose aleggeranno nell'aria anche quando avremo finito, è sicuro.

Elena grida in preda all'orgasmo, il suo corpo trema in maniera deliziosa e la figa si contrae sulla mia lunghezza. Non cerco nemmeno di prolungare il momento: continuo con gli affondi finché il bisogno non mi travolge e la riempie insieme a me.

Solo quando rotolo via e mi sdraio sulla schiena, la realtà fa finalmente breccia. Apro gli occhi e fisso il soffitto. «Cazzo».

«Sì, l'ho sentito». Si mette seduta.

«Stai bene? Io...». Mi costringo a guardarla, a studiare la sua espressione in cerca di un segno che siamo andati troppo oltre.

Elena raccoglie da terra i leggings e li osserva accigliata. «Sto bene». Mi lancia uno sguardo accuratamente inespressivo. «Non è che diventi melenso, vero?». Non ottenendo subito risposta, sospira. «Era solo sesso, Achille. L'hai già fatto altre volte, no?»

«Non così».

Esita. «Patroclo ha detto che non siete monogami...».

«Infatti». Ma non sono mai stato con nessuno *così*, in modo tanto violento e incontrollato. Sono sempre ben consapevole della facilità con cui potrei fare male per sbaglio ai miei partner e di conseguenza tengo sempre il guinzaglio corto. Tranne che con Patroclo; data la lunga relazione, conosciamo meglio i nostri limiti e comunque sto attento a non esagerare. Tra me ed Elena non c'è quel passato, quella fiducia. Cazzo, nemmeno ci piacciamo. Però non posso dirglielo. Sembrerebbe crudele, per quanto vero. Mi concentro quindi su qualcosa di piccolo e banale. «Non puoi rimetterti quei leggings».

«Tranquillo. Ho tutta l'intenzione di farteli ripagare». Si alza lentamente in piedi. Ha qualche leggero graffio sulle ginocchia e l'aspetto magnificamente disordinato. Ho voglia di...

Mi raddrizzo di colpo. «Non abbiamo usato il preservativo».

«Lo so». Sospira di nuovo. «Prendo la pillola. Ho fatto le

analisi del sangue abbastanza di recente da affermare con sicurezza che non corri rischi».

Chissà perché, non respiro più. Non posso credere di aver perso la testa al punto da dimenticarmi il *preservativo.* «L'unica persona con cui faccio sesso non protetto è Patroclo e ci controlliamo regolarmente entrambi, visto che siamo una coppia aperta».

«Quindi non c'è altro da dire». Si gira verso la porta.

Sono in piedi prima ancora di decidere di muovermi. «Elena, aspetta».

Un altro sospiro. Dèi, questa donna sembra così spazientita nei miei confronti che la butterei sul pavimento di nuovo. E stavolta, a nessuno dei due resterebbe abbastanza fiato da *sospirare.* Ignara della direzione presa dai miei pensieri, sposta indietro qualche ciocca di capelli sfuggita alla treccia. «Senti, non abbiamo proprio nient'altro da dirci. Ho perso il controllo. Tu hai perso il controllo. Alla fine dei conti, non cambia nulla per nessuno dei due, quindi non parliamone mai più».

Affronta la situazione con una tranquillità impressionante e non capisco come ci riesca, io resisto a malapena all'impulso di afferrarla e baciarla di nuovo. Raccolgo la maglia da terra e mi avvicino. Elena alza gli occhi al cielo. «La mia porta è...». Le infilo la T-shirt sulla testa e aspetto che inserisca le braccia nelle maniche. Mi guarda annoiata. «Contento adesso?»

«No». Chissà perché, è peggio che vederla nuda. Con la mia maglia addosso... Sapevo già di essere un bastardo possessivo, ma non mi aspettavo di provare simili impulsi verso *questa* donna. «No, non sono contento».

«Come pensavo». Si gira ed esce senza un'altra parola.

Fisso a lungo la porta. «Merda. *Merda*». Non ci sono dubbi al riguardo. Non importa come la rigiri nella mia testa (e trovo estremamente difficile dare una spiegazione ragionevole a me che faccio sesso con Elena Kasios sul pavimento della mia camera come un cazzo di animale): c'è solo una conclusione possibile.

Ho mandato tutto a puttane.

11
Patroclo

Capisco cos'è successo non appena vedo la faccia di Achille. È così abituato ad avere ragione che quando fa una cazzata sembra un cane che ha masticato le mie scarpe preferite. Entra nella mia stanza con le spalle curve e si rifiuta di incrociare il mio sguardo. Considerando dov'era un attimo fa e il rossore familiare sulla sua pelle, ho due ipotesi su cosa abbia combinato. E me le conferma quando si decide ad aprire bocca. «Ho fatto un casino. Mi dispiace».

Non c'è bisogno di chiarimenti. Le prove sono tutte davanti a me: i graffi sulle braccia e il velo di sudore che inumidisce i capelli scuri sulle tempie.

Ha fatto sesso con Elena Kasios.

Inspiro lentamente, ma non mi è di aiuto: sento solo il leggero odore di scopata che ancora gli sta appiccicato addosso. Achille fa un passo verso di me e io lo fermo con un gesto. «Va' a farti la doccia prima di provare a dirmi che ti dispiace».

Impreca e devia nel corridoio che conduce in camera da letto. Quando si volta vedo altri graffi sulla nuca. Sento un nodo allo stomaco. Non c'è nessuna ragione logica per restarci male. Non siamo monogami. Achille ha tutta l'intenzione di vincere il titolo di Ares e questo significa sposare Elena. Pretendere che non vada a letto con sua moglie sarebbe ridicolo e ingiusto. Sapevo cosa mi aspettava quando mi sono innamorato di quest'uomo.

Non è mai stato destino che fosse solo mio.

Tutta la logica del mondo non riesce a soffocare la sensazione orribile che mi attorciglia lo stomaco, sempre di più, con maggiore violenza. Non era mia intenzione parlare, ma le parole mi scappano di bocca nell'istante in cui lui apre la porta della camera. «Tu odi Elena».

Mi lancia un'occhiata da sopra la spalla. «Forse "odiare" è una parola grossa». Ha la grazia di assumere un'aria mortificata, anche se le spalle sono rilassate come dopo che si fa del buon sesso.

Quel nodo allo stomaco si stringe ancora di più. Achille e io stiamo insieme da tempo e ovviamente abbiamo avuto alti e bassi e qualche grosso litigio. Ma ora è diverso. Tutto in questa situazione sembra diverso. A volte lui è egoista e impulsivo; altre, sono io egoista e distratto. Nessuno dei due è mai crudele, eppure questo non saprei come altro chiamarlo.

«Ti ha fatto arrabbiare così tanto che l'aiutassi con lo stretching? Ti ha fatto diventare così *geloso*, cazzo? Non abbiamo sempre detto che la gelosia non fa per noi, Achille?». Non è mai stato un problema prima d'oggi, ma di certo si rende conto che adesso non è la stessa cosa. Tutto nelle reazioni che gli suscita Elena è fuori dal normale, così come nelle reazioni che suscita *in me*. Anche se ogni tanto fa la parte dello sciocco innocuo, Achille è troppo intelligente per fingere di non capire perché sono sconvolto.

Il suo volto si irrigidisce. «È diverso, stavolta».

«Sì, esatto. È diverso. Quindi perché l'hai fatto?». Non gli do il tempo di rispondere. Per una volta, la mia bocca si muove più in fretta del cervello. «È perché la sposerai? Sarai tu a metterle l'anello al dito, quindi deve appartenere solo a te?». Mi esce tutto d'un fiato, prima che possa rimangiarmelo. Sono talmente nauseato che *non voglio* rimangiarmelo. «Hai detto che era off limits meno di dodici ore fa».

Guarda un punto imprecisato oltre la mia spalla destra. Segno inconfondibile che non mi piacerà quello che sta per dire. E non mi delude. «Ti sta già dando alla testa».

«Te la sei scopata. Di fronte a una situazione simile, chiunque direbbe che sta dando alla testa *a te*».

Stringe i denti. «E sa benissimo quello che fa. Sta cercando di dividerci».

Impreco e gli volto le spalle. Non riesco nemmeno a guardarlo, non finché mantiene questo comportamento ostinato e non capisce la verità. Non quando è un cazzo di ipocrita. «Smettila di incolparla delle *tue* azioni. Ti ha legato per fare sesso con te, Achille?»

«No», risponde a denti stretti.

«Già, come pensavo. Per fare sesso dovevate volerlo tutti e due, e io non sto con Elena. Sto con te. Non è *lei* quella che ha stabilito una regola fondamentale per poi infrangerla in preda a una gelosia furiosa dopo che avevamo concordato di rispettarla. Non è *lei* che mette in pericolo tutti i nostri obiettivi e piani per colpa della sua impulsività. Non è *lei* il problema».

«Patroclo».

Mi giro, riluttante. Sembra arrabbiato, ma non mi sorprende. Da quando lo conosco, preferisce arrabbiarsi che provare dolore o rimorso. Per lui è un'emozione più semplice. Tuttavia, pensavo fossero finiti i tempi in cui lo faceva *con me*. Finché non siamo diventati campioni, pensavo che ci fossimo lasciati alle spalle un sacco di cose. Adesso non ne sono più tanto sicuro. «Ho cambiato idea sulla doccia. Devi andartene».

Sussulta come se l'avessi colpito. «Cosa?»

«Vattene. Non sopporto la tua vista in questo momento». Fa troppo male. Sospettavo che le cose tra noi sarebbero giunte a una conclusione, prima o poi, ma non così. Così mai. Pensavo che avessimo più tempo. Non è la fine, non ancora, ma ne è il primo segnale. Ho bisogno di metabolizzare e non posso farlo con lui nelle vicinanze.

Per la prima volta da quando è entrato, sembra in ansia. «Dobbiamo parlare di domani». È una scusa e lo sappiamo tutti e due.

«Non c'è niente di cui parlare».

«Aiace vuole allearsi».

Mi stringo nelle spalle. «L'avevamo previsto. Non cambia nulla nei *nostri* piani». Ed è persino vero. Non è cambiato niente. Seguirò comunque Achille fin negli inferi e sarò dannato per questo. È sempre stato così tra noi. Forse, se fossi una persona migliore, più forte, taglierei i ponti subito, prima che la situazione degeneri e lui getti il mio cuore in un tritacarne. Non mi farebbe mai del male volontariamente, ma è disinteressato. Cazzo, è sempre così incurante dei sentimenti altrui.

Io non sono migliore. Di certo non sono abbastanza forte da lasciarlo, per quanto doloroso debba essere il futuro. Solo che... in questo momento non riesco a guardarlo in faccia. «Va' via».

Non si muove. «Mi dispiace».

«Non ti credo». Se glielo permetto, mi abbraccerà promettendo di non farlo più, ma io non sopporto l'idea che mi menta, anche senza volerlo. Una delle cose che più amo in quest'uomo è che non ho mai dubbi sulla mia posizione nella sua vita. Dice la verità, anche quando potrebbe far soffrire. Un piccolo prezzo da pagare per la sincerità.

Adesso, non c'è nulla di trasparente. Forse avrà anche intenzione di non toccare mai più Elena, però non aveva *pianificato* di toccarla neanche poco fa ed ecco dove siamo finiti. «Va' via, Achille. Per favore».

Finalmente annuisce ed esce dalla stanza. Non è tipo da sottrarsi a un litigio; gli ci sono voluti anni per capire che cercare di appianare i problemi tutti insieme invece di darmi il tempo di razionalizzare era la via più sicura per una sfuriata. Ed è comunque una sensazione orribile guardarlo andare via e chiudersi piano la porta alle spalle.

Una premonizione, una visione del nostro futuro.

Un giorno, Achille mi lascerà per non tornare più.

Vado a chiudere a chiave. Non sono dell'umore giusto per avere compagnia, ma non mi aspetto che qualcuno mi cerchi la sera prima della sfida. Cammino avanti e indietro per il soggiorno, troppo agitato per sedermi. Achille non mi ha messo le corna. Non è questo il punto. Però, ha comunque il sapore di un tradimento. Non riesco ad analizzare i miei sentimenti come si deve. Ci sono rabbia e dolore, sì, ma anche un filo di rimorso.

Non posso garantire che non avrei fatto lo stesso, se l'opportunità si fosse presentata prima a me.

Elena ha qualcosa che mi manda in tilt il cervello. Non solo perché è bellissima, quello è un dato di fatto. Non solo perché una volta, tanto tempo fa, mi ha protetto da un bullo. E non è nemmeno per la mente astuta che mi ha lasciato intravedere durante le nostre sporadiche conversazioni. È la strana vulnerabilità che le è affiorata negli occhi d'ambra la prima notte e di nuovo sul tapis-roulant, quando cercava palesemente di sfuggire a qualcosa nella sua mente. Quella donna è un enigma e mi conosco abbastanza da riconoscere che ho un debole per gli enigmi.

Gran parte della gente agisce in modi che riesco a prevedere, anche se privi di logica. L'umanità è sempre spinta da istinti primordiali, persino nelle partite politiche. Tutti vogliono qualcosa e, una volta capito cos'è, per me è facile vedere dieci, venti, trenta mosse avanti a loro.

Non riesco a capire lo scopo di Elena nel diventare campione. Ha potere, influenza, più soldi di quanti la maggioranza della gente potrebbe spendere in una vita intera. È abbastanza smaliziata da non impuntarsi su un matrimonio politico; l'avranno preparata a barcamenarsi in quella circostanza fin da quando è diventata adulta. È solo un'altra Kasios ambiziosa che vuole accaparrarsi un titolo? O è un atto di ribellione nei confronti del fratello? Nessuna di queste ipotesi sembra quella giusta.

A parte il fatto che sia un puzzle da risolvere, l'attrazione che provo nei suoi confronti è sorprendente. Non ho idea di cosa abbia visto Achille quando eravamo a terra insieme, ma sono disposto ad ammettere che le stavo molto più vicino del necessario, che il mio corpo aveva preso il sopravvento anche se nessuno dei due faceva commenti. E il modo in cui continuava a guardare la mia bocca…

Non biasimo Achille per averci fatto sesso. Il problema è che non so come dovrei sentirmi. Geloso. Arrabbiato. Ferito. Pentito. Non è una situazione semplice e il fatto che domani gareggeremo nella prima prova intorbida ancora di più le acque.

Non ha importanza. *Non può* averne.

Quando ci siamo incamminati su questa strada, ho deciso di tenere Achille nella mia vita finché lui mi terrà nella sua, di sostenerlo e fare tutto quanto è in mio potere per assicurarmi che realizzi il suo sogno di diventare Ares. Sentirmi ferito perché è andato a letto con Elena dopo averla dichiarata off limits non cambia nulla. Domani farò comunque il necessario perché superi la prima sfida. Non che gli serva il mio aiuto, ma quando si tratta dei suoi obiettivi a volte ha i paraocchi. Se cambiano i fattori in gioco, non sempre se ne accorge. È per questo che sono qui.

Solo che… non mi sarei mai aspettato che questo ruolo mi andasse stretto.

Il mattino successivo non porta con sé la chiarezza. Faccio una capatina nella zona comune prima di tutti gli altri e prendo un po' di cibo da portarmi in camera. Non sono ancora pronto ad affrontare Achille e non ho idea di come reagirò davanti a Elena.

Ieri dicevo la verità: non do la colpa a lei per quello che è successo. Sa che siamo una coppia aperta. Non ha motivo di credere di aver superato qualche limite facendo sesso con Achille.

La mia gelosia è illogica e priva di qualunque base concreta. È pura emozione e non posso giurare che non esploda appena la vedrò. E in quel caso non so che farò. Merita di essere più della clava con cui Achille e io ci martoriamo a vicenda, ma non posso garantire che non la userò esattamente in quel modo, se me ne darà la minima possibilità.

Una consapevolezza che non mi piace per niente.

Quando Bellerofonte viene a chiamarci tutti, sono pieno da scoppiare di energia inquieta. Una sensazione che peggiora soltanto quando esco dalla mia stanza e trovo Elena e Achille in corridoio. Non ci hanno dato indicazioni su come vestirci, perciò ho scelto dei pantaloni a compressione da ginnastica e una maglietta. Lasciano libertà di movimento e sono abbastanza attillati da non impigliarsi in nulla né fornire un appiglio ad altri campioni. Achille indossa gli indumenti commissionati per lui, dello stile simile ai miei, ma con un motivo nero e argento fatto per attirare l'attenzione. Sta bene, da quel dio affascinante che interpreta quando deve presentarsi in pubblico per Atena.

Elena...

Elena sembra una principessa, come la chiama Achille. Indossa dei pantaloncini minuscoli che lasciano le lunghe gambe nude e una canottiera aderente, entrambi neri e oro, che scintillano persino nella luce fioca. Ha del glitter anche sulla pelle e sui capelli legati. Non ha offuscato la sua bellezza, oggi. Smokey-eye e rossetto nero dovrebbero risultare troppo intensi, invece uniti ai glitter la fanno sembrare una creatura di un altro mondo.

Sembrano... una coppia.

Bellerofonte si schiarisce la voce e mi rendo conto che li stavo fissando in silenzio. «Andiamo». Si gira e ci fa strada verso l'uscita, in fondo al corridoio.

Achille cerca di incrociare il mio sguardo, ma io scuoto la testa. Non ho voglia di mettere a posto nulla e anche in caso contrario, non è il momento adatto. «Attieniti al piano», mormoro.

Annuisce, con aria scontenta. Va bene così. Nemmeno io sono particolarmente felice. Sbircio di nuovo Elena, che sembra persa nei suoi pensieri, lo sguardo fisso a mille miglia di distanza.

Quando arriviamo all'esterno gli altri campioni sono già tutti lì; saliamo sui furgoni in assoluto silenzio – persino Paride non dice nulla. Finisco a sedermi tra Achille ed Elena; potrei ridere dell'ironia della sorte, se riuscissi a riprendere fiato. Le mie emozioni sono un groviglio indistricabile nel mio petto, quindi faccio l'unica cosa che mi viene in mente. L'unica che abbia senso.

Mi concentro sulla sfida che ci aspetta.

Sarà una prova fisica, come tendono a essere tutte quelle per il titolo di Ares. E probabilmente a tempo, non uno scontro tra campioni. Storicamente, quelli li riservano per dopo, di solito per la prova finale. In quattro degli ultimi cinque tornei, la prima è stata una gara di qualche genere. È un modo semplice per sfrondare gli sfidanti in un colpo solo. Scommetterei su questa scelta.

Tuttavia, anche se è una gara, non significa che non si dovrà combattere. In genere è ampiamente concesso. Dopotutto, la gente ama un bello spettacolo e gli sport cruenti ne sono stati i progenitori.

Il furgone si ferma e si aprono le portiere. È ora. Sono il primo a muoversi, ho bisogno di mettere un po' di distanza tra me e questi due. Non importa se Elena e Achille non si sono nemmeno guardati, o se la tensione elettrica tra loro è solo nella mia testa. Ho bisogno di spazio. Sfortunatamente, è l'unica cosa che non posso ottenere, né adesso né fino alla fine della prova.

Mentre gli altri campioni scendono dai furgoni, continuo ad avere i nervi a fior di pelle. Anzi, peggiorano. C'è sempre un momento simile appena prima di entrare in lizza, un attacco di nausea quando mi rendo conto all'improvviso che tutti i piani e le strategie del mondo non bastano a prepararsi alla realtà. Ci saranno ogni volta variabili a me sconosciute.

La posta in gioco non è mai stata tanto alta.

Bellerofonte unisce le mani dietro la schiena e osserva il nostro gruppo. «La prima sfida inizierà tra poco. Avrete due minuti per esaminare il terreno prima che suoni il corno. Dopodiché, avete cinque minuti per completare il percorso. Se cadete, sarete automaticamente eliminati». Aspetta a malapena una risposta affermativa, poi gira sui tacchi e imbocca il lungo corridoio di cemento da cui siamo usciti l'altro giorno.

Sento la folla ancora prima di vederla. La *percepisco* nelle vibrazioni del cemento attorno a me. Una sensazione sconvolgente che mi affretto ad accantonare. In fondo, non sono venuti per vedere me. Capirlo, accettarlo, significa che non ho bisogno di pensare troppo a tutti loro. Non sono qui per vincere, sono solo una spalla.

Achille mi affianca. «Siamo a posto?»

«Sono ancora arrabbiato con te». Solo che non è proprio vero. C'è della rabbia, sì, ma soprattutto un senso di *perdita*. È l'inizio della fine che ho temuto da quando mi sono innamorato di Achille. Anche se non se n'è ancora andato, il dolore mette radici lo stesso.

Annuisce con un gesto brusco. «Okay». Non mi dice che ne parleremo più tardi, non serve. Nessuno dei due è il tipo da lasciar incancrenire le cose a lungo, anche se non so come ne usciremo, stavolta. Non ha importanza: l'unica visione chiara adesso è la sfida.

Usciamo dal corridoio e la mia attenzione si concentra subito sulle costruzioni davanti a noi: una serie di piattaforme rialzate su cui sono sparsi diversi tipi di ostacoli. Ne ho viste di simili in televisione, però queste sembrano chiamare in causa la parte inferiore e superiore del corpo in pari misura. Ci sono tre percorsi e li esamino uno dopo l'altro, dolorosamente consapevole dell'enorme orologio rosso che scandisce i secondi a ritroso. «Via le scarpe».

Achille non protesta, obbedisce e basta, togliendosi scarpe e calzini. «Numero uno?».

Scuoto la testa. «Il salto dall'estremità di quella fune non permette un tempo ottimale. Il secondo sembra più veloce, ma la corda sui binari potrebbe bloccarsi a metà, visto quanto è lunga. Prendi il terzo». L'arrampicata non sarà un problema in salita, ma potrebbe esserlo in discesa. Meglio comunque degli altri due. Con meno variabili in gioco, anche se tecnicamente è il più lungo, il percorso sfiora l'area degli spettatori prima di curvare di nuovo verso il traguardo. Ogni percorso ha quattro ostacoli di difficoltà differente e bisogna considerare il limite di tempo. Non può essere così semplice, vero?

Nel momento stesso in cui questo pensiero mi attraversa la mente, dall'entrata opposta alla nostra arriva un gruppo di persone vestite di nero. Indossano tutte l'uniforme di Atena e hanno il volto coperto da maschere scure. Dà loro un'aria innaturale; la folla strilla di gioia nel vederli. Sospiro. «Ovviamente, era troppo facile dover solo terminare il percorso».

«Che gusto ci sarebbe?».

Mi tolgo le scarpe e i calzini. Anche se dovrei concentrarmi solo sugli ostacoli, sugli avversari che si dispongono in posizioni strategiche per bloccare meglio i campioni, lancio un'occhiata a Elena. Ha un'aria concentrata, fissa la prima opzione di percorso. Sto per suggerirle la terza, ce l'ho sulla punta della lingua, invece mi trattengo. Elena non è la mia priorità. *Non può* esserlo.

Mancano solo trenta secondi. Le luci lampeggiano e poi si spostano sui palchetti sopra di noi. C'è Atena che ci osserva, ferma in piedi. Se prima credevo che la folla fosse rumorosa, era nulla al confronto di quello che succede quando la colpiscono i riflettori. L'intera arena trema per la forza delle grida.

Atena alza una mano, direttore d'orchestra di quel fervore, e la zittisce quasi immediatamente. I secondi raggiungono lo zero e la sua voce amplificata dai microfoni esclama: «La prima sfida comincia… adesso».

12
Elena

Non ho esitazioni: mi fiondo a sinistra. Ognuno dei tre percorsi presenta delle difficoltà, soprattutto per via degli avversari in nero che ci aspettano al varco, ma questa è la mia chance migliore. Ho una forza eccellente nella parte superiore del corpo; le gambe più lunghe dei campioni più alti daranno loro un vantaggio sulla parete da arrampicata. Devo mirare alla via più breve. O, meglio, la più breve che abbia un senso. Quella al centro è una bella tentazione, perché in pratica bisogna dondolarsi sulla corda, ma l'angolazione che ha non mi piace. È una trappola.

L'intera gara è una trappola, cazzo.

Uno dei campioni, un tizio che riconosco vagamente da qualche festa di mio padre, mi spinge da parte ridendo e scatta sulle piattaforme rialzate. Riesce a superarne a malapena tre prima che uno dei soldati di Atena lo butti giù. Non è nemmeno una caduta elegante: lo spinge e quello vola sul grande tappeto a terra con un tonfo inudibile sopra il ruggito della folla.

«Elena».

Mi giro e trovo Atalanta accanto a me. Ha legato i capelli e indossa una tuta intera color argento cupo. Mi fa un rapido sorriso che trasforma il volto sfregiato da attraente a bellissimo. «Alleanza temporanea per arrivare in fondo?».

Dovrei riuscirci da sola. Il punto di battermi per il titolo di Ares è costringere il mondo a prendermi sul serio. Ma... non sono stupida. Annuisco bruscamente. «In fondo alla prima prova».

«Vediamo che sai fare». Salta sulla piattaforma e io mi affretto a seguirla. È veloce, forte e ben allenata. Anche se la vede arrivare, l'accolito di Atena ha appena il tempo di irrigidirsi prima che Atalanta gli seghi le ginocchia con un calcio e lo butti giù. Dopodiché abbiamo la strada libera fino alla scala di corda.

Volo sulle piattaforme verticali seguendo la sua scia. Non sembra, ma sono molto distanziate, il che mi costringe a rallentare; un prezzo modico da pagare. Le supero abbastanza in fretta e raggiungo l'ultima sotto la scala. Oscilla e quando alzo gli occhi scorgo un altro avversario che piomba dall'alto.

Scatto all'indietro e per poco non inciampo, ma riesco a correggere la manovra all'ultimo secondo. L'avversario mi atterra davanti e si raddrizza lentamente. L'uniforme nerissima, completa di maschera, mi fa rabbrividire. Ed è anche parecchio più alto di me. Questo per una volta giocherà a mio favore.

Attacca con l'ovvia intenzione di spingermi giù dalla piattaforma. L'istinto mi dice di arretrare, invece resto ben piantata sul posto e mi abbasso nell'istante preciso in cui mi raggiunge. A quel punto, la memoria muscolare prende il controllo: l'afferro per un braccio, lo uso come leva per sollevarmi di nuovo e buttarmelo alle spalle… dritto di sotto.

Non aspetto di vederlo toccare terra, mi sto già affrettando su per la scala dietro Atalanta. Arrivata in cima, scavalco e comincio a scendere dall'altro lato. Sembra che la maggior parte degli altri campioni abbia scelto il terzo percorso e scorgo uno degli avversari che si getta in mezzo a un gruppo e fa cadere persone a destra e a sinistra. Tempo che io arrivi in fondo alla scala che ha eliminato cinque campioni.

Ho a malapena messo piede sulla piattaforma successiva che lo sento: un sonoro grido di guerra seguito da un sibilo. Mi giro e trovo Aiace che sfreccia lungo il binario di corda del percorso centrale.

Atalanta scuote la testa. «Che idiota».

Mi acciglio e cerco di valutare il suo slancio. «Potrebbe farcela». È abbastanza alto da forzare le leggi della fisica a proprio vantaggio.

«Non ce la farà».

«Nemmeno noi, se non ci diamo una mossa».

Ci focalizziamo sull'ostacolo successivo: una serie di pannelli sospesi abbastanza vicini tra loro da permettere di scivolare gattoni dall'uno all'altro senza cadere. In teoria. I punti più spinosi saranno il primo e l'ultimo passaggio, che richiedono di saltare e aggrapparsi a una corda per lanciarsi sulla piattaforma. Se sbaglio i tempi, sarò fottuta come Aiace. Mi sono tolta le scarpe, così non rischio di scivolare.

«Almeno su questa non ci sono avversari». Non hanno posto per nascondersi. Mi guardo attorno. Siamo rimaste solo noi due da questo lato. Gli altri sono sul terzo percorso e sembra che la maggior parte dei soldati di Atena li abbia seguiti lì. Bene.

Atalanta scioglie la tensione nelle spalle. «Io vado a destra».

La via è un po' più larga, per me sarebbe quasi impossibile muovermi bene. Lancio un'occhiata alla donna più alta di me. «Perché aiutarmi?»

«Non mi serve fregarti per vincere». Sorride. «Sto cercando di guadagnarmi i favori della mia futura moglie». Mi manda un bacio, poi salta, atterrando con gli arti ben piantati per mantenere l'equilibrio quasi senza sforzo. La tradisce solo un leggerissimo tremito delle gambe, che però non le impedisce di avanzare.

Dèi, che sto facendo? Le ammiro le cosce nel bel mezzo di una gara?

Scuoto la testa, prendo un bel respiro e salto sul percorso a sinistra. L'impatto mi attraversa da capo a piedi e scivolo qualche prezioso centimetro verso il vuoto sotto di me. Stringendo i denti, avanzo.

Nel frattempo, con la coda dell'occhio vedo Aiace che rallenta. Si ferma a sei metri buoni dalla piattaforma e impreca, oscillando con il corpo avanti e indietro nel tentativo di avvicinarsi. Non funzionerà, ma io ho i miei problemi da risolvere.

Sono penosamente consapevole del tempo che scorre. È molto più difficile di quello che sembra. Non sono mai stata più in forma di adesso e serve comunque concentrazione per reggersi almeno con un braccio e una gamba opposti sui pannelli senza fermarmi. Digrigno i denti e continuo.

Non sono arrivata fino a qui per fallire proprio ora. Ci sono troppi stronzi a cui devo dimostrare che si sbagliano: mio fratello e mia sorella. Paride. Achille. Ogni singola persona dell'Olimpo che pensa che il mio valore personale inizi e finisca con la mia famiglia e la faccia con cui sono nata.

Atalanta è parecchio più avanti di me e questo mi tenta ad accelerare; tuttavia, un solo errore significherebbe la rovina. Mi concentro sul respiro, spostandomi lungo il pannello. "Passo, premi, passo, premi". A ripetizione. Arrivata in fondo, ormai sto tremando. Calcolo la distanza per raggiungere la corda e lanciarmi sull'altra piattaforma. Sembrano chilometri. Ce la farei senza problemi con i muscoli riposati, ma sono esausta.

«Posso farcela», borbotto. Che sia vero o no non ha importanza, non ho il tempo di rimuginare. Ogni secondo che passa mi avvicina al fallimento, allo scadere del tempo o al mio corpo che cede.

Salto.

Non appena i miei piedi si staccano dal pannello, capisco di aver sbagliato i calcoli: raggiungo la corda molti centimetri più in basso di quanto avrei voluto, troppo vicina al fondo. Oscilla e io scivolo giù, agitando le gambe come una pazza.

"Cazzo, cazzo, cazzo".

La piattaforma è più elevata rispetto al tratto della corda a cui miravo e lo slancio è stato minore del previsto. Non importa. Devo saltare. All'estremità della mia parabola mollo la fune e vado a sbattere contro la piattaforma, con solo la parte superiore del corpo oltre il bordo. Mi si mozza il respiro; tuttavia, non mi irrigidisco. Se lo faccio, cadrò.

Cerco forsennatamente un appiglio sulla superficie liscia ma scivolo di un paio di centimetri verso il terreno. Verso la sconfitta. *No*, cazzo. Ho fatto troppa strada. Non permetterò a una sciocchezza come la gravità di sconfiggermi adesso. Mi costringo a stare ferma, a *riflettere*. Se riuscissi a sollevare una gamba sulla piattaforma…

Uno scarpone compare nel mio campo visivo; alzo gli occhi e inorridisco alla vista di uno dei soldati di Atena che torreggia su di me. Solleva il piede, con l'ovvia intenzione di darmi un calcio in faccia. Oh, merda, farà male.

Non ne ha la possibilità.

Atalanta si materializza alle sue spalle. All'inizio immagino che si limiterà a buttarlo di sotto, ma è più teatrale di così: lo gira di peso e gli sferra un pugno devastante in faccia. L'avversario si accascia sulla piattaforma come se non avesse più uno scheletro. Porca puttana, gli ha fatto perdere i sensi con un colpo solo.

Lei sorride alla folla e saluta allegra, per poi concentrarsi su di me. Si china, la pelle bruna lucida di sudore, e mi tende una mano. Scuoto la testa. «Ce la faccio da sola».

«No, invece».

Odio ammettere che forse ha ragione. Mi tremano le braccia, eppure insisto. «*Ce la faccio da sola*».

Fa un verso d'impazienza, il tono esasperato. «Piantala di perdere tempo e afferra la mia mano, o ti lascio qui a cadere».

Se la mette così, non ho altra scelta. Le permetto di issarmi sulla piattaforma. La folla impazzisce, sembra che tutta l'arena vibri in risposta. Atalanta mi sorride per un attimo e poi mi ritrovo tra le sue braccia. Non mi dà il tempo di reagire che mi piega in un elaborato casquè e mi scocca un rapido bacio. Mi raddrizza di nuovo e poi scompare, si arrampica su per l'ultimo ostacolo, una spessa corda a nodi da cui dobbiamo raggiungere la piattaforma finale.

Ci sono tre corde, quindi mi precipito verso quella in mezzo. Le braccia e le gambe protestano all'idea di continuare, ma ho perseverato con dolori del genere innumerevoli volte. Fare la ginnasta *è doloroso*, certo, e tuttavia non più che vivere in casa di mio padre. Sinceramente, mi alleno per questo momento da una vita.

Comincio a salire lungo la corda, lottando contro la gravità e la stanchezza. Sono a metà strada quando l'avversario steso da Atalanta si alza vacillando e piega la testa verso di me. Nonostante la maschera nera nasconda la sua faccia, *percepisco* i nostri sguardi che si incrociano. Si avvicina alla mia corda, incerto sulle gambe. «No», sussurro.

Non sono arrivata fino a qui per fallire proprio adesso.

Lotto contro i muscoli esausti, contro la stessa forza di gravità, per salire di altri quindici centimetri. Non basterà. L'avversario è troppo alto. Raggiunge il fondo della corda e salta, afferrandomi una caviglia. L'impatto per poco non mi tira giù. Scivolo con un urlo ingoiato dalle grida della folla. Un altro strattone mi fa perdere la presa.

La piattaforma si avvicina in un lampo e atterro di faccia. Fa male. *Cazzo*, fa proprio male, ma se resto qui verrò eliminata e non è un'opzione. Mi alzo barcollando, l'arena mi vortica attorno. Il pubblico sembra una belva inferocita assetata di sangue. Vogliono vedermi fallire. *Tutti* vogliono vedermi fallire.

Dall'altra parte della corda, anche l'avversario si sta tirando su. Sembra ancora malfermo sulle gambe, ma se è come Achille e Patroclo, questo non lo rende meno pericoloso. Avrò una sola possibilità di riuscita.

Non mi fermo a riflettere su cosa tutto potrebbe andare storto. Devo sbrigarmi. Faccio due passi veloci e salto, aggrappandomi alla fune. È troppo pesante per oscillare molto, però lo slancio opera a mio favore. Raddrizzo le gambe nell'attimo in cui i miei piedi colpiscono il soldato al petto; per poco non cado di nuovo, ma almeno lo butto giù dalla piattaforma.

Non c'è tempo per assaporare la vittoria. Non ho ancora vinto. Cazzo, ancora non ho nemmeno superato la prima sfida. Un rapido sguardo all'orologio e mi assale il panico. Se cado di nuovo, non avrò un'altra chance.

La paura mi dà forza. Mi tiro su, una bracciata dietro l'altra, con una rapidità che non credevo possibile. Stavolta, nessuno mi aiuta quando arrivo sull'ultima piattaforma. Riguardo il timer e quasi non oso crederci. Ce l'ho fatta. Sono qui.

Ho superato la prima prova.

"Non da sola. Hai avuto bisogno di aiuto e hanno visto tutti che non eri abbastanza forte".

Una voce che assomiglia terribilmente a quella di mio padre. Rabbrividisco, sento il petto oppresso e la gola che si chiude. Non importa se ho avuto bisogno di aiuto. Non darò peso a questa cosa, anche se significa fare più dell'impossibile la prossima volta.

Conta solo che ho superato la sfida, che quindi *ci sarà* una prossima volta.

Stiro le braccia in alto e mi concentro sul respiro in mezzo ai dolori. È più facile pensare a questo che alle emozioni tumultuose che mi vorticano dentro. Mi costringo a guardarmi attorno e identificare chi altro c'è sulla piattaforma. Atalanta, poco lontano, sembra che abbia a malapena il fiatone. Del terzo percorso, dieci persone hanno superato la prima sfida, tra cui Ettore, Paride, i due stranieri… e Achille e Patroclo.

Mio malgrado, mi concentro sugli ultimi due. Ovvio che *loro* ce l'abbiano fatta, e dubito che gli sia servito aiuto. Ancora più irritante è che una lieve patina di sudore sulla pelle e i segni dello sforzo compiuto li rendono entrambi più affascinanti. Una scossa traditrice mi percorre da capo a piedi; mi costringo a distogliere lo sguardo.

Fino a questo momento, ho fatto del mio meglio per non pensare a ciò che è successo ieri. Non riesco a credere di aver perso il controllo in quella maniera. Non avrei mai fatto sesso con Achille se non fossi stata già sotto shock per gli eventi degli ultimi due giorni. Se non mi avesse preso in spalla come una vera principessa che il conquistatore trova per caso e strappa alla sua torre sicura. Se non si fosse, in definitiva, offerto come bersaglio perfetto. Uno su cui riversare le mie terribili emozioni senza dovermi preoccupare delle conseguenze. Dubito che potrei mai ferire quell'uomo, emotivamente o fisicamente.

Forse non è stata la scelta più sicura per sfogarmi, ma non posso negare che è stato comunque perfetto. Ha incassato i colpi e si è lasciato provocare fino a raggiungere ciò che tutti e due volevamo: scoparmi come se mi odiasse. Solo che… non si è trattato proprio di quella sensazione.

So com'è, il sesso con qualcuno che ti odia. Paride me l'ha dimostrato verso la fine della nostra relazione. Mi ha fatto male di proposito. Mai fisicamente, certo. È *un gentiluomo*, lui. Mi ha riversato veleno nelle orecchie nei momenti più vulnerabili, quando le mie barriere erano indebolite.

Dèi, Elena, se sei così incapace puoi anche andartene, me la cavo da solo.

Scusa se non sei venuta, tesoro. Sei così difficile da compiacere.

Continui a comportarti come se fossi io *il problema. Hai mai pensato che sei* tu *l'unica che si lamenta in questa relazione?*

Persino mentre Achille mi scuoteva di qua e di là, persino quando il suo tono era rabbioso, mi sono sentita al sicuro come non mi è mai capitato con Paride. Non dovevo preoccuparmi che mi chiamasse "stronza egoista" perché volevo godere. Achille l'ha preso come un dato di fatto. Anzi, si è assicurato che fosse bello. Quell'orgasmo non era finto e non me lo sono dovuta procurare da sola. E lui non si è nemmeno comportato come se fosse *un peso* farci godere entrambi, seppur in una scopata di odio.

Dopo? Be', non posso pensarci troppo. Achille non deve piacermi. Si mette tra me e il mio desiderio più grande. Non posso assolutamente ammorbidirmi nei suoi confronti.

Patroclo mi guarda e, non appena i nostri occhi si incontrano, mi invade il senso di colpa. Fare sesso con Achille potrà non essere stato un errore di per sé, ma non posso evitare di starci malissimo perché è coinvolto anche lui. Sono passata da flirtare e provarci *con lui* ad andare con il suo ragazzo. Non importa se hanno una relazione aperta: mi sono comportata di merda.

Ma adesso non è il momento per pensarci. Non mentre Atena alza le mani, imponendo di nuovo il silenzio nell'arena. «Congratulazioni ai campioni che hanno superato la prima sfida. La seconda inizierà tra due giorni».

È finita.

È quasi deludente, quando ci fanno strada giù per la scala sul lato posteriore della piattaforma e verso l'uscita. Saremo stati qui appena dieci minuti. Dieci minuti che hanno deciso se il nostro sogno si interrompeva o poteva continuare. Mi provoca un po' di nausea pensare a quanto sono stata vicino all'eliminazione. Se Atalanta non mi avesse aiutata…

"Ce l'avrei fatta anche da sola… credo".

Di ritorno ai furgoni, non mi sfugge che Achille e Patroclo sembrano decisi a starmi il più lontano possibile. Sono così impegnata a guardarli che non mi accorgo di Paride finché lui non mi mette un braccio sulle spalle. «Hai dato un bello spettacolo, Elena». Sfrutta la sorpresa per stringermi a sé.

«Lasciami, Paride», mormoro. Devo parlare sottovoce, perché se comincio a urlare potrei fare qualcosa di cui poi mi pentirei e mi farebbe squalificare. Non mi sta aggredendo, anche se mi tocca senza permesso. Visti dall'esterno, non sarebbe giustificato nemmeno un banale schiaffo. «Subito».

Ovviamente, mi ignora. Forse da dove si trovano gli altri non sembra una presa ferrea, eppure non posso liberarmi senza scatenare una scenata. «Saresti caduta, se non fosse intervenuta Atalanta. Non importa come ti vesti (a proposito, bello l'insieme, anche se ti preferisco con la gonna): sei sempre la stessa Elena. Non riesci a combinare nulla senza che qualcuno ti tenga per mano e ti dica cosa fare. Va bene così, tesoro. Sono più che felice di guidarti, io».

Le sue parole affondano dritto nei punti sensibili che non lascio mai vedere a nessuno. Quanto cazzo sono stata ingenua a confessare a Paride le mie peggiori paure? Non ha mai perso l'opportunità di affondare il coltello e rigirarlo nella piaga.

Ma si sbaglia. E anche le mie paure.

Non sono inerme. Non mi serve nessun salvatore. *Affatto.* Devo ricorrere a tutta la forza che possiedo per non far tremare la voce, per mostrarmi calma nonostante il panico che mi si agita nel petto. «Toglimi le mani di dosso o le levo io».

«Fallo». Sorride, principe azzurro fatto e finito. «Lo so che ti piace violento. La principessina di papà in pubblico e la mia puttanella in privato». Parole dette per ferirmi, per trasformare un'intimità che credevo priva di pericoli in qualcosa di sporco e contaminato. Pensavo che ci divertissimo, realizzando fantasie che non avevo mai ammesso ad alta voce. Paride stava solo aggiungendo altre armi al suo arsenale.

Sento un formicolio sulla pelle e devo concentrarmi per non abbassare gli occhi. Non arretrerò davanti a quest'uomo, non gli permetterò di minare la mia sicurezza, *non* gli permetterò di umiliarmi per qualcosa che gli è piaciuto quanto a me. «Lasciami».

«Anche allora protestavi volentieri». Mi stringe più forte. «Continua. Mi piace».

Un brivido mi corre lungo la spina dorsale. Ecco cosa mi fa più paura in Paride: non minaccia mai sul serio, è raro che urli. Ma la determinazione indefessa con cui vede il mondo a modo suo nonostante tutte le prove contrarie… il sorriso da bravo ragazzo nel momento stesso in cui lancia assalti verbali… Sono terrificanti.

Il panico aumenta e quando parlo è con un leggero tremito nella voce. «Non hai il diritto di toccarmi». Aggredire un altro campione è severamente proibito e lui lo sa. Lo sta usando contro di me. Cerco di sfilarmi da sotto il suo braccio, ma lui rafforza la presa. Sono in trappola. Dopo tutti gli allenamenti e la preparazione, sono prigioniera di un uomo che vuole farmi del male. Cerco di deglutire il groppo che ho in gola. Non di nuovo. Non ci passerò *un'altra volta* con Paride. Mi guardo attorno, in cerca di aiuto, ma Achille, Patroclo e Atalanta si sono dileguati nel primo furgone. Non vedo Ettore né gli altri quattro da nessuna parte, e Bellerofonte è impegnatə a discutere sottovoce con il Minotauro e Teseo. Non verrà nessuno a salvarmi.

"Un momento".

Non ne ho bisogno.

Maledizione, a Paride è bastato un attimo per buttarmi di nuovo addosso la veste di inerme da cui mi sono liberata con tanta fatica. *Non* sono impotente. Sono più che capace di salvarmi da sola. Mi giro verso di lui, siamo quasi attaccati. «Paride?».

Abbassa lo sguardo sulle mie labbra e la voce diventa più profonda. «Sì?».

Gli stringo l'uccello in una morsa di ferro e strizzo forte. Con un verso di dolore, cerca di scostarsi, ma invano: la mia presa è troppo ferma. Riesce solo a farsi male da solo. Il mio corpo nasconde a Bellerofonte quello che sto facendo e va bene così. Questa verrebbe *di sicuro* considerata aggressione. Ruoto un po' il polso, godendomi il colorito verdastro che compare sulla faccia di Paride. «Se mi tocchi di nuovo senza permesso, ti sventro».

«Troia». Ha la voce un po' troppo acuta. «Vuoi giocare pesante? Ti accontenterò».

Ignoro l'ondata di paura scatenata dalle sue parole e torco più forte. Abbastanza da fargli tremare le ginocchia. «Non giocherai mai, *mai più* con me, bastardo».

«Pagherai per questo». Ansima.

«No, invece. Perché non vincerai tu, ma *io*». Lo lascio e faccio un rapido passo indietro, riguadagnando la distanza di cui ho molto bisogno.

Si raddrizza lentamente. «Elena». La rabbia è scomparsa, subito mascherata dietro il suo fascino. È sempre stato capace di nascondere le emozioni negative in un battito di ciglia, tranne nelle rare occasioni in cui esplodono senza volere. Sussulta, poi sorride, come se avessi appena fatto una mossa astuta. «Sempre così imprudente. Sempre pronta a farti male per ferire me».

«Sta' zitto». Mi accorgo subito che replicare è stato un errore. Tanto varrebbe agitare una bandiera rossa davanti a un toro: l'attività preferita di Paride è darmi sui nervi.

E come da copione, allarga il sorriso. «Credi davvero che tuo fratello permetterà a qualcuno come te di diventare Ares? Basterà la tua scarsa pazienza ad abbattere l'Olimpo. Non sei una stratega; non sai mai quando adattarti o piegarti. Non riesci nemmeno a finire una semplice corsa a ostacoli senza aiuto e vorresti dirigere le operazioni dell'esercito olimpico? Non farmi ridere. Ci indebolirai, saremo una preda facile per i nostri nemici. Nemici come loro». Indica con un cenno della testa il furgone in cui sono saliti i due stranieri. «Se davvero volessi il bene della città, ti ritireresti subito».

Mentre penso a come rispondere, sento le sue parole affondare e piantare radici velenose. È vero, sono impulsiva e sconsiderata. Lo sono da una vita. Quante volte mio padre e mio fratello mi hanno mosso la stessa accusa? Se non fossi sconsiderata e impulsiva non avrei mai fatto sesso con Achille ieri sera. Non avrei cercato di sedurre Patroclo. Non avrei commesso un sacco delle follie di cui è costellata la mia esistenza, ogni volta che la pressione sottopelle diventava insopportabile.

Non avrei mai osato puntare ad Ares.

Non mi importa. Paride si sbaglia, deve sbagliarsi, e non gli permetterò di farmi dubitare di me stessa. Mai più. Deglutisco, nonostante mi si serri la gola. «La prossima volta che mi tocchi senza permesso, ti taglio il braccio e lo uso per ammazzarti di botte».

«Che caratteraccio». Ride e mi gira attorno per salire sul furgone più vicino.

Preferisco tagliarmelo io, il braccio, piuttosto che seguirlo, perciò giro sui tacchi e mi dirigo al mezzo subito dietro. Bellerofonte mi guarda inarcando le sopracciglia. «Problemi?»

«Certo che no». Non riesco a sorridere, quindi passo oltre a testa bassa e salgo sul sedile posteriore.

Solo una volta accomodata tra i due stranieri ho il tempo di chiedermi se sia stata una scelta sbagliata. E poi le portiere si chiudono ed è troppo tardi. "Maledizione". Sono così agitata che non riesco a contenermi, fremo per il groviglio di sentimenti che non so come affrontare. Non sono pronta a vedermela con nessuno dei due, verbalmente o in altro modo.

Quello con i capelli più corti, Teseo, allunga le gambe muscolose e mi fissa a lungo. «Da dove vengo io, le donne sanno stare al loro posto».

Wow, nemmeno prova a essere sottile, eh? Strano, ma è quasi un sollievo. Non ho bisogno di dargli una risposta carina, solare e politicamente corretta. Sbatto lentamente le palpebre. «Per te dev'essere fantastico. Da dove vieni tu, si offrono anche opinioni non richieste agli sconosciuti?».

Un rapido sorriso, per nulla compiaciuto. «Ma tu non sei un'estranea, vero? Sei il premio».

"Grazie per avermelo ricordato". Sbircio il Minotauro. Ci osserva con aria assente. Mette i brividi. Rivolgo a entrambi un finto sguardo comprensivo. «Non avete la minima possibilità di vincere e le *nostre* donne sanno che il loro posto è allo stesso livello di tutti gli altri. Tornate a casa prima di mettervi in ridicolo». Se dice la verità, mi dispiace per le donne in questione, ma da dove verrà mai? Da Marte?

Teseo scuote la testa. «Sei la prova che l'Olimpo è troppo tenero. Tu e la tua gente avete vissuto in grembo al lusso tanto a lungo che vi siete dimenticati com'è il mondo reale».

All'improvviso sento freddo. «Immagino siate venuti a mostrarci i nostri errori. Siamo proprio fortunati».

«Hai una lingua tagliente. Ci lavoreremo».

Monta di nuovo il panico risvegliato da Paride – con gli interessi. È la prima volta che parlo con quest'uomo e fa già concorrenza al mio ex come vincitore più sgradito. Non è solo per la minaccia che rappresenta verso di me personalmente: è che definisce l'Olimpo "troppo tenero" come uno che avrà l'opportunità di cambiare le cose. Forse ho accantonato la possibilità di un tentativo di colpo di Stato troppo presto. *Non possiamo* permettere a nessuno dei due di vincere. Rabbrividisco ancora. «Grazie, ma no grazie».

Si china verso di me, poi il Minotauro emette un verso inarticolato. Quale che siano i loro rapporti, basta a fermare Teseo: torna al suo posto e chiude gli occhi, ponendo fine alla conversazione.

Va benissimo così. Al momento mi sento come un vetro crepato. Una mossa sbagliata basterebbe a mandarmi in mille pezzi. Non ha alcun senso; ho superato la prima sfida, dovrei essere in estasi. Dovrei *festeggiare.* Invece, lotto per trattenere le lacrime.

Nel nome degli dèi, che cosa mi prende?

Arriviamo ai dormitori e non ho ancora una risposta. Tengo gli occhi fissi al pavimento mentre torniamo nelle rispettive camere. Solo quando chiudo la porta tra me e il resto del mondo, comincio a tremare. Almeno ho resistito fino a quando posso avere un tracollo nervoso in solitudine.

Ed è più o meno allora che mi rendo conto di non essere sola.

Ermes e Dioniso sono stravaccati sul divano. Lei fa zapping

così in fretta che è impossibile che veda cosa danno sui vari canali. Lui è sdraiato supino, la testa appoggiata sulle sue ginocchia, e si fa accarezzare pigramente i capelli.

Dovrei essere contenta della loro visita. In fondo sono miei amici e stavo pensando a quanto mi mancassero proprio ieri notte, sola e agitata com'ero. Sospiro. *Dovrei* smettere di usare la parola "dovrei". Non importa se sono miei amici: quello viene al secondo posto. Come per mio fratello e mia sorella, anche per Ermes e Dioniso in cima a tutto ci sono i Tredici. «Che ci fate qui voi due?»

«Domanda sciocca. Siamo venuti a trovare la nostra migliore amica». Ermes spegne la TV e si gira verso di me. I riccioli neri che le incorniciano il viso ondeggiano, si è messa un rossetto rosa shocking che esalta la pelle bruna e si abbina alla tuta e alle scarpe. Come sempre, ha uno stile impeccabile.

Dioniso russa piano. Indossa la maglia di una band che non ho mai sentito nominare e jeans scoloriti. I baffi sono arricciati alla perfezione, nonostante il sonnellino, quindi o sta fingendo o si è addormentato da poco.

Comunque sia, non ho le forze per gestirli adesso. «Mi serve una doccia e del cibo prima di qualsiasi attività anche lontanamente divertente». Non che possa uscire da questo edificio o dalla proprietà finché sono un campione, ma Ermes e Dioniso sanno benissimo come svagarsi da soli. Soprattutto con il genere di persone che compongono il nostro gruppo.

«Oh, e va bene, mi hai beccata». Ermes alza gli occhi al cielo, senza smettere di sorridere; si diverte a spese di *chiunque*. «Ho un messaggio da parte di tuo fratello».

La delusione brucia. È proprio da lui mandare Ermes in veste ufficiale invece di venire di persona. Cerco di nascondere ciò che provo. «Che strano, non ha nemmeno trovato il tempo per una conversazione educata con me. Basta a una sorella per chiedersi quale sia il suo posto nella lista di priorità». Un po' come quando progetta di dare in moglie la suddetta sorella senza prima consultarla.

«Lo sai come vanno le cose». Fa spallucce e comincia a intrecciare i capelli di Dioniso. Sono così corti che impiega due secondi per ogni treccia per poi lasciarla ritta come un fuso. «Zeus è occupato a fare Zeus. A governare l'Olimpo, risolvere drammi, intrattenere i visitatori stranieri». Un sorriso malizioso. «Ed essere sposato con *quella* Era è di per sé un lavoro a tempo pieno».

Non commento che è stata Era a suggerirmi di iscrivermi al torneo, nonostante fossi il premio. Se Ermes non ne è già al corrente (e come potrebbe?), non sarò io a dirglielo. Non la credo capace di correre a spifferare tutto a mio fratello, ma le piace tenere le persone sulla corda, quindi non posso garantirlo.

E poi, sono certa che Callisto voleva solo mettere zizzania, anche se mi ha aiutata indirettamente. Se Perseo scopre che è stata sua moglie a spingermi, la tragedia non farà che peggiorare. Quali che fossero le sue ragioni, Callisto mi ha fatto un favore a riscuotermi dalla mia spirale di autocommiserazione. Non farò la spia. «Nessuno gli ha puntato una pistola contro e gli ha infilato l'anello al dito». "Al contrario di me".

«Potrei sorprenderti». Ermes completa un'altra treccia. «Vuoi sentire il messaggio?».

Come se avessi altra scelta. «Sì».

Si schiarisce la gola e dalla sua bocca esce un'imitazione sconvolgente della voce più profonda di mio fratello. «Ti sei divertita. Adesso basta. Ritirati prima della prossima sfida».

Aspetto, ma sembra che non abbia altro da dire. «Tutto qui? Di solito gli piace minacciare chissà quali conseguenze».

Ermes si stringe nelle spalle. «È un po' distratto. Il Minotauro e Teseo non sono venuti da soli e tuo fratello ha il suo bel da fare con il leader del loro gruppetto, Minosse».

Non è difficile leggere tra le righe. C'è il loro capo che mi guarda mentre metto in ridicolo mio fratello e gli altri Tredici, minando l'autorità di Zeus e ottenendo esattamente ciò che lui non vuole: farci apparire deboli. O, meglio, far apparire *lui* debole.

"L'Olimpo ha bisogno di una mano ferma".

Mi attraversa una punta di rimorso. Anche se in questo momento torcerei volentieri il collo a mio fratello, sono la prima ad ammettere che probabilmente fa del suo meglio in circostanze indipendenti da lui. Pensava che mancasse ancora qualche anno prima di assumere il ruolo di Zeus, la morte inaspettata di nostro padre ha cambiato tutto. E voglio davvero che l'Olimpo sia stabile e al sicuro.

Forse dovrei ritirarmi.

Mi si chiude lo stomaco al solo pensiero; tuttavia, mi costringo a rifletterci. Se mi ritiro adesso… Scuoto la testa. Non servirebbe a nulla. Il danno è stato fatto nell'istante in cui mi sono iscritta e ho sfidato pubblicamente mio fratello. In più, adesso che gareggio direttamente contro il Minotauro e Teseo, non posso permettermi di fare altro che una bella figura. Rappresento l'Olimpo contro gli interessi degli stranieri. Rappresento *mio fratello*, anche se l'idea lo manda in bestia.

Sono una Kasios, dopotutto.

Umiliarmi significa umiliare lui. Abbandonare il torneo è da deboli e farà apparire debole anche lui. Non è lucido, o se ne sarebbe reso conto da solo. Prendo un respiro profondo. «Se me ne vado adesso non cambia il fatto che ho partecipato. Non migliorerò all'improvviso la sua posizione».

«Non so se Zeus rifletta con lucidità, al momento», dice Ermes, facendo eco ai miei pensieri.

Sospetto che abbia ragione, ma comunque non parlerò male di mio fratello, dato che è in una posizione precaria, in parte per colpa mia. Rido, un suono forte, sciocco e fasullo. «Ma certo. Come se avesse mai permesso alle emozioni di sopraffarlo». La bugia mi è appena uscita di bocca che la segue il rammarico. Perseo non era un bambino affettuoso, però era sensibile. Nostro padre lo considerava un difetto, una debolezza di cui si sarebbero approfittati nemici futuri, e per gran parte della nostra infanzia si è impegnato a strappargli quella tenerezza un pezzo alla volta.

Sotto lo sguardo insistente di Ermes, mi scopro a trattenere il respiro. Anche se siamo amiche da anni, in questo istante siamo quasi sullo stesso piano: lei è una dei Tredici, io un'aspirante. Finisce un'altra treccia e si appoggia allo schienale del divano. «Sei sicura di quello che fai?»

«Per favore, informa mio fratello che, pur apprezzando la sua *richiesta*, andrò fino in fondo».

«Sarà fatto». Dà una pacca sul petto di Dioniso. «È ora di andare, tesoro».

Lui apre gli occhi e mi guarda, sbattendo le palpebre. «Ehi, Elena. Quando sei arrivata?»

«Ehi». Abbozzo un sorriso stanco. «Fatto un bel sonnellino?»

«Come sempre». Si mette seduto e si stiracchia. Le treccine lo fanno sembrare un uccello spaventato. «Bello spettacolo nel percorso a ostacoli. Facciamo il tifo per te».

«Grazie». Non so cos'altro dire. Sono miei amici, ma se – *quando* – vincerò il torneo, la dinamica del nostro rapporto dovrà per forza cambiare. Farò parte dei Tredici anch'io. Agito una mano stanca. «Restate nei paraggi?»

«No». Ermes balza in piedi. «La notte è giovane e noi andiamo a divertirci».

Dioniso mi prende le mani e mi bacia sulle guance. «Vuole dire che andiamo a far ubriacare la gente di Minosse e vediamo quali informazioni riusciamo a estorcere».

Mi strappa una risata. «Il tutto in una sola giornata di lavoro». Non li avverto di stare attenti. Nonostante le apparenze, sono più che capaci di badare a loro stessi. E l'uno all'altra. Inoltre, è una delle specialità di Dioniso. Anche se fa lo sciocco in pubblico, non ha vinto il titolo per caso: dietro quei baffi ridicoli nasconde una mente astuta.

Li accompagno alla porta e la chiudo a chiave appena escono. Solo allora mi si curvano le spalle, appesantite dalle cose dette e non dette. Nessuno crede che possa farcela. Né i miei nemici né la mia famiglia, nemmeno i miei amici. Non importa che parole escano loro di bocca, aspettano tutti di vedermi fallire. Ne hanno *la certezza*.

Mi giro e attraverso il corridoio a passi pesanti. Mi servono una doccia e almeno otto ore di sonno.

Forse domattina il mondo avrà più senso.

13
Achille

«Smettila di starmi addosso».

Reprimo la frustrazione e faccio un altro giro del soggiorno. «Non ti sto addosso». E invece sì, da quando siamo tornati al dormitorio. Vorrei dare la colpa all'adrenalina che ho ancora in corpo. Cazzo, la prova è stata troppo breve, persino con gli avversari che ci tendevano agguati lungo il percorso. Forse se mi fossi sforzato, se avessi dato fondo a più energie, adesso riuscirei a calmarmi.

Patroclo sospira e poggia l'e-reader. Ha gli occhiali appollaiati sulla punta del naso e quell'aria da nerd adorabile che mi fa venire voglia di baciarlo. Peccato che provarci mi costerebbe probabilmente un occhio nero, visto quanto è incazzato. Il mio uomo non si arrabbia spesso, ma quando succede ci mette un sacco a smaltirla. Posso prendermela solo con me stesso per questo casino.

Mi osserva bene. «Sta andando tutto come volevi. Perché sei agitato?».

Odio quando fa così. Invece di ammettere che è furibondo, rigira la frittata e mi parla come se fossi io quello ridicolo. Condiscendente all'ennesima potenza, una delle sue abitudini peggiori. E il fatto che abbia ragione serve solo a irritarmi di più. «Ho fatto una stronzata. Non potresti… urlare? Lanciare qualcosa? Cazzo, dammi un pugno se ti fa sentire meglio».

«Quella sarebbe violenza domestica».

Incrocio le braccia al petto. «E allora *parlami*. Smettila di ignorarmi». Da ieri sera mi avrà detto sei parole in croce. Non lo sopporto; mi sta seduto qui davanti e potrebbe essere su un altro pianeta, tanto è irraggiungibile. Questi litigi non sono frequenti, ma ogni volta mi fanno capire quanto siamo diversi. Servono a ricordarmi che un giorno Patroclo si stuferà delle mie stronzate e mi taglierà fuori per sempre.

"Non stavolta".

"Non ancora".

"Vi prego, dèi, non ancora".

«Mi dispiace. Merda, ho detto che mi dispiace. L'ho ripetuto una dozzina di volte. Che altro vuoi da me?». Non è giusto chiederglielo e lo sappiamo tutti e due, ma sono così frustrato che vorrei stracciare qualcosa.

«Rimpiangi di aver fatto sesso con Elena?».

Sono sul punto di dire di sì, ma capirà che mento, non ne sono capace. *Odio* mentire. Piuttosto tengo la bocca chiusa e non dico nulla. Sotto il suo sguardo intenso, nessuna delle due è un'opzione. «No». Che gli dèi mi aiutino, non detesto Elena quanto mi aspettavo e questo non dipende dall'orgasmo. È diversissima da come me l'ero immaginata e allo stesso tempo identica. Non saprei spiegare perché, so solo che mi attrae.

E il sesso è stato *spettacolare*. Intenso e un po' terrificante, non posso dire che non lo rifarei. Quando io diventerò Ares e lei mia moglie, è quasi certo che succederà.

«Quindi significa che lo rifarai». Riflette a lungo, osservandomi. «E se dicessi che voglio andarci a letto…». Cerco di non irrigidirmi, eppure sento il mio corpo che si pietrifica. Patroclo annuisce lentamente. «Già, come pensavo. Sei un ipocrita di merda».

«Mi hanno chiamato in modi peggiori». Ed erano anche veritieri.

«Lo so». Riprende in mano l'e-reader. «Sono comunque arrabbiato con te. E anche se non ti piace, non posso schioccare le dita e farmela passare. Non funzionano così le emozioni».

E riecco che torna a essere condiscendente. Sbuffo. «Lo so come funzionano le emozioni, Patroclo».

Non mi guarda, si limita ad aggiustarsi gli occhiali e mettersi comodo. «Mi serve un po' di tempo. Pensavo di avere fatto pace con le tue future nozze, ma devo lavorare sulla mia posizione, perché sono significativamente più reali adesso che Elena non è solo una mera teoria».

Sento un vuoto allo stomaco. "Sta succedendo? È la fine?". Mi è piombata addosso troppo in fretta, a tradimento. Deglutisco. «Che significa?»

«Ti amo». Picchietta sullo schermo per voltare pagina. «Un solo litigio non cambia ciò che provo e non cambia i nostri piani. Solo… dammi un po' di tempo, Achille».

È questo il problema. Se il suo cervello si mette in moto in una situazione così complicata, potrebbe decidere che la fine del torneo sarà anche la fine della nostra relazione. So che è da egoisti volerlo tenere con me anche dopo che avrò sposato qualcun altro. Ancora di più adesso che ho fatto sesso con Elena e c'è la concreta possibilità che riaccada, per quanto possa negarlo. Più di tutto, è quasi imperdonabile che non riesca a sopportare l'idea di lui ed Elena insieme senza di me. Comunque la guardi, non parliamo più di un matrimonio di convenienza per ragioni politiche. Ora è un casino. È colpa mia e non esiste una via facile per risolvere tutto.

"Cazzo".

«Ti darò tempo, allora», mormoro, inespressivo. Mi giro ed esco dalla stanza. Sono ancora troppo irrequieto per cercare di dormire (semmai ci riuscirò), quindi imbocco il corridoio. Girovagare al buio è una cosa che facevo da bambino. All'epoca, non dormivo molto. Era un gioco, un modo per combattere la mia profonda paura dell'oscurità: i mostri non possono attaccare ciò che non vedono, sentono, percepiscono. Non che l'orfanotrofio fosse un brutto posto. Non so se qualche Era dell'ultimo Zeus si fosse mai presa la briga di occuparsene, ma a dirigerlo c'erano persone a posto. Non era come nei film. Nessuno cercava di toccarmi o maltrattarmi, oppure usarmi per esperimenti ed evocare un demone o cazzate del genere.

Tuttavia, per quanto la signora Ebe cercasse di crescerci il più equilibrati possibile, a volte le notti erano… dure. Girare per le stanze dopo il tramonto mi aiutava. Il movimento mi è sempre stato di conforto.

Però era da tanto che non provavo questo impulso. Non mi preoccupo più di ciò che non posso vedere; vedo quello che mi serve e non sono più un bambino spaventato. Sono un guerriero. Posso affrontare qualsiasi cosa la vita mi scateni contro.

O almeno così pensavo.

Ho avuto Patroclo al mio fianco fin da quando ci hanno arruolati nelle forze di sicurezza di Ares a diciotto anni. Le sue madri pensavano che gli avrebbe fatto bene, l'ordine e l'esercizio fisico e tutto il resto. Io ce l'avevo con il mondo intero e volevo dimostrare quanto valevo. So che tutti ci credono troppo diversi; lo pensavano anche allora. Eppure, persino da adolescenti… ci siamo trovati subito.

Non so cosa farei senza di lui. Sebbene una parte di me abbia sempre pensato che prima o poi se ne sarebbe andato con qualcuno che lo stressasse di meno, non ho mai creduto che sarebbe successo davvero. Ora, è una possibilità concreta.

È talmente tardi che il dormitorio è deserto, sono tutti a letto, lontano dai guai. Bellerofonte o i suoi avranno captato i miei movimenti, anche se non ho acceso le luci. Sono troppo astuti per lasciare che qualcuno si metta nei casini quando cala il buio. Io non ne ho alcuna intenzione, voglio solo liberarmi di questa sensazione orribile che mi annoda le viscere.

Ho mandato tutto a puttane. L'ho capito nell'istante in cui sono riemerso dalla nebbia della lussuria sul pavimento, accanto a Elena. Però, persino allora mi sono quasi convinto che Patroclo avrebbe fatto buon viso a cattivo gioco, come per tutte le altre mie cazzate. Pia illusione.

Vedo come la guarda.

Non ha mai guardato nessuno a quel modo… tranne me.

Vorrei poter dire che ci ho fatto sesso solo perché volevo, e non perché sono geloso di lei e Patroclo. Vorrei non essere così stronzo ed egoista da desiderare di tenerli lontani. Quando lui ha scopato con altra gente, è stato solo per divertimento o soddisfare una curiosità. Non ha mai guardato nessuno attraversare la stanza con una cupidigia che riesco a *percepire* a metri di distanza. È stato a stretto contatto con la Elena adulta per pochissimi giorni. Cosa succederà tra una settimana? Tra qualche mese, una volta che saremo sposati?

Se si innamora di lei…

Sì, sono uno stronzo. Voglio la botte piena e la moglie ubriaca, e non è giusto. Mi piace fingere che, se avessi rallentato abbastanza da rifletterci, avrei fatto scelte diverse. Ma in fondo, non mi piace mentire, giusto?

Sospiro e apro la portafinestra della veranda sul retro. La calura del giorno è diminuita e l'aria notturna è piacevole sulla pelle. Tuttavia, non mi schiarisce le idee. È una situazione assurda e in gran parte colpa mia. Lo so, ma non significa che mi piaccia rimuginare sul disastro che ho combinato. Sono figlio dell'azione. Perché rigirarsi i pollici quando si può fare qualcosa per sistemare la situazione?

Peccato che al momento non possa fare niente.

Patroclo per il momento non vuole vedermi e parlare con Elena non cambierebbe nulla…

Esito. Forse no, però non sono comunque particolarmente fiero di come abbiamo lasciato le cose ieri. Lei sembrava indifferente, ma è una Kasios; avrà imparato a mentire alla nascita. "Cazzo". Avrei dovuto ricordarmelo. *Patroclo* se lo sarebbe ricordato, avrebbe insistito per far emergere la verità invece di crederle sulla parola quando ha detto che era solo sesso e non le avevo fatto male.

Alzo gli occhi al cielo. Non trovo una risposta e adesso non riuscirò mai a dormire. Potrebbe essere ancora sveglia. Possiamo parlare o litigare, o quello che vuole. Forse per una volta sarà sincera con me e almeno risolveremo *quella* parte del macello.

Con un piano d'azione pronto, mi giro e torno in dormitorio. C'è lo stesso silenzio, lo stesso buio di prima, io però mi muovo più in fretta, con più sicurezza. Ho memorizzato la piantina la prima sera; è utile sapere dove sono le uscite, per ogni evenienza. Dieci anni al servizio di Atena mi hanno insegnato che potrebbe servirtene una quando meno te l'aspetti.

Tornato nel nostro corridoio, vedo la luce filtrare da sotto la porta di Patroclo… non da quella di Elena. Sono tentato di girarmi verso la mia, ma non intendo arrendermi ora senza nemmeno provarci. Sto per bussare, quando sento un tonfo dall'altra parte.

Mi si rizzano i peli sulla nuca senza alcun motivo. Questo edificio appartiene ad Atena e i nostri si sono occupati della sicurezza. Siamo i migliori. I campioni sono più al sicuro di Zeus. Probabilmente Elena ha solo sbattuto uno stinco contro il tavolino o roba del genere.

Tutti i ragionamenti del mondo non impediscono al mio istinto di urlare che qualcosa non va. Sono un soldato da quando avevo diciotto anni. A ventidue, Atena in persona mi ha preso sotto la sua ala protettrice e mi ha insegnato a fidarmi di quell'intuito che lei aveva affinato per anni. Non posso andarmene senza assicurarmi che mi sbaglio.

Giro il pomello e quello cede senza opporre la minima resistenza al palmo della mia mano. Che cazzo? Qualcosa decisamente non va. Il tempo per le esitazioni è scaduto. Spalanco la porta ed entro nella suite di Elena. La stanza è immersa nella semioscurità, illuminata da una singola piantana accanto al divano. Basta a scorgere qualcuno che abbassa la testa per entrare nella camera da letto.

Qualcuno molto vicino al metro e novanta e con le spalle ampie.

Qualcuno che non è Elena Kasios.

Ancor prima di registrare appieno la presenza dell'estraneo sono già in movimento: un decennio di allenamento e memoria muscolare dà i suoi frutti. Mi precipito in silenzio nel corridoio ed entro giusto in tempo per trovare la figura che torreggia sul letto di Elena.

Del metallo luccica al chiaro di luna. Non so se è una pistola o un coltello, ma non ha importanza. Non rifletto più: reagisco.

Mi butto sull'aggressore, lo afferro per un polso e lo getto a terra, lontano dal letto. Impreca sottovoce e poi comincia la zuffa. Rotolando, riesce a bloccarmi sotto di lui. La presa sul suo polso non è salda, quindi non posso costringerlo a mollare l'arma.

Con uno strattone verso il basso libera il braccio e si alza in piedi. Vestito di nero e con una maschera scura in faccia, sembra quasi uno degli avversari che abbiamo affrontato oggi. Manca solo il gufo sulla spalla. Però *non* lavora per Atena. Ci scommetterei la testa.

Non ho il tempo di tirarmi su che mi attacca. Stavolta, sono pronto. Disarmato contro qualcuno che impugna un coltello non è proprio l'ideale, ma nemmeno al di sopra delle mie capacità. Schivo all'ultimo secondo, mi allungo quel tanto che basta a evitare la lama e lo afferrò per un braccio.

Sono così concentrato sul coltello che non vedo il pugno finché non mi arriva in faccia. È bravo, mi stordisce e mi sega le gambe con un calcio. Finisco a terra con il mio avversario sopra a cavalcioni, sempre armato.

Reagisco per puro istinto e gli agguanto il polso, fermando la lama a pochi centimetri dal mio petto. Cazzo, è forte. Preme con tutto il suo peso sul coltello, spingendolo sempre più giù.

Che morte di merda: salvando Elena Kasios da uno stramaledetto assassino. Quando Patroclo mi raggiungerà nell'oltretomba, non finirà mai di parlarne.

Un tonfo sordo e l'assassino si accascia su di me. Sono talmente sorpreso da spingerlo via prima di capire cosa sia successo. Elena è in piedi accanto a noi, una lampada in mano e l'espressione feroce. Sbatto le palpebre. Lo ha... colpito in testa. Mi ha salvato. Non è proprio un bel calcio ai gioielli di famiglia?

Fa per abbassare di nuovo la lampada e io sollevo una mano. «Aspetta!».

«'Fanculo! Ha un coltello!».

«Dobbiamo interrogarlo». Prendo il pugnale e lo butto via. «Dobbiamo legarlo e chiamare Bellerofonte».

Esita abbastanza a lungo da farmi realizzare che non parlo con uno dei miei subalterni. Per quanto bene se la sia cavata nella prima sfida, non è addestrata al combattimento e questa è probabilmente la prima situazione di pericolo in cui si sia mai trovata. "Merda".

«Elena». Cerco di parlare con voce bassa e calma, come farebbe Patroclo, mentre spingo a terra l'assassino e gli piego le braccia dietro la schiena per tenerlo fermo anche quando si sveglierà. «Respira».

«Sto bene». Sbugiardata dalla voce malferma. Però sta facendo del suo meglio. L'ammiro mio malgrado.

«Bell'idea, la lampada». Sistemo la presa sui polsi dell'assassino. «Direi che mi hai salvato la vita. Grazie».

«Ti ho solo restituito il favore», mormora. Si riscuote. «Bellerofonte. Giusto. Lə chiamo».

Si dirige vacillando al telefono accanto al letto. Se sviene o roba del genere dovrò mollare l'aggressore e non è fattibile. Invece, Elena riesce a mantenere il controllo e riassume velocemente nella cornetta quello che è successo. «Sì, per favore sbrigati». Riattacca e si accascia sul letto. Nessuno dei due dice nulla nei trenta secondi che servono ai miei colleghi per entrare come delle furie.

Bellerofonte si precipita in camera da letto, sbraitando ordini mentre accende le luci. «Legatelo e portatelo fuori dalla proprietà e *in silenzio*. Atena vorrà aggiornamenti immediati». Si gira verso di noi. «Achille ed Elena, per favore aspettate un attimo, poi parliamo in soggiorno».

Non mi offro di aiutare. Ha tutto sotto controllo… a parte la presenza di un maledetto *assassino* nell'edificio. «Come cazzo è successo, Bellerofonte? Questo dovrebbe essere un posto sicuro».

«Ho intenzione di scoprirlo», sbotta.

Mi sposto per permettere ai suoi di ammanettare l'aggressore con le fascette di plastica e tirarlo su. È un tizio bianco con una faccia anonima, corti capelli scuri e sottili occhi azzurri. Sbatte le palpebre, confuso, osservando la stanza e tutti i presenti. Mi irrigidisco, pronto a sentirgli dire qualche cazzata, ma lui si limita a fulminarci in silenzio con lo sguardo mentre viene portato via.

Bellerofonte fa una smorfia. «Devo chiamare Atena. Datemi due minuti».

«Sì. Nessun problema». Lə seguo con gli occhi mentre esce

dalla stanza e sospiro lentamente. In battaglia succede tutto in fretta, certo, però ero venuto da Elena per affrontare una conversazione difficile e mi sono ritrovato in una lotta all'ultimo sangue. Le lancio un'occhiata. Ha quel suo sguardo perso all'orizzonte. "Merda". Mi siedo pesantemente accanto a lei. «Stai bene?»

«No».

La sua sincerità mi sorprende. Mi sarei aspettato che fingesse indifferenza, anche se sento il letto vibrare per quanto trema. Mi giro verso di lei. È più pallida del normale. Cazzo, sono quasi sicuro che batta i denti. «Elena...».

«Mi riprenderò tra un secondo». Persino la voce è sbagliata, flebile. «Dammi... dammi un cazzo di secondo».

«Ti sei presa un bello spavento. Nessuno si aspetta che superi un attentato contro la tua vita senza, uhm, una reazione emotiva, con nonchalance. Non c'è niente di male se crolli».

«Sì invece». Si irrigidisce. «E non sto crollando. È il contraccolpo dell'adrenalina. Sto *bene*».

Sono pessimo in queste situazioni. Dico sempre, sempre la cosa sbagliata, per quanto mi sforzi. Patroclo saprebbe quali parole usare per metterla a suo agio e rassicurarla. Io sono più bravo ad agire. Con quest'idea in mente, la sollevo di peso e me la metto seduta sulle ginocchia. Emette un sibilo rabbioso, però non mi molla un pugno in faccia.

«Sei al sicuro». Ecco. Una frase neutra. Visto che non cerca di spostarsi, la cingo con le braccia. Persino le principessine trovano conforto in un abbraccio, giusto?

A poco a poco, un respiro dietro l'altro, si rilassa e si appoggia a me. Questo mi fa capire più di tutto quanto sia scombussolata. Dovrebbe lottare, graffiare e straparlare, invece trema come un gattino. Il mio petto sussulta e la stringo un po' più forte. «Sei al sicuro», ripeto.

«Buffo: svegliarsi e trovare qualcuno che cerca di ucciderti non è proprio quello che ho in mente con *al sicuro*». Mi posa la testa su una spalla. «E comunque non mi piaci. Credo».

«Nemmeno tu mi piaci. Non molto».

Espira lentamente. «Non so che ci fai nella mia stanza, ma

te ne sono grata. Io...». L'attraversa una piccola scossa di terremoto. «Ecco... grazie».

Si apre la porta e rientra Bellerofonte. Non commenta il fatto che ho Elena in braccio, per fortuna. Non saprei come rispondere. Invece, si mette in posizione di riposo. «Non siamo ancora sicuri di come sia entrato, ma dovremmo avere delle risposte entro domattina».

Elena trema di nuovo. «Scusami, ma non è confortante».

Se non sanno com'è entrato, nulla impedisce che succeda di nuovo. Quel pensiero mi raggela. Anche se Elena non mi piace – non molto –, non desidero che muoia. «Starai in camera mia».

La sento improvvisamente tesa. «Non è necessario».

«Invece sì, direi». Faccio un cenno del capo a Bellerofonte, che ci osserva con volto studiatamente inespressivo. «Lei avrà le mani impegnate con questa storia e i giri di ronda. E poi, penso che preferiresti me a un estraneo come baby-sitter».

«Ti conosco a malapena». Ma non cerca di alzarsi. Nonostante voglia insistere, i tanti anni con Patroclo mi hanno insegnato almeno un po' di pazienza. A volte, il modo migliore per vincere una discussione è restare seduto in silenzio e dare all'altro il tempo di comprendere la tua logica. Di rado sono io quello razionale, eppure ogni tanto capita. Stavolta *so* che ho ragione.

Elena ci mette più o meno trenta secondi a rendersene conto. «E va bene. Sono disposta a stare in camera tua».

Il mio sospiro non è di sollievo. Per niente. Non avrei perso il sonno a preoccuparmi per lei se avesse detto di no. La stringo un'ultima volta e la metto in piedi. «Prendi la tua roba, principessa. È ora di cambiare stanza».

14
Patroclo

Sono ancora in guerra con me stesso quando sento bussare. Riconosco la brusca impazienza di Achille e trattengo un sospiro. Odio litigare quanto lui, ma non posso annullare i miei sentimenti solo perché sono scomodi. Ovvio che non abbia nessuna voglia di agitarmi proprio nel momento in cui abbiamo bisogno di concentrarci al massimo; tuttavia, non c'è nulla di logico in questa situazione con Elena. Né nel fatto che mi attrae. Né nel fatto che attrae *Achille*. Né nella gelosia di entrambi.

Non ci capisco niente. E adesso dubito che avrò modo di provarci.

Apro la porta e mi paralizzo. Achille ha un aspetto pietoso, sinceramente, non solo perché è esausto. Sembra appena uscito da una rissa. Ha la maglia strappata, i capelli in disordine e sono quasi certo che abbia preso un pugno in faccia.

"Dèi, ditemi che non ha fatto di nuovo sesso con Elena".

Deglutisco e sento in gola sapore di bile e gelosia. «Che ti è successo?».

Sbatte le palpebre. «Come?»

«Sembri…». Mi interrompo prima di muovere accuse. Non è giusto saltare alle conclusioni, anche se è impossibile vederlo in questo stato e non pensare all'ultima volta che si è presentato alla mia porta, a quel che mi ha confessato subito dopo che l'avevo fatto entrare. Finalmente, riesco a formulare una domanda abbastanza neutrale: «Chi ti ha preso a pugni?»

«Chi mi ha…». Si tocca la faccia e sussulta. «Mi ero scordato che uno l'aveva messo a segno. Mi sono distratto».

Sento un vuoto allo stomaco. Non è una confessione, è

qualcos'altro. Se n'è andato solo un paio di ore fa. In che guai può essersi cacciato in così poco tempo? Palesemente più di quelli che mi aspettavo. Non ha fatto a botte con gli altri campioni; è troppo concentrato su Ares per cedere alla tentazione, e comunque se così fosse l'avrebbero già trascinato via dal dormitorio. Non era con Elena, o avrebbe ancora quella faccia da cucciolo colpevole preso a calci. «Achille, che cazzo sta succedendo?»

«Qualcuno ha cercato di uccidere Elena».

«*Cosa?*»

«Sono andato nella sua stanza per scusarmi e l'ho beccato sul punto di aggredirla. Bellerofonte lo sta interrogando».

Lo shock mi trapassa da parte a parte. Non ha alcun senso. Qualcuno ha cercato di *uccidere* Elena? E Achille era lì e... Chiudo gli occhi, prendo un respiro profondo e mi costringo a concentrarmi. «L'hai riconosciuto?»

«No». Scuote la testa. «Un tizio bianco, con una di quelle facce che dimentichi subito. Non lavorava per Atena e non era su nessuna delle nostre liste di problemi».

Atena tiene elenchi aggiornati di persone considerate pericolose nell'Olimpo. Non si tratta di gente comune, che ruota attorno ai Tredici o alle famiglie potenti: sono liste zeppe di cani sciolti o di persone disposte a superare ogni genere di limite se pagate a sufficienza. Se avessi dovuto scommettere sull'identità dell'aggressore, ci sarebbe stato anche il suo nome là sopra.

Non c'è, quindi... «Sarà un problema». L'ignoto può mettere tutto sottosopra, specialmente durante un evento importante come questo.

«Sì, lo so». Achille sposta il peso da un piede all'altro. «Però, sono qui per un altro motivo. È terrorizzata e non vuole ammetterlo, quindi stanotte dorme in camera mia».

"Sta già succedendo. Sta già muovendo i primi passi con lei".

Scaccio quel pensiero irrazionale. Le mie paure non hanno alcun senso, far stare Elena in camera sua sì. Per mettere qualcuno al sicuro dopo un'aggressione, è esattamente quello il protocollo da seguire. Che ci abbia fatto sesso poco più di ventiquattr'ore fa è ininfluente. Solo che non lo sembra. «Starete tutti e due qui», dico senza riflettere. «Sarà più facile proteggerla con me e te».

Achille mi osserva con attenzione. Per una volta, non si mette in moto subito. Odio quest'incertezza condivisa, ma non so come superarla. Non posso estraniarmi dalle mie emozioni, come lui non può farlo con la sua ambizione. Forse, se non fossimo intrappolati qui dentro gomito a gomito con tutti gli altri per il torneo, sarebbe più facile gestire questa situazione spinosa. Non lo so. So solo che al pensiero di lui o Elena in pericolo ho i sudori freddi.

Alla fine, sbuffa forte. «Ne sei sicuro?».

No, ma questo non mi fermerà. «Sì».

Per un attimo, temo che metterà in dubbio la mia risposta. In tal caso non saprei che dire. Che casino. Probabilmente avrei dovuto prevederlo; sto imparando molto in fretta che alcune variabili sfuggono alla mia comprensione. «Allora vieni tu. Abbiamo già portato dentro tutta la sua roba e sta disfacendo i bagagli». Fa una smorfia. «A quanto pare, la vedete allo stesso modo riguardo alle valigie».

«Okay». Mi darà modo di metabolizzare e recuperare lucidità. «Arrivo tra poco». Aspetto che se ne vada, poi preparo la valigia. Mi tiene le mani impegnate mentre la mente corre. Adesso non riuscirei a pensare ad Achille ed Elena insieme e a cosa ci facesse lui nella sua stanza in tempo per fermare l'aggressore. Ha parlato di scusarsi. Achille non mente, quindi dev'essere così. Odio il dubbio che mi serpeggia dentro.

Meglio concentrarsi sul problema più grande.

Chi è che vuole Elena morta?

Zeus e Afrodite sono i suoi fratelli. Ermes e Dioniso i suoi amici. Ade non è tipo da mandare un assassino, checché ne pensino le masse. Atena non lo farebbe mai durante un torneo pubblico con i campioni sotto la sua protezione. Dubito che voglia un altro Kasios seduto alla tavola del potere, ma non ha motivo di credere che Elena vincerebbe, non in presenza di Achille.

Gli altri? Qui ci sono meno certezze. Artemide non si tirerebbe indietro davanti a un omicidio, anche se sta bene attenta a non sporcarsi le mani pubblicamente. Si può dire lo stesso di Apollo, ma non scommetterei su di lui. Efesto è più difficile da decifrare. È furbo e un bravo stratega, potrebbe aver pensato al futuro e deciso di non correre il rischio che Elena diventi Ares. Non penso che la nostra nuova Era abbia quel genere di autorità, ma sua madre, Demetra, forse sì. Poseidone si occupa raramente di giochi di potere e politica, quindi a lui non importerebbe comunque.

E ho considerato solo i Tredici.

Ci sono dozzine di famiglie potenti interessate alle dinamiche politiche dell'Olimpo che agiscono dietro le quinte. Ettore e Paride fanno parte di una di esse. E anche Atalanta e Aiace. E pure io.

E poi ci sono gli stranieri. Però, non sembra logico vederli dietro questo attacco. Se vuoi sprecare risorse con un assassino, perché non liberarsi di uno dei contendenti più pericolosi? Achille o Ettore, o persino io, saremmo un obiettivo più furbo. Nonostante tutta la sua determinazione, Elena verrà eliminata in combattimento. Non ha l'addestramento o la forza necessari a sconfiggere gli avversari principali.

Quando ho preparato la valigia per cambiare stanza, non ho ancora una risposta. Non riesco nemmeno a ridurre la lista di potenziali colpevoli. Non è compito mio, non stavolta. Se ne occuperanno Bellerofonte e Atena, a cominciare dall'interrogatorio. Ho la massima fiducia in loro.

Preferirei cercare di risolvere il mistero piuttosto che andare in camera di Achille, ma non ho scelta. Nonostante il caos che ho nel petto in questo istante, resta un dato di fatto: ha bisogno di me e io non esiterò a stare al suo fianco. Negli anni abbiamo spesso lavorato come guardie del corpo ed è sempre meglio lavorare in coppia, così c'è sempre qualcuno sveglio con il cliente. Come dimostrato stanotte, di solito gli assassini non si limitano agli orari d'ufficio. Non possiamo escludere che ce ne siano altri in giro, quindi la sorveglianza comincia stanotte.

Prendo fiato e apro la porta.

La prima cosa che vedo è Elena sul divano, avvolta in una coperta. Ogni volta che ho interagito con lei, persino sul tapis-roulant, quando era evidentemente sconvolta, o quando eravamo bambini, mi è sembrata un gigante. Adesso non c'è traccia di quel carisma. È facile dimenticarsi quanto è minuta. Atletica, sì, ma arriverà a malapena al metro e settanta. Adesso, rannicchiata sul divano, sembra ancora più piccola. Se l'aggressore era grosso come me, o come Achille, non avrebbe avuto la minima possibilità contro di lui.

Quel pensiero mi raggela.

Alza gli occhi d'ambra e sbatte le palpebre. È più pallida del solito, i lineamenti perfetti tesi ed esausti. È anche un po' spettinata, le ciocche scure annodate dal sonno. Tuttavia sorride quando mi vede, un movimento minuscolo che sembra quasi fragile. «Ehi».

Ho il cuore a mille, una reazione veramente ridicola. Dovrei temere per la sua sicurezza o la vicinanza ad Achille, o qualcosa del genere. Invece me ne sto lì, cercando di fingere di non avere i palmi sudati perché sorride come se fosse contenta di vedermi.

Mi schiarisco la voce. «Ehi».

Si avvolge meglio nella coperta. «Ha tirato in mezzo anche te?»

«Mi sono offerto io di dare una mano». Poso la valigia. Adesso che sono qui, mi rendo conto che non serviva. Avrei potuto fare un salto a cambiarmi ogni giorno e basta. Sarebbe stato un procedimento *logico*, invece di sprecare tempo ed energie a fare e disfare i bagagli per traslocare proprio accanto. Altro chiaro segno che non sono lucido. Cazzo.

Achille esce dalla camera da letto. «Due accessi. La finestra del bagno si apre, ma non è abbastanza larga per un adulto. La camera però sarà un problema. La finestra è in pratica una porta e ha una serratura di merda. Un passaggio che non possiamo rendere a prova di bomba».

Ciò significa che uno di noi dovrà restare con Elena.

Detesto il nodo che mi si forma allo stomaco. Devo avere una vena masochistica, perché offrirmi di stare a stretto contatto con questi due già brucia. Non so cosa abbia spinto Achille a darle asilo invece di piazzarle due guardie del corpo della squadra di Bellerofonte. A volte, non ho idea di come funzioni la mente di quest'uomo. No, è una bugia: so esattamente cosa stava pensando. Avrà deciso che noi saremmo stati più bravi di chiunque altro. Abbiamo appena peggiorato una situazione già complessa di per sé.

Ma è troppo tardi per cambiare idea. «Faccio io il primo turno di guardia».

Per un attimo, mi aspetto una protesta, poi Achille annuisce. «Mi sta bene. Il divano è abbastanza comodo».

«Per niente», borbotta Elena.

Lui si stringe nelle spalle. «Ho dormito in posti peggiori». La osserva. Si rende conto di quanto sia trasparente? Continua a ripetere che lei non gli piace, ma la guarda come una strana creatura che non capisce ma vuole tenere comunque al sicuro. Ha sempre avuto l'istinto di proteggere gli indifesi, ma stavolta è diverso. Dopo un po', chiede: «Vuoi parlarne?»

«Di cosa dovremmo parlare?».

Achille fa spallucce di nuovo. L'atteggiamento rilassato del corpo è in forte contrasto con lo sguardo intenso. «Quasi tutti dopo un'aggressione sono scossi. Hanno qualcosa per la mente».

«Io non sono come tutti gli altri».

Dovrei dire qualcosa, ma ho l'impressione di essere uno spettatore esterno al loro momento privato. Ho i piedi inchiodati a terra e la bocca sigillata.

«Sì, hai ragione. Non sei come tutti gli altri». Annuisce, con una delicatezza sconvolgente scritta in faccia. «Va' a letto, principessa. Puoi ricominciare a picchiare chiunque ti guardi di traverso domani».

Il sorriso di Elena è un po' più saldo, perde quel velo di fragilità. «Non picchio chiunque mi guardi di traverso, Achille. Solo te».

«Allora devo essere speciale».

«Immagino di sì».

Volto loro le spalle, incapace di assistere a quello che sembra uno scambio molto intimo. Promemoria del futuro che mi aspetta: tagliato fuori per sempre. Meglio che mi tenga impegnato con la valigia. Vado in camera e inizio a svuotarla in fretta. Di solito è Achille quello che passa subito all'azione, ma non mai apprezzato come adesso tenermi le mani occupate. Il ritmo dei gesti mi calma, anche se non affievolisce il dolore al petto.

Ho quasi finito quando entra Elena. È appena uscita dalla doccia, la pelle umida e arrossata, i capelli bagnati ravviati indietro. È di nuovo avvolta nella coperta, scorgo la spallina di un pigiama di seta su una spalla liscia. Mi concentro sul suo viso, ma non migliora le cose. Cazzo, è troppo bella, e chissà come sembra diventarlo di più ogni volta che la incontro. Non è giusto.

Come faccio a mantenere il cuore intatto e la testa lucida quando mi guarda *in quel modo*?

Si siede con attenzione sul letto e accenna un sorriso incerto. «Sei proprio un tipo A, vero? Sempre tutto in ordine».

«Già». Non ho motivi per negarlo. È la verità. L'organizzazione mi permette di avere un ragionevole controllo su un mondo in cui non sarò mai un pesce grosso. Il potere non è mai stato qualcosa che desideravo per me stesso, non come Achille; stargli vicino significa che a volte le sue mosse eclatanti producono ondate eclatanti. Riesco quasi sempre a cavalcarle, ma ogni tanto lo stress si fa sentire. Organizzare lo spazio mi calma allo stesso modo di pianificare e creare strategie.

Elena sembra stare un po' meglio di prima in soggiorno. Ha ripreso colore e non si rannicchia più su sé stessa. Tuttavia, non riesco a trattenere una domanda. «Stai bene?»

«Quasi». Infila i piedi sotto la coperta. In questa posa sembra più giovane, più vulnerabile. Più la bambina che conoscevo un tempo. Non so come prenderla. Vorrei abbracciarla e proteggerla, se non la conoscessi già abbastanza da capire che non l'accetterebbe. In verità, mi sconvolge che Achille sia riuscito a convincerla a stare nella sua suite. Probabilmente l'ha pressata quando era fuori fase. Gli riesce bene.

«Sei al sicuro qui. Non permetteremo a nessuno di toccarti».

«Inizio a capirlo». Sospira e mi guarda dritto negli occhi. «Ce l'hai con me».

«Perché dovrei?». Parole che escono troppo in fretta, troppo aspre.

Il suo sorriso è un po' più triste, un po' agrodolce, adesso. «Perché ho fatto sesso selvaggio con Achille».

«Siamo una coppia aperta». Di nuovo, le parole giuste. Di nuovo, il tono sbagliato.

«Mi sono detta la stessa cosa, ma non significa che non fosse sbagliato». Si raggomitola un po' nella coperta, senza abbassare lo sguardo. La rispetto per questo, anche se riuscirei a schiarirmi la mente molto meglio se non mi fissasse. «Non che facesse tutto parte di un piano, ma le intenzioni non contano. Solo i fatti. Mi dispiace».

Entrambi continuano a dire "mi dispiace" come se questo cambiasse ciò che è successo, ma ho la sensazione che lo rifarebbero, se le circostanze lo permettessero. E perché no? Non c'è stato nulla di male e non hanno violato alcun patto. Sono io lo stupido che permette ai sentimenti di aggrovigliarsi pensando a una donna che conosce a malapena. Mai, neanche una volta, ho reagito alle avventure di Achille come a questa con Elena. Sono *io* il problema, non *loro*.

Una logica che ha senso nella mia testa.

Quel che mi esce di bocca è completamente diverso. «Questo non ti impedirà di rifarlo».

Sbatte le palpebre. «Non ho nessuna intenzione di scopare di nuovo con Achille».

«Non ne avevi l'intenzione nemmeno la prima volta».

«Non posso negarlo». Cincischia con l'orlo della coperta. Mi colpisce: è la prima volta che la vedo nervosa. «È un tipo irritante, vero?».

Cerco di non arrabbiarmi, invano. Cazzo, sono un fascio di nervi. «È molte cose».

«Già». Ha un'aria assorta. «Non voglio ferirti, Patroclo. Non l'ho mai voluto. Mi metterò d'impegno per non cadere di nuovo sull'uccello di Achille».

Scuoto il capo e mi avvicino alla finestra. Ha ragione Achille: è impossibile renderla sicura. È grande e anche se non dà sulla recinzione sarebbe molto facile per qualcuno appollaiarsi sul tetto di fronte e sparare a Elena attraverso il vetro. Chiudo le tende. «Stanotte sarai al sicuro. Speriamo di avere delle risposte domani».

«Perché lo fai?».

Mi giro verso di lei. «Cosa?»

«Questo». Indica la stanza con un gesto vago. «Sono un grosso, evidente problema tra voi due, ragione sufficiente per tenermi a debita distanza. E siamo anche avversari per il titolo di Ares. È nel vostro interesse permettere a un aggressore di spaventarmi e farmi andare via. Quindi, perché aiutarmi? Certo non perché eravamo amici una vita fa. Perché cercare di proteggermi, quando ti sono di intralcio?».

È un'ottima domanda. Se fossi più spietato, forse farei proprio così. Non voglio che le accada niente di male, ma la paura non ha mai ucciso nessuno. Però, è questo il problema: non voglio nemmeno che la spaventino. Achille mi accusa da sempre di avere il cuore troppo tenero e non è mai stato più evidente. Anche se *fa male* vederli nella stessa stanza, percepire la connessione evidente che c'è tra loro, non posso proteggere i miei sentimenti a sue spese. «Non sono disposto a restare a guardare altra gente che viene terrorizzata a morte in nome dei miei obiettivi».

«Un po' ingenuo, non credi?».

La fisso. Non lo dice con cattiveria, è una domanda seria. «C'è sempre un'alternativa».

«Anche se fosse, a volte è più facile recitare la parte del cattivo e risparmiarti guai in futuro». Non distoglie lo sguardo. «Hai una bella testa. Di sicuro hai elaborato ogni scenario possibile. Se arrivo all'ultima sfida, chiunque mi elimini sarà mio nemico per sempre. Se sarai tu o Achille, influirà negativamente sulle possibilità di svolgere il ruolo di Ares in maniera efficiente. Senza dubbio ci hai pensato».

Sì. Non so perché mi sorprendo che l'abbia fatto anche lei. Ha già ampiamente dimostrato di essere intelligente quanto ambiziosa. È comunque strano sentire esporre i miei stessi pensieri. Mi schiarisco la voce. «C'è sempre un'alternativa», ripeto.

«Ma...».

«Mettiti a dormire, Elena. Sono certo che Bellerofonte avrà qualche informazione domani».

Per un attimo, sembra sul punto di ribattere, poi getta la coperta e si infila sotto le lenzuola. Il pigiama nero è... Porca puttana, non dovrei fissarla, ma non riesco a farne a meno. I pantaloncini hanno degli spacchi ai lati che rivelano una porzione tentatrice di fianchi. E la canottiera copre a malapena l'essenziale, lascia nudi gli addominali tonici e fascia il seno al punto che minaccia di strabordare a ogni movimento. Gronda seduzione, senza nemmeno provarci.

Distolgo di colpo lo sguardo. Che cazzo faccio? Me la sto mangiando con gli occhi subito dopo che ha subìto un'esperienza traumatica. Dopo che è andata a letto con Achille. Lei che non è per me, *non è mai stata* per me.

«Patroclo?».

L'incertezza nel suo tono mi risveglia. Scuoto la testa e mi giro con precauzione. Per fortuna, adesso è tutta coperta, le lenzuola tirate fino al mento appuntito. Rilascio quello che spero sia un sospiro di sollievo inudibile. «Sì?»

«Il letto è enorme e mi metti l'ansia restando lì in piedi. Potresti sederti o sdraiarti?».

Sono a un passo dallo scegliere la sedia vicino alla finestra. Faccio persino un passo in quella direzione, prima che il mio cervello decida di elencare tutti i motivi per cui Elena potrebbe aver suggerito che le faccia compagnia a letto. Accantono quelli ridicoli – che voglia tendermi un agguato o sedurmi. La motivazione più probabile è che sia ancora terrorizzata e desideri il conforto della mia vicinanza.

Cerco di non rimuginare troppo. Ha già dimostrato di essere intelligente e astuta. È logico che non si aspetti di essere attaccata da chi lavora per Atena, anche se è un altro campione. Tutto qui.

E però... «Sei sicura?».

Annuisce e tira fuori un braccio pallido per dare una pacca al materasso. «Per favore».

Mi siedo con precauzione nel punto indicato e mi appoggio alla testiera. Il letto è abbastanza grande per tutti e due, e probabilmente ci starebbe anche Achille… Mi fermo. No. Seguire quel pensiero fino alla sua inevitabile conclusione sarebbe un errore. Con mia sorpresa, sento Elena spostarsi fin quasi ad appoggiarsi a me. Io sono sopra le coperte e lei sotto, ma percepisco comunque il calore del suo corpo. O forse è la fervida immaginazione che sembro aver sviluppato tutto d'un colpo.

Mi schiarisco di nuovo la voce e tento disperatamente di concentrarmi su qualsiasi cosa che non sia me ed Elena Kasios in un letto insieme. Sono la sua *guardia del corpo*. Dovrei pensare solo a tenerla al sicuro, non a quanto le stia bene il suo pigiamino sexy.

Fuori di me, dico l'unica cosa che mi viene in mente. «Chi potrebbe volerti morta?»

«Potrei nominare un paio di persone». È più vicina adesso? Non posso accertarmene. Non la vedo bene in faccia, nelle ombre scure proiettate dalla lampada dietro il letto. «Nessuno è contento che partecipi a questo torneo. E poi, ci stiamo basando su un presupposto per nulla fondato: che volessero uccidermi e non solo spaventarmi abbastanza da farmi ritirare».

Faccio per ribattere, però ha ragione. «E l'hai preso in considerazione?»

«Col cazzo. È l'unica possibilità che ho di diventare qualcosa di più di un trofeo passato di mano come fa più comodo a mio fratello o a futuri partner. Da Ares, saranno *costretti* a prendermi seriamente».

So cosa pensa Achille di Elena e della sua vita da favola, ma adesso mi rendo conto di quanto sarebbe terribile non poter decidere il proprio destino. Al di là delle nostre origini, noi due abbiamo sempre preso le nostre decisioni da soli, senza che nessuno ci forzasse la mano. Nessuno ha provato a imporci un matrimonio per assicurarsi un'alleanza di qualche genere né si è rifiutato di riconoscere il nostro valore al di là dell'aspetto fisico. «Immagino che una gabbia di diamanti resti comunque una gabbia».

«Sì». È poco più di un sospiro. «Patroclo?»

«Mmh?».

Una minuscola esitazione. Quando riprende a parlare, è dolce e stanca e non c'è traccia della donna indomabile con cui ho avuto a che fare fino adesso. «Davvero non volevo perdere il controllo con Achille. Tu... mi piaci. Mi piaci da sempre. Non ti avrei mai ferito di proposito. È solo che ho...». Una risata amara. «Quando soffro agisco senza riflettere e mi sentivo vulnerabile dopo che... Be', se tu non avessi fermato il tapis-roulant, probabilmente avrei corso fino a perdere le forze. Non giustifica ciò che ho fatto, però mi dispiace sul serio».

Non so bene come rispondere; però, ho la sensazione che Elena non si apra mai con nessuno, quindi non posso lasciar cadere questa confessione nel silenzio. «Lo so che non volevi ferirmi». Ridicolo che desideri solo confortarla, abbracciarla finché non scompare quel tremore fragile che ha nella voce. Dovrei aggrapparmi alla mia rabbia, ma in questo momento sembra uno sforzo eccessivo. Mi metto comodo e chiudo gli occhi. «Va tutto bene, Elena. Nessun rancore».

«Oh. Bene». La voce si affievolisce, come se fosse sul punto di addormentarsi. «La cosa buffa è che... voglio andare a letto *con te*. Achille nemmeno mi piace. Non molto». Sbadiglia. «Ma a te ti monterei volentieri».

Un fiotto di desiderio, intenso quanto inappropriato, mi attraversa. Sapere che l'attrazione che provo è reciproca... Che importa, però? Dovrebbe essere Achille la mia priorità. Anche se io non ero la sua quando ha scopato con Elena.

Quand'è stata l'ultima volta che ho preso qualcosa – qualcuno – solo perché volevo, senza preoccuparmi di come si sarebbe sentito lui? È Achille quello egoista, quello spavaldo, quello sempre bendisposto a dare il cuore a chiunque solletichi le sue voglie. Sì, c'è una parte di lui che è solo e soltanto mia, ma persino quando ho cercato il piacere con altra gente è stata una fantasia momentanea e non orientata a costruire un legame.

Che invece sento con Elena. Non so se sia voglia carnale o il potenziale di qualcos'altro. Fino a ora, mi ero rassegnato all'idea di non trovare mai la risposta. Achille ha premuto il grilletto per primo, giusto? Non è che possa biasimarmi se faccio la sua stessa scelta egoista…

Inspiro con difficoltà e trascino i miei pensieri via dal precipizio. «Dormi, Elena. Veglierò io su di te, stanotte». E domani?

Domani, vedremo.

15
Elena

Mi sveglio con Patroclo accoccolato sulla mia schiena, avvolta dal suo maestoso corpo. L'uccello molto, *molto* prominente rende ben nota la sua presenza. "Buongiorno". Da provocatrice quale sono, muovo un po' i fianchi e sfrego lungo il membro. Il basso gemito che mi arriva all'orecchio è così da Patroclo che sorrido senza aprire gli occhi. Non so quando sia finito sotto le coperte con me, ma non ho nulla in contrario.

È... piacevole.

«Sei sveglia, Elena?».

Allungo le dita ad accarezzargli l'avambraccio che mi cinge la vita, appena sotto il seno. «Sì».

«Dovremmo alzarci». Però mi stringe più forte a sé e preme il viso contro la mia nuca. Mi sembra di sentire le labbra che mi sfiorano la pelle, ma non posso esserne sicura. Ha ragione lui: dovremmo cominciare la giornata e affrontare la realtà di quel che sarebbe potuto accadere ieri notte...

Non voglio. Non ancora.

Cazzo, è da troppo tempo che non mi sveglio con qualcuno accanto e ancora di più che non mi godo quel momento, invece di buttarli fuori dal mio appartamento il più in fretta possibile. Forse è perché ci conoscevamo da piccoli, o per l'uomo che è diventato, comunque sia, mi fa sentire al sicuro. Ieri sera mi ha lasciata blaterare senza dirmi di smettere di autocommiserarmi o fare la melodrammatica. Non mi ha additata come *debole* perché ero scossa dopo l'aggressione. Si è limitato ad ascoltare e poi mi ha detto di dormire con quel tono deliziosamente severo che assume quando pensa a cosa è meglio per me.

I miei perfidi desideri sussurrano che la vita potrebbe essere così, in altre circostanze, se fossimo persone diverse in una situazione diversa. Se io abbassassi un po' le difese e lui non fosse già innamorato di un imponente stronzo d'oro. Conversazioni dolorosamente sincere che nonostante facciano male sono anche dolci, chissà come. Per la prima volta, non ho soppesato le parole né mi sono nascosta dietro doppi sensi e frasi ben congegnate. Sia Achille sia Patroclo fanno emergere parti nuove di me e sono parti *sincere*. Non so come reagire, non è né il posto né il momento giusto per un tale livello di introspezione, non mentre ci giochiamo il tutto per tutto.

In realtà, in questo momento non voglio occuparmi di niente… a parte dell'uomo che fa del suo meglio per non premermi l'erezione sul culo.

"Patroclo è troppo educato".

Esito un attimo. «Patroclo?»

«Sì?».

Non voglio dire nulla che potrebbe fermare tutto, ma ho già fatto un torto a quest'uomo e non se lo meritava. Non posso ripetere lo stesso errore. Non lo farò. Chiudo gli occhi. «Io, ecco, agisco senza pensare quando soffro oppure ho paura».

Si immobilizza alle mie spalle. «Hai voglia di un gesto avventato in questo istante?»

«Sì». Mio malgrado, ho bisogno di elaborare, offrirgli la verità che sembra chiedere in silenzio. È più facile a occhi chiusi. Quasi non sembra reale. Può ferirmi qualcosa che è per lo più frutto della mia immaginazione? "Non rispondere". «Però ero sincera ieri sera. Ti voglio. Non è dettato dall'impulsività o dalla sventatezza, sono sincera».

«Elena…». Impreca sul mio collo. «Dovrebbe importarmi che cerchi di usarmi come via di fuga. Dovrebbe infastidirmi».

Ho una stretta al cuore, ma non posso biasimarlo se si tira indietro. Ho parlato di questa cosa solo allo psicoterapeuta e mai con qualcuno che sto provando a sedurre. È molto più semplice lasciare che i miei partner vedano qualsiasi cosa vogliano, così da ottenere quello che voglio io: qualche ora di piacere in cui non devo pensare a nulla tranne alla carezza successiva, al bacio successivo. Ma questa non è una sveltina orchestrata con cura. Si tratta di Patroclo. Con lui, adesso, posso smetterla di essere egoista, per una volta. «Le mie motivazioni sono un problema per te?»

«Forse». Mi stringe più forte e impreca di nuovo. «Me ne frego di cosa *dovrei* fare o provare. Ti voglio troppo. Lascia che ti tocchi, Elena».

È un tale sollievo che quasi mi gira la testa. Mi appoggio contro di lui, mi ancoro alla sua forza. Sarà anche un cervellone, ma fisicamente è un soldato fatto e finito. Voglio esplorarlo con molta cura. Inspiro a fondo, godendomi la sensazione del mio seno sul suo braccio. «Toccami, Patroclo. Per favore. Ne ho bisogno».

Mi aspetto che sia un tornado. Dovrei trattenermi, anche dopo averci passato insieme così poco tempo. Patroclo è un pianificatore e mai come adesso lo dimostra, quando sposta la mano e me la preme sulla pancia. Con il pollice sfiora la curva di una tetta, un gesto lentissimo che mi fa divincolare contro di lui, irrequieta.

Sale verso la spallina sottile del pigiama, l'abbassa, piano piano scopre il seno. È quasi provocatorio, ancora di più mentre si muove lungo il bordo della stoffa, sfiora la carne scoperta e va a tirare giù anche l'altra spallina. È un po' più difficile visto che sono sdraiata su un fianco, ma ancora una volta lui non ha fretta. Cazzo, è un *tormento*. «Patroclo».

«Mi piace come pronunci il mio nome». Stringe un seno, poi l'altro, accarezza i capezzoli con le dita. Non mi basta. Non mi basta affatto.

Mi mordo il labbro inferiore, ma non riesco a stare zitta. «Di più. Per favore».

«Mi piace anche come dici "per favore"». Ha una voce più roca del solito, anche se non accelera il ritmo e scivola giù verso i miei addominali, allentando piano i laccetti dei pantaloncini. Non esita ma nemmeno si sbriga, cazzo. Non come vorrei. Ogni piccolo strattone al laccio riverbera dentro di me. Serro le labbra, decisa a non supplicarlo. Non ancora.

Finalmente, dopo quella che sembra un'eternità, infila la

mano sotto l'elastico. Mi aspetto che proceda lentamente come per tutto il resto; invece, pare che la sua pazienza si sia esaurita di colpo. Mi appoggia la mano sulla figa, rude. Al contatto, trasaliamo entrambi.

Non ho nessun desiderio di appartenere a qualcuno fuori dalla camera da letto e nemmeno *in* camera da letto, per la maggior parte del tempo. L'equilibrio di potere nella mia vita è precario, troppo spesso pende a mio svantaggio. Adesso però... con Patroclo alla guida... lo adoro. Mi mordo il labbro inferiore e gemo piano. Non posso fingere che non ci saranno delle conseguenze, ma quando mai gli ho permesso di dettare legge?

È troppo bello per fermarsi.

Ora che Patroclo mi ha dove voleva, rallenta di nuovo, mi esplora con tocco più delicato. Sfiora la mia fessura con il dito medio, con il palmo appoggiato in un gesto quasi possessivo. Non si comporta come un cavernicolo, però mi abbraccia come se fossi sua, come se volesse reclamarmi per sé. Non importa se è uno sbaglio: non ci fermeremo.

L'ha detto anche Achille, che *non avremmo dovuto*.

Una voce dentro di me sussurra che sono più sconsiderata del solito, che gioco con la relazione tra questi due uomini solo per non sentirmi vulnerabile; tuttavia, è troppo sommessa, a paragone del mio desiderio. O forse sono davvero egoista fino a tal punto. Patroclo dice che non gli importa e dovrebbe bastare a risparmiarmi qualsiasi inutile senso di colpa.

Non è che con i partner passati abbia mai ammesso che per me erano solo una comoda via di fuga.

Non che a loro sia importato abbastanza da chiederlo.

Ero sincera ieri notte, e stamattina. Patroclo mi piace da quando eravamo piccoli, l'ho desiderato non appena ci siamo rivisti da adulti, quando in pratica mi ha elencato tutti i motivi per cui non potevamo tornare a casa insieme, la notte prima che iniziasse il torneo. Non sono sicura che mi interessi se mi sta usando come arma per ferire Achille. Significherebbe solo che entrambi usiamo l'altro per motivi egoistici. Dovrei godermi il momento, invece di rimuginare tanto. Concedermi questi gesti avventati dovrebbe servire proprio a *smettere* di pensare.

«Elena». Si immobilizza.

«Sì?»

«Sei persa nei tuoi pensieri. Vuoi smettere?».

Inizio a scuotere la testa ancor prima che finisca la frase. «No. Assolutamente no. Dammi di più».

Per un attimo, penso che potrebbe interrompersi lo stesso. Non è l'ondata impulsiva che mi ha travolta con Achille, questa. È *intenzionale* e forse significa che è un errore. "Non mi importa. Non voglio smettere comunque".

Sembra che Patroclo sia d'accordo con me: cambia posizione alle mie spalle e infila un braccio tra me e il materasso, avvolgendomi completamente. Mi appoggia una mano su un seno; più che una carezza sembra volermi stringere a sé, ma non mi lamento, visto che nello stesso tempo mi infila con decisione due dita nella figa. Metodico. È così metodico. Più sexy di quanto avessi previsto, insieme a qualcos'altro – mi stringe come se fossi preziosa, come se potesse farmi andare in mille pezzi.

La differenza tra lui e Achille è evidente, ma hanno un aspetto in comune: entrambi mi toccano come nessuno ha mai fatto prima d'ora. Nessuno mi ha mai trattata come un tesoro. Né mi ha sballottata qua e là come una loro pari, dando per scontata la mia forza invece di ritenerla frutto della mia immaginazione. Nessuno dei due mi tratta come una principessa da persuadere affinché ceda la sua ipotetica virtù o una bambolina che una parola brusca basterebbe a gettare sul pavimento, rotta e inerme. Per tutto il tempo che Achille e io abbiamo lottato, ero un nemico da battere con un orgasmo condiviso. Non mi sarei mai aspettata che fosse sexy.

Patroclo mi scopa piano con le dita come se volesse approfittare al massimo dell'unica possibilità che avrà di farlo. Preme la base del palmo sul clitoride. Non è una frizione sufficiente a farmi venire. No, mi sta ancora stuzzicando. Mi sfiora con le labbra l'orecchio, la voce profonda come non l'ho sentita mai. «Non sei destinata a me, Elena. Non lo sei mai stata».

Non riesco a decidere se quelle parole bruciano o rinfocolano il bisogno tra noi due. Niente fa più scintille di una fiamma condannata a una vita breve. Mi rende avida, mi invoglia ad assorbire ogni singolo istante perché è probabile che non si ripeterà mai. Prendo fiato, ansimante. «Allora rendiamola memorabile».

Una risata strozzata. «Sì, la renderemo memorabile».

Si scosta e, nonostante la strana posizione, non ha nessuna difficoltà a farmi sdraiare sulla schiena. È un movimento talmente fluido che sto ancora sbattendo le palpebre, sorpresa, quando scende lungo il mio corpo, portando con sé le coperte. Si ferma a venerare i miei seni con la bocca, una meta specifica in testa, e io non intendo protestare mentre mi sfila i pantaloncini e si sistema tra le mie gambe. Mi bacia una coscia. «Achille comincerà ad agitarsi presto e verrà a cercarci».

Di nuovo, una fitta quasi dolorosa. Proprio *non* dovrei desiderare che mi trovi con la bocca di Patroclo sulla figa, eppure la mia vena irresponsabile non fa che rafforzarsi. Come reagirebbe Achille? Sinceramente, non riesco a concentrarmi abbastanza da indovinare. Andrebbe in escandescenze o si unirebbe a noi? Andrebbe in escandescenze *e poi* si unirebbe a noi? Scenari che mi fanno andare a fuoco. Non fingerò di non aver considerato l'opportunità di andare a letto con tutti e due insieme – l'ho fatto.

Però non sono così fuori controllo da buttarmi senza chiarire prima una cosa. Se dovrò sentirmi in colpa più tardi, devo sapere quanto sono da biasimare, esattamente. Ne ho già a sufficienza di rimorsi; non mi serve addossarmi anche quelli altrui. «Mi stai usando per dimostrare qualcosa?».

Diventa serio come la morte. Persino in un momento simile, con il calore che gli trasforma gli occhi scuri in braci ardenti e il respiro che alita nelle mie parti più segrete, riflette sulle mie parole con la massima gravità. Mi piace questo aspetto di lui. Un sacco. Non spara una risposta a caso con l'intenzione di negare più tardi e levarsi d'impaccio, ci pensa *davvero* ed è onesto con me. Una bella novità.

Infine, annuisce. «Un po'. Ti dà fastidio?»

"Sì. No. Non lo so". Non riesco a riflettere. Prendo fiato, decisa a restituire sincerità per sincerità. «Forse più tardi, ma adesso ho troppo bisogno di te. Baciami, Patroclo. Se devi dimostrare qualcosa, fallo procurandomi un orgasmo».

Il lento sorriso che gli compare sulla faccia mi manda a fuoco. Dèi, se è bello. Diverso dai lineamenti perfetti che ha avuto in dono Achille. Ho notato che era diventato un uomo avvenente quando ci siamo rincontrati e da allora sembra che il fascino aumenti di volta in volta. Sento uno strano sussulto al cuore, ma lo ignoro, proprio come ignoro le inevitabili conseguenze di questo momento.

«Anch'io ho troppo bisogno di te, adesso».

E poi non ci sono più parole. Si china e mi lecca proprio al centro, lento, metodico. Vuole scoprire com'è fatto ogni centimetro di me. Mi allarga di più le gambe e infila dentro la lingua. Prima mi stuzzica solamente, poi è una vera stoccata che mi strappa un gemito sonoro. Cerco di inarcare la schiena, lui risponde spostandosi, un avambraccio sul mio ventre, e mi tiene le gambe aperte con le spalle. Sono in trappola e lo adoro.

Tuttavia, non sono tipo da stare passiva e prendere quel che mi viene offerto.

Affondo le dita tra i suoi capelli e lo attiro verso il clitoride. Senza esitazioni, segue le mie istruzioni mute e gli dedica le stesse profonde attenzioni già riservate a ogni altro punto della mia figa. Testa i movimenti, lo sguardo fisso al mio viso, fino a trovare quello che mi fa gemere e divincolare. «Sì, così», mormoro.

Il piacere cresce sempre di più. Patroclo non devia mai dal suo cammino. Non accelera né rallenta e sposta a malapena la pressione. Mi carica sempre di più…

Si apre la porta della camera.

Achille entra e se la richiude alle spalle. Ci paralizziamo entrambi. Cazzo, sono così vicina che mi viene da piangere. Avrei dovuto saperlo che non poteva durare, che ci avrebbero interrotti prima di raggiungere l'estasi. Avrei dovuto saperlo che era una decisione stupida e impulsiva il cui contraccolpo sarebbe stato quasi certamente un orgasmo abortito.

Avrei dovuto sapere... un sacco di cose.

Tesa, aspetto che Patroclo si alzi in tutta fretta, che balbetti delle scuse, cominci a litigare o se ne vada. Lui non si muove. Anzi, rafforza la presa su di me, un ordine silenzioso di smetterla di provare ad allontanarmi. Mi immobilizzo. Patroclo mi lancia un'occhiata veloce, come per valutare la mia reazione. Qualsiasi cosa mi legga in faccia sembra soddisfarlo; gira la testa solo quanto basta a guardare Achille. «Ci hai interrotti».

Il sorriso che gli si disegna piano sulle labbra non arriva agli occhi. «Sì, lo so». Si avvicina alla sedia accanto al letto e prende posto, occupando l'intero spazio con il corpo muscoloso. Agita una mano con fare noncurante. «Non badate a me».

"Oh miei dèi".

Abbasso gli occhi e incrocio quelli di Patroclo. Mi aspetto di leggerci vergogna o rimorso, forse rimpianto. Cazzo, di certo non mi aspetto un desiderio ancora più rovente. Non pare contento, ma non c'è dubbio che l'ordine indolente di Achille abbia risvegliato qualcosa dentro di lui.

Tuttavia è pur sempre Patroclo, quindi esita. «Ti sta bene?».

Non lo so. Mi sento in caduta libera. Una cosa è sapere che sono dentro fino al collo in una relazione incasinata e vi affondo sempre di più. Un'altra è... Non capisco nemmeno che sta succedendo. Però l'orgasmo abortito mi tartassa quanto il bisogno di una breve fuga. Non c'era forse una parte di me che sperava accadesse proprio questo? Sì. Non me l'aspettavo *così*, ma la possibilità non era poi tanto remota quando ho insistito che Patroclo mi toccasse, mi facesse venire.

Guardo Achille e *wow*, anche se gli occhi non sorridono, ci osserva come se non sapesse da dove iniziare in un banchetto apparecchiato apposta per lui. Tremo. Non posso cancellare le mie azioni e forse è solo una scusa, ma non mi importa. Non voglio fermarmi. Voglio caricare a testa bassa e vedere che succede. «Mi sta bene».

«Se cambi idea...».

«Per la miseria, ha detto che le sta bene. Persino io lo vedo che è a un soffio dal venire. Muoviti».

Patroclo gira la testa per fulminare Achille con un'occhiata. «Il pubblico non dovrebbe disturbare».

«E da quando?»

«Signori». Aspetto che mi guardino entrambi. Non riesco a smettere di tremare. Sto per esplodere dalla voglia e loro bisticciano come una vecchia coppia sposata. «Se dovete litigare, andate a farlo in soggiorno e io finisco da sola in santa pace».

Achille soffoca una risata e Patroclo mi scocca uno di quei sorrisi appena accennati che comincio a adorare. Non mi lascia il tempo di decidere se il mio sia un bluff oppure no: abbassa la testa e ricomincia a sfiorarmi il clitoride con la lingua allo stesso ritmo con cui mi aveva portata sull'orlo dell'orgasmo prima dell'interruzione. Piagnucolo. «Oh cazzo».

«Togliti la canottiera, principessa. Se vuoi dare spettacolo, fallo come si deve».

Non mi fermo nemmeno a pensare, obbedisco e basta, mentre Patroclo si occupa della mia figa come se fossimo amanti da anni invece che da meno di un'ora. Riesco a sfilare la maglia dello scandalo e la lancio ad Achille. Lui la prende al volo e si passa la seta tra le dita con aria quasi assorta, senza mai staccare gli occhi da noi.

Lo sguardo di Patroclo minaccia di darmi fuoco. Sono certa che fare la pedina tra questi due più tardi mi scatenerà un intreccio di sentimenti complessi. Adesso, sono troppo vicina a venire per interessarmi ad altro che alla lingua di Patroclo sul mio clitoride. Così vicina… così vicina, cazzo… Mi appoggio le mani sui seni e pizzico i capezzoli, in cavalcata libera verso l'orgasmo. Prima era incredibile, ma adesso con Achille che ci guarda…

Non ci sono parole.

Non ho mai fatto niente del genere. Oh, nel corso degli anni ho sperimentato un sacco a livello sessuale, ma solo con una manciata di persone fidate. Essere la figlia di Zeus significava conseguenze terribili per chiunque venisse trovato nel mio letto. All'Olimpo piace fingere di essere progressista, ma la sua cosiddetta apertura mentale non include la cultura della purezza che pervade le classi superiori. Di conseguenza, non mi sono mai fidata di nessuno abbastanza da lasciarlo assistere alle mie scopate. Sarebbe stato troppo facile farmi un video mentre ero distratta e poi…

Patroclo gira la testa e mi mordicchia una coscia. «Smettila di rimuginare».

«Significa che non stai facendo il tuo lavoro», borbotta Achille. Allunga le gambe. «Due dita».

Capisco a malapena cosa sta dicendo ed ecco che Patroclo si sposta, mi lascia la gamba e mi infila due dita dentro. Cambia angolazione un paio di volte, cercando… cercando. Sorride. «Eccolo». Un colpetto dei polpastrelli sul mio punto G. Porca puttana, è stato veloce.

Mi squaglio da capo a piedi, ancora di più perché ha seguito le istruzioni di Achille. Guardo verso di lui, che fissa Patroclo con le palpebre socchiuse. «Adesso il clitoride. Falla venire, forte e senza freni».

Ancora una volta, obbedisce subito. Quando lecca il clitoride e nello stesso tempo sfiora il punto G e… «*Cazzo!*». Vengo, la schiena inarcata e i calcagni affondati nel materasso. Patroclo non si ferma, continua a portare il mio orgasmo sempre più in alto e…

«Non smettere», esclama Achille.

Grido. È quasi un urlo. La pressione aumenta sempre di più e all'improvviso qualcosa dentro di me cede e spruzzo liquido sulla mano di Patroclo. Solo allora il suo tocco diventa più delicato, mi placa piano piano finché mi ritrovo incapace di fare altro che fissarlo e tremare. Dà un ultimo lungo, premuroso bacio alla mia figa e alza la testa.

La bassa risata di Achille attira la nostra attenzione. Sembra rilassato, ma è tutta scena, a giudicare dall'erezione gigantesca che preme sotto i pantaloni della tuta. Lo guardo appoggiarci la mano sopra e sorridere. «È un buon inizio».

16
Achille

Non riesco a decidere se sono più incazzato o eccitato. Quando ho sentito Elena gemere, sapevo cosa avrei visto entrando nella camera: lei e Patroclo che o stavano giocando o facendo sesso, punto. E sono entrato comunque. Ha un che di egocentrico. Se fossi un uomo migliore, avrei lasciato a Patroclo il suo momento con Elena senza mettermi in mezzo.

Non sono un uomo migliore. Sono uno stronzo egoista.

Guardarlo mentre le divora la figa… Il modo in cui ha reagito ai miei ordini…

Non abbiamo mai fatto nulla del genere prima d'ora. Io a letto sono prepotente per natura e a volte abbiamo condiviso lo stesso partner, ma non *così*. Non con me che prendo il comando in maniera tanto marcata e lui che mi viene dietro senza dire una parola. Non con una donna che ci attrae entrambi, in modi diversi. Elena non assomiglia affatto ai vecchi partner e questa è una situazione nuova per noi sotto molti aspetti.

Non sono pronto a fermare tutto.

Patroclo si puntella sulle braccia per guardarmi. La parte inferiore della faccia è bagnata dagli umori di Elena e, cazzo, mi lancia un lampo di voglia dritto nell'uccello. Voglio baciarlo, sentire il sapore di entrambi mescolati sulla sua lingua. Non adesso. Se supero quel limite, non mi alzerò dal letto prima di averla scopata di nuovo.

Patroclo scuote leggermente la testa, come risvegliandosi da un sogno. «Cosa?».

Mi sforzo di rimanere rilassato. «Lo sai che un orgasmo solo non ti basta. Ce l'hai così duro che stai per venire nei pantaloni». Mi chino in avanti, i gomiti appoggiati sulle ginocchia.

«Scopala, Patroclo. Pensi che la sua figa abbia un buon sapore? È piacevole quando si contrae attorno alle dita? Sull'uccello è ancora meglio».

Elena si divincola un po' e gira la testa verso di me, sbattendo le palpebre sugli occhioni d'ambra. Ha l'aria traumatizzata, ma non basta a zittirla. «Guarda che sono qui».

«Già, sei lì». E che bel quadro: spettinata dal sonno, la pelle dorata alla luce mattutina, rossa in faccia dopo essere venuta su quella di Patroclo. Le tette ancora più belle di come le ricordavo e a questa breve distanza riesco ad apprezzare la forza nascosta del suo corpo. Quando è venuta, aveva ogni singolo muscolo in rilievo. Voglio vederli di nuovo. E penso che lo vogliano anche loro due.

Ci sarebbe una dozzina di motivi per fermarci e subito, ma li ignoro tutti. «Non fingere di non averne una voglia matta fin dalla prima notte. Pensi che sia bravo con la bocca? Lascia che si concentri su una scopata come si deve».

Di nuovo sbatte le palpebre con quella sua lentezza caratteristica; riesco praticamente a sentire il suo cervello che si rimette in moto. «Sei proprio un coglione».

«Mi hanno chiamato in maniere peggiori. Tu per prima».

«Sì, immagino di sì». Si morde il labbro inferiore. «Patroclo?». Quella singola parola ha un sottotesto lunghissimo e per una volta riesco a leggerlo quasi tutto. Vuole farlo, suo malgrado; sono quasi certo che lo rimpiangerà, ma lo desidera troppo per essere lei a fermarci.

Non posso parlare di rimpianti. Non mi interessano. Una volta fatto qualcosa, è fatta e non serve a nulla desiderare di tornare indietro nel tempo e cambiarla. Vivi con le conseguenze e vai avanti, magari impari un paio di cosette. Forse questo è uno sbaglio, forse no, ma se lo vogliamo tutti e tre, perché non dovremmo buttarci?

Stranamente, Patroclo non si è perso nei suoi pensieri. Sta guardando il corpo di Elena come se volesse assaggiarne ogni centimetro, come se finalmente avesse trovato un'altra persona, a parte me, che riesce a spegnere quel cervello fenomenale che si ritrova e seguire il puro istinto. Tuttavia, si tratta di Patroclo, quindi scuote la testa e prova a concentrarsi. A *razionalizzare*. «Ti voglio, Elena. Non voglio fermarmi. Se a te sta bene…».

«Sì».

Mi sfugge un verso per via della risposta repentina e Patroclo ride sottovoce. «Sicura?»

«Sì. È…». Inspira, facendo ondeggiare le tette. «È un casino, ma sono abbastanza certa che nessuno di voi lo userà contro di me».

Di che parla? Usare *cosa* contro di lei? Mi acciglio. «L'unica cosa che useremo contro di te è l'uccello di Patroclo».

Lui però capisce. Sembra sempre capace di collegare i puntini, anche quando io annaspo per stargli dietro. Le accarezza la pancia. «Hai ragione, è un casino. Però ciò che succede in questa camera resta tra noi. Ci spingiamo fin dove vuoi tu, non influenzerà nulla una volta fuori da questo letto».

Suona come un mucchio di cazzate. Lui sta già pensando al futuro. E pure lei. Merda, persino io. «È già un macello». Non riesco a nascondere l'impazienza. «Lo è da quando io e te abbiamo scopato, da quando sei venuta sulla sua faccia. Non peggioreremo niente». Adesso capisco di cosa abbia paura. Qualcuno in passato ha usato il sesso contro di lei e ha lasciato il segno. Cerco di addolcire la voce, ma sembra comunque un tuono. «Elena». Aspetto di avere quasi tutta la sua attenzione. «Ha ragione Patroclo: qualsiasi cosa succeda qui riguarda solo noi. E riguarderà solo noi per sempre».

«Okay». Un sorriso quasi incerto… fiducioso. Si schiarisce la gola e distoglie lo sguardo. «Sentite, ragazzi, tutto questo è molto sexy e non mi importa se me ne pentirò più tardi. Non voglio smettere».

Mi urta, anche se mi dico che i suoi rimorsi non sono affari miei. Non deve per forza condividere il mio punto di vista, credere che l'esperienza valga la pena delle conseguenze. Non ancora. Ho tutto il tempo di convincerli entrambi. «Verrai troppo forte per pentirti di qualsiasi cosa».

«Forse». Mi guarda di traverso. «Vedremo come mi sentirò quando ricomincerete a litigare».

«Non preoccuparti di quello che succederà più tardi». Faccio un gesto brusco con la mano e vorrei poter eliminare quel futuro inevitabile con altrettanta facilità. Probabilmente ha ragione Elena, e la cosa è frustrante. Sarà anche il mio modo egoistico di scusarmi, ma non risolve nulla tra me e Patroclo. Non sono ancora sicuro di *come* risolvere la nostra situazione. Una preoccupazione che dovrà attendere, come i rimpianti di Elena. «Pensiamo al presente. Ci stai?»

«Sì». Di nuovo, nessuna esitazione. Anche se non la capisco granché, apprezzo il fatto che una volta scelta la strada da seguire pare che ben poco riesca a trattenerla. Abbiamo questo aspetto in comune. Sto molto attento a non riflettere su quali altri potremmo trovarci d'accordo.

«Patroclo?».

Esita, studia la mia espressione. Non so cosa cerchi. In pratica sto incartando Elena come un regalo per lui, ma forse non è lo scenario perfetto che si era immaginato quando fantasticava di sedurla. Secondo me, ha preso in considerazione anche questo qui. Patroclo lo sa che sono una palla da demolizione umana. Proprio come io so che la sua mente è già dieci passi avanti a noi e rimugina a fondo su possibili risvolti e conseguenze.

Vedo il momento esatto in cui accantona tutto e getta la prudenza alle ortiche. Con un breve cenno di assenso, si gira di nuovo ad ammirare la donna sdraiata di fronte a lui. «Sì».

Sollievo ed eccitazione si intrecciano dentro di me, anche se mi rifiuto di mostrarli. Con questi due e la loro determinazione a riflettere fino alla morte, c'erano buone possibilità che l'uno o l'altra decidesse di tirare il freno prima che fossi pronto io. Mi ci vuole qualche secondo a scacciare le preoccupazioni e concentrarmi.

Hanno detto di sì, tutti e due. Siamo d'accordo. Cazzo, è ora di *divertirsi*.

Inspiro lentamente, mi abbandono al vortice dei miei piani. Voglio che raggiungano un orgasmo strabiliante e anche godermi la scena. Schiocco le dita. «Patroclo, sdraiati supino. Elena, sopra».

Preferisco partecipare nelle scene sexy, ma non posso negare la sensualità della situazione. Anche se non sono io a fare sesso, stanno eseguendo i *miei* ordini. Patroclo si sdraia sulla schiena ed Elena gli sale a cavalcioni senza perdere tempo. Sta ancora tremando un po' e lui la afferra per le cosce, tenendola ferma. Si guardano e mi sembra quasi di *vederli* connettersi.

Mi fa incazzare ed eccitare insieme. Immagino che non sia una sorpresa; tutto in questa situazione mi fa lo stesso effetto. Non è forse quella connessione il motivo per cui ho perso il controllo e scopato Elena sul pavimento il giorno dopo aver costretto Patroclo a promettermi di starle alla larga? Non posso cancellare quello che sta nascendo tra loro, ma comincio a capire che *posso* non restarne fuori. «Sfregati sul suo uccello, principessa. Fagli sentire quanto ti ha fatto bagnare».

Appoggia le mani sul petto di Patroclo e ruota i fianchi. La mia sedia è nell'angolazione perfetta per vedere tutto: come sfrega le labbra su tutta la lunghezza del membro e lo stringe nel mezzo. Adesso ci metterebbe un attimo a penetrarla. In effetti… «Elena e io non abbiamo usato protezioni».

Si immobilizzano. Patroclo mi guarda, una ruga in mezzo alle sopracciglia. Non do a nessuno dei due il tempo di parlare. «Non c'è motivo che le usiate voi. Prende la pillola. E tu al momento stai solo con me. Facciamo regolarmente gli esami tutti quanti».

Elena mi lancia un'occhiata penetrante, le belle labbra strette per l'irritazione. «Parla di nuovo al mio posto e ti sventro».

«Promesse, promesse». Non dovrebbero divertirmi tanto le sue minacce, ma l'ultima volta ha finito per venire sul mio uccello. Con quella ricompensa in mente, è difficile lamentarsi. Solo che no, in questo momento non si tratta soltanto di me. Riprendo fiato. Nella stanza c'è odore di sesso e della promessa che continui.

Sempre se non faccio arrabbiare uno dei due con qualche cavolata. Posso farcela. Posso tirare il freno quanto basta per assicurarmi che siamo tutti sulla stessa lunghezza d'onda. «Vuoi usare un preservativo, principessa?». Accenno un sorriso, godendomi il suo sguardo truce in risposta. «O vuoi cavalcare Patroclo e lasciare che ti riempia?».

Diventa di una bella sfumatura rosata e sposta l'attenzione sull'uomo tra le sue cosce. «Anche se avrei voglia di oppormi solo per irritarlo, non sono tipo da darmi la zappa sui piedi». L'attraversa un brivido, i capezzoli inturgiditi sul seno perfetto. «Mi piace l'idea che mi scopi senza protezioni, Patroclo. Mi piace un sacco. Sono d'accordo se lo sei tu».

«Non è una buona idea».

Ho perso il conto delle volte in cui l'ho sentito dire la stessa cosa con lo stesso tono. Protesta per il gusto di farlo. Patroclo vuole andare avanti quanto noi, se non di più. Le mani che le stringono le cosce fremono leggermente. Lotta per mantenere il controllo, per fare la parte di quello razionale, ragionevole.

"'Fanculo".

«Non ci serve un saggio filosofico sul perché. Basta un sì o un no». Una pausa brevissima, do a malapena il tempo al suo cervello geniale di mettersi in moto e farci deragliare. «Dentro è bellissima. Bagnata e stretta. Dimmi che non lo vuoi».

Impreca e so che l'ho in pugno. Lo conferma un secondo dopo. «Lo voglio».

Sì, ma *io* non voglio lasciare spazio a future recriminazioni o più rimorsi del necessario. «Articola il tuo pensiero. Sii esplicito».

Patroclo le accarezza le cosce verso l'alto e poi l'afferra dietro le ginocchia. Se la fa risalire un po' lungo il ventre. «Voglio scoparti senza nulla. Voglio riempirti».

Elena annuisce così in fretta che le ricadono i capelli sulla faccia. «Sì. Sì, andiamo avanti».

La soddisfazione mi inonda. Stanno facendo quello che voglio ed è la cosa più bella del mondo, soprattutto perché so che lo desiderano tantissimo anche loro. Come so che se non avessi insistito si sarebbero fermati. Sono entrambi troppo responsabili. Mi appoggio allo schienale della sedia e mi costringo a rilassarmi il più possibile. «Sai cosa fare, principessa».

Elena chiude il pugno sull'uccello di Patroclo e *il mio* sussulta in risposta. L'accarezza lentamente, il viso nascosto dalla lunga chioma castano chiaro. Vorrei dirle di scostarla, di mostrarmi tutto, ma non ci riesco. Forse è meglio non sapere come lo sta guardando. Mi basta già l'espressione di *lui*, mentre la osserva sollevarsi per sistemarsi il cazzo fra le gambe. Patroclo è sconvolto come la prima volta che abbiamo fatto sesso, sembra in attesa che qualcuno gli dia un pizzicotto e gli dica che è tutto uno scherzo, un inganno, una finta.

A volte mi guarda ancora in quel modo.

Allontano quel pensiero e mi concentro su Elena che scivola a fatica sull'uccello di Patroclo. È più grosso del mio e, anche se lei è già venuta con abbastanza impeto da infradiciare il letto, deve metterci un po' di impegno. «Ti sta allargando tutta, principessa. È piacevole, eh?»

«Sì», ansima. Altri due centimetri spariscono dentro di lei. La gelosia che mi annoda lo stomaco si intensifica. Ha una doppia faccia, una stanza piena di specchi deformanti che riflettono e amplificano: voglio sentire Elena stringersi sul mio membro, voglio sperimentare il quasi dolore del primo, lento affondo dell'uccello di Patroclo. Voglio tutto.

Patroclo cambia presa sui suoi fianchi. «Piano».

«No, niente affatto». Non riesco a addolcire la voce. «Prendilo tutto».

«Ci sto provando, coglione». Ruota di nuovo il bacino e lo accoglie fino alla base. Non appena sono incastrati, tutti e tre espiriamo bruscamente. Elena gli agguanta il petto con le unghie, ma non lo graffia come ha fatto con me. Cazzo, è così delicata che ho voglia di rompere qualcosa.

«Cavalcalo», sbotto. «Prenditi un altro orgasmo».

Stavolta, non mi ringhia contro: obbedisce e basta, muovendosi con una calma quasi goduriosa. È provocante guardare il suo corpo che ondeggia, ma non soddisfa la mia voglia. È troppo intimo, troppo dolce. Da come si guardano, potrei non essere nemmeno qui. Sensazione che peggiora quando Patroclo le sposta indietro i capelli e si solleva per baciarla, tenendole con delicatezza il viso tra le mani.

Okay, no, non è per questo che sono qui.

«Basta così». Si paralizzano entrambi e il senso di colpa che Patroclo ha scritto in faccia è uno schiaffo in pieno volto, più di qualsiasi altra cosa successa qui dentro. Deglutisco e cerco di scacciare l'improvviso dolore che sento nel petto. È solo sesso e io non ho mai rimpianti. Cazzo, *mi rifiuto*. «Patroclo, siediti sul bordo del letto. Principessa, sulle sue ginocchia, girata verso di me».

Stavolta, si muovono più lentamente. Peggiorano il dolore. Nemmeno le tette impeccabili di Elena bastano a combattere la sensazione di essere invisibile. Sono un idiota egoista, mi piace stare al centro dell'attenzione. E... in questo momento non lo sono.

Elena si siede in braccio a Patroclo con le gambe larghe. Se prima mi era piaciuta la visuale sulla penetrazione, adesso è mille volte meglio. Il suo uccello la allarga in maniera quasi oscena; sfrego ruvidamente il mio in risposta. Stavolta, riesce ad accoglierlo con meno difficoltà. Si appoggia al suo petto e allunga un braccio all'indietro per cingergli il collo. «Meglio così, Achille? Non possiamo fingere che tu non ci sia se ci costringi a guardarti in faccia». Abbozza un sorriso. «Qualcuno è un po' insicuro qui?»

«Chiudi il becco».

Patroclo le agguanta i seni, distraendoci tutti e due per un attimo. Elena trasalisce, le ha pizzicato i capezzoli quasi con troppa forza. Mi piace come sussulta di riflesso, cercando la pressione sul clitoride. Patroclo lo sa. Ovvio che lo sa. Sembra riuscire sempre a indovinare di cosa ha bisogno ogni partner. Senza perdere tempo, allunga una mano tra le sue cosce e le sfiora il clitoride. Sono contento che tenga quasi tutta la mano appoggiata sul ventre, lasciandomi la visuale libera.

Anche se non capisco se sta cercando di dimostrarmi qualcosa.

Mi guardano entrambi, mentre Patroclo la eccita una carezza dopo l'altra. Lei continua a ruotare i fianchi in quel modo lento ed eccitante; è palese che non ha alcuna fretta di arrivare a destinazione. Le si mozza il respiro. «Povero Achille. Va meglio così? Adesso puoi vedere quanto mi piace l'uccello di

Patroclo». Piagnucola quando lui cambia movimento. «Vedi quanto gli piace la mia figa».

«Chiudi il becco». Una replica ancora più loffia stavolta, perché mi sto ripetendo; riesco a malapena a parlare nella lussuria che pervade la stanza, talmente intensa che la sento come una violenta forza di gravità sulla pelle. Infilo una mano sotto i pantaloni della tuta e mi afferro l'uccello. Chissà come, peggiora le cose. Perché non sono coinvolto sul serio, anche se sono proprio qui davanti a loro.

Elena sposta gli occhi sul pugno che si muove nei miei pantaloni e si lecca le labbra. Mi irrigidisco, aspetto di vedere se mi lancerà davvero il guanto di sfida. Non dovrei pormi queste domande ormai: se c'è una cosa su cui puoi sempre contare, con Elena, è che spinga tutto all'estremo. Si morde il labbro inferiore. «Vuoi che stia zitta? Vieni qui e fallo come si deve».

Sono già in piedi prima di potermi concentrare su tutti i motivi per cui è un'idea di merda. Se volessi fermarmi, però, chiederei a Patroclo una lista dettagliata. Non voglio fermarmi. «Sembra che tu abbia bisogno di strozzarti con un cazzo».

Inarca un sopracciglio, senza interrompere il ritmo con Patroclo. «Hai una bella faccia tosta a pensare che mi strozzerei con il *tuo*».

«C'è solo un modo per scoprirlo». Non sembro nemmeno io. Guardo Patroclo alle sue spalle. Ha un'aria combattuta, proprio come mi sento io. In passato abbiamo condiviso lo stesso partner, sì, ma sappiamo che non avrebbe senso equipararli a Elena. Era già abbastanza complicato scoparla uno alla volta; farlo insieme sembra una dichiarazione di intenti a cui non sono sicuro che potremo conformarci senza distruggerci.

E non parlo solo di rovinare l'armistizio incerto con Elena. Se finisce male, potrebbe mandare a puttane il nostro rapporto senza rimedio.

Viaggiamo a tutta velocità verso il punto di non ritorno ed è troppo tardi per bloccarci. I miei freni non hanno mai funzionato granché, mi affido sempre alla sua mano più salda e alla sua testa più razionale per evitare l'irreparabile. Ora che è dentro Elena fino alle palle, non c'è modo di appellarci all'unico dio che Patroclo veneri. La logica non ha potere sul desiderio che accende quel rossore sensuale sul suo bel viso.

Mi avvicino, lascio che Elena agganci con le dita l'elastico dei miei pantaloni. Li abbassa quel che serve a liberare l'uccello e mi guarda. Cazzo, è eccitante, ancora di più perché cavalca Patroclo nello stesso momento. Si lecca di nuovo le labbra. «Questo non significa che mi piaci».

Parole che potrebbero ferirmi se non mi stesse fissando come se volesse mangiarmi in un boccone. Non riesco a ridere. Non adesso. «Secondo me non ti dispiaccio per niente, principessa».

Il suo sorriso diventa malizioso. «Forse è perché voglio tantissimo succhiartelo».

Dietro di lei, Patroclo impreca. «Allora smettila di parlare e fallo». Le stringe i capelli nel pugno, con delicatezza, e le spinge piano la testa in avanti. Quasi mi aspetto che Elena gli si rivolti contro, invece si abbandona con trasporto alla sua guida, fino a chiudere le labbra sulla punta del mio cazzo.

Nonostante blateri tanto, spingo in avanti solo un po', le do tutto il tempo e lo spazio per mettersi comoda. Patroclo fa qualcosa con la mano tra le sue cosce che le strappa un gemito e le fa aprire un po' di più la bocca. Rimango immobile e la guardo risucchiarmi. È afrodisiaco, da vedere e da sperimentare, con la sua lingua che lecca la parte inferiore del membro e le labbra che arrivano alla base. «Qualcuno ha insegnato alla principessina a prenderlo tutto», mormoro, la voce arrochita dall'urgenza.

Elena spinge con la testa la mano che Patroclo le tiene tra i capelli e lui le permette di ritrarsi e lasciarmi andare. Mi guarda severa. «Adesso che abbiamo stabilito che riesco a prenderti tutto, piantala di fingere di avere un lato nobile e scopami la bocca seriamente».

17
Patroclo

Fino a questo momento, ho agito per istinto e per desiderio lasciando molto poco spazio alla riflessione. Per la prima volta in vita mia, il richiamo del proibito è troppo forte per ignorarlo. So che più tardi mi pentirò di quest'esperienza, ma l'incantesimo prima di Elena e poi di Elena e Achille insieme è troppo potente. Solo quando lui le affonda le dita tra i capelli, intrecciandole alle mie, e comincia a scoparle la bocca, mi chiedo *lei* che motivi abbia per continuare… e se noi ce ne stiamo approfittando.

Ha detto che ogni tanto diventa irrequieta e impulsiva. Me l'ha confessato ieri notte e di nuovo stamattina. Mi ha chiesto se mi stava bene ed ero così folle di desiderio e dolore e gelosia che ho detto che me ne fregavo. Sì, il suo consenso è stato totale dall'inizio alla fine, ma se i motivi che stanno dietro sono nocivi, basta a fregarsene di tutto?

Maledizione, *ci stiamo* approfittando di lei.

«Levati quell'espressione dalla faccia, Patroclo», sbotta Achille. «Potrai sentirti in colpa dopo. Adesso, sfregale il clitoride finché non viene. Se vuoi darle un orgasmo prima che io le venga sulle tette, farai meglio ad accelerare».

Vorrei dirgli che è un egoista. Fare eco a Elena che prima l'ha chiamato coglione. Dovrei interrompere tutto e rimandare a dopo che avremo parlato, senza nessuno sull'orlo dell'orgasmo o mezzo addormentato o in fuga da demoni interiori che gli altri non possono vedere.

E invece continuo.

Tolgo la mano dal clitoride di Elena. Achille indovina di cosa ho bisogno, come sembra succedere spesso, e si china a prendermi le dita in bocca. Emette un verso sordo leccando gli umori di Elena, ma non interrompe il ritmo instancabile. Riprendo ad accarezzare Elena con le dita bagnate. Lei geme e cerca di continuare a scoparmi, ma è troppo distratta. Intrappolata nel mezzo.

«Achille». Digrigno i denti.

«Sì. Giù». Si sta già inginocchiando, appoggiandosi all'indietro. Cingo la vita di Elena con un braccio e lo seguiamo. Ma certo che lo seguiamo. A volte mi sembra di aver passato tutta la vita a seguire Achille, verso l'inferno o verso un paradiso inesplorato.

Ci mettiamo in ginocchio accanto al letto. In questa posizione affondo ancora di più nella figa stretta di Elena. Non so se credo alla vita dopo la morte, ma la sensazione dev'essere questa: calda, umida perfezione. Non mi meraviglia che Achille abbia perso il senno e l'abbia scopata senza preservativo. È così bello che il cervello mi va in cortocircuito. I miei pensieri tentano di prendere il sopravvento, poi lei ha uno spasmo ed ecco che si sparpagliano in ogni direzione come biglie.

Mi ero a malapena concesso di immaginare come potesse essere il sesso con Elena Kasios, ma la realtà supera ogni mia fantasia.

Mi adeguo al ritmo di Achille senza volerlo. Per quanto provi sentimenti contrastanti nei suoi confronti in questo preciso istante, è il mio sole e non posso resistere alla sua attrazione gravitazionale. Scopiamo Elena insieme mentre io le sfrego il clitoride e poco dopo la sento gemere e tremare. Tuttavia, non le do tregua. Voglio sentirla andare in mille pezzi su di me. Voglio riempirla, come ha ordinato Achille. È così facile addossare a lui, ai suoi ordini, tutta la responsabilità, invece di ammettere che intendo scoprire cosa ha provato con lei, voglio lasciare il segno per non rimanere indietro. È fuggevole, ma adesso è qualcosa di *mio*. È più di quanto credevo possibile.

Elena singhiozza in preda all'orgasmo e quando contrae i muscoli sul mio uccello perdo il controllo. Le lascio i capelli e affondo più volte dentro di lei. Troppo in fretta. Sono troppo violento, cazzo. Non importa: lei si inarca, allarga le gambe per accogliermi ancora meglio. «Elena, io...».

Achille si impadronisce della mia bocca. Mi bacia come se fossi suo, come se *questo* fosse tutto suo. Non sono sicuro che abbia torto. Anche quando era seduto e ci guardava soltanto, la sua presenza occupava l'intero spazio. Nessuno dei due poteva sfuggirgli. Penso che nemmeno lo volessimo. Io di certo non voglio scappare adesso. Vengo con il suo sapore sulla lingua che si mescola a quello di Elena.

Mi dà a malapena il tempo di finire prima di spingerci indietro. Rude. È troppo rude. Ripensandoci, però, sa che ci sono io ad attutire la caduta. Elena mi finisce sul petto e stringerla tra le mie braccia è la cosa più naturale del mondo. La sostengo mentre Achille esce dalla sua bocca e si accarezza il membro una, due, tre volte. Impreca venendo sul seno di Elena a fiotti bruschi. Lei rantola e inarca la schiena, come se quella vista le piacesse.

Achille si appoggia con una mano al materasso dietro di noi e passa un dito sul macello che le ha lasciato sulle tette, girando pigramente attorno a un capezzolo. «La prossima volta...». Prende un respiro spezzato. «La prossima volta, voglio che Patroclo venga sulla tua figa e sulle cosce, e poi ti tromberò con dentro il suo sperma».

Elena emette uno di quei suoi piagnucolii eccitanti. «Stai dando per scontato un sacco di cose», dice dopo un po'.

«No. So cosa voglio. E so cosa vuole Patroclo, anche se non l'ammetterà mai». Si accascia vicino a noi, unendo il respiro affannoso ai nostri. «E comincio a capire anche cosa vuoi tu».

Mi attraversa un brivido quasi di paura. Achille ha lo sguardo di un segugio che ha fiutato la pista. Lo conosco da dodici anni e posso contare sulle dita di una mano il numero di volte in cui l'ho visto così. Una, al centro d'addestramento per entrare nelle forze di sicurezza di Ares. Cercarono di farci rinunciare, non volevano un orfano arrogante e un nerd che preferiva stare con il naso sui libri. Achille aveva già deciso di sopravvivere a qualsiasi cosa gli scatenassero contro e ci riuscì, trascinandomi con sé.

La seconda, quando Atena se l'è accaparrato e me con lui. Era la prima settimana di formazione sotto il suo comando, si buttò sul mio letto e sorrise. *Entro dieci anni sarò il suo vicecomandante.* Ce ne ha messi solo sei.

La terza e ultima volta, quando ha deciso che ciò che voleva davvero era diventare Ares.

Adesso guarda Elena, guarda entrambi allo stesso modo e risucchia tutta l'aria nella stanza. Elena non lo conosce abbastanza da comprendere il pericolo in cui ci troviamo, però si irrigidisce comunque. Lascio che si sciolga dal mio abbraccio per sedersi. «Be', è stato divertente…». Salta in piedi.

O almeno ci prova.

Achille si muove prima che me ne renda conto e le piazza un braccio davanti. Elena ci va a sbattere contro e finisce di nuovo sul mio petto. «Che cazzo?»

«Okay, no, niente fuga precipitosa questa volta. Mettiti lì a sedere, fatti coccolare da Patroclo e goditi i postumi dell'orgasmo».

Per quanto mi piaccia sentire il suo peso sulle ginocchia, per quanto desideri abbracciarla e stringerla a me, Achille ha davvero passato il segno. Prendo un respiro profondo, cerco di non reagire al profumo di loro due e del sesso nella stanza e di mostrarmi calmo e ragionevole. «Achille, lasciala andare. Non puoi costringere la gente a stare dove non vuole».

«E invece posso eccome, perché sono più grosso di lei». Si appoggia al letto e chiude gli occhi, apparentemente rilassato, ma è una menzogna. Ci cascavo anch'io da adolescenti, poi da adulti ho fatto questo gioco con lui innumerevoli volte, con risultati molto piacevoli.

Elena però non ha intenzione di giocare. «Achille».

Apre gli occhi e, per la prima volta da quando è entrato e mi ha beccato con la lingua nella sua figa, sembra furibondo. «No, non ti azzardare a parlarmi come se fossi uno stronzo. Lo sono spesso, ma stavolta no».

«Ma ti prego», mormora, rabbiosa.

«Pregami pure. C'è una prima volta per tutto. Chissà, potrebbe addirittura piacerti».

Anche se non vorrei, sposto con delicatezza Elena sul pavimento in mezzo a noi. L'alternativa è sentirla fremere di collera sulle mie gambe e sono pur sempre umano. Non riuscirei a frenare le reazioni del mio corpo, nonostante abbia appena avuto un orgasmo. Senza il suo peso delizioso addosso, recupero finalmente un po' di lucidità. «*Achille*».

«Non pronunciare il mio nome in quel modo, *Patroclo*. Non può scoparci e poi filarsela senza una parola. Non scapperà finché non avremo parlato. Non stavolta».

Elena si scosta i capelli dalla faccia, ma non tenta di alzarsi e andarsene. «La conversazione non era nei patti, coglione. Volevi solo scoparmi la bocca e venirmi sulle tette. Missione compiuta. Non c'è nulla di cui parlare».

Per quanto odi i modi che ha scelto, Achille non ha tutti i torti. Da qualsiasi prospettiva la si guardi, quel che abbiamo fatto ha complicato la situazione oltre ogni capacità di comprensione. Ho un tale groviglio di sentimenti dentro che riesco a malapena a pensare e Achille ha uno sguardo duro come la selce che mi riempie di brutti presentimenti. Le altre volte in cui lo aveva, il suo obiettivo era ottenere una posizione o superare una sfida esterna. Non mi piace immaginare cosa farà se stavolta è una *persona*.

Forse l'ho interpretato male. Di sicuro. Il sesso mi annebbia le idee. Mi sfrego la faccia con le mani e cerco di riflettere. «Possiamo dare per scontato che non ti ritirerai dal torneo».

«Brillante deduzione, Sherlock», sbotta Elena.

Achille si appoggia al materasso a braccia conserte. «Sei incavolata perché hai appena avuto l'orgasmo più intenso della tua vita e questo ti ferisce nell'orgoglio, o c'è altro?».

Al verso che esce da Elena devo trattenermi con tutte le forze per non allontanarmi un po'. È nuda e più piccola di me, che male potrà mai farmi? In quel momento, sposto la coscia per proteggermi l'uccello. Lei però non sembra accorgersene, è troppo concentrata su Achille. «Non saprei, cosa potrà mai avermi messa di cattivo umore? Mio fratello e mia sorella che mi gettano in pasto agli squali senza nemmeno avvisare? O forse il mio ex che gareggia in questo torneo del cazzo solo per impadronirsi di me, visto che finalmente qualcun altro gli ha dato la conferma che sono un trofeo e niente più? Oh, ci sono! Scommetto che è perché qualcuno mi ha *aggredita* con un *coltello* la scorsa notte. Ti suona familiare?».

Mi assale il senso di colpa, un pugno che mi butterebbe al tappeto se non fossi già a terra. «Merda, non avremmo dovuto farlo».

«Eccolo là», mormora Achille. «Puntuale come al solito».

«Vaffanculo».

Elena si gira verso di me. Ha la bocca arrossata dalla scopata di Achille e i segni sbiaditi delle lacrime sul viso, tuttavia è in ansia *per me*. Mi appoggia una mano esitante sulla guancia, come aspettandosi che la respinga. «Non me ne pento. Sono incazzata e nervosa e confusa, ma non me ne pento. Non è questo il punto. Non vi siete approfittati di me».

Ironico che cerchi di rassicurare *me*, dal momento che sì, ci siamo approfittati di lei, poco ma sicuro. Dèi, siamo i due peggiori figli di puttana dell'Olimpo. «Sei venuta in camera nostra per stare al sicuro e abbiamo colto l'occasione per fare sesso».

Elena inarca un sopracciglio e all'improvviso sembra tornare in sé. «Per favore. Dicevo sul serio ieri notte, ero decisa a sedurti alla prima occasione e *con lui* avevo già scopato». Indica Achille con un pollice. «Semmai sono *io* che mi sono approfittata di *te*».

«Basta con questo inutile rimpallo di colpe». Achille si stiracchia. «Ecco che succede adesso…».

«Oh sì». Elena lo interrompe, la voce strascicata. «Ti prego, illuminaci, intrepido comandante. Come se avessi mai avuto un'idea originale in quella bella testolina. Lo sappiamo tutti che il cervello dell'operazione è Patroclo».

«Ooh, principessa, mi trovi bello. Sono commosso».

«Non farti illusioni». Si esamina le unghie; solo adesso mi accorgo che lo smalto effetto matt ha lo stesso colore della sua pelle. «Sei venuto molto in fretta, Achille. Proprio come l'ultima volta. Sembra un'abitudine e se fossi in te non me ne vanterei».

Lui riapre un occhio per fulminarla. «Dopo due orgasmi stratosferici, mi aspettavo fossi di umore migliore».

«Non hai mica…».

«Porca puttana, la smettete di litigare come una vecchia coppia sposata?». La mia voce è troppo tagliente, come sembra essere tutto in questo momento. Siamo nei guai fino al collo e non possiamo tornare indietro nel tempo e cambiare le cose. Non posso pensare al fatto che un giorno loro saranno davvero una vecchia coppia sposata. «Elena, stai bene? Sul serio, intendo, non lo dici solo per farci sentire meglio?»

«No, non sto bene». Getta i capelli dietro una spalla. «Ma se mi stai chiedendo se mi dilanierò per il rimorso di aver avuto due orgasmi stratosferici con due uomini sexy che mi hanno rivoltata come un calzino… di nuovo, no. A differenza di *qualcun altro*, io so come separare una cosa dall'altra».

«Bugiarda». Achille lo dice quasi con affetto. «Ma la prossima volta che ti servirà una distrazione, siamo qui pronti a dare una mano».

«Molto generoso da parte tua».

«No. Sei una bomba e lo sai». Finalmente apre gli occhi, con un sorriso indolente. «Molto più simpatica quando ti strozzi con il mio uccello, però siamo onesti: quando vieni senza freni, urlando, mi verrebbe da leccarti tutta. Non vedo l'ora che arrivi il secondo round – o il terzo, a conti fatti».

«*Achille*». Quando chiude il becco, sono a un passo dal perdere il senno. Se lei dice che non la turba quanto è successo, allora dovrò crederle sulla parola, ma questo significa che è ora di sbrogliare il resto dei problemi. «Elena, ha ragione lui. Dobbiamo parlare».

«Lo stiamo facendo».

La guardo come merita quell'affermazione. Dèi onnipotenti, in cosa mi sono impelagato? «Se hai deciso di andare fino in fondo, resterai in camera nostra finché non termina il torneo».

«Così puoi fare la guardia al mio *corpo*».

Cerco di ignorare la frecciatina. Però ha ragione: al momento, facciamo schifo come protettori. Sarebbe potuto entrare chiunque mentre facevamo sesso e, anche se Achille è sempre vigile, non posso garantire che avrebbe reagito abbastanza rapidamente in caso di un nuovo attacco. Io no di sicuro, cazzo. «Ieri notte ti ha salvato lui».

«Sì, be', persino un orologio rotto segna l'ora esatta due volte al giorno». Si alza in piedi. Achille fa per muoversi e lei lo ferma con un gesto. «Avete ragione tutti e due, dobbiamo parlare, ma non avrò una conversazione seria mentre sono coperta di fluidi corporei. Vado a farmi una doccia».

Stavolta, nessuno la blocca quando scavalca le gambe di Achille e sparisce in bagno. La porta che si chiude riecheggia innaturalmente forte nel silenzio improvviso. Achille sospira e appoggia la testa al letto. «Be', questo non me l'aspettavo».

«Ah no?». Non che sia del tutto in disaccordo, ma Elena emana un fascino inevitabile. Non durerà per sempre e tuttavia mi attrae in un modo incomprensibile. Forse era destino, anche se non l'avevo previsto. Mi chiedo cos'altro non ho messo in conto. «Achille…».

«Non scusarti». Non mi guarda. «Cazzo, non ti azzardare a scusarti. Non mi importa se ci hai fatto sesso perché volevi ferirmi, o la situazione ti è solo sfuggita di mano. E comunque sono stato io a cominciare. Lei stamattina ne aveva voglia, quindi puoi toglierlo dalla lista dei rimorsi».

«E tu?».

Gira la testa quanto basta a guardarmi. «Cosa ti fa credere che non ne avessi voglia?»

«Non era questa la mia domanda». Aspetta che sia più esplicito e io non trovo le parole. Non voglio. Se gli chiedo a cosa stesse pensando quando la osservava – *ci* osservava – con quell'espressione particolare, mi risponderà sinceramente. Lo so.

Ma forse non sono pronto.

«Giuro sugli dèi, se dici qualche cazzata tipo che è un segno che stiamo per rompere, ti porto sul ring da allenamento e ti ammazzo di botte».

«Puoi provarci», sbotto.

«Già. Finiamo quasi sempre in parità». Accenna un sorriso,

che però sbiadisce troppo in fretta. «So che al momento è un macello, ma non sarà così per sempre. Dopo le sfide, tornerà tutto normale. Anzi, ancora meglio».

È questo il punto, non sarebbe tornato tutto normale nemmeno se non ci fosse stata di mezzo Elena a complicare le cose. Achille e io saremo anche relativamente in alto nella struttura gerarchica sotto Atena, ma siamo comunque due semplici soldati. Alla fine del torneo, lui diventerà *Ares*. Una delle tredici persone più potenti dell'Olimpo. Impossibile tornare alla normalità. Finirà sotto i riflettori con accanto Elena come sua sposa. Per quanto possa amarmi, questo non cambia il fatto che io dovrò rintanarmi nell'ombra.

Ho sempre avuto timore del futuro perché non appena diventerà Ares, lo perderò. Forse non dall'oggi al domani, ma alla fine mi lascerà indietro una volta per tutte.

Questo prima di Elena.

Vederli proseguire *insieme*... Merda, sopporto a malapena il pensiero.

Dirgli tutto questo significa cercare la lite. Lui non vede le cose dalla mia stessa prospettiva, è certissimo di poter sfondare qualsiasi muro e modellare il futuro secondo la sua volontà d'acciaio. Solo il fallimento gli farà ammettere che avevo ragione, almeno su questo. Non mi crederà se gli dico che inevitabilmente le nostre strade si separeranno. Cercherà di lottare per noi due, di tenerci insieme, e alla fine farà solo più male.

Meglio concentrarci sul problema imminente. Un mistero semplice che dobbiamo risolvere. «Elena non si farà da parte e chiunque stia cercando di spaventarla raddoppierà gli sforzi».

Emette un sospiro quasi inudibile, ma non prova a riaffrontare l'argomento iniziale. «Con la prossima sfida passeremo da dodici a cinque. Verrà eliminata».

Vorrei esserne sicuro quanto lui. Elena ci ha sorpresi più volte. Le probabilità non sono in suo favore, ma in fondo non lo sono mai state. «E in caso contrario?».

Scuote la testa. «Impossibile. Dobbiamo solo proteggere il suo bel culetto fino ad allora e poi Zeus verrà a prenderla e la chiuderà in una torre d'avorio fino alla fine dei giochi».

Finalmente, mi alzo in piedi. Non riesco a guardare il letto, la sedia, il pavimento. C'è il ricordo di quello che abbiamo fatto stampato ovunque. Non posso credere che la situazione ci sia sfuggita di mano e allo stesso tempo sembra inevitabile come tutto il resto. «Non deve succedere di nuovo. Tu, io e lei».

Achille, da bastardo qual è, ride. «Certo. Come dici tu».

Non ci crede… e nemmeno io.

18
Elena

Bastano due minuti sotto la doccia perché la realtà mi piombi addosso. Ho fatto sesso con Patroclo *e* Achille. Appoggio la fronte sulle piastrelle fresche della parete e faccio del mio meglio per non venire meno alla parola data e pentirmene. A essere sincera, non si tratta del sesso. È stato straordinario e quando Achille ha smesso di dare ordini e si è unito a noi…

Rabbrividisco.

Ecco, *straordinario* è un eufemismo.

Ma resta il fatto che sono andata *di nuovo* a letto con Achille e lui non mi piace. Credo. Probabilmente. Non molto.

Sospiro. Okay, è ora di essere sincera almeno con me stessa. Posso anche continuare a ripetere che quell'omaccione non mi piace, ma non sembra che sia più così da… Non sono sicura di quando sia avvenuto il gran cambiamento, però è successo. E non è perché sia sensualissimo – anche se lo è. E nemmeno perché ieri sera *mi ha salvato la vita*.

Non posso escludere che sia diventato un po' il mio eroe. In pratica ha sfondato la porta della mia stanza e lottato contro il mio aggressore e, cazzo, quello aveva un coltello. Certo, Achille lavora nelle forze speciali ed è capacissimo di affrontare un singolo avversario, ma non è questo il punto. Non era costretto a farlo. Avrebbe potuto abbandonarmi al mio destino e semplificarsi la vita. Senza di me, spariscono anche un sacco di complicazioni dal suo futuro. E non sarebbe colpa sua, quindi mio fratello non potrebbe intervenire.

C'è chi muore durante questo torneo. L'ha detto anche Bellerofonte. Anche se non eravamo impegnati in una sfida, Perseo avrebbe avuto comunque le mani legate. Al massimo, se la sarebbe potuta prendere con Atena, e in ogni caso Achille non avrebbe subìto conseguenze. Dopotutto, non lo impugnava *lui*, il coltello.

Invece, mi ha abbracciata mentre cercavo di non crollare dopo l'attacco. È stato il momento culminante, il punto in cui dall'odio nei suoi confronti sono precipitata in… non so cosa. Chiunque altro avrebbe usato quell'attimo di debolezza per manipolarmi. *Elena, tesoro, questa è la dimostrazione che non dovresti partecipare. Dovresti tornare al sicuro nel tuo attico e aspettare che qualcun altro venga dichiarato vincitore. Qualcuno più forte di te. Qualcuno che non si è ritrovato inerme di fronte a un unico aggressore.*

Achille non ha usato la mia paura come arma contro di me. Ha parlato a malapena. Si è limitato ad avvolgermi nel suo corpo muscoloso e tenermi stretta a sé finché non ho smesso di tremare. Non mi aspettavo un gesto tenero da lui, anzi, se mi avesse chiesto se volevo un abbraccio, l'avrei mandato affanculo. Ha questa particolarità: sembra tipo da "meglio chiedere perdono che permesso". Ha stabilito che ne avevo bisogno, quindi mi ha presa in braccio e basta.

E non ha nemmeno domandato se mi volessi ritirare. Ha dato per scontato di no, che avevo scelto la mia strada e lui mi rispettava abbastanza da accettare la mia decisione. È una novità per me.

Senza contare che in un certo senso *mi piace* bisticciare con lui. Sono così abituata agli insulti velati di cui senti lo schiaffo solo dopo che trovo sollievo nella volgarità schietta di Achille. Per quanto si irriti, non c'è veleno dietro le sue parole.

"Maledizione". Quell'idiota mi piace.

Mi stacco dalla parete, curvandomi sotto l'acqua bollente. Alla fine, i miei sentimenti non cambiano le cose. Achille vuole quello che voglio io, e ciò significa che siamo forze contrastanti. E lo stesso vale per Patroclo, dal momento che, per quanto mi possa volere, il suo cuore appartiene a quell'affascinante stupido. Il tempo a mia disposizione con lui – con entrambi – è destinato a durare poco.

Lo sapevo fin dall'inizio. In realtà, era un punto a favore. C'è un limite preciso a quanto posso dare. E non vorranno più fare sesso dopo che avrò distrutto il sogno di Achille. A torneo finito, probabilmente non li vedrò mai più, se non in occasioni ufficiali.

Non c'è alcun motivo perché questa consapevolezza faccia male *adesso*.

Prolungare la doccia equivarrebbe a nascondersi, perciò chiudo l'acqua e mi prendo qualche minuto per asciugarmi, spalmarmi la crema e fare la treccia. Mi guardo allo specchio. Ho la faccia di sempre: troppo carina, anche quando cerco di essere naturale, nonostante sia stanca e con delle leggere ombre scure sotto gli occhi. La faccia di una donna che la gente vede come un trofeo, che ha sempre visto come un trofeo. Badano solo alle apparenze, finché quello che c'è sotto non diventa scomodo e a quel punto mi liquidano come la spazzatura del giorno prima. O, peggio, cercano di *cambiarmi*. Già, questo volto mi ha portato solo guai.

Tuttavia, è l'unico che ho.

Sospiro, raddrizzo la schiena ed esco dal bagno. La prima cosa che noto è che qualcuno (probabilmente Patroclo) ha cambiato le lenzuola e rifatto il letto. Il ricordo di cosa l'abbia reso necessario mi colpisce così forte da contrarre tutti i muscoli. Dèi, è stato un bell'orgasmo. E il secondo è stato anche meglio, seppur in modo diverso. Sento un leggero indolenzimento dappertutto dopo quello che abbiamo fatto noi tre e mentirei se dicessi che non desidero ripeterlo.

Ma non sono sicura del *perché*. Per continuare a nascondermi dalla scomoda verità che stavolta ci sono dentro fino al collo? O semplicemente perché desidero due uomini con cui non dovrei mai divertirmi? Nessuna delle due opzioni è particolarmente lusinghiera. Entrambe torneranno a perseguitarmi prima che sia finita.

Achille è probabilmente il mio avversario più forte, anche se gli altri non sono dei posapiano. Lui però vuole diventare Ares quanto me e questo gli dà una marcia in più che non posso permettermi di ignorare. Fare sesso con lui... *Continuare* a fare sesso con lui... è uno sbaglio.

Andare a letto con Patroclo, il suo ragazzo, amante, compagno, comunque vogliano chiamarsi, è come stuzzicare un orso con un bastone appuntito. Sto complicando tutto e se per caso fallisco e Achille ottiene il titolo, significa che sarà mio marito e tutti e due vivranno in stretta relazione con me per il resto dei miei giorni. Definirlo un casino è riduttivo.

Non sono sicura che mi importi. Non abbastanza da fermarmi.

Li trovo seduti al tavolo dell'angolo cottura. Achille indossa ancora i pantaloni della tuta, e uniti al petto nudo mi provocano una reazione fisica che non posso evitare. Ha un fisico irreale e sapere quanto sia bravo a usarlo per far godere il partner... Mi attraversa un leggero brivido. Patroclo ha indossato dei pantaloncini, però è anche lui senza maglietta. Devono essere sempre così al mattino: mezzi nudi e rilassati, pronti a iniziare la giornata con calma, in una tranquillità a me quasi incomprensibile.

La prima cosa che ho fatto dopo il diploma è stata abbandonare l'attico di mio padre e trasferirmi in un appartamento tutto mio. Quello con Zeus non era affatto un ambiente tranquillo e confortante e noi figli l'abbiamo affrontato in maniera diversa. Di solito causando problemi. C'è voluto un bel po' ad abituarmi a vivere da sola e ben presto sono diventata abbastanza gelosa dei miei spazi da avere raramente ospiti per la notte. Persino – soprattutto – i miei partner. Non sono una tipa mattiniera, perciò ho difficoltà a entrare nel personaggio pubblico che interpreto prima di mezzogiorno.

Ho accantonato tale regola solo quando uscivo con Paride e lui me ne ha fatta pentire. Sono bastati pochi giorni a condividere lo stesso letto perché cominciassero i commenti. All'inizio erano abbastanza innocenti. *Sembri stanca, Elena.* Poco dopo, si sono trasformati in critiche. *Forse non dovresti uscire dalla camera da letto senza trucco. Che succede se ti fotografano attraverso una finestra? Penseranno che sei malata.* Ero arrivata al punto di svegliarmi un'ora prima di lui per truccarmi e pettinarmi, in modo da non offrirgli pretesti per attaccarmi.

Paride, ovviamente, si è limitato a trovare altri modi per ferirmi.

Meglio non rimuginare troppo sul fatto che non ho nemmeno *pensato* di mantenere la facciata pubblica con questi due. Achille è il primo che abbia attaccato apertamente al di fuori della mia famiglia e Patroclo fa emergere un mio lato imperdonabilmente dolce di cui avevo dimenticato l'esistenza. In più, non mi hanno mai vista truccata se non quando dovevamo comparire di fronte alle telecamere e nessuno dei due ha fatto un solo commento al riguardo. Non so nemmeno se l'abbiano notato.

L'aroma del caffè mi risveglia i sensi, quindi vado dritta verso la cucina. «Non mi ero resa conto che avessimo la macchinetta del caffè in camera». Sono certa che ci avrei fatto caso, ma è pur vero che sono stata comprensibilmente distratta fin dal mio arrivo qui.

«No, infatti. L'abbiamo chiesta noi perché Achille è un orso senza la sua dose di caffeina mattutina». Patroclo solleva una tazza e noto che ne ha già un'altra davanti a sé. «Panna e zucchero, vero?».

Devio la rotta verso il tavolo e accetto la tazza che mi offre. Come ha fatto a memorizzare come lo prendo? Ieri mattina non era nei paraggi quando l'ho preparato. Lo osservo, poi decido che glielo domanderò un altro giorno. Sorseggio il caffè e sorrido, riluttante. «Perfetto».

«Elena...».

Il lieve piacere dato dal buon caffè scompare. «Lo so. È ora di parlare».

Patroclo lancia un'occhiata ad Achille. Di nuovo, un momento così intimo che mi colpisce. È chiaro che si conoscono da un sacco di tempo: stanno avendo un'intera conversazione senza dire una parola com'è tipico delle coppie. Ignoro la fitta di gelosia. Non è che voglia la stessa cosa con uno dei due, però bramo quel livello di confidenza.

Sfortunatamente, significherebbe abbassare la guardia e l'ultima volta che l'ho fatto sono finita con Paride.

Bevo un altro sorso. È il momento in cui o mi danno il benservito con gentilezza o cercano di convincermi con le cattive a ritirarmi. Il primo lo accetterò. Il secondo? Buona fortuna. Mi siedo sulla terza sedia accanto al tavolo. Ieri sera ce n'erano solo due, quindi uno di loro deve aver portato l'altra stamattina. Un minuscolo gesto premuroso che non dovrebbe commuovermi. Dèi, sono uno straccio.

«Dovremmo continuare a fare sesso».

Patroclo emette un verso strozzato e comincia a tossire; io sono troppo impegnata a guardare Achille, sbalordita. Non ha detto davvero quello che penso, giusto? «Cosa?»

«È stato divertente. Voglio rifarlo». Mi fissa come se mi sfidasse a contraddirlo. «E anche tu».

Protestare sarebbe la decisione più intelligente. Il sesso è stato pazzesco, a dir poco. Dicevo sul serio prima: sono brava a separare i diversi ambiti della vita (grazie, padre), ma persino io non sono sicura che il mio cuore non si affezionerebbe se continuassi ad andare a letto con tutti e due. Forse potrei resistere ad Achille, ma…

Guardo Patroclo di sottecchi. Ha delle macchie rosse in faccia, però sembra respirare di nuovo. «Non te ne aveva già parlato».

«No», sbotta. «Infatti».

Achille si stringe nelle spalle e beve il suo caffè. È bravo a fingere che non gliene freghi nulla, tuttavia una traccia di tensione nelle spalle mi dice che gli importa molto più di quanto voglia ammettere. «Non ne ho bisogno. Patroclo tende a lasciare che il senso di colpa gli impedisca di ottenere ciò che vuole, ovvero piegarti sul tavolo e…».

«*Basta così*, Achille». Poggia la tazza con tanta forza da rovesciarsi un po' di caffè sulla mano. Però non sembra accorgersene. È troppo impegnato a fulminare l'amante con gli occhi. «Cazzo, sembra che non rifletti mai prima di aprire bocca. Ci siamo approfittati di lei e…».

"E basta con questa storia".

So che non è sua intenzione considerarmi debole, una che non può difendersi o prendere decisioni da sola, ma troppa gente ha ignorato le mie parole in passato perché voleva controllarmi. Non penso che ci sia una sola goccia di malizia o manipolazione dietro il suo discorso, eppure resta il fatto che non mi tiene da conto quando si tratta di ciò che penso e sento *io*. «Perché non lo chiedi a me?».

Si interrompe. «Come?»

«Chiedimelo», ripeto. È ostinato, e forse in un altro momento mi divertirò a provocarlo per ottenere una reazione, adesso invece devo mettere dei paletti. O li rispetta e allora possiamo continuare le negoziazioni, oppure finisce tutto qui e subito. Dal momento che non replica subito, insisto. «È facilissimo. Di': "Elena, adesso che si sono dissipati i postumi dell'orgasmo, hai cambiato idea sul fare sesso con noi?". Ora prova tu».

Achille soffoca una risata e Patroclo mi guarda male. Finalmente, scandisce: «Elena, adesso che hai preso un po' le distanze, vorrei scusarmi…».

«No».

«Cosa?».

Scuoto la testa, senza distogliere lo sguardo. «No, non hai il diritto di scusarti e fingere che non sia un'adulta padrona delle proprie azioni. Non ero ubriaca, drogata né in nessun modo incapace di intendere e di volere. Mi avete chiesto entrambi più volte se volessi continuare e ho acconsentito con entusiasmo. Hai davvero intenzione di insistere che non so decidere da sola perché vuoi flagellarti con i sensi di colpa?».

Patroclo mi fissa a bocca aperta. Quell'idiota di Achille si china in avanti e gliela chiude con un dito. Sogghigna. «Non capita spesso che qualcuno lo lasci senza parole».

Aspetto, ma Patroclo continua a guardarmi come se mi fosse spuntata un'altra testa. Non dovrei sentirmi delusa da questa reazione. Pensavo che fosse diverso da chiunque altro avessi incontrato in vita mia, ma a quanto pare no. Si è fatto un'idea di me prima ancora che ci rivedessimo da adulti e preferisce attenersi a quella piuttosto che imparare a conoscermi per come sono veramente.

Cresce l'impulso di alzarmi e andarmene, mettermi al riparo dai sentimenti altrui per un po', ma lo reprimo. O voglio che mi prenda seriamente, oppure no. Se lo voglio, allora devo affrontare questa situazione da persona adulta e gli adulti non scappano solo perché sono a disagio. Cerco di abbozzare un sorriso, anche se la mia voce è ancora troppo tagliente per sembrare scherzosa. «Insomma, se hai così tanta voglia di farti flagellare, sono certa che troveremo del latex e una frusta da qualche parte. Non è il mio genere, però provo tutto almeno una volta».

Achille ride di nuovo. «Te l'avevo detto».

Finalmente, dopo un'eternità, Patroclo solleva la tazza e beve un sorso. Mi osserva come se non mi avesse mai vista prima d'ora. No, non proprio: mi osserva come se gli avessi dato un'informazione nuova su cui rimuginare e stesse rimettendo in ordine le sue supposizioni. Vedremo quanto durerà.

Quando parla, ha un tono quasi normale. «Messaggio ricevuto».

«Grazie». Non sono così ingenua da credergli sulla parola. Persino per uno come lui è facile fingere con la bocca. O, almeno, è quello che mi dico. Al mio cervello va benissimo mantenere un po' di distanza tra me e questi uomini. Il mio cuore, però... fa un piccolo sobbalzo che mi spinge a premere una mano sullo sterno.

Mi giro verso Achille per distrarmi. «Riguardo al tuo suggerimento di fare ancora sesso, la risposta è... dipende».

Ha quel sorriso indolente che mi infuoca tutta mio malgrado. È troppo bello per essere vero. «E da cosa, principessa?»

"Da quanto ho bisogno di sfuggire ai pensieri nella mia testa".

Non è proprio così, giusto? Forse lo era al principio, ma adesso la situazione è più e meno complicata allo stesso tempo. Mi è piaciuto quello che abbiamo fatto. Voglio il bis. Mi rendo anche conto che è una pessima idea e dubito che basterà a fermarmi. Non sono masochista e la mia vita quotidiana offre abbondanti piaceri – almeno in questo periodo. No, c'è qualcosa in loro che mi attrae, un impulso che non so come definire o negare.

Fin dall'inizio del torneo non ho indossato maschere con loro. Hanno visto la vera me, con difetti e tutto. Mi rende euforica e non sono disposta a rinunciarci, quali che siano le loro motivazioni e nonostante sia una battaglia persa in partenza. Inspiro lentamente. «Dipende se la smetterete o no di volermi convincere ad abbandonare la gara». Solo perché Achille ieri sera non si è approfittato della mia momentanea perdita di lucidità, non significa che l'argomento non si ripresenterà. Ormai lo conosco abbastanza da sapere che è cocciuto quanto me.

«No. Prossima domanda».

Sbatto le palpebre. Non ha esitato un secondo. «Che vuol dire, *no*?»

«No. È una parolina, probabilmente non la senti spesso». Ruota piano la testa sulle spalle e fa scrocchiare il collo. «Se non rinunci ti farai male e sarai anche una rottura di palle, ma non significa che voglio vederti distruggere da un altro campione. Perché?». Mi fissa con aria sorprendentemente astuta. «Sei così incerta sui tuoi obiettivi che pensi che *io* possa farti cambiare idea?»

«No, certo che no». È la verità. Anzi, sono più decisa che mai a proseguire.

«Allora qual è il problema? Non importa cosa dico... o faccio». L'ultima parola nasconde così tante insinuazioni da affondare un'intera flotta da guerra.

Non ha tutti i torti, anche se non voglio ammetterlo. Gli viene così facile credere in me che mi risveglia dentro qualcosa di caldo e imperdonabile. Crede davvero che non cambierò idea e che non permetterò a nessuno di convincermi. Si rende conto di che complimento sia? Ma soprattutto, di quanto sia *raro* tra chi mi circonda? «E va bene», scandisco. «Allora immagino che dovremmo continuare».

«Magnifico. Abbiamo deciso». Si volta verso Patroclo. «Vuoi girare in cerchio per un altro paio d'ore o finisci quel caffè e porti Elena a sporcare di nuovo le lenzuola? La prossima sfida inizia domani mattina, abbiamo un sacco di tempo per divertirci prima di andare a riposarci».

Patroclo scuote piano la testa. «Bellerofonte arriva tra dieci minuti. Rimetti in ordine il cervello».

«Lo sai cosa dicono di chi lavora senza divertirsi mai, Patroclo». Non l'ho mai visto così, Achille. Il meraviglioso guerriero. Il cretino irritante. Il dominatore sexy. Ma mai un cucciolo giocherellone. Mi coglie alla sprovvista, soprattutto quando incrocia il mio sguardo e mi fa *l'occhiolino*. «Guarda la principessa. Hai ferito i suoi sentimenti, comportandoti come se averla scopata fosse un peccato».

L'esasperazione sulla faccia di Patroclo è davvero, davvero attraente. Mi fissa stringendosi nelle spalle. «Scusa, Elena. Sta facendo lo scemo».

Nemmeno mi chiedo se dovrei stare al gioco di Achille, lo faccio e basta. Metto su un broncio sensuale. «Ha ragione lui, hai ferito i miei sentimenti, tanto tanto».

«Visto?». Achille annuisce saggiamente, ma ha gli occhi scuri che brillano di allegria. In questo momento è irresistibile e lo sa. «Vuoi provare a indovinare cosa farebbe sentire meglio la nostra principessa?»

«Sono sicuro che stai per dirmelo tu».

«Orgasmi».

«Sì». Annuisco subito. Ignoro nella maniera più assoluta "la nostra principessa". «Tanti, tanti orgasmi».

Patroclo fa un altro di quei sospiri esasperati e sexy. «Dèi, salvatemi, adesso sono in due».

«Ti comporti come se fosse un male». Sono ancora imbronciata e mi sento un po' ridicola, perché mi diverto troppo. Di solito gioco solo con Ermes, Dioniso ed Eros, e con loro non c'è assolutamente nulla di sensuale. Non mi ero mai resa conto che il sesso potesse essere *spassoso*. Do un colpetto con il piede al polpaccio nudo di Patroclo. «Doppio piacere, doppio divertimento».

Achille scoppia a ridere. «Ma sentila. Sa benissimo quello che fa».

«Oh, per la miseria». Bussano e Patroclo si alza. «Comportatevi bene mentre capiamo cosa c'è dietro *l'aggressione serissima* ai danni di Elena di ieri notte». Fa una pausa. «Se ci riuscite, passeremo il resto della giornata nudi a letto».

«Affare fatto», esclamiamo in coro.
Mi metto comoda a bere il mio caffè e non posso evitare di sentirmi più leggera. Dèi, aiutatemi, stare con questi due è molto più piacevole di quanto mi sarei aspettata.

19
Achille

Va tutto in malora non appena Bellerofonte entra nella stanza. Le mani dietro la schiena, punta gli occhi scuri sopra la mia testa. Non promette bene. Lə conosco da anni e diventa esageratamente formale solo quando deve darti brutte notizie. Sospetti confermati non appena dice: «L'aggressore non è più tra noi».

Accanto a me, Elena sussulta, sorpresa. «È morto?»

«No». Bellerofonte scuote la testa. «Stamattina sono venuti a prelevarlo e portarlo in un'altra struttura. Sono intervenuti i gradi superiori della catena di comando, non potevo farci nulla. Sfortunatamente, la mia squadra non è riuscita a ottenere risposte prima di allora. Mi dispiace».

Patroclo appoggia le mani sul tavolo. Vedo già il suo cervellone mettersi in moto. «Chi è venuto a prenderlo?».

Bellerofonte sposta per un secondo lo sguardo su Elena ed esita talmente a lungo che persino io ho già indovinato la risposta prima che la confermi. «Zeus in persona. Dovete capire che avevo le mani legate. Nemmeno Atena sarebbe potuta intervenire».

«Be', è… interessante». Elena è diventata un po' verdognola. «Tenevate quella persona…».

«Qui». Bellerofonte guarda di nuovo in alto. «La proprietà dispone di diverse celle, nel caso di una lite tra campioni. Avevamo deciso che sarebbe stato prudente occuparci noi del responsabile dell'aggressione finché Atena non avesse avuto la possibilità di venire a prenderlo. Invece, si è presentato Zeus».

La libertà con cui ci viene data l'informazione testimonia il nostro passato in comune. Dubito che sarebbe stato lo stesso se fossero stati altri a domandarlo. «A livello logistico, ha senso. Perché lo chiedi, Elena?»

«Così». Ha quello sguardo, come se vedesse al di fuori di questa stanza e riflettesse su pensieri cupi. Per una volta, non mi serve che intervenga Patroclo con le sue osservazioni strategiche per capire che è arrabbiata. Se tenevano qui l'aggressore, significa che suo fratello è venuto nella tenuta stamattina e non si è preso la briga di passare a vedere come stesse lei prima di portarselo via... e assicurarsi che nessuno ottenesse delle risposte.

A volte, quando sono con le mamme di Patroclo, sento un nodo allo stomaco e mi chiedo come avrebbe potuto essere la mia vita se avessi avuto due genitori amorevoli, invece di venire abbandonato sui gradini del tempio come un giocattolo ormai inutile da dare in beneficenza. Polimela e Stenele mi trattano da figlio onorario fin da quando mi hanno conosciuto, uno stronzetto rabbioso di diciotto anni.

Se fosse stato aggredito Patroclo, le madri avrebbero sfondato la porta e sfidato sia Atena sia Zeus per assicurarsi che stesse bene. Se ne sarebbero fregate a chi pestavano i piedi o quali sarebbero state le conseguenze, almeno fino a sincerarsi con i propri occhi che il figlio era sano e salvo.

Zeus ha di certo ricevuto un rapporto sulla salute di Elena; Bellerofonte è ligiə alle regole, l'avrà registrato non appena messo l'aggressore sotto chiave. Pur sapendo che non era ferita, che razza di fratello è uno che nemmeno va a trovarla? Soprattutto visto che lui è libero di andare e venire come vuole.

È molto probabile che i miei genitori (se sono ancora vivi) abbiano più cose in comune con la famiglia sgangherata di Elena che con le mamme di Patroclo. Quando qualcosa me lo fa ricordare, mi aggrappo a quel senso di gratitudine. Però fa comunque schifo che il promemoria sia *Elena* ferita dal disinteresse della famiglia. «Sono certo che ha avuto le sue ragioni», dico dopo un po'. Parole che suonano piatte e sbagliate.

Elena non sorride, non mi guarda nemmeno. È talmente tesa che ho paura vada in mille pezzi. Non mi piace, non mi piace neanche un po'. «Come sempre». Sembra stanca. No, più che stanca: sembra esausta, come quando combatti una battaglia in salita che va avanti da anni.

Provo lo strano impulso di dirle di dare a me spada e scudo per un po', così può riposare, ma mi trattengo. Chi cazzo sono per farle un'offerta simile? Non si fiderebbe; è troppo intelligente, anche se non chiedo nulla in cambio.

Patroclo si acciglia. «Non ha alcun senso. Perché impedire ad Atena di ottenere risposte quando a essere aggredita è stata sua sorella minore? Dobbiamo sapere per chi lavorava il colpevole e come ha fatto a entrare. Anche se l'obiettivo fosse stato un altro campione, se si viene a sapere sia Zeus sia Atena appariranno deboli».

«Non si verrà a sapere. Non da me o i miei». Bellerofonte sposta il peso da un piede all'altro; è ovvio che questa conversazione lə mette a disagio. Preferisce stare dietro le quinte, dove non ha la necessità di interagire con vittime di nessun genere. Elena *non è* una vittima, ma sono comunque notizie di merda da dare a chiunque. Infine, si schiarisce la voce. «Elena, posso assegnarti un paio di guardie per garantire la tua sicurezza».

«Non sarà necessario». Mi alzo lentamente in piedi. «Con tutto il rispetto, Bellerofonte...».

Solleva gli occhi al cielo e si rilassa per la prima volta da quando ha fatto il suo ingresso nella stanza. «Non so perché esordisci così quando stai per dire qualcosa di irrispettoso».

Ignoro l'affermazione, perché è corretta. «Una falla nella sicurezza è il motivo per cui questa persona è arrivata fino in camera di Elena. Da qui in avanti ci pensiamo noi».

«Lavoriamo tutti per Atena».

«Lo so. Non dico che qualcuno nella tua squadra sia infedele, ma finché non avremo più informazioni dobbiamo considerare lo scenario peggiore». Mi stringo nelle spalle. «E poi, i tuoi sono bravi, ma noi siamo comunque meglio».

Patroclo emette un verso strozzato. «Scherza».

«No invece, e lo sappiamo tutti e due». Bellerofonte scuote la testa. «Okay, se sta bene a Elena. Non è compito nostro ficcare il naso in cosa fanno i campioni tra una sfida e l'altra, purché nessuno venga minacciato o messo a disagio».

Elena finalmente si riscuote. «Mi va bene restare qui». Si stringe troppo forte le braccia al busto e non mi piace l'espressione che ha negli occhi. Sembra... in trappola. Di nuovo, emerge quel cazzo di impulso ridicolo – dirle che non ha niente di cui preoccuparsi, che la proteggeremo noi. Ci siamo già offerti di farle da guardie del corpo, ma non basta nemmeno quello a difendere la principessina dalla sua stessa famiglia.

Io però voglio farlo. E non so che pensare di *questo*.

«Se cambi idea fammelo sapere. La seconda sfida comincia domani. Cercate di stare fuori dai guai fino ad allora». Bellerofonte gira sui tacchi e se ne va quasi di corsa.

Mi volto e incrocio lo sguardo di Patroclo. Pare ancora confuso e io scrollo il capo, per dirgli che è ora di lasciar perdere l'argomento. Elena ha l'aria di una che aspetta una martellata dritta in testa, dubito che cercare di capire perché suo fratello si comporti da stronzo l'aiuterebbe a sentirsi meglio.

Ma voglio che si senta meglio.

È mia, dopotutto.

So che non è il caso di dirlo, ma ogni tanto, nella vita, trovo qualcosa o uno scopo che so destinato a me. Di solito non succede con le persone. In effetti, è capitato una volta sola: con Patroclo. Dopo la prima settimana al campo di addestramento di Ares, ho capito che era fatto per me e io per lui, che eravamo entrati l'uno nella vita dell'altro in via permanente.

Ciò che sento con Elena non è lo stesso, ma ci si avvicina. Non l'ho capito davvero finché non ci siamo ritrovati tutti e tre insieme: si incastra tra noi come nessun altro fino a ora. Come se aggiungerla alla nostra coppia possa renderla migliore, qualcosa che non credevo possibile prima del torneo.

So essere paziente per un obiettivo che ne vale la pena, e lei ne vale la pena. Se dico a Elena che è fatta per me, penserà che parlo ancora di Ares e del matrimonio e si incavolerà.

A pensarci bene... è una grande idea. La nostra principessa lavora meglio quando è arrabbiata anziché triste. Devo solo dipingerle un bersaglio adatto verso cui lanciare tutte le emozioni caotiche che cerca di reprimere. Si sentirà meglio dopo averle esorcizzate.

«Sai cos'è che Bellerofonte non ha avuto il coraggio di dire? Cosa pensano tuo fratello e Atena?». Le scocco il mio sorriso più indolente e arrogante. «Dovresti ritirarti».

Elena si irrigidisce, proprio come mi aspettavo. In un battito di ciglia, svanita ogni fragilità e nervosismo, la principessa spaventata scompare e viene sostituita dall'arpia furibonda. I begli occhi d'ambra mi fissano truci. «Prego?»

«Tuo fratello è uno stronzo e ha un solo motivo per non venire a controllare come stai». Incrocio le braccia al petto. «Pensa che se ti impaurisci abbastanza, mollerai».

«No invece».

«Io lo so. Patroclo lo sa. E lo sai anche tu».

Mi fulmina con lo sguardo. «È ovvio che stai cercando di dire qualcosa di geniale, con i tuoi tempi. Illuminaci».

Mi piace quando drizza gli aculei. Molto meglio di quando sembra fatta di vetro ed è sconvolta. Patroclo sposta lo sguardo dall'uno all'altra come se fossimo impazziti. Si può fare affidamento su di lui in caso di problemi da risolvere, ma per il resto lascia che la logica annebbi l'istinto. In questo momento, Elena ha le emozioni sottosopra e non resterà ferma abbastanza a lungo perché lui ci tiri fuori dai casini con una strategia ben congegnata. Non lo ascolterà, se ne starà lì con aria misera, persa e triste per tutto il tempo. Si sentirà meglio una volta ritornata in sé. Allora sì che lei e Patroclo potranno lavorare di genio.

Ma non posso dirlo. Lui non capirebbe. Si sfrega la faccia. «Dobbiamo...».

«No, Patroclo. Achille ha qualcosa da dire. Lascialo parlare». Elena balza in piedi, i suoi occhi praticamente sparano raggi laser. È proprio sexy quando è furiosa. Cazzo. Credo che le sia impossibile essere meno meravigliosa, in qualsiasi circostanza. Ma soprattutto, non ha più l'aria persa.

Adesso non pensa né all'aggressione né alla sua famiglia disastrata. L'unica cosa su cui si concentra è rispondermi a tono. Non sarò un quasi genio come Patroclo, ma so come muovermi sul campo di battaglia ed è esattamente quello che faccio in ogni scambio con Elena.

Accenno un sorriso apposta per provocarla ancora di più. «Stai facendo proprio quello che vogliono, principessa. Questa è solo guerra diversa. La seconda sfida è domani. Intendi passare le prossime dodici ore o giù di lì ossessionata da quel coglione di tuo fratello?».

Apre la bocca ed esita. Riesco a vedere il cervello che si mette in moto. Un'espressione differente da quella di Patroclo, atmosfere simili. Finalmente, prende fiato e si accascia di nuovo sulla sedia. «Pensi che sia tutto un gioco psicologico».

«Cosa sia non lo so, ma non puoi farci niente finché non finisce il torneo e usciamo di qui». La guardo dritto negli occhi. «Sei in gamba. Lo sai che le sfide sono psicologiche quanto fisiche. Non possono costringerti ad andartene, ma possono sabotarti per farti fallire».

Scuote piano la testa, quasi meravigliata. «Gli dèi ti hanno benedetto a piene mani quando ti hanno creato, eh?»

«È quello che cerco di dirti dall'inizio, principessa». Rilascio un po' di tensione. Sembra ancora un animale braccato, però forse il peggio ce lo siamo lasciato alle spalle. Cavoli, si riprende in fretta, eh? O almeno è l'impressione che dà. Elena sembra una persona riflessiva (in questo siamo diversi), quindi non ci parlerà con il cuore in mano. Sarebbe tutto più facile se non sentissi che è mia e quindi *voglio* che spalanchi le porte dietro cui nasconde i suoi pensieri più intimi.

Mi sfrego la faccia con una mano. Sono stressato. Preferivo una vita più semplice, quando la cosa peggiore di cui preoccuparmi era la nuova missione assegnata da Atena e se Patroclo era così distratto da dimenticarsi di mangiare. Lo conosco, non ho mai dubbi su cosa pensi o provi. Riconosco tutti i segnali, imparati in oltre un decennio insieme. Anche se di recente la situazione è un po' cambiata, ma non *così* tanto, in fondo.

Come adesso. Non capisce che cazzo sia successo. Guarda l'una, poi l'altro e scandisce, incerto: «Achille... non ha tutti i torti».

Elena accenna un sorrisetto. «Perché sembri sconvolto?»

«Di solito non è molto perspicace», mormora Patroclo e scuote la testa. «Come possiamo aiutarti, Elena?».

Lei prende in mano la tazza e la fissa come se potesse trovare una risposta nei fondi del caffè. Patroclo e io ci scambiamo un'occhiata di intesa assoluta. Non importa quanto grande sia questo macello: le daremo ciò di cui ha bisogno. Non possiamo controllare la sfida di domattina, ma almeno possiamo offrirle un attimo di respiro. È una bella sensazione, essere sulla stessa lunghezza d'onda, dopo tutti i litigi e le emozioni confuse. Non abbiamo risolto i problemi; non li risolveremo se non dopo il torneo e aver tracciato una rotta nelle sue inevitabili conseguenze.

Nel frattempo…

«Perché?».

Alzo gli occhi e scopro Elena a guardarmi come un puzzle di cui non riesce a incastrare le tessere. Sono tentato di lanciarle un sorriso seducente o darle una risposta idiota, ma se voglio che prenda la situazione seriamente (che *mi* prenda seriamente) il minimo che posso fare è spiegare le mie azioni. Almeno in questo caso. «Non mi piace quello sguardo perso che hai».

Sbatte le palpebre, gli occhioni fissi su di me. «Io… no, Achille, intendo, perché cerchi di farmi sentire meglio? Non vuoi che mi ritiri?».

Domanda complicata. Mi stringo nelle spalle. «Vincerò io e diventerò Ares». Continuo, anche se la vedo stringere le labbra. L'ha chiesto lei. Risponderò sinceramente. «Però i sotterfugi non mi piacciono. Ti sottovalutano e questo mi fa incazzare».

«Ma… *perché*? Perché ti fa incazzare? Non capisco perché sei così gentile con me, va contro i tuoi interessi. Non ha alcun senso. Tu mi odi».

«Elena». Aspetto che mi guardi di nuovo in faccia. «Non ti odio. Mi piaci, polemica e difficile come sei. Sei forte e intelligente e ambiziosa come pochi. Se non ci fossi io, potresti conquistare il titolo di Ares».

Patroclo soffoca una risata. «Dovevi proprio dirlo, vero?». Si gira verso Elena. «Quello che intende è...».

Ma lei non lo guarda. Per una volta, è concentrata solo su di me. «Mi vedi forte».

Parole sommesse che non sono esattamente una domanda; non mi piace il tono di meraviglia. Come se nessuno gliel'avesse mai fatto notare prima d'ora. «*Lo sai* che sei forte. Non hai bisogno di conferme da parte mia».

Mi fissa a lungo, poi accenna l'ombra di un sorriso. «Sì, immagino di sì». Si alza lentamente. «Torniamo a letto».

Patroclo sembra pronto a controbattere, poi si limita a dire: «Prima mangiamo. Il caffè non è abbastanza nutriente, in vista della seconda prova di domani».

«Vado a prendere il cibo». Mi alzo, stiracchiandomi. «Qualche richiesta particolare?».

Lei si stringe nelle spalle. «Quello che trovi disponibile».

Anche Patroclo si tira su. «Ti accompagno fuori». Aspetta a malapena di essere in corridoio prima di rivoltarmisi contro. «Che cazzo ti è venuto in mente?»

«Di che parli?».

Mi guarda come la domanda merita. «Lo sai benissimo. Era sotto shock e l'hai aggredita come fossi un nemico».

«Patroclo». All'improvviso, sono stanco. Stanco che si aspetti il peggio da me. Non fingerò di non meritarmelo, soprattutto dopo gli ultimi due giorni, ma anche se a volte sono distratto, crudele no, quello mai. O almeno non volontariamente. «Stava per entrare in un circolo vizioso e concentrarsi solo su quello stronzo del fratello». Ho una mia opinione personale su Zeus e quel coglione sarà fortunato se non gli tiro un pugno sul faccino perfetto che si ritrova alla prima occasione.

Però la mia rabbia non ha posto in questa battaglia. Anche se sento Elena come mia, *non lo è*. Non sta a me difendere il suo onore.

Per fortuna è ben capace di difendersi da sola, quando si impegna e dimentica di pensare troppo.

Guardo Patroclo dritto negli occhi. «Non è fragile. Cazzo,

non è fatta di cristallo. Sì, negli ultimi giorni l'hanno mandata al tappeto più di una volta, ma ha solo bisogno di essere stuzzicata nella maniera giusta per rialzarsi e mettersi a menare pugni».

«Essere stuzzicata nella maniera giusta». Socchiude gli occhi, una risata arida. «Dèi, a volte fai paura. Lo sai, vero?».

Mi stringo nelle spalle. «Distraila mentre vado a prendere da mangiare. Poi la scopiamo finché nessuno dei tre avrà più energie sufficienti a preoccuparsi di cose fuori dal nostro controllo». Dobbiamo farci una bella dormita, ma la giornata è appena agli inizi e siamo tutti in forma smagliante. Non c'è motivo di non sfogare un po' di energie represse nel modo più piacevole del mondo.

«Achille».

Mi fermo, sul punto di andare via. «Sì?»

«Scusa se ho pensato al peggio». Si passa una mano tra i corti capelli scuri. «Questa situazione mi ha sputtanato la mente».

Non c'è molto che possa rispondere. Anche se brucia, non era del tutto ingiustificata, la sua ipotesi. Siamo immersi nei casini fino al collo e non si risolveranno con il passare del tempo. L'unica opzione che abbiamo è proseguire e affrontare l'esito del torneo. «Nessun problema. Ora va' a badare alla principessa mentre io procuro la colazione».

20
Patroclo

Passiamo il resto della giornata a letto, fermandoci solo per mangiare. Per un accordo muto, nessuno dice più una parola sull'aggressore, Zeus o il torneo. Achille e io facciamo del nostro meglio per offrire a Elena il conforto che è disposta a ricevere; ovvero, orgasmi.

Quella notte, faccio il secondo turno. Mi siedo sulla sedia accanto al letto e li guardo dormire. Elena non si è svegliata quando ci siamo scambiati di posto e Achille è crollato come suo solito in pochi secondi. Le ha cinto la vita con un braccio e poco dopo lei si è rannicchiata contro il suo corpo muscoloso.

Mi premo una mano sul petto. Quando lui vincerà il titolo, dormiranno così. Nonostante i battibecchi, Achille stamattina ha dimostrato di capirla meglio di me. Entro certi limiti, *sente* cosa lei provi.

Non c'è motivo che mi provochi dolore. Il mio stupido cuore le vuole troppo bene e si è donato ad Achille molto tempo fa, eppure, anche se dovesse spezzarsi alla fine di questa storia, almeno ho il conforto agrodolce di sapere che si prenderanno cura l'uno dell'altra.

Sempre che non sia Achille a eliminare Elena dal torneo. Se succederà, non credo abbia molte chance di conquistare presto il suo perdono. In pratica lei ha già ammesso che sarebbe impossibile.

Forse dovrei occuparmene io.

Mi sfrego più forte il petto. Maledizione, non posso. Anche se aiuterebbe lui, non posso fare questo a Elena. Indipendentemente dalle complicazioni dei potenziali risultati, non possiamo prenderla di mira. Lei… si fida di noi. Forse non ciecamente (in fondo, non è stupida), ma abbastanza da offrirci il suo corpo e condividere alcuni lati deboli. Dopo gli ultimi due giorni, non possiamo tradirla e distruggerla.

Quando suona la sveglia, ancora non ho una soluzione. Ci prepariamo quasi in silenzio. Io indosso la tuta da ginnastica – d'altronde, non devo impressionare nessuno. Achille mette una delle uniformi che abbiamo commissionato apposta. Quella di oggi è nero inchiostro e attillata, mette in bella mostra i muscoli e accentua il suo fascino al punto che fa quasi male guardarlo.

Ed Elena?

Ha addosso una tuta intera che la fascia come una seconda pelle e la fa sembrare cosparsa d'olio. A ogni movimento, colori diversi scintillano nella luce fioca. Si è fatta la treccia e l'ha fissata attorno alla testa, formando una sorta di corona. Astuta. L'intero abbigliamento è geniale. La tuta è di una stoffa difficile da afferrare e i capelli non sono più un punto debole che si può agguantare durante una zuffa. Ogni parte di lei… scintilla. Anche il trucco è più accentuato dell'ultima volta: ha un'ombra più scura sugli occhi, prolungata fin quasi alle tempie, un look teatrale che, unito al rossetto nero, restituisce l'immagine di qualcuno che dovrebbe essere in prima linea in un antico esercito, pronto a guidare in battaglia il suo popolo.

Elena sembra una regina guerriera.

La folla non riuscirà a toglierle gli occhi di dosso. In più, adoreranno l'effetto drammatico, soprattutto se offrirà una buona prova.

«Pronta?», domando, teso.

«Che lo sia o no, è ora».

Achille va verso la porta. «Andiamo».

Ci scambiamo un'occhiata e dal momento in cui usciamo teniamo Elena in mezzo a noi, unendoci agli altri campioni che sfilano fuori dall'edificio. Non mi piace come la guarda Paride: nemmeno fosse un trofeo che ha già conquistato. Tecnicamente, sarà anche vero, però mi lascia comunque l'amaro in bocca.

Una volta nell'arena, non riesco a impedirmi di stringere piano una mano a Elena. «Andrà tutto bene».

Mi fa un debole sorriso. «Lo so». Ricambia la stretta, poi mi lascia la mano.

Dopodiché non c'è più tempo per parlare: ci fanno imboccare il corridoio ed entrare nell'arena. La trasformazione che ci troviamo davanti mi sconvolge. Sparito il percorso a ostacoli, al suo posto ci sono muri di varie altezze. A vederli sembrano di cemento, ma non è possibile. Sarebbero troppo pesanti da trasportare qui dentro per formare...

Un labirinto. Ecco cos'è.

È difficile concentrarsi con il clamore onnipresente della folla. Questo suono mi perseguiterà negli incubi. Mi ricorda che ho troppi occhi addosso, che questa sfida cambierà tutto, ancor più della prima. Sono rimasti dodici campioni.

Alla fine della prova, saranno meno della metà.

Lancio un'occhiata a Elena e Achille, dall'altra parte. Entrambi hanno un volto di pietra, ma di certo lo stesso tremore nel petto che sento io. Non ho mai dubitato che Achille avrebbe conquistato il titolo di Ares. E neanche adesso.

Ma a che prezzo...

Potrebbe essere più alto di quanto avrei mai immaginato.

In alto davanti a noi, i riflettori puntano verso il palchetto di Atena. Indossa un tailleur color crema ed è furibonda. Oh, non lo dà a vedere, ma sono stato sotto il suo diretto comando per troppo tempo: riconosco il suo umore. È contrariata quanto noi per il modo in cui sono andate le cose con il potenziale assassino. Soprattutto perché è successo sotto la sua supervisione.

Solleva una mano e la folla si zittisce immediatamente. Poi ingloba i campioni dal primo all'ultimo con un singolo sguardo penetrante. «La seconda sfida inizierà tra poco. Sarete posizionati in punti diversi del labirinto. C'è un'unica porta per uscire, chiusa a chiave. Nel labirinto sono nascoste cinque chiavi. C'è anche un limite di tempo. Potete prendere una sola chiave, se e quando la troverete. Se non ci riuscite entro il tempo massimo, sarete eliminati».

Qui è dove cominciano a infrangersi le alleanze. Cinque chiavi significa che verranno eliminate sette persone, come minimo. Prima dobbiamo *trovarle* e non ci sono garanzie di farcela entro lo scadere del tempo.

Inspiro lentamente e parlo sottovoce, così da farmi sentire solo da Elena e Achille. «Con molte probabilità, le chiavi – o almeno una buona parte – saranno al centro del labirinto».

«Trova l'entrata, trova l'uscita», commenta lui. «Sembra abbastanza semplice».

Elena fa un verso ironico. «Certo. Semplice. A parte gli altri campioni che cercano di fare la stessa cosa».

In fondo alla fila, Bellerofonte si avvicina con dei cappucci neri in mano. Ah, capisco: non ci daranno l'opportunità di memorizzare il percorso. Se ci bendano e ci fanno fare alcune giravolte, ci confonderanno abbastanza da cominciare tutti ad armi pari.

O almeno in teoria.

Bellerofonte mette il primo cappuccio in testa al Minotauro e lo stringe un po'. Poi si sposta al campione accanto.

«Combatteranno e non secondo le regole». Non dico nulla che già non sanno.

Elena scuote la testa, con in faccia il suo sorriso da copertina. «Anch'io». Ci guarda. Per la prima volta da quando siamo saliti sui furgoni, stamattina, sotto la maschera si scorge in parte la donna vera. «Statemi alla larga. Non voglio... Sentite, voi due mi piacete. In un mondo perfetto, non gareggeremmo l'uno contro l'altro, ma questo non è un mondo perfetto e non permetterò alle emozioni di compromettere i miei obiettivi. Quindi, nessun rancore, ma se devo vi passerò sopra per arrivare ad Ares».

Sento un nodo allo stomaco, ma le sue parole non mi sorprendono. Sensazione che peggiora quando Achille scoppia a ridere. «Ci vediamo dall'altra parte, principessa».

Lei ha un sorriso selvaggio. «Ci puoi scommettere».

Ed ecco che Bellerofonte le arriva davanti e le infila il cappuccio. Poi passa a me. Anche se me lo aspetto, mi disorienta perdere l'uso della vista. Il cappuccio è di un materiale impenetrabile e il rumore del pubblico sembra particolarmente forte ora che non sono distratto da ciò che vedo.

Sussulto quando qualcuno mi tocca le spalle. Mi spingono avanti e pur sapendo che siamo a circa sei metri dal labirinto, non riesco a orientarmi. Cerco di tenere a mente ogni svolta e giravolta, ma è una causa persa. E se non ci riesco *io*, dubito che gli altri avranno molto più successo.

Certo, rientra tutto nei parametri previsti.

Le mani sulle mie spalle mi fermano e una voce sommessa mi dice all'orecchio: «Aspetta qui con il cappuccio in testa finché Atena non dà inizio alla prova».

Annuisco e sento che mi lasciano. Perso il contatto fisico, sono ancora più confuso. Il chiasso è incessante e immerso come sono nell'oscurità più totale devo combattere l'impulso di sollevare le mani in un gesto di difesa. Potrebbe esserci chiunque appena fuori dalla mia portata e…

Le acclamazioni si smorzano e la voce calma, familiare di Atena riempie il vuoto. «La seconda sfida comincia adesso. Terminerà tra due ore o quando cinque campioni saranno usciti dal labirinto. Buona fortuna».

Mi sfilo il cappuccio e sbatto le palpebre per difendermi dalle luci accecanti. Le pareti all'interno del labirinto sono alte quanto quelle esterne e tuttavia non nascondono le gradinate più elevate né diversi degli schermi che mostrano i campioni. È impossibile raccogliere abbastanza informazioni. I muri sembrano un'unica macchia grigia. Persino le altezze variabili (per quanto riesco a calcolare, vanno dai tre ai quattro metri) servono solo ad aumentare la sensazione di non sapere dove andare. Gli altri campioni potrebbero essere al di là della parete di fronte a me, o due più avanti, o lontanissimi da qui. Concentrarsi sugli schermi sarà più una distrazione che un vantaggio.

Il percorso in cui sono è relativamente dritto, da un lato porta verso il centro e dall'altro sembra condurre verso il perimetro. Quando facevo ricerche sulle sfide possibili, c'erano anche i labirinti sulla lista. Di solito il consiglio che si dà è scegliere una direzione e seguire sempre lo stesso muro fino all'uscita.

Sfortunatamente, ora non mi sarebbe d'aiuto.

Devo trovare una chiave, prima, e ciò significa addentrarmi nel labirinto, piuttosto che cercare di raggiungere l'esterno. Se conoscessi lo stile in cui è costruito...

C'è un solo modo per scoprirlo. Prendo un profondo respiro e mi dirigo più o meno verso il centro a passo spedito. Abbastanza in fretta da coprire una certa distanza, ma senza correre, per non incappare in un altro campione all'improvviso. Gli unici eliminati saranno quelli ancora dentro allo scadere del tempo, quindi la mossa più furba sarà immobilizzare in qualche modo chiunque incontri. Far perdere i sensi a qualcuno non è facile, quindi devo puntare alle gambe. Le ginocchia sono la scelta migliore.

Purtroppo, gli altri campioni cercheranno di fare lo stesso con me.

Mi faccio strada nel labirinto, seguendo il percorso che ora svolta verso il centro, ora se ne allontana. In base alla struttura dell'arena, è impossibile sapere se sto avanzando o allontanando sempre di più dal mio obiettivo.

La folla strilla e io mi immobilizzo, alzando subito lo sguardo verso gli schermi che scorgo dalla mia posizione attuale. Mostrano tutti Atalanta. Corre come una gazzella, a una velocità che le solleva i capelli come un'onda nella sua scia. Capisco il motivo un attimo dopo, quando il Minotauro arriva di corsa da dietro l'angolo, inseguendola.

«Oh cazzo», mormoro. Ha uno sguardo omicida.

Le è quasi addosso quando gira su sé stessa, si precipita verso una parete e la usa come leva per fare una capriola in aria e tirargli un pugno brutale sulla mascella squadrata. Lo sbatte contro la parete opposta. Tempo che si riprenda e lei è sparita dietro la svolta più vicina.

Rimango a guardare lo schermo per qualche altro secondo, fino ad avere la certezza che gli è sfuggita, e provo uno strano sollievo. Andrebbe a nostro vantaggio se Atalanta fosse eliminata in questa sfida, ma non significa che voglia che le facciano del male. Espiro lentamente e mi costringo a recuperare la concentrazione. Non è il momento di distrarsi. Non devo perdere di vista il traguardo.

Colgo un rapido movimento con la coda dell'occhio, mi giro…

E finisco dritto contro il pugno di Ettore.

21
Elena

Devo passare diversi, lunghi minuti frustranti a vagare nel labirinto infinito prima che il mio cervello ingrani la quinta. Atena ha elencato le regole all'inizio: trovate la chiave, arrivate all'uscita.

Non ha detto nulla su *come* attraversare il labirinto.

Osservo le pareti. Sono alte almeno tre metri e per lo più lisce, senza scanalature o appigli. Però, uno dei potenziali ostacoli per cui mi sono allenata era correre su per un muro verticale. Con abbastanza slancio, potrei farcela. Difficile dire quanto siano spessi, ma ero abituata alla trave. Non possono essere molto più stretti.

Mi ci vuole un po' per trovare una sezione del labirinto con lo spazio necessario a prendere la rincorsa. L'orologio in alto scandisce il conto alla rovescia, ma c'è ancora un sacco di tempo. Da qui vedo solo una parte degli schermi, che mostrano i campioni mentre si barcamenano tra i vicoli ciechi.

Se ce la faccio, mi riprenderanno.

Gli altri seguiranno presto il mio esempio. O almeno ci proveranno, se non sono stupidi. Qualsiasi vantaggio mi dia essere la prima non durerà a lungo, se non mi sbrigo.

Prendo un respiro profondo e mi asciugo i palmi sulla tuta. Ancora non ho visto Achille o Patroclo e non riesco a non preoccuparmi per loro. Se fossero eliminati entrambi a questo round, mi semplificherebbe la vita. *Dovrei* vedere tutto in bianco e nero: cosa mi aiuta a diventare il prossimo Ares e cosa mi è di intralcio.

Però, se vengono eliminati… questa cosa strana che c'è tra noi finisce.

Sono le prime persone che sembrano vedermi per come sono. Una ragazzina viziata, sì. Una principessa cresciuta nella bambagia, soprattutto. Ma anche una donna forte e astuta. Patroclo mi tratta come se avessi un reale valore. Achille dà per scontata la mia forza. Entrambi mi considerano una loro pari.

Mi dà le vertigini. Sarò sciocca, ma non sono pronta a rinunciarvi.

Non c'è tempo di rimuginare adesso. Qualsiasi cosa dica l'orologio, se non raggiungo per prima una di quelle chiavi non passerò alla prossima sfida. Non sono arrivata fino a qui per poi fallire.

Corro verso il muro. È un po' come prendere la rincorsa per il volteggio, solo che al posto dell'attrezzo c'è una parete di tre metri e ho a disposizione un quarto della distanza per prendere velocità. Un ultimo passo e mi slancio in avanti. Su, su, su. Arrivo a malapena a sfiorare la cima, impreco ricadendo verso terra e per poco non atterro di sedere. «*Cazzo*».

Più tentativi faccio, più energia e tempo spreco, e non posso permettermelo. Forse dovrei provare qualcos'altro... Scuoto la testa. No, è la mia opzione migliore. Non ho mai permesso a sciocchezze come un solo ostacolo di mettersi tra me e i miei obiettivi e non comincerò adesso.

Torno indietro e inspiro lentamente. Stavolta ce la farò. Devo farcela. Riesco ad aggrapparmi alla cima del muro e mi concentro sul rafforzare la presa in modo da non ricadere. Fa male. Dèi, fa male. Resisto al dolore e mi tiro su, fino a gettare una gamba dall'altra parte e sollevarmi. In cima, il muro è più o meno spesso come me l'aspettavo: quindici centimetri. C'è tutto lo spazio che mi serve. Se non fosse per i dislivelli, non mi prenderei nemmeno la briga di togliermi le scarpe. Per come stanno le cose, procederò lentamente, ma ho il vantaggio di una visuale migliore rispetto agli altri campioni.

L'improvviso ruggito della folla attorno a me sembra quasi comprimermi fisicamente. È dura ignorarlo, impedirgli di influenzarmi. Mi costringo a prendermi un attimo per osservare il labirinto. È un fottuto casino, i diversi percorsi vanno avanti e indietro apparentemente senza senso. Mi giro con circospezione ed eccolo là.

Il centro.

Posso seguire il percorso a terra sapendo dove devo andare... o prendere la scorciatoia.

C'è più o meno un metro e mezzo tra una parete e l'altra. Non è una distanza da nulla, ma nemmeno troppo ampia per un salto. Il centro è *proprio lì davanti*. Saranno quindici metri. Posso arrivare lì, prendere la chiave e seguire lo stesso percorso fino al perimetro esterno per trovare l'uscita. Anche se le mura hanno altezze diverse, raggiungendo la sezione più alta accanto a me avrò la via libera, credo.

Contro questi avversari, non posso permettermi di essere prudente.

Inoltre, visti i miei trascorsi nella ginnastica artistica, sono adatta più di chiunque altro a riuscire nell'impresa. Un metro e mezzo *è niente* e i quindici centimetri di spessore del muro sono come terreno solido per me. "Posso farcela".

Gli schermi cambiano inquadratura e per tre secondi osservo un altro campione che cerca di arrampicarsi. È parecchio più alto di me e riesce a raggiungere la cima, ma quando fa per spostare oltre la gamba qualcosa va storto. Sussulto vedendolo cadere con un tonfo che posso quasi avvertire fisicamente, anche se non lo sento, la folla fa troppo rumore. «Forse sono *l'unica* che può riuscirci», mormoro.

Non c'è tempo da perdere. Salto sulla parete successiva e poi quella dopo, sfruttando lo slancio. Volo sul labirinto, un balzo dietro l'altro. Mi rendo conto vagamente che adesso molti schermi mostrano me, il che significa che devo sbrigarmi. Anche se nessun altro è in grado di arrampicarsi e usare le pareti come sto facendo io (ed è un grande *se*), sapranno tutti dove mi trovo. Tanto valeva disegnarmi un bersaglio sulla schiena.

Il centro del labirinto non è molto largo, sarà tre metri per tre. In mezzo c'è una trave di acciaio modellata per riprodurre un albero con cinque rami. Da ciascuno di essi pende un passe-partout.

E c'è anche un altro campione. Teseo.

Non mi ha ancora vista, ma gli basta girarsi. Non ho bisogno di eliminarlo, solo di renderlo incapace di muoversi abbastanza a lungo da prendere una chiave e fuggire. Posso arrampicarmi di nuovo su una parete non appena lo metto fuori gioco. Non mi fermo a riflettere su tutto quello che potrebbe andare storto: sfrutto la spinta e una buona dose di forza di gravità per gettarmi su di lui e buttarlo a terra prima che raggiunga l'albero.

Mi sento riverberare l'impatto nelle ossa. Lui è grosso, ma saltare da un'altezza di tre metri non offre un atterraggio morbido. "Non posso fermarmi. Non importa il dolore. Va' avanti". Mi alzo vacillando dalla sua schiena. L'albero è a pochi metri da me, ma ho a malapena il tempo di fare un passo che Teseo mi agguanta una caviglia e mi trascina giù.

Stavolta mi si mozza il respiro. Tuttavia, non mi faccio bloccare da questo. Non con Teseo che mi sale sopra. Se mi inchioda a terra, potrebbe uccidermi sul serio. Di sicuro mi renderà inabile a continuare per assicurarsi che non superi la sfida.

"Vaffanculo".

Sollevo il busto e carico con tutta la forza che ho un pugno diretto alla sua faccia. Basta a malapena a stordirlo, però guadagno qualche centimetro di distanza prima che si riprenda e rafforzi la presa sulla mia gamba. Mi trascina per metà sotto il suo corpo con uno strattone violento. Anche se la mia tuta è fatta per non offrire appigli, non aiuta se lui riesce ad agguantarmi la coscia con una mano sola.

Subentra il panico. Cazzo, sono così *vicina* a ottenere ciò che voglio e quest'uomo minaccia di impedirmelo. «Lasciami». Gli tiro un altro pugno.

Si limita a un mugugno e molla la presa giusto per tirarmi un colpo tremendo al quadricipite. Il dolore mi annebbia la mente, ma non mi bloccherà. Non adesso. Non per colpa sua.

«Combatti una guerra persa in partenza». Emette un verso pericolosamente simile a un ringhio e si solleva per metà. «Sei solo la principessina viziata di papà che gioca a fare la guerriera. Non vincerai».

Non posso ribaltarlo, è troppo grosso e non sono nella posizione giusta. «*Sta' a vedere*». Lo afferro per i capelli rosso scuro e gli infilo le dita negli occhi.

Teseo urla e si ritrae. È sufficiente per scivolare via da sotto il suo corpo. Quando mi alzo, la coscia dolorante minaccia di cedere, ma prendo comunque una chiave e mi metto il cordone al collo. Ogni passo è una fitta lancinante; non posso preoccuparmene ora.

Mi giro in tempo per vedere Teseo che fa leva su una mano e si alza in piedi. Vacilla, come sul punto di cadere, poi ritrova l'equilibrio. "Maledizione". Ha gli occhi arrossati e umidi, ma deve vederci ancora bene, dato che mi fulmina con lo sguardo. Impreca. «Pagherai per questo».

«Levati di torno o ti farò male sul serio». Ci sono due ingressi al centro del labirinto e lui è davanti a quello che mi serve. Se uso l'altro, dovrò di nuovo girare attorno alla parte più interna ed è fuori questione. Conosco abbastanza il mio corpo da sapere che, con la coscia ridotta così, ho i minuti contati. Devo uscire da qui prima che il calo di adrenalina la faccia cedere.

Teseo scuote la testa come un toro pronto a caricare. «Voi Kasios rappresentate tutto quello che non va in questo nido di vipere a forma di città. Non andrai oltre questa prova».

Mi corre un brivido di paura lungo la schiena. Avevo preso in considerazione l'idea che Teseo e i suoi fossero venuti per tentare un colpo di Stato contro i Tredici e, per estensione, l'Olimpo, ma poi l'avevo accantonata. A quanto pare, però, avevo ragione. Sono davvero qui per l'Olimpo. «Non puoi vincere. Anche se diventassi Ares, non puoi vincere».

«Non è di me che devi preoccuparti». Mi si lancia addosso.

Lo schivo all'ultimo momento, abbassandomi e buttandomi di lato. Teseo va a sbattere contro l'albero e rimbalza indietro di un passo; io sto già reagendo: gli tiro un calcio a un ginocchio, di traverso, con tutte le mie forze. Lo schiocco mi annoda lo stomaco e lo guardo collassare di lato con un sussulto.

Dentro di me cresce un desiderio oscuro, nauseante: l'impulso di schiacciare con il piede quel ginocchio un altro paio di volte per assicurarmi che non si rialzi. Resisto alla tentazione. Anche se mi proteggerebbe da *lui*, non andrebbe a mio vantaggio nel lungo periodo. Più resto qui e più probabilità ci sono che arrivi qualcun altro.

Impreco e gli giro attorno. Teseo rantola e mi maledice, ma non cerca di tirarsi su. Non penso che ci riesca. "È sufficiente".

La gamba mi fa un male cane. Adesso o mai più. Prendo fiato, tremando, e corro. Ogni passo minaccia di far cedere la coscia ferita, eppure riesco ad arrampicarmi sul muro al primo tentativo. Stavolta mi isso in cima con più difficoltà e quando riesco a trovare l'equilibrio sto ormai ansimando.

Adesso devo trascinarmi lungo altre due sezioni, fino al punto più alto che riesco a raggiungere. Mi servirà per pianificare la via verso l'uscita. È più facile, il mio equilibrio più stabile, tuttavia faccio attenzione alla mia gamba. Cadere da tre metri sarebbe rovinoso. Figurarsi da quattro…

Meglio non rischiare.

Alzo gli occhi sugli schermi e vedo Atalanta che quasi abbatte il Minotauro con un pugno ben assestato. Mi sfugge un sorriso stanco. «Brava». Non muoio dalla voglia di affrontarla nell'ultima sfida, se ci arriveremo, ma a giudicare dalle poche volte che abbiamo parlato mi piace un sacco.

Recupero la concentrazione e osservo il labirinto dall'alto. Non mi ha seguita nessun altro quassù, però non posso dare per scontato che non ne siano capaci. Devo muovermi. Sfortunatamente, dubito di riuscire a saltare da un muro all'altro come prima. Se mi cede la gamba, una caduta farà più danni di Teseo.

Mi giro leggermente, in cerca dell'uscita. La porta è vicino all'arco da cui siamo entrati, proprio davanti a me, sulla destra. Cerco di controllare il respiro accelerato e calcolo il percorso fino a lì. Ci vorrà di più, ma ho la chiave e devo solo evitare gli altri campioni. Dovrei farcela.

Il clamore della folla cambia. Prima mi sembrava intenso,

ma non è nulla al confronto di quello che scuote adesso l'arena. È *sanguinario*. Mi volto in tempo per vedere Patroclo ed Ettore che si azzuffano.

Trasalisco quando Ettore gli sferra un pugno devastante allo stomaco. Sembra che stiano combattendo da un po'. Hanno entrambi le nocche insanguinate e i bei volti pieni di lividi e graffi, quasi irriconoscibili. Si girano attorno, entrambi instabili sulle gambe.

Sono in forma smagliante, ma Ettore si muove più come Achille... puro istinto. Riesco quasi a vedere il cervello di Patroclo che cerca di pianificare il prossimo colpo, di anticipare l'avversario. Con chiunque altro funzionerebbe, ma non con Ettore. È troppo veloce. Non so come combatta, però ha lavorato per anni sotto Ares prima di passare da Apollo. Ho l'impressione che il tempo trascorso dietro una scrivania non l'abbia ammorbidito per niente.

Patroclo perderà.

Il cuore mi si incastra in gola. Osservo il labirinto, cercando di capire dove siano. Non so se posso aiutarlo, ma devo provarci. Non penso che Ettore gli infliggerebbe danni permanenti; non volontariamente, almeno. Tuttavia, gli incidenti capitano, soprattutto in una rissa, soprattutto quando la posta in gioco è così alta.

"Eccoli".

Non sono lontani da me. Potrei raggiungerli in pochi minuti... però significa andare in direzione opposta all'uscita. Se Patroclo non può vincere contro Ettore, di sicuro nemmeno io. Aiutarlo potrebbe voler dire sacrificare ogni possibilità di superare la seconda prova.

Ettore vibra un pugno tale da far scattare il collo di Patroclo all'indietro. A malapena riesce a evitare di cadere. «No!».

Un urlo frustrato, che sovrasta il rumore della folla, attira la mia attenzione verso Achille che corre lungo un braccio del labirinto. Nella direzione sbagliata.

Non mi fermo a riflettere, grido e basta. «*Achille!*».

Chissà come, mi sente. Si ferma di colpo e alza lo sguardo. Indico nella direzione opposta. «È laggiù!». Un'occhiata fugace basta a stabilire il percorso giusto. «Due svolte a destra. Sinistra. Destra. Tre svolte a sinistra».

Annuisce e riparte, seguendo senza esitare le mie istruzioni. Pochi secondi e arriva veloce come un treno da dietro l'angolo, gettandosi contro Ettore. *Lui* sembra fresco come quando siamo entrati; rilascio un respiro tremante. Se la caverà. Achille baderà a Patroclo. Non permetterà che uccidano il suo ragazzo.

"Grazie agli dèi".

Mi costringo a distogliere lo sguardo. Se la caveranno. Adesso devo occuparmi di me stessa. Non posso fare altro per aiutarli, non hanno più *bisogno* del mio aiuto. Un'ultima occhiata agli schermi, poi mi alzo in piedi e mi avvio verso l'uscita, una svolta dopo l'altra.

È un piccolo miracolo che la mia gamba regga, ogni passo è un'agonia. Scorgo il Minotauro che procede a passi pesanti un po' più in là. Alza gli occhi quando gli passo vicino, mi fulmina per un istante. Mi irrigidisco, ma lui distoglie lo sguardo e si avvia verso le poche curve che lo separano dal centro.

Mi fermo sul muro di fronte alla porta e scendo a terra. Al che la gamba non regge più e crollo. «Ahia».

«Bel lavoro».

Sollevo la testa e mi trovo di fronte Atalanta con un sorriso sul volto sfregiato. Ha una chiave in mano. Le restituisco un sorrisetto stanco. «Potrei dire lo stesso di te».

Apre la bocca, poi rotea gli occhi e cade a terra. Alle sue spalle c'è Paride. Scuote il capo. «Poverina, non se l'aspettava».

Sussulto e il mio corpo reagisce prima che la mente si renda conto che ha fatto perdere i sensi ad Atalanta. Per un attimo, qualcosa di oscuro passa sul volto di Paride: mentre già sono a terra, sta valutando se infierire contro il desiderio di mantenere l'immagine di affascinante playboy che propina all'Olimpo.

Scuote lentamente la testa e si china, togliendo la chiave dalle dita prive di forza di Atalanta. «Ti sei arrampicata sulle pareti, eh? Sapevo che non saresti arrivata fin qui senza barare. Stai rubando la chiave a qualcuno che se la merita davvero. Patetica». Si gira e va verso la porta. Infila la chiave, apre ed esce dal labirinto.

Lo fisso per un secondo, due, tre. *Non ho* barato. Ho risolto il problema in modo non tradizionale, questo non fa di me una debole. Che ironia, proprio lui mi accusa di aver sottratto la chiave a chi la merita... Scuoto con decisione la testa. Maledizione, gli sto permettendo di nuovo di incasinarmi i pensieri. Mi trascino carponi accanto ad Atalanta e la giro sulla schiena.

Apre gli occhi, ansimando. «Figlio di puttana».

Il sollievo mi dà un po' le vertigini. Sta bene. O starà bene. «Mi dispiace». Non posso restare qui e rischiare di fare la stessa fine se qualcuno decide di imitare Paride. Le stringo una spalla e mi scosto. «Mi dispiace. Devo andare».

L'unica cosa che conta è attraversare quella porta e superare la seconda sfida.

Appoggiandomi al muro, mi alzo in piedi. Mi ci vogliono due tentativi per inserire la chiave nella toppa e girarla. Si apre senza far rumore ed esco dal labirinto.

Le acclamazioni della folla sono aumentate di volume? Non posso esserne sicura, ma comunque raddrizzo la schiena e cerco di non zoppicare, per quanto possibile. Bellerofonte è appena oltre la soglia, l'espressione indecifrabile. Indica una panca che non c'era quando abbiamo cominciato. «Aspetta qui, per favore».

Annuisco e vado a sedermi al capo opposto di Paride. Mi sento i suoi occhi addosso e mi rifiuto di girarmi verso di lui, concentrata sugli schermi in alto. Mostrano i campioni. Ce ne sono diversi a terra, con ferite di vario genere. Teseo è ancora al centro del labirinto, appoggiato al muro, si stringe il ginocchio tra le mani. Non vedo Ettore né il Minotauro.

Achille sta trasportando Patroclo quasi di peso e quest'ultimo sembra acciaccato ma vivo – *grazie agli dèi.*

Lotto per nascondere qualsiasi reazione mentre li osservo avanzare lentamente, con il cuore in gola. Siamo a metà del tempo. Devono sbrigarsi se vogliono superare la prova. Premo forte le mani sulle ginocchia, sforzandomi di mantenere un'espressione neutra. Achille abbandonerà Patroclo? Ce la farà almeno uno dei due?

"Coraggio. Potete riuscirci. Sbrigatevi".

22
Achille

«Lasciami qui».

«Smettila di ripeterlo», borbotto. «Usciremo insieme». Prima, ho trovato la porta per caso, quindi ho memorizzato il percorso per arrivarci. Dobbiamo solo trovare il fottuto centro, prendere le chiavi e andarcene. Stringo la presa sulla vita di Patroclo. «Ti ha colpito alle costole?»

«No». Si appoggia pesantemente a me, non capisco se è una bugia o se Ettore l'ha picchiato tanto forte da confonderlo. Ha un labbro spaccato e sono quasi certo che la caviglia sia andata a puttane. Ha anche uno zigomo violaceo e gli occhiali erano a terra in mille pezzi quando ho trovato lui ed Ettore che si azzuffavano.

Meglio che non mi ci soffermi.

Ho capito alla prima occhiata che Patroclo avrebbe perso. E poi Ettore gli ha tirato un gancio che gli ha spinto la testa all'indietro, facendolo crollare al suolo come una marionetta a cui hanno tagliato i fili. Dopodiché, ho smesso di pensare. Il mio unico obiettivo era abbattere Ettore e proteggere l'uomo che amo. Me ne frego se anche lui ha le sue ragioni per partecipare al torneo.

Ettore non vuole diventare Ares. Cerca solo di spianare la strada a quello stronzo del fratello ed è pronto a passare sopra Patroclo per riuscirci. Se Elena non fosse stata in cima alle mura per guidarmi… Non voglio pensare a cosa sarebbe potuto accadere. «'Fanculo».

Gli schermi in alto cambiano inquadratura e la folla impazzisce. Sollevo lo sguardo in tempo per vedere Paride che esce dal labirinto. Quel coglione sembra un principe in blue navy.

Ha l'aria di chi non ha nemmeno un capello fuori posto. Bastardo.

Subito dietro di lui esce Elena.

Zoppica e sorride, ma lo vedo che è furibonda. Emozione ben nascosta negli occhi d'ambra quando si gira e saluta la folla. Una parte di me sperava che la eliminassero in questa sfida, per amore di semplicità, ma non posso reprimere un sussulto di puro orgoglio. Ce l'ha fatta e con intelligenza, per giunta. «Brava la nostra ragazza».

«Achille». Le parole escono un po' confuse, non so se è perché ha battuto la testa o per via del labbro spaccato. «Ti sto rallentando. Sono rimaste solo tre chiavi. Lasciami qui».

«Zitto». Lo trascino una svolta dietro l'altra. Siamo vicini al centro, ne sono certo. Questo labirinto non è troppo complicato quando si va dall'entrata verso l'interno. E infatti, dietro l'angolo successivo c'è il cuore di tutto. In mezzo, una strana struttura metallica che assomiglia a un albero, con due chiavi appese ai rami. «Ne restano solo due».

C'è anche Teseo. Ho visto qualche fotogramma dello scontro con Elena. Gli ha fatto il culo. O, meglio, gli ha fottuto il ginocchio. Se ne sta appoggiato a un muro a occhi chiusi e pallido per il dolore. Sotto l'orlo dei pantaloncini neri, il ginocchio gonfio in maniera grottesca sta diventando di un brutto colore violaceo. Nella migliore delle ipotesi, è lussato. Nella peggiore, ha rotto qualcosa di serio.

"Brava".

Con una lesione del genere è fuori dai giochi, anche se riuscisse in qualche modo a prendere una chiave. Gli giro comunque alla larga. Non c'è motivo di tentare il bastardo ad attaccarci. Alzo gli occhi: abbiamo ancora trenta minuti. Bastano e avanzano se non troviamo ostacoli, ma dobbiamo darci una mossa. Afferro una chiave e metto il cordone al collo di Patroclo. La seconda l'appendo al mio.

«Achille». Patroclo mi afferra la maglia, scuotendomi debolmente. «Piantala di essere così cocciuto».

«Cocciuto sarai tu. Smettila di dirmi di abbandonarti».

Mi guarda male e gli torna un po' di energia in corpo. «Sei

ridicolo. Non diventerò Ares, io. Non è *mai* stato nei piani. Ero qui solo per sostenerti e nemmeno ti servivo». Scrolla la testa e freme. «Lasciami. È la cosa migliore per te».

A questo punto insorge una paura. Non me ne frega niente se sta parlando di questa prova specifica. Non riesco a togliermi dalla mente un possibile futuro in cui mi dice le stesse cose, per davvero. Si comporta come se fossi una stella cometa e lui solo di passaggio, come se fossi io quello ambizioso che lo trascina nella propria scia. Come se non fossimo allo stesso livello. Come se alla fine dovessi lasciarmelo alle spalle per sempre. Come se anche *smettere di combattere al mio fianco* non fosse una cazzo di decisione.

Lo prendo per le spalle. Troppo forte, lo sto stringendo troppo forte. «Ascoltami, Patroclo. Non ti abbandonerò *mai.* Né in questa cazzo di sfida né nella vita. Smettila di fare il martire».

Sussulta. «Non faccio il martire, se è la verità».

Stiamo parlando della prova e di altro allo stesso tempo. Lo fulmino con lo sguardo. «Hai chiuso con me?»

«Cosa?»

«Mi hai sentito. *Hai chiuso con me?*». Mio malgrado, trattengo il respiro, pur con l'adrenalina a mille.

Sbatte le palpebre una, due volte. «No. Non posso... Non sarò io ad andarmene».

Il sollievo mi dà un po' le vertigini, ma non abbiamo il tempo di approfondire. Non qui. Non così. «Allora chiudi il becco e resisti». Mi abbasso e me lo carico in spalla, come un vigile del fuoco. Impreca, fuori di sé, più per la rabbia che per il dolore.

Ripercorro la strada verso l'entrata con tutti i sensi all'erta. Atalanta e il Minotauro sono ancora nei paraggi. Le chiavi sono finite, quindi uno di loro ha l'unica rimasta... sempre che trovi la porta.

Patroclo, nonostante continui a insultarmi senza sosta, almeno ha smesso di dirmi di lasciarlo qui. Ho il fiato corto quando giro l'angolo e vedo finalmente l'uscita. L'orologio in alto segna dieci minuti. Sul filo di lana, ma ce l'abbiamo fatta.

Metto delicatamente a terra Patroclo. «Va' prima tu».

Non protesta, si avvicina alla porta e inserisce la chiave. Attraversa la soglia incespicando e la folla esplode. Lo seguo in fretta. Non appena esco dal labirinto, è come se mi fossi tolto dalle spalle un peso enorme che ho portato per due ore. Sapevo che ce l'avremmo fatta. *Lo sapevo.*

Però in alcuni momenti ne ho dubitato.

Patroclo e io ci avviciniamo alla panca e scorgo Elena. Ha una ruga di preoccupazione in mezzo alle sopracciglia, mentre osserva Patroclo che zoppica verso di lei. Sembra pronta a balzare in piedi, io mi passo un braccio di Patroclo attorno al collo e lo aiuto a proseguire. «Tutto sotto controllo, principessa».

«Stai bene?», bisbiglia. Per un attimo, mi sembra che parli con lui, ma quando abbasso gli occhi i suoi sono fissi su di me. «Non ti ho quasi mai visto sugli schermi mentre ero dentro».

«Diciamo che è stata una delusione. Prima di Ettore non ho incrociato nessun altro». Un nodo allo stomaco al ricordo. Non tendo a rimuginare, eppure non dimenticherò tanto presto l'immagine dell'ultimo colpo andato a segno. Anche se *sapevo* che ci sarebbe voluto più di un brutto gancio per far fuori Patroclo, vederlo cadere è stato un incubo. Deglutisco. «Sto… sto bene».

Aiuto Patroclo a sedersi accanto a lei e mi si scalda il cuore quando gli prende subito la mano. Lui scuote la testa. «Smettila di fissarmi in quel modo. Sto bene».

«Okay, be', hai una faccia di merda». Lo dice quasi con affetto, nonostante sembri in ansia.

Mi accascio dall'altro lato di Patroclo, che si appoggia a me. La preoccupazione mi divora. Non possiamo portarlo da un medico finché non termina la prova. Gli ultimi minuti sembrano durare decenni.

A cinque minuti dalla fine, il Minotauro raggiunge il corridoio di uscita. Ha l'ultima chiave rimasta al collo e carica a testa bassa. Solo per questo non vede Atalanta finché lei non gli è addosso.

Trattengo il fiato mentre gli falcia le gambe con un calcio. È brava, molto brava, ma nonostante l'addestramento palese è malferma sulle gambe. Dev'essere per questo che non si ritrae abbastanza in fretta quando il Minotauro l'afferra e la butta a terra.

«Paride l'ha colpita in testa», mormora Elena. Guarda lo schermo con aria inquieta. «Se prende un'altra botta...».

Non promette bene.

Gli schermi mostrano Atalanta a cavalcioni dell'ampio petto del Minotauro mentre lo prende a gomitate. Sussulto. Fa male di sicuro, però lui ripara la testa con le braccia e sembra aspettare che il fuoco di fila si fermi. L'opportunità giusta gli si presenta quando lei cambia posizione per sottrargli la chiave.

Il Minotauro le dà una gomitata nel fianco. La forza del colpo la butta a terra e contro la parete opposta, le mani premute sullo stomaco. Le ha spezzato una costola, forse più di una.

Mi irrigidisco, vedendolo alzarsi in piedi. Se l'aggredisce, non potrò muovere un dito. In una pausa lunga e densa di significato, riesco quasi a vederlo decidere se ferirla a morte. Poi si gira e raggiunge pesantemente la porta.

Pochi secondi dopo, la spalanca ed esce. Ha un occhio così gonfio dopo il pugno di Atalanta che quasi non si apre, ma per il resto sembra incolume. Suppongo che fosse chiedere troppo, qualche ammaccatura in più prima della prossima sfida.

La folla si azzittisce e un riflettore punta su Atena. «La seconda sfida è conclusa». Accenna un lento sorriso. «Congratulazioni ai campioni che passano alla terza prova: Achille, Patroclo, il Minotauro, Elena e Paride».

L'arena esplode. Sento gli applausi sotto i piedi, mi riverberano fin nelle ossa. Anche se più di tutto voglio uscire da qui e portare Patroclo da un medico, sorrido e saluto con la mano. Elena, accanto a lui dall'altro lato, sta facendo lo stesso.

In questo momento, un po' mi odio.

Perché cazzo sto al gioco quando una delle persone a cui tengo di più su questa Terra è ferita gravemente, al punto da non riuscire a star seduta da sola? Mostra un lato merdoso di me e dei miei obiettivi.

Tuttavia, ora che siamo arrivati a questo punto, dopo aver combattuto così duramente...

Non posso arrendermi. Non è nella mia natura. Mi batterò fino alla fine e posso solo sperare che il prezzo non sia troppo alto per le mie tasche. Prima non ne avevo mai nemmeno concepita la possibilità. Adesso? Ho meno certezze.

E poi, succede tutto molto in fretta.

Bellerofonte e i suoi ci guidano fuori dall'arena. Siamo rimasti così in pochi che entriamo tutti in un furgone solo. Sistemo Patroclo nel mezzo, non mi piace come lo guardano gli altri due – come *ci* guardano.

Paride si appoggia allo schienale del sedile e sogghigna. «Che carini che siete tutti e tre assieme. Non ti stanchi, Achille?». Lo fisso gelido, ma non sembra richiedere una risposta. «Sai, a portarteli tutti e due in spalla?».

Non guardo Elena, per quanto la senta irrigidirsi. «Dev'essere davvero faticosa, Paride».

Socchiude gli occhi. «Che cosa?»

«La ginnastica mentale per fingere di essere migliore di chiunque altro». Scuoto la testa. «Sei un verme infido ed è solo per questo che hai superato la prova. Non credere che non ti abbia visto attaccare Atalanta alle spalle. Era l'unica possibilità che avevi di batterla, non ci saresti mai riuscito in uno scontro leale. Chiunque dei presenti potrebbe metterti al tappeto, incluso Patroclo in queste condizioni. Quindi chiudi quella cazzo di bocca».

Paride arrossisce, ma quando parla dalla sua voce cola ancora quel suo fascino irritante. «Fa tenerezza, il modo in cui aduli Elena». Si piega un po' in avanti, gli occhi accesi di crudeltà. «Non serve sforzarti tanto. Chiamala "sporca puttanella" e si sdraierà con le gambe aperte».

Il mio sussulto di collera viene bloccato dalla mano di Patroclo sul mio petto. Ha la voce bassa e rabbiosa allo stesso tempo. «Parli come uno che aveva qualcosa di inestimabile e ha mandato tutto a puttane».

Lancio uno sguardo a Elena, che è girata verso il finestrino. Mi aspettavo che gli saltasse alla gola dopo un commento del genere. Quando è furibonda non usa certo i guanti di velluto e a me ha tirato uno schiaffo per molto meno. Invece, ha le spalle curve e il linguaggio del suo corpo esprime tensione e fragilità.

"Non è la prima volta che le dice cazzate del genere".

Io me ne frego di quel che pensa la gente di me, escluse poche persone selezionate, però ho notato come a volte Patroclo permetta che certi commenti gli rimbalzino a lungo nella testa, fino a confondere la verità e consumarlo da dentro. Adesso non succede spesso come quando eravamo più giovani, però è la stessa sensazione di allora.

Elena amava Paride. Non lo capisco, ma adesso ne ho la certezza. Lo amava e ha abbassato le sue difese per lui; tanto valeva coccolare un cobra, visto che ha usato la loro intimità contro di lei.

Mi giro di nuovo. Non c'è più pericolo che lo aggredisca, per quanto la rabbia non si sia attenuata. Accenno un lento sorriso. «Mi divertirò un sacco a spaccarti la faccia nella prossima sfida. Stavolta non c'è Ettore a proteggerti, Paride».

Si stringe nelle spalle. «Vedremo, giusto?»

«Sì. Eccome».

Il Minotauro fa un verso derisorio. «Voi quattro e i vostri bisticci da niente. Mi sfinite».

«Allora non ascoltare», sbotto. «Nessuno stava parlando con te».

Il furgone rallenta fino a fermarsi. Paride aspetta a malapena che si apra la portiera e balza a terra. Il Minotauro lo segue con più calma. Quasi mi aspetto che scenda anche Elena, invece si gira verso di noi. Sembra chiusa in sé stessa, e non mi piace. «Ti aiuto con Patroclo».

Nessuno dei due obietta che posso portarlo in braccio senza tanti problemi. È ovvio che ha bisogno di tenersi impegnata dopo le stronzate di Paride e se sta bene a Patroclo, sta bene a me. Lo tiriamo fuori dal furgone con attenzione ed Elena si passa un suo braccio attorno alle spalle. È così bassa che le viene facile e non vacilla nemmeno sotto il suo peso. Non per la prima volta, dimostra di essere forte per essere così minuta.

Ci viene incontro Bellerofonte e osserva tutti e tre. «Il medico vi raggiungerà nella camera di Patroclo».

«Perfetto». Elena si avvia verso l'entrata.

Bellerofonte e io la osserviamo per un momento. Mi parla sottovoce. «L'avrebbero visitato anche se non l'avessi portato fuori in spalla. Probabilmente anche prima».

«Lo so». È così. Eppure, non potevo abbandonarlo, anche se significa che sarà eliminato nella prossima sfida. Non ci riesco.

Bellerofonte mi dà una pacca sulla schiena. «Be', congratulazioni per essere arrivato alla terza prova. Ormai hai la vittoria in tasca».

Accenno un blando sorriso, senza smettere di seguire con gli occhi Elena e Patroclo. Lei zoppica un po' e non credo che sia per il peso. Maledetta donna. Avrebbe dovuto dire qualcosa se è ferita anche lei. Mi avvio dietro di loro. «Le congratulazioni fammele quando mi nomineranno Ares».

«La tua sicurezza mi sorprende sempre. Ricevuto». Ridacchia. «La prossima gara è tra due giorni. Preparati».

«Lo farò», rispondo senza girarmi. Raggiungo in fretta la mia coppia e mi infilo sotto l'altro braccio di Patroclo. «Lo tengo».

«Ce la stavamo cavando benissimo senza di te». Non c'è alcun mordente nel tono. Elena sembra esausta.

«Cosa ti sei fatta alla gamba?».

Un verso esasperato. «Sto bene».

«Stronzate. Una volta in camera il medico visiterà anche te». Non ha altre ferite visibili, ma se assomiglia a Patroclo, potrebbe essere sul punto di dissanguarsi e non direbbe nulla. Quel pensiero mi fa correre brividi freddi lungo la schiena.

Questi due saranno pure tra le persone più intelligenti che abbia mai incontrato, ma manca loro l'istinto di conservazione che gli dèi danno persino ai bambini. Abbandonati a loro stessi, ignorerebbero il proprio corpo e finirebbero per farsi male sul serio.

"Non importa. Se non sapete prendervi cura di voi stessi, lo farò io".

Mi concedo una rapida occhiata al profilo di entrambi. Qualcosa di tenero e affettuoso mi si rimescola nel petto. "E vale per tutti e due".

23
Elena

Nonostante quello che dico a loro due, tempo di arrivare nella camera e la coscia mi fa male da morire. Quasi non me ne accorgo. Tra le parole orribili di Paride che mi vorticano in testa e le evidenti ferite di Patroclo, ho ben altro su cui concentrarmi.

Questo non impedisce ad Achille di costringerci a stare entrambi sul divano e puntarmi un dito contro con aria decisa quando cerco di alzarmi. «Seduta lì e aspetta il medico».

Il suo atteggiamento dovrebbe irritarmi, ma… si sta prendendo cura di me, come Patroclo quando mi ha fermato sul tapis-roulant. È una novità ed è piacevole. Irritante, ma piacevole. Nessuno si è mai preso cura di me. In casa di mio padre mostrare troppo affetto era un modo per incentivare Zeus a darci una severa lezione. L'abbiamo visto succedere mille volte con Ercole e abbiamo imparato bene. Forse troppo bene.

Sposto il dito di Achille dalla mia faccia. «Teseo è riuscito a colpirmi solo alla coscia. È un livido».

«Vedremo», mugugna. Mi sbircia la tuta aderente. «Quella sarà un incubo da togliere. La taglieremo».

«*Achille*».

Ora punta un dito contro Patroclo. «Non cominciare. Riesci a malapena a sollevare le braccia. Taglierò anche la tua maglia».

«Che perverso», mormoro.

«Non ne hai idea».

Patroclo e io ci scambiamo un'occhiata e l'esasperazione che gli leggo negli occhi è così sorprendente che scoppio a ridere. È una bella sensazione, rido di nuovo. «Per gli dèi, Achille, sei una vera gioia».

«Lo so. Bello vedere che l'hai capito, finalmente». Bussano, lui ci lancia un'ultima occhiata severa e va ad aprire. «Fate i bravi, voi due».

Il medico è una donna bassa, rugosa, con la pelle di un bruno non molto scuro, i capelli ingrigiti legati in uno chignon e spessi occhiali squadrati. Fissa subito lo sguardo su di noi. «Lesioni?»

«Io ho un livido sulla coscia».

Patroclo esita, poi sospira. «Faccia. Caviglia». Un'occhiata colpevole verso Achille. «Costole».

«Figlio di puttana».

La dottoressa schiocca le dita verso Achille. «Tu, zitto. O li aiuti a togliersi i vestiti senza commenti o esci».

Lui abbassa subito la testa. «Sissignora».

«Meglio».

Achille prende un paio di forbici in cucina. Sembra un gesto molto più intimo di quel che dovrebbe, averlo seduto vicino, la concentrazione dipinta sul bel viso mentre solleva con cura la stoffa dalla mia pelle e la taglia. Le lame scivolano fredde come l'acqua e pochi minuti dopo mi sta già sfilando la tuta.

È altrettanto prudente con Patroclo, anche se lo guarda in cagnesco per tutto il tempo. «Avresti dovuto dirmelo».

«Ti saresti preoccupato». Una leggera vena di dolore nella voce fa capire quanto stia soffrendo. O forse (spero) è solo il calo di adrenalina. Anche se i lividi fanno un male cane, non significa che abbia nulla di grave.

La preoccupazione mi dà la nausea. «Visiti prima lui».

«Tu sei infortunata in un punto solo. Lui in tanti». La dottoressa palpa e stuzzica la mia coscia, poi si raddrizza. «Un ematoma. Mettici il ghiaccio. Se non fossi al torneo, ti direi di andarci piano per almeno una settimana».

«Non è possibile», esclamo subito.

«Ne sono consapevole». Ha un tono asciutto e serio. «Se la stressi troppo potrebbe cedere, tienilo a mente durante la prossima sfida».

«Grazie».

Dopodiché visita Patroclo e gli fa una serie di domande succinte. Guardo Achille. Non l'ho mai visto tanto ansioso e corrucciato. Ha portato Patroclo in spalla fuori dal labirinto. Se si è rotto le costole... se le sue azioni hanno peggiorato la situazione... Gli leggo questi pensieri negli occhi scuri.

Abbiamo tutti e due il fiato sospeso, finché la dottoressa non termina il suo esame. «Sei fortunato. Non mi pare che ci sia nulla di rotto, però preferirei farti una radiografia al torace, tanto per esserne sicuri».

«Non sono rotte». Patroclo si palpa con circospezione il torso. «Mi è già capitato di spezzarmi le costole e la sensazione era diversa».

Lei sospira. «E va bene, tieniti la tua cocciutaggine. Non posso costringerti a farti controllare».

Achille si inalbera. «Fa' la radiografia».

«Sto *bene*». Patroclo scuote la testa. «Sono esausto e sporco, e voglio farmi una doccia, mangiare e andare a letto. Ma sto bene, Achille. Giuro».

Non ci siamo frequentai abbastanza da adulti per capire se stia mentendo. È una strana presa di coscienza. Abbiamo rapporti stretti da meno di una settimana, eppure sembra molto di più. Almeno finché non ci troviamo di fronte a momenti del genere e diventa palese quanto superficialmente lo conosca.

Eppure, persino Achille lo guarda come se non fosse sicuro della verità. Infine, scuote la testa. «Se scopro che hai mentito, ti prendo a calci in culo».

«Lo so».

Achille sorride educatamente alla dottoressa. «La ringrazio tanto per averli visitati».

«Ghiaccio e riposo». Se ne va senza un'altra parola.

Achille ci fulmina con lo sguardo. «Posso andare a prendere del cibo senza che vi alziate e peggioriate le vostre condizioni? O devo aspettarmi che saltiate dalla finestra per pestare il Minotauro?».

Alzo gli occhi al cielo. «Era una *sfida*. Penso di essermela cavata con poco, dal momento che ho affrontato Teseo».

«Sì, immagino di sì». All'improvviso, sorride. «Ho visto il suo ginocchio. Bel lavoro, principessa».

Arrossisco. È pronto a lodarmi, senza chiedere nulla in cambio. Non lo capisco, però mi piace un sacco. «Grazie».

«Va'». Patroclo si solleva piano piano. Fa male anche solo guardarlo, però si muove meglio di poco fa. Al mattino sarà ben diverso, ma domani è un altro giorno. «E prendi anche un sacco di ghiaccio».

«Certo». Achille gli lancia una lunga occhiata, poi esce.

Patroclo fa un gesto esasperato. «Coraggio. Se quando torna non ci trova seduti buoni buoni ad aspettarlo, la prenderà come una dimostrazione che stiamo peggio di quel che diciamo e farà il diavolo a quattro per un consulto con un altro medico».

Accenno un sorriso senza volerlo. «Gli dèi non vogliano».

«Tu scherzi, ma Achille attiva la modalità mamma-chioccia allo stesso modo di quella da combattimento. Non puoi vincere con lui».

«In un certo senso è carino, non pensi?». Appoggio con precauzione la testa sulla sua spalla. È piacevole. Molto piacevole.

Trattiene una risata. «Sì, immagino che si possa definire "carino"».

Achille rientra meno di dieci minuti dopo. Ci scruta entrambi per un momento e pare soddisfatto. «Be', è un inizio». Posa una scatola gigantesca sul tavolo, piena di borse del ghiaccio e così tanto cibo che non saprei dove metterlo, io. «Mangiamo».

Stare con loro è *facile*. Anche se sono stanca e ferita e il cuore soffre ancora per le parole velenose di Paride, sono più a mio agio con questi due uomini di quanto mi sia mai capitato con altri. Non importa se non sono truccata o tutta in tiro, né devo temere che cerchino di usare le mie parole come arma da scagliarmi contro quando meno me lo aspetto.

È bello. Più che bello. Un lusso che so bene non dovrei permettermi. Sì, abbiamo superato tutti la seconda prova e garantito un attimo di tregua al nostro piccolo trio, ma il risultato finale rimane lo stesso: uno di noi diventerà Ares. Gli altri perderanno un sogno che hanno inseguito per così tanto.

«Elena». La voce di Achille mi strappa ai miei pensieri. Mi sta osservando. «Quello che ha detto Paride nel furgone...».

Un po' del calore che ho nel petto si dissipa. «Non è importante». Mi rifiuto di ammettere che Paride mi spaventa. Apre voragini nella mia autostima, nella mia bolla emotiva, e poi se ne sta lì a guardarmi con quel sorrisetto sulle labbra non appena perdo il controllo e do in escandescenze. Un tempo mi rassicuravo dicendomi che perlomeno erano solo danni emotivi, come se questo li rendesse meno gravi. La verità è che mi ha lasciato traumi a lungo termine, sia mentali sia emotivi. Prendo un respiro profondo. «E nemmeno *lui*».

Patroclo non sembra credermi. «È sbagliato, il modo in cui ti parla».

«Sì, infatti». Gli leggo la domanda in faccia, a tutti e due, e forse per questo rispondo senza che debbano porla. "Perché sei uscita con un uomo come lui?". «Non era così quando ci siamo conosciuti. Era... gentile». L'umiliazione mi manda a fuoco la faccia. Sono stata cresciuta nell'Olimpo, avrei dovuto sapere che non ci si può fidare delle belle apparenze, per quanto impeccabili. Tuttavia, ero così affamata di gentilezza che sono caduta dritta tra le sue braccia. «È andata come la storia della rana nell'acqua bollente. Quando mi sono accorta che mi stava consumando, era quasi troppo tardi».

Achille fa scrocchiare le nocche. «Vuoi che lo prenda a calci in culo al posto tuo?».

Malgrado tutto, sorrido. «Non è necessario. Posso combattere le mie battaglie da sola».

«Grazie per avercelo detto, Elena». Patroclo mi osserva per un attimo, poi dice: «Paride non vincerà. È il concorrente più debole e dopo l'eliminazione di Ettore non ha la minima possibilità».

Vorrei crederci. Il problema è che non avrebbe dovuto superare la seconda prova. Si allena abbastanza da mantenere quello che considera il corpo ideale, ma non è un atleta né un guerriero come gli altri campioni. Non avrebbe mai dovuto attraversare la porta per primo. Quando si tratta di lotta... Probabilmente non vincerebbe in uno scontro leale, però non ne ha mai disputato uno in vita sua. L'agguato teso ad Atalanta lo dimostra in pieno.

«Sbagliate a sottovalutarlo». Li fermo con un gesto della mano, visto che sembrano entrambi sul punto di controbattere. È più facile concentrarsi su questo (il torneo, i campioni) che pensare *al resto*. Senza contare che non abbiamo risposte sull'aggressore né sul perché sia stato sottratto alla giurisdizione di Atena. L'unico in grado di risponderci è Zeus, ma non lo farà volentieri, e non posso battermi su quel fronte se non dopo il torneo. Non mi aspetto che sarò contenta di ciò che scoprirò. Succede di rado, quando si tratta di cose che la mia famiglia preferisce tenere nascoste.

E per il resto? Il futuro in cui questa relazione sperimentale che c'è tra me, Achille e Patroclo finisce in cenere? Non sopporto nemmeno il pensiero.

Più facile concentrarsi sulle minacce immediate. «E poi, non è che mi debba preoccupare solo di lui. Anche se Paride non è un avversario degno di questo nome (e in realtà lo è, o non sarebbe ancora qui), nessuno può negare che il Minotauro sia pericoloso».

«Ci penseremo noi». Patroclo parla con sicurezza, come se avesse già un piano preciso. Come se la vita non ti prendesse a calci nei denti quando meno te l'aspetti. Come se non fosse lui stesso per metà fuori dei giochi dopo le botte prese da Ettore. «Non hai niente di cui preoccuparti. Non vinceranno né Paride né il Minotauro».

«Già, è quello che continuano a dire tutti». Scuoto lentamente la testa. «Sapete cosa ha detto mio fratello per confortarmi quando mi ha venduta per cementificare una potenziale alleanza futura? Che se il nuovo Ares mi farà del male, lo ucciderà».

Achille si fa scuro in volto. «Temerario, in bocca a Zeus, ma che c'è di male?».

Mi esce una risata spezzata. «Significa dare per scontate un sacco di cose senza nessuna base. Ares non ha bisogno *di me* come moglie per tenersi il titolo. Chissà come, l'idea di essere vendicata non mi fa sentire meglio come dovrebbe. Pensandoci bene, però, non l'ha detto per quello. Voleva solo placare ciò che resta della sua coscienza atrofizzata». O, peggio, calmarmi e convincermi a immolarmi. Questo però non posso dirlo ad alta voce. Troppe informazioni, persino con loro due.

Achille inarca le sopracciglia. «Non so di che ti preoccupi, principessa. Sarò io il prossimo Ares e anche se mi piacciono le scopate con schiaffi, solletico e bisticci, le accetto solo se tutte le persone coinvolte lo apprezzano. Sei al sicuro con me».

Lo fisso, sbalordita per un secondo. Gli sembra una consolazione? Sono disposta ad ammettere che Achille è il candidato migliore del gruppo, ma se vince lui significa che ho fallito. Significa che passerò il resto della vita secondo le regole della moglie che sostiene il marito, sempre al di fuori del cerchio più interno del potere, il *trofeo*.

Mi accascio sulla sedia di fronte a lui, improvvisamente esausta. Non posso permettermi di dimenticare che in realtà loro non sono miei alleati. Non fino in fondo. Anche se proteggono il mio corpo e mi fanno raggiungere un piacere che non avrei mai potuto immaginare... Non ha importanza. Siamo avversari.

Dèi, non dovrebbe fare così male. «Non è confortante come pensi, non ci va nemmeno vicino».

«Achille fa le cose a modo suo». Patroclo si stringe nelle spalle. «Siamo onesti, tra i possibili vincitori è l'opzione migliore».

Rizzo il pelo. Non mi viene nemmeno in mente di mitigare la mia reazione. Non con loro. «*Io* sono l'opzione migliore».

Achille fa quel sorrisetto arrogante di chi vuole assecondarmi. «Davvero, principessa? Hai avuto a che fare con un sacco di soldati e operazioni di sicurezza lassù, nell'attico regale in cui vivi?». Sarà anche una domanda velenosa, ma capisco che non è sua intenzione essere crudele.

Ha persino ragione, almeno in questo. Non ho alcuna esperienza con i soldati. Sono sempre stata circondata dai servizi di sicurezza, ma tendono a rendersi invisibili o, dietro mie insistenze, a tenersi a una distanza tale che mi dimentico della loro presenza. Mi sono iscritta al torneo pronta a imparare da zero i doveri che competono ad Ares; sono intelligente, ambiziosa e non ho paura di giocare sporco. Posso capire come funziona tutto il resto un po' alla volta.

Alzo il mento. «Imparo in fretta».

«Già, come pensavo». Sorride. «Senti, Elena, sei una tosta per davvero. Nessuno dice il contrario. Hai fatto il culo a tutti in entrambe le sfide e se non ci fossi io avresti una buona possibilità di diventare Ares. Rimane però il fatto che non sei qualificata per quel titolo».

Cazzo, sono stufa della gente che mi sottovaluta. Sì, conosco solo le basi della difesa dal punto di vista del cliente, non significa che non abbia la preparazione necessaria al ruolo. Questi due sono astuti e ambiziosi, mi prendono sul serio e *comunque* non capiscono. Non c'è alcuna ragione di sentirmi ferita. Nessun altro vede la vera me né capisce di cosa sono capace. Perché Achille e Patroclo dovrebbero essere un'eccezione?

In realtà, va a mio vantaggio. Anche se brucia, essere sottovalutata ha sempre giocato a mio favore. Adesso è il momento di tenere la bocca chiusa e lasciar credere loro di sapere qualcosa più di me.

Però non ci riesco. «Sbagliato. Non sono io quella nei guai fino al collo, se diventa Ares». Mi allungo a picchiettare con un dito sul petto di Achille. «Sei tu».

«Tu credi?». Il suo sogghigno sembra addirittura allargarsi. «Illuminami».

"Stai scoprendo le carte". Ignoro la vocina nella mia testa e gli rispondo con lo stesso tono. «Forse non giocherò ai soldatini, ma una cosa che conosco, e anche bene, è la politica. Puoi forse dire lo stesso?»

«Imparo in fretta». Mi rinfaccia le mie stesse parole e indica Patroclo con un pollice. «E lui è un genio. Siamo a posto».

«Che dolci». Tuttavia, anche Patroclo ne sembra convinto. Come fa a sottovalutare la politica olimpica? Okay, non ci si è mai cimentato, ma da quanto ne so le sue madri erano particolarmente spietate, da giovani. Si vocifera che Stenele fosse la favorita per il ruolo di Afrodite e tuttavia, quando noi eravamo piccoli, lei e Polimela sono uscite di scena, portandosi via Patroclo. È chiaro che l'abbiano deciso per proteggere la loro famiglia.

"Che effetto farà, essere amati fino a quel punto?".

Allontano quel pensiero. «Non puoi *imparare* la politica come qualsiasi altra abilità. Non è così che funziona».

«Se lo dici tu».

Qualcosa di simile alla preoccupazione mette radici dentro di me. Vincerò io, devo credere che vincerò io. Ma in caso contrario... Se Achille riesce ad aggiudicarsi il titolo ed entra nel nido di vipere in cui sono cresciuta, si farà male. Potrebbe finire *morto*. «Grazie alla barriera, in vita nostra non abbiamo mai dovuto affrontare un'invasione esterna».

«Dove vuoi arrivare?»

«*Nessuno* è qualificato per difendere la città, non se parliamo di esperienza reale. Ares è praticamente un baby-sitter e serve ad assicurarsi che i bisticci fra i Tredici e i loro collaboratori più vicini non sfuggano di mano. Le sue responsabilità contano meno degli alleati e dei nemici tra cui devi barcamenarti».

Achille si stringe nelle spalle. «Sono comunque più adatto di te».

Inarco le sopracciglia, cercando di impedire a quella strana ansia di aumentare. Come può essere così testardo da non voler vedere l'abisso che gli si apre davanti? Ma soprattutto, come fa *Patroclo* a ignorare il pericolo? Devo costringerli a capire, nel caso si verifichi il peggio. Non sopporto l'idea che accada loro qualcosa di male. «Ma davvero? Allora sono sicura che sai dirmi perché l'ultima Afrodite se l'è presa tanto con la figlia di Demetra».

Patroclo sembra perplesso. «Lo sanno tutti che ha cercato di uccidere Psiche. È finito in televisione, Elena».

«Tutti sanno che è successo, sì. Sapete *perché*?»

«Perché Psiche scopava con Eros e Afrodite non condivide

con nessuno i suoi giocattoli», risponde Achille, indolente. «Prossima domanda».

«Sbagliato. L'ha fatto perché Demetra l'ha scavalcata per mettere Psiche al primo posto come nuova Era». E sarebbe stata anche la persona adatta, ma so bene che non posso dirlo a mio fratello *né* a Eros. Metto le mani sui fianchi. «Sapete con chi dei Tredici va a letto Poseidone e come questo influenza le sue alleanze?»

«Io non...».

Non mi fermo. «E che mi dite degli obiettivi di Ermes, o siete così ingenui da credere che metta zizzania solo per divertimento? Sapete rintracciare tutti i contatti di Demetra con gli altri Tredici? Vi alleerete con lei o le starete alla larga? Entrambe le decisioni hanno delle conseguenze. Siete pronti ad affrontarle?».

Achille fa spallucce, Patroclo invece mi guarda come se non mi avesse mai vista prima d'ora. *Finalmente*, comincia a capire. «La nostra strategia si è concentrata solo sul lato pratico», commenta.

«Esatto». Una voce nella mia testa sussurra che noi tre saremmo una squadra imbattibile; la ignoro. Achille punta ad Ares e anch'io. Questo ci mette l'uno contro l'altra, per quanto si sia preso cura di me alla sua peculiare maniera, per quanto dolce sia Patroclo e per quanto a me piaccia il sesso con tutti e due. Alla fine del torneo, cosa lui provi nei miei confronti non conta: nell'ultima sfida non si tratterrà. L'unica cosa che conta è il suo obiettivo finale. Immagino che possa definirsi quasi un complimento. Mi si stringe il cuore all'idea di affrontarlo di qui a due giorni.

Tutto ciò significa che non posso fidarmi a fondo di nessuno dei due. Non importa se desidero il contrario. «Anche una *principessina* deve imparare a nuotare nelle acque infestate dagli squali. Le informazioni sono pericolose quanto una pistola, soprattutto nelle mani giuste. I Tredici vi mangeranno entrambi a colazione».

24
Patroclo

Ho sottovalutato Elena. Di nuovo. Osservo il fuoco nei suoi occhi d'ambra e devo modificare ogni percorso futuro che avessi immaginato. Di nuovo. I nostri piani originari sono andati all'aria dopo averla incontrata e adesso i pezzi che stavo lentamente rimettendo insieme saltano tutti via. Di nuovo.

Abbiamo bisogno di lei.

Non perché ci piaccia il sesso. Non perché è destinata a diventare la moglie di Ares, ovvero di Achille. Non perché *piace* parecchio a tutti e due in modi diversi.

Abbiamo bisogno di Elena perché sa cose che semplificheranno l'ingresso nei Tredici e permetteranno ad Achille di evitare potenziali trappole. Per quanto intelligente io sia, non posso inventare ciò che non so.

Non so nulla delle cose di cui ha appena parlato lei.

Oh, erano tutti al corrente del tentativo di Afrodite di uccidere Psiche, ma sembrava mossa dalla gelosia e dalla volontà di tenerla alla larga dal figlio. Non avevo idea che c'entrasse Demetra. O che dovessero interessarmi le abitudini di Poseidone in camera da letto. O che Ermes fosse ben più di una creatura a cui piace mettere zizzania. O di tutto il resto.

«Capiremo come fare», esclamo infine. Ho male al petto e vorrei che fosse per i pugni di Ettore, ma è una sensazione che va molto più in profondità del dolore fisico.

«Non prima di mettervi nei guai». Elena scuote lentamente la testa. «Imparare come funziona il sistema di sicurezza è una passeggiata rispetto a quel covo di serpi. A parti invertite, potreste dire lo stesso?».

No, non possiamo.

Achille è un genio quando si tratta di combattere, di anticipare le mosse dell'avversario e assicurare la vittoria a sé stesso e alla sua squadra. Questa è una battaglia diversa, che non ha mai affrontato finora. E nemmeno io, anche se le mie mamme vengono da famiglie che hanno cospirato a lungo per i titoli disponibili fra i Tredici. Penso che partecipassero a intrighi molto più ambiziosi prima che ce ne andassimo dal centro della città, io però ho avuto una vita decisamente normale. Non come Achille; la sua ambizione è così grande che non penso l'Olimpo stesso riesca a contenerla. Di certo non come Elena, lei stessa una guerriera.

Abbiamo bisogno di lei.

"Sicuro che non lo dici per i tuoi fini?".

Ignoro quella voce, come faccio da quando ci siamo parlati la notte dell'iscrizione. Non importa cosa provi io: la logica e i dati di fatto comandano sul resto e in questo momento indicano tutti un'unica direzione.

Dato di fatto: Achille vincerà il torneo e diventerà il nuovo Ares.

Dato di fatto: sposare Elena è un inevitabile effetto collaterale di tale conclusione.

Dato di fatto: né Achille né io ci siamo mai mossi nei circoli interni dei Tredici, tranne quello di Atena, che tratta i suoi in maniera particolare rispetto agli altri.

Dato di fatto: Elena agisce con successo in quegli stessi circoli fin dalla nascita.

Conclusione: non basta che Achille la sposi una volta diventato Ares. Abbiamo bisogno che stia dalla nostra parte e sia disposta a lasciarci usare le sue conoscenze. Detto così, sembra abbastanza semplice. Sembra *logica* e niente affatto una decisione impulsiva presa perché non sopporto l'idea che quello che c'è fra noi tre finisca nel giro di pochi giorni. Posso prendermela quanto voglio con Achille e i suoi sguardi intensi, ma i miei sentimenti non sono meno complessi… o irrazionali. È confortante affidarsi di nuovo alla strategia, averla a sostegno di un risultato che egoisticamente desidero anch'io, e *lo sostiene* veramente.

Nessuna nuova informazione. Non c'è niente di nuovo in quello che ci siamo detti girandoci attorno negli ultimi giorni. Per quanto ne discutiamo, alla fine restano i fatti e *quelli* non cambiano mai.

Non usciremo da questa situazione a parole né con la razionalità.

Non... non so quale sia la soluzione.

«Patroclo». Achille mi dà un colpetto sulla fronte, riportandomi al presente. Mi stanno fissando entrambi, lui perplesso, lei assorta. Mi dà un altro colpetto. «Per adesso credo che basti».

È sempre più lucido di me quando il tempo è un fattore fondamentale. Non si lascia frenare dall'esame degli scenari possibili e l'analisi dei dati prima di scegliere una direzione. Agisce d'istinto, per così dire. Vorrei protestare, dirgli che non è l'approccio di cui abbiamo bisogno, troppe cose possono andare storte, poi vedo il sorriso appena accennato di Elena. «Ha ragione. È stata una lunga giornata. Andiamo a letto».

Mi spingono verso la porta con una naturalezza disarmante, Elena sostenendomi con un mio braccio attorno al collo, Achille che ci guarda le spalle pochi passi più indietro. Il tutto senza dire una parola. Scuoto la testa. È sbagliato. Dovremmo proteggere Elena, non prenderci cura di me perché sono stato così stupido da fare a pugni con Ettore durante la seconda prova.

Buffo: nel corso di questa giornata mi sono dimenticato che ero geloso del futuro che ci attende. Abbassando gli occhi su Elena, aspetto che quel sentimento si risvegli con prepotenza, invece sento solo una strana contentezza accompagnata dallo stress generale e dal dolore che pulsa a tempo con il mio cuore. Non so bene come metabolizzare tutto ciò.

Appena arrivati in camera, Achille dice: «Spogliatevi».

Elena inarca un sopracciglio perfetto. «Ma quanto siamo presuntuosi».

Lui si aggrappa allo stipite, perfettamente a proprio agio, come se non stesse dando spettacolo per il suo pubblico di due persone. «Mi sta benissimo rimboccarvi le coperte e stare di guardia, se potete dirmi sinceramente che non resterete svegli al buio a fissare il soffitto e stressarvi a morte». Sposta l'attenzione su di me. «Ce la fai, o stavi mentendo con la brava dottoressa?»

«Non mentivo». Non mi sono rotto niente, ne sono certo. Fa un male cane e sarò coperto di lividi per un po', ma sto bene. Ho subìto ferite peggiori in passato, anche se al momento mi sento come se fossi passato sotto un camion.

Elena incrocia le braccia al petto e lancia uno sguardo verso Achille. «Non c'è niente di male a usare il cervello. Dovresti provarci, ogni tanto».

Sorride. «No, grazie, quello lo lascio a voi. Io penserò a darvi una scrollata quando cominciate a impazzire».

«Forse non hai tutti i torti». Un sorriso agli angoli delle labbra, però scuote la testa. «Ma siamo su fronti opposti. Continuare a fare sesso a questo punto è…».

«Una grande idea del cazzo. La battuta era volontaria». Sospira e rilassa le braccia. «Eravamo avversari ieri notte e di nuovo oggi durante la prova. Non è cambiato nulla. Mi tratterai in modo diverso nell'ultima perché hai fatto due salti sul mio uccello?»

«Assolutamente no».

«Bene. Nemmeno io. Assodato ciò…». Si china e abbassa la voce, che diventa più profonda. «Togliti i vestiti, principessa. Sono invidioso da morire di Patroclo che ti ha assaggiato quella bella fighetta. Tocca a me».

Elena sbatte le palpebre. «Uhm».

«Achille». Tento di nuovo di fermarlo. «Stai facendo il prepotente».

«Dimmi che sei messo troppo male per volerla». Mi inchioda con lo sguardo. «Cazzo, dimmi che non la vuoi».

È già tutto abbastanza complicato, senza che mi ci aggrovigli ancora di più dal lato emotivo. Ed è esattamente questo che succederà. Ho a malapena affrontato le implicazioni del futuro, di come sia cambiato da quando abbiamo incontrato Elena… da quando ci siamo andati a letto. Come faccio ad accettare che Achille prosegua senza di me se continua a insistere che partecipi? «Le mie ferite non sono così gravi, però nemmeno mi lascio governare dal desiderio, io».

«Dovresti provarci. È divertente».

«Come fai a pensare *a divertirti* in un momento del genere?». Ma ce l'ha detto cos'ha in mente, no? Non è un gesto avventato; si sta prendendo cura di noi alla sua maniera. È un uomo d'azione e ha ragione: io spenderei le prossime ore a rimuginare su tutto, a rivivere gli eventi della giornata e a chiedermi cosa avrei potuto fare diversamente, guardare al futuro e preoccuparmi di ciò che ha in serbo.

Da sempre usa il sesso per aiutarmi a uscire dalle spirali mentali. E funziona.

Ora fa lo stesso con Elena.

All'inizio l'idea di me e lei insieme lo disturbava, invece ora che è coinvolto ha messo da parte ogni rimostranza. Ora si è immaginato chissà che futuro per noi tre. Se fossi più coraggioso, gli chiederei che cosa ha in mente, ma non sono sicuro di essere pronto a quale che sia la risposta.

Achille si stringe nelle spalle. «Avete entrambi bisogno di dormire. Un paio di orgasmi vi aiuteranno. Io sono più che disponibile a fornirveli».

Sarebbe irritante, se non fosse anche tipico di Achille. È in grado di vedere le sfumature, ma preferisce il bianco e nero. Ciò che lo avvicina ai suoi obiettivi e può mettere in pratica subito contro letteralmente tutto il resto, di cui non gliene frega niente.

Secondo lui, non possiamo fare nulla fino alla prossima sfida. Elena è con noi, quindi ovviamente la terremo al sicuro. Ci farà addormentare con il sesso e poi si metterà di guardia fino a domattina, se non mi sbaglio di grosso. Sospiro. «Hai gareggiato anche tu oggi. Sarai esausto».

«Come se non mi conoscessi. Ho una resistenza eccellente». Fa un cenno del capo a Elena. «Sei ancora vestita».

«Per te è davvero così semplice, vero?». Sembra quasi ammirata. «Ti ho detto che sono brava a creare compartimenti stagni, ma qui siamo su tutt'altro livello».

«Ooh, principessa, ti stai innamorando di me?».

Arrossisce un po', pur scuotendo la testa. «Assolutamente no. Non mi piaci nemmeno».

«Bugiarda. Ti piaccio un sacco». Si spoglia in fretta. Sto con quest'uomo da quasi metà della mia vita, eppure ancora mi si mozza il fiato alla vista della pelle bruno chiaro, alla promessa del suo corpo forte. È un modello di perfezione, fin da quando ne ho memoria. A diciotto anni, io ero goffo e incerto nel mio corpo. Achille non è mai parso avere quel problema. Ha sempre saputo chi è e quale sia il suo destino.

La vetta.

Ci aggira e va ad aprire l'acqua nella doccia. Bastano pochi secondi perché nuvolette di vapore aleggino nella nostra direzione. Gli volto le spalle. Devo farlo: guardare Achille sotto la doccia è uno dei miei vizi preferiti. Se non riprendo subito il controllo, tra un secondo sarò nudo con lui sotto il getto d'acqua. *Non è* il momento opportuno. Devo ricordarmelo. Devo…

Elena mi appoggia le mani sul petto con molta attenzione. Scorgo nei suoi occhi un velo di fragilità, ma per il resto non sembra sconvolta da Achille che si comporta… da Achille. «Fa sempre così, vero?»

«Sì».

Accenna un sorriso. «Avrai la pressione a mille. Tu sei così razionale e lui così… sé stesso».

«Non devi accettare per forza», esclamo. «Nulla. È prepotente, però rispetta i "no"». È uno dei molti aspetti che amo di lui. Anche se nella vita è disposto a travolgere ogni ostacolo che si presenti sulla sua strada invece di trovare il modo di aggirarlo, in camera da letto si assicura sempre che le persone coinvolte si divertano. Non appena qualcuno è a disagio, ferma tutto.

«Lo so». Sorride dolcemente e si solleva sulla punta dei piedi per darmi un bacio altrettanto dolce sulle labbra. «Però, come hai detto tu, si sta prendendo cura di noi a modo suo, giusto?».

Achille ed Elena sono diversissimi da me. Io non capisco

come battaglie e sesso possano confortare più che spingere verso una soluzione. Non voglio dire che non mi piacciono gli scambi animati con Achille, soprattutto quando lo eccitano e finiscono con del sesso particolarmente focoso. E non posso negare che riesca sempre a bloccare i pensieri fuori controllo. Tuttavia, fare l'amore non risolve né semplifica nulla. È solo una toppa, un cerotto, una deviazione momentanea.

Trovare una soluzione... quello porterebbe a un sollievo duraturo.

Forse c'è spazio per entrambe le cose, per permettere a ciascuno di soddisfare i propri bisogni differenti. Elena sembra già più salda sulle gambe e rinvigorita. Annuisco lentamente. «Già, si prende cura di noi a modo suo». Lo sta facendo proprio adesso.

Mi tira per la maglia. «Vieni a giocare con noi, Patroclo. Faremo piano. Una volta stanchi, potrai dirci tutto quello su cui stai rimuginando».

Mi tenta molto, ma non importa cosa dicono loro: il sesso cambia le cose. Ha *già* cambiato tutto. Voglio credere che cascheremo tutti in piedi, alla fine. Voglio crederci con tutto me stesso, sono tentato di ignorare ogni prova del contrario. «Finirà solo con cuori spezzati. O lui conquista il titolo di Ares e distrugge i tuoi sogni, o vinci tu e distruggi i suoi. O vince qualcun altro e vi manda in mille pezzi entrambi». Doppiamente in pezzi, perché se vincesse Achille o Elena almeno ci sarebbe una piccola probabilità di sistemare questo casino e ottenere il futuro che all'improvviso desidero più di tutto: noi tre insieme.

Non succederà, se Elena sposa un altro.

«Patroclo...». Mi bacia di nuovo e stavolta indugia per un po'. «Possiamo continuare a preoccuparci del futuro e arrovellarci finché non abbiamo voglia di torcerci il collo a vicenda. Non cambierà il risultato della prossima sfida né quello che succederà dopo. Oppure... possiamo seguire l'esempio di Achille e goderci il tempo che ci resta insieme».

«Ma...».

«Se vuoi possiamo discuterne dopo». Parla con le labbra

sulle mie. «Quando la vita è un susseguirsi di brutte situazioni, impari ad afferrare il piacere e la gioia quando puoi. Sono stanca e scossa, e parecchio dolorante. Forse mi sbaglio, ma credo che tu sia in una condizione simile, per motivi diversi».

Sobbalzo. «Cosa te lo fa pensare?»

«Chiamala la voce dell'esperienza». Si scosta per guardarmi. «Non so che stia succedendo tra voi due, ma se c'entro io, mi dispiace». Si mordicchia il labbro inferiore. «E mi rendo anche conto che sono prepotente quanto lui. Quindi se non vuoi, va bene».

Se non voglio?

Per poco non scoppio a ridere alla sola idea. Certo che voglio. Non è così semplice – vedo qualcosa che desidero e allungo la mano per prenderla. Tuttavia… forse lo è? Forse, solo per questa volta, posso gettare le conseguenze alle ortiche e vedere che succede?

Se siamo tutti destinati alla rovina, allora perché non seguire il loro suggerimento e prendermi quel po' di piacere e di gioia che posso, ovunque li trovi?

«Elena».

«Sì?»

«Dopo…». Perché è così difficile dirlo? Mi schiarisco la voce e ci riprovo. «Dopo parlerò di cosa mi preoccupa, ma solo se prometti di fare altrettanto».

Quasi mi aspetto che risponda con una risata o che si affretti a promettere senza alcuna intenzione di mantenere la parola. Ci conosciamo da abbastanza tempo, ho capito che Elena non si apre con nessuno. È ben diversa dalla bambina che conoscevo, dalla facciata pubblica che adotta con altri. E tuttavia, non sono così ingenuo da credere che ci dica tutto. È troppo intelligente, troppo smaliziata per esporsi fino a quel punto.

Accenna un sorriso che è come un pugno nello stomaco. «Non so se lo vuoi davvero. Sono un disastro».

«I tuoi disastri mi piacciono». È la verità. Troppo pura. Troppo sincera.

Esita, ma alla fine annuisce. «Mostrami i tuoi e io ti mostrerò i miei».

«Affare fatto». Accenno anch'io un sorriso. «Adesso spogliati».

25
Achille

Quando Elena e Patroclo mi raggiungono sotto la doccia, ho recuperato l'autocontrollo. Non ho l'abitudine di mentire a me stesso, sarebbe inutile. Sarebbe solo un ostacolo tra me e ciò che voglio ottenere, quindi accetto qualsiasi nuova informazione nel momento in cui si presenta e mi adatto.

Terminare la seconda prova ha solidificato dentro di me la sensazione emersa ieri mattina, la certezza che il destino di Elena è trasformare la nostra coppia in un trio. Ha fatto il culo a tutti durante la prova e me ne frego se finire tutti e tre in finale complica ulteriormente la situazione. Significa che avremo più tempo da passare insieme prima di vedercela con Ares.

Mi piace averla qui. Mi piace *lei*. Sì, ha ragione sulla politica e questo ha solo rafforzato la mia convinzione che siamo fatti per essere una squadra invece di lottare l'uno contro l'altro. Elena sarà un'alleata spettacolare. È furba ed esperta e conosce meglio di noi ogni aspetto di questo nuovo campo di battaglia. In più, cazzo se mi è piaciuto vederla costringerci a ingoiare il rospo della sua conoscenza. Non c'è nulla di più sexy della competenza, e quella donna ne possiede a vagonate.

Riesco a vedere con chiarezza un futuro matrimoniale. Le lunghe serate indolenti con lei e Patroclo a elaborare strategie, finché io non mi stanco delle chiacchiere e li trascino in camera da letto. Le feste irritanti allietate dallo spettacolo di Elena che gira qua e là, una regina in oro e diamanti, una guerriera di parole e intrighi velati. Patroclo e io la mattina presto, impegnati nel nostro solito allenamento, con Elena che si sveglia in tempo per un caffè e una veloce colazione insieme prima di cominciare la giornata.

Sembra quasi vero. Dobbiamo solo raggiungerlo.

Sussiste il problema che lei voglia diventare Ares, ma le passerà. Non sembra tipo da rimuginare su come dovrebbe essere la realtà se può adattarsi a com'è veramente. Forse guadagnarsi il suo perdono richiederà tempo, ma conosco già i suoi punti deboli.

Devo solo provocarla abbastanza da metterci a litigare e finire a letto. Se lo facciamo abbastanza spesso, alla fine salteremo il litigio per passare dritti al sesso. Non vedo perché dovrebbe essere una brutta cosa. E poi, non mi serve essere Patroclo per capire che le conoscenze di Elena sulla politica dei Tredici rappresentano un vantaggio che non vogliamo perdere.

Elena si infila sotto il getto d'acqua accanto a me. All'inizio, vedendo le docce nelle suite ho pensato che fossero ridicole. Io sono grosso, ma nemmeno a me servono quattro soffioni e così tanto spazio. Adesso mi è chiaro.

Con la coda dell'occhio la guardo lavarsi i capelli, mentre Patroclo mi affianca dall'altro lato. Ha ancora quella rughetta sexy in mezzo alle sopracciglia che vorrei cancellare con un bacio. Si preoccupa sempre troppo. Abbiamo la vittoria in tasca e, adesso che non devo temere che fugga con la principessina, sta andando tutto alla grande.

C'è da tenere da conto l'ultima sfida, ma nessuno dei campioni rimasti mi intimorisce. E niente di tutto ciò ha importanza per i prossimi due giorni, quindi agguanto Elena per i fianchi e me la stringo al petto. Resiste un po', ma non come se volesse andare da qualche parte.

«Come va la gamba?». Ha un brutto livido dove l'ha colpita Teseo. Adesso, quasi mi dispiace non aver infierito su quello stronzo.

«È più brutta a vedersi che altro». Mi graffia il petto con le unghie, facendomi eccitare in risposta. Mi piace anche questo di lei: non ha paura di giocare pesante e non sembra risparmiare colpi. Si rende conto che è un enorme complimento? Forse. Forse no. Con lei è difficile a dirsi.

Le sorrido. «Doccia o letto?».

Sposta indietro i capelli e mi preme il seno contro il petto. «Perché non sognare un po' più in grande, Achille? Facciamo tutti e due».

«In tal caso…». Non ho esitazioni. La faccio voltare, le afferro i polsi e li inchiodo sul mio petto, ai lati della sua testa. «Mi serve un aiutino, Patroclo».

Colgo l'opportunità per guardare bene anche le sue ferite. Si muove senza troppi problemi, quindi è probabile che non abbia mentito, sono solo lividi. Grazie, cazzo. Non so che farei se gli succedesse qualcosa. Domani sarà un quadro spettacolare di viola, blu e verde, però sta bene.

Ci osserva, insaponandosi, muovendo senza fretta le mani su muscoli in cui io voglio affondare i denti. È da sempre un gran provocatore, quando gliene dai la possibilità. Di solito sono impaziente e accelero i tempi, ma stavolta non posso perché altrimenti dovrei lasciare Elena e non ne ho la minima intenzione, né ora né mai. Solo che lei ancora non lo sa.

Patroclo se la mangia, ci mangia, con gli occhi, mentre finisce con calma di lavarsi. Non credo si accorga di avere il cuore riflesso nello sguardo. Dèi, proprio come *vuole* quest'uomo. Mi spinge a cercare di migliorarmi, per esserne degno. Sapere cosa provi per Elena non fa che rinfocolare la mia determinazione: farò in modo che funzioni tra noi. Non perdo tempo con stronzate del tipo "sta succedendo tutto troppo in fretta". Se sai quello che vuoi, perché tirarla per le lunghe?

Voglio Patroclo.

Voglio Elena.

Li avrò. Per sempre.

«Guardalo come stuzzica», mormora Elena. Appoggia la testa al mio petto e inarca la schiena, mettendo le tette in bella mostra. «Lasciami una mano, Achille. Me la cavo da sola».

«No». Patroclo scuote bruscamente il capo. «Per gli dèi, voi due dovete imparare ad avere pazienza». Si infila sotto il getto, sciacquandosi in un istante.

Guardo i rivoletti che scivolano sul suo corpo e ho l'acquolina in bocca. Ieri è stato solo un assaggio per placare la mia fame di questi due. Preoccuparmi per loro durante la sfida ha aumentato il bisogno. Però non finiremo nella doccia. Non è il posto più sicuro per il sesso, nemmeno con gente in piena forma. Tra le ferite di Patroclo e la gamba di Elena che minaccia di cedere, è fuori questione. Li voglio, ma non a rischio che si facciano male.

Dèi, che fesso che sono.

Finalmente, Patroclo si gira e fa un passo verso di noi. Appoggia le mani sulle anche di Elena, si china… supera il suo volto e bacia me. Ha sempre avuto una sottilissima vena sadica quando accoglievamo qualcun altro nel nostro letto, con lei però sembra diverso. Degli altri non importava a nessuno dei due, solo quanto bastava a farli venire il più intensamente possibile. Con Elena c'è… di più. Gelosia o possessività o qualcosa di completamente diverso. Qualunque cosa sia, mi piace.

Patroclo mi bacia come se fossimo soli, come se dovessimo stare sempre insieme. Un promemoria. Una promessa. Chi cazzo lo sa? Ricambio con la stessa passione.

E poi sposta l'attenzione su Elena e si impadronisce della sua bocca con altrettanta autorità. Il mio respiro accelera quando me la preme ancora di più addosso con l'aiuto delle sue labbra. Lei cerca di allungare le mani, io rafforzo la presa sui suoi polsi. È forte, ma io di più e penso che le piaccia, a giudicare dal suo gemito. O forse quello che le piace è non essere trattata come vetro soffiato.

Patroclo si inginocchia lentamente di fronte a noi. Le bacia il ventre, appena sopra la figa. «Le gambe, Achille. Reggile per me».

«Io… sono proprio qui». Elena ha il respiro ancora più affannoso e accelerato del nostro. «Smettetela di parlare di me come se fossi un giocattolo».

«Non vuoi essere il nostro giocattolo, principessa? Avresti degli ottimi vantaggi».

Quasi le scappa da ridere e sfrega il culo sul mio uccello. «Qualsiasi cosa di vagamente simile alla sottomissione è *esclusivamente* confinata al sesso e solo a quello. Non fatevi idee strane».

Lo sguardo di Patroclo si infiamma. «Ricevuto».

«Non mi sognerei mai di vederti in ginocchio se non per succhiarmi il cazzo». Sorrido sui suoi capelli. «Adesso fa' la brava e cingimi il collo. Non ti reggerai in piedi a lungo una volta che Patroclo avrà preso il ritmo».

«Sfacciato».

«Preparato». Le lascio i polsi e aspetto che obbedisca. Non ci mette molto. Mi piace anche questo di lei: a volte si oppone e a volte si sottomette, e il suo lato tagliente è eccitante quanto quello dolce. È una rosa di serra accudita alla perfezione, con curve che creano la tentazione di prenderla tra le mani, e troppo bella per essere vera. Al punto che è facile non notare le spine finché una non affonda nella carne.

O forse è facile per gli altri ignorare le spine e vedere solo ciò che vogliono. Non per me. A me piacciono. A che serve un fiore inerme, se non a ficcarlo in un vaso e lasciarlo appassire finché i petali un tempo bellissimi non cadono a uno a uno?

È quello che vogliono fare a Elena.

Cazzo, che *noi* vogliamo farle.

Mi irrigidisco a quella presa di coscienza, non mi piace la direzione dei miei pensieri. Patroclo e io non siamo come gli altri campioni, gli altri Tredici. Sì, ho intenzione di annientare il sogno di Elena con il mio, ma non significa che voglia vederla avvizzire. Non le serve diventare Ares per ottenere ciò che vuole. Lo capirà non appena finito il torneo.

E va bene così. Conosco la mia meta senza dover vedere ogni passo. Per quello c'è Patroclo. Non ho dubbi che anche lui la voglia, e troverà una via.

Afferro le cosce di Elena, facendo attenzione a evitare il livido, e le allargo. Patroclo emette un verso compiaciuto dal profondo della gola e io rido. «Chissà come, sei di nuovo tu il primo a prenderti la sua fighetta mentre io sono bloccato qui a fare tutto il lavoro».

«Ti fa bene non ottenere quello che vuoi quando lo vuoi». Non aspetta una risposta e si china, leccando il centro esposto. Sono abbastanza alto da avere una visuale magnifica su lui che la divora. Elena è perfetta laggiù come da ogni altra parte. Non sono sicuro di credere negli dèi, ma se esistono si sono presi del tempo extra per creare questa donna.

Si divincola tra le mie braccia; nonostante la doccia la renda scivolosa, riesco a tenerla ferma, mentre Patroclo stuzzica il clitoride con la lingua. Ci si dedica come per qualsiasi cosa nella sua vita: con estrema precisione e deciso a primeggiare. Il seno di Elena si gonfia a ogni respiro e in me si risveglia l'impazienza. «Sbrigati a farla venire. Poi tocca a me».

Elena gira la testa e io accetto l'offerta muta, baciandola sulla bocca mentre Patroclo la conquista. Sa un po' di lui e questo mi indurisce l'uccello quasi da fare male. Lei non è tipo da accettare il piacere, o questo bacio, passivamente. È una lotta, come tutto tra noi.

E poi eccola che viene, geme sulla mia lingua e cerca di contorcersi. La stringo più forte, godendomi gli spasmi dei muscoli nelle mie mani. Cazzo, che atleta. In entrambe le prove ha dimostrato di cosa è capace. Scommetto che fra tutti e tre potremmo inscenare delle posizioni folli.

Più tardi. A fine torneo, sani e incolumi.

Interrompo il bacio; Patroclo si alza e allunga una mano dietro di noi per chiudere l'acqua. «Letto. Subito».

«Non me lo faccio ripetere due volte». Lascio andare Elena con delicatezza, quel tanto che basta a cingerle i fianchi e caricarmela in spalla. Lo strillo che le sfugge è musica per le mie orecchie e non riesco a frenare una risata e una leggera pacca sul suo culo. «Zitta. Farai arrivare le guardie».

«Ti prenderò a calci in culo!».

«Non credo proprio, ma se lo chiedi per favore te lo lascio baciare». Sorrido quando strilla di nuovo. A volte Patroclo e io giochiamo un po' pesante, ma non così, non abbiamo queste schermaglie che si infiammano e caricano di elettricità per trasformarsi in sesso. Mi è successo solo con Elena.

Patroclo mi segue fuori dal bagno e mi guarda in modo strano mentre poggio Elena sul letto. Rimbalza una volta, ma è veloce a rotolare via prima di una seconda. L'afferro per un polpaccio e la giro supina. «Non dirmi che ti è bastato un orgasmo». Schivo un calcio diretto alla mia faccia. «Fa' la brava e allarga le gambe».

«Vaffanculo!». Parole dure, con l'allegria negli occhi e un sorriso palesemente trattenuto.

Rido. Dèi, è *divertente*. «Se non ti comporti bene dirò a Patroclo di tenerti ferma».

Vedo gli occhi d'ambra indirizzarsi verso di lui e il momento esatto in cui capisce che così sarà ancora più eccitante. «Oh no», esclama, maliziosa. «Questo no». Dato che non mi sposto subito, impreca e cerca di darmi un altro calcio.

Peste.

«Patroclo». Non mi serve alzare la voce, è a pochi passi da noi. «Tienila ferma».

Lo guardo salire sul letto. Se noto che uno dei due ha lesioni peggiori di quel che sostengono loro e il medico, fermo tutto.

Si inginocchia sul materasso vicino alla testa di Elena e le blocca i polsi. Lei si divincola, ma non fa sul serio. La colgo lanciare uno sguardo alle costole di Patroclo e mi scalda il cuore il fatto che stia attenta alla sua salute, con discrezione. Brava. Mi infilo tra le sue cosce e le allargo, spingendole verso l'alto, spalancandola in maniera oscena.

Che quadretto che siamo.

Patroclo ha un respiro più affannoso di quanto richieda trattenere la nostra principessa e l'uccello talmente duro che sarà un miracolo se non viene solo con i preliminari. E va bene così. Abbiamo tutta la notte e domani. Voglio metterli a letto dopo aver fatto loro dimenticare le preoccupazioni a scopate, ma non significa che abbia fretta.

Ogni muscolo di Elena freme nel tentativo di opporsi alle nostre forze superiori. Il suo sesso è così bagnato che gronda. Mi lecco le labbra a un piagnucolio che mi arriva dritto nelle palle. Sì, non vedo l'ora di spalmare di nuovo la bocca su tutta Elena Kasios. Guardo Patroclo. È eccitato e questo gli provoca sentimenti contrastanti, è palese.

Prima, però, qualche regola basilare.

«Se vuoi fermarti, ce lo dici».

Elena sbatte le palpebre, guardandomi con aria un po' imbronciata. «Ma dire "basta" può essere sexy».

«Di' "aspetta"», interviene Patroclo. «Ti chiederemo conferma».

Ci riflette per un attimo, poi annuisce. «Okay, va bene. Ma vale lo stesso per voi due».

Non mi prendo la briga di dire che per me non ci saranno problemi. Apprezzo il pensiero. È un livello di attenzione che mi concedo solo con Patroclo e sono troppo eccitato per rifletterci. Forse più tardi, quando non avrò sotto gli occhi il perfetto corpo nudo di Elena, la figa che è un invito che non ho nessuna intenzione di rifiutare. «Certo».

«Sì». Patroclo ha la voce roca adesso.

Mi sposto senza avvisare, abbassandomi in fretta e lasciandole le cosce. Ha solo un secondo per irrigidirsi prima che gliele sollevi con un avambraccio piegato. Così non posso allargarla quanto prima, ma non importa; non ne ho bisogno per ottenere ciò che voglio. Accarezzo la sua fessura con la punta di un dito, lentamente. «Ho cambiato idea su di te».

«Chiedimi se me ne importi qualcosa». Parole dure smentite dal tono ansimante.

«Eccome». La guardo dritto negli occhi e infilo un dito dentro, quanto basta a stuzzicarla; cazzo, se si sta bene. «Vuoi sapere perché?»

«Illuminami».

«Perché io gioco solo con la gente che mi piace». Infilo un altro dito.

È proprio divertente vedere come cambia espressione per un istante. Desiderio e confusione e bisogno. «Di che parli?»

«Adesso giocherò *con te*, principessa». Faccio un cenno con la testa a Patroclo e allo stesso tempo ruoto il polso, esplorando fino a trovare il punto che le strappa uno di quei gemiti deliziosi. «Secondo te, Patroclo, quante volte riusciamo a farla venire prima di crollare?».

Sbatte le palpebre. «Vuoi dire prima che il suo corpo ceda».

«Oh, miei dèi».

Continuo a stimolarle il punto G e fingo di rifletterci. «Certo. Prima che il suo corpo ceda o noi crolliamo. Quel che viene prima».

«Viene prima *Elena*». Si sposta e le blocca con più energia i polsi sul materasso. «Penso che riuscirai a battere il nostro record».

«Sfida accettata».

26
Elena

Ancora non riesco a metabolizzare di trovarmi qui, in mezzo a questi due, quando Achille comincia a divorarmi. Patroclo tra le mie gambe è metodico, lui invece si butta a capofitto, come se non gli bastasse mai, come se farmi venire lo interessasse meno che assaggiare ogni centimetro. È più sexy di quanto avrei mai potuto sognare e per tutto il tempo le sue dita mantengono un ritmo costante.

Non ricordo di aver chiuso gli occhi; quando li riapro, Patroclo mi sta guardando. Mi osserva come se volesse memorizzare tutti i dettagli. Come se riuscisse a trapassarmi la pelle e vedere la donna egoista, permalosa e ambiziosa al di sotto. Senza lasciarmi i polsi, si sdraia sul letto.

Le sue labbra mi sfiorano l'orecchio. «Combatti con tutta te stessa, Elena. Per farti prendere seriamente, per essere vista come una persona. Per dimenticare quanto spesso non succeda nessuna delle due cose». Parla sottovoce, dolcemente, l'opposto di come Achille mi sta succhiando il clitoride.

Mi irrigidisco. Questo non l'ho chiesto. Sono già in trappola e con le gambe larghe, che mi metta anche a nudo… è troppo. «Basta».

Tra le mie cosce, Achille si ferma per un secondo, ma non ho detto "aspetta". Dopo una breve esitazione, si rimette al lavoro e prende a sfregarmi la lingua sulla figa. I miei muscoli scattano sull'attenti. «Per favore». Non so cosa sto chiedendo. Che Patroclo si blocchi prima di dire qualcosa che non sopporterei di sentire. Che Achille mi faccia venire così forte da annullare ogni pensiero. Entrambe le cose. Nessuna delle due.

Patroclo, il demone seduto sulla mia spalla, continua a riversare parole direttamente nel mio orecchio. «Qualcuno si è mai preso cura di te, Elena? Non come un trofeo da mettere in mostra, ma come donna?».

Tanto valeva aprirmi in due la cassa toracica e strapparmi il cuore. Dovrebbe essere solo sesso, una comoda via di fuga alla bruttezza che ho nella testa in questo momento. Non era previsto che Patroclo o Achille (o entrambi) mi *vedessero*. «Basta», sussurro.

«Vuoi davvero che mi fermi?». Mi bacia sul collo, poi mordicchia il lobo dell'orecchio. «Potrebbe essere sempre così. Non devi fingere con me – con noi. Non ci aspettiamo la perfezione. Vogliamo solo te».

Mi bruciano gli occhi; sbatto velocemente le palpebre e odio quando le lacrime mi scivolano sul viso. Non riesco a concentrarmi, non riesco nemmeno *a riflettere*. «Voi non…». Qualsiasi protesta avessi sulla punta della lingua scompare non appena Achille mi succhia così forte da farmi inarcare la schiena.

Dopodiché, mi mordicchia una coscia, poi l'altra. «La stai facendo piangere». Non capisco se gli piaccia o no.

«Le dico solo la verità». Patroclo mi bacia sul collo, poi sulla spalla. «Vuoi tenerla». Si ferma, come in attesa che neghi. Di fronte al silenzio, continua. «*Vogliamo* tenerla».

"Tenermi".

Dovrei infuriarmi alla sola idea. Non sono una da "tenere". Sono qui proprio per evitare quella sorte…

Però quando lo dice Patroclo non ho la sensazione che intenda in una gabbia dorata, una moglie da copertina che porti alle feste e agli eventi per dimostrare che sei tosto. Che hai domato Elena Kasios e tutto il resto.

No, quando lo dice lui, sembra proprio…

«Stai rimuginando troppo. Smettila di farla rimuginare».

Achille sembra irritato e mi strappa un sorriso. «Forse sei tu a non essere abbastanza bravo».

Inarca un sopracciglio, con un'espressione sfacciata da svenire. «Mmh. Allora dovrò ingranare la marcia». Un'occhiata a

Patroclo, una di quelle conversazioni mute che tanto invidio. Stavolta, colgo una chiara intenzione. Achille gli sta facendo una domanda, Patroclo risponde con un verso inarticolato. Non so di che si tratti, ma sono entusiasta di aver capito almeno quello.

Al punto che non ho il tempo di reagire prima che si muovano nello stesso istante. Patroclo mi afferra sotto le ascelle e mi solleva, poi si sdraia supino e mi prende a cavalcioni, rivolta verso Achille. «Cosa…». Mi viene meno la voce vedendo Achille che prende in mano il grosso uccello del compagno.

Ha quel sorrisetto malizioso che promette divertimenti e piaceri di ogni genere. «Su».

Impossibile non intuire cosa ha in mente. Mi sollevo piano piano, mordendomi il labbro inferiore mentre lui sfrega lentamente l'uccello tra le mie pieghe. Avanti e indietro. Avanti e indietro. Trova l'ingresso, io faccio per abbassarmi, Patroclo mi blocca dai fianchi. «Non ancora».

«Ma *lo voglio*».

«Nemmeno le principesse ottengono sempre tutto». Achille interrompe le mie proteste chinandosi a succhiare Patroclo. Con le guance incavate sotto la barba, mugugna con evidente soddisfazione.

Mi paralizzo; ho capito cosa sta succedendo. Ha sentito il *mio* sapore sull'uccello del suo ragazzo. E sembra piacergli, visto che continua a succhiare rudemente, e poi rieccolo con la bocca tra le mie gambe. Stavolta, il panorama è ancora più bello.

Le mani di Patroclo che mi affondano nelle anche, in lotta contro la forza di gravità per tenermi sollevata. L'uccello duro che pulsa di bisogno, bagnato dalla lingua di Achille. Gli occhi di quest'ultimo incatenati ai miei, mentre mi lecca il clitoride al ritmo giusto per farmi venire.

Non dimenticherò il tempo trascorso in un letto con questi due finché avrò vita.

"Non lo dimenticherò?". Scoppierei a ridere se l'orgasmo che monta a tutta velocità non mi mozzasse il respiro. Più probabilmente, un giorno scandalizzerò i miei nipoti raccontando di quando mi sono lasciata sedurre da due guerrieri.

La presa di Patroclo che si rafforza è l'unico avvertimento prima che mi impali sul suo uccello. Non mi ero nemmeno resa conto che Achille l'aveva posizionato proprio all'ingresso.

Vengo così forte da urlare, mentre Achille non frena i movimenti osceni della lingua sul mio clitoride. Patroclo mi fa oscillare avanti e indietro, un movimento appena percettibile, da arricciare le dita dei piedi. «Dèi!».

«Esagerata». Achille si sposta e si lecca le labbra. Ha la barba fradicia di me e il mio lato oscuro e possessivo adora questa vista. Risale lungo la mia pancia lasciando una scia di baci, si ferma a riempire di attenzioni i miei seni, poi si inginocchia davanti a noi. Patroclo continua a dondolare per tutto il tempo, tenendomi in sospeso. Achille mi prende il volto tra le mani grandi. Per una volta, sembra serio come la morte. «Permettici di tenerti, Elena».

Per poco non ho un mancamento, tanto è lo shock di sentirgli dire il mio nome. Non posso cedere, non a questo. Non qui, non adesso, non quando la posta in gioco è tanto alta. Dovrebbe essere facile rifiutare. Una parolina, due singole lettere: "No".

Io... non riesco a dirlo.

Non posso accettare, ma nemmeno respingerli.

Quindi, faccio l'unica cosa che mi viene in mente – afferro il collo taurino di Achille e lo tiro giù di forza per impadronirmi della sua bocca. Riverso tutto nel bacio, ogni dubbio, paura e dolore. Perché non può durare. Non importa cosa pensino, quanto siano giusti i loro ragionamenti, quanto mi facciano sentire al sicuro. Non può durare e basta.

Ma abbiamo stanotte.

Achille mugugna sulla mia bocca. «E va bene». Interrompe il bacio per prendere un cuscino. «Sollevati».

Patroclo obbedisce e per poco non mi butta giù. Mi aggrappo alle spalle di Achille, che per un istante mi guarda come... be', come se volesse tenermi. Poi mi piazza quelle mani enormi sui fianchi, mi tira su e mi gira verso Patroclo. «Voglio guardare», protesto.

«Un'altra volta». La sicurezza e la nonchalance con cui dà per scontato che ci sarà una prossima volta dovrebbero irritarmi, invece mi sciolgono dentro. Mi aiuta ad abbassarmi sull'uccello di Patroclo e sposta così la mia attenzione sul terzo partecipante.

Dèi, ha il cuore negli occhi.

Oscillo con i fianchi, lo scopo lentamente, mentre Achille si alza per recuperare il lubrificante dal comodino. Patroclo mi guarda come se fossi un puzzle, una meraviglia, un dono. Come se anche lui volesse tenermi. Dovrei incavolarmi. Davvero.

Pensandoci, però, con questi due niente va come *dovrebbe*. Sfidano ogni mia previsione.

Patroclo mi accarezza il ventre e prende i seni tra le mani. «Un giorno».

Non riesco a riprendere fiato. «Un giorno?»

«Un giorno dirai di sì». Mi tira giù per baciarmi. Mi aspetto qualcosa di dolce e forse un po' pudico. Sbagliato: Patroclo mi bacia come se avesse bisogno dell'aria che ho nei polmoni per respirare. Come se impadronendosi a dovere della mia bocca potesse fare lo stesso con le mie parole, il mio futuro, il mio tutto. Non riesco a riflettere, i pensieri corrono, il piacere pulsante dentro di me è troppo intenso, vicino al completamento.

Il letto si abbassa quando Achille prende posizione tra le gambe di Patroclo. Gliele spalanca ed emette un verso di piacere molto eccitante. «Mi piace vedervi così». Scivola con un grosso dito lungo il centro del mio culo. Patroclo sussulta – deve avere ricevuto lo stesso trattamento. «Potrei avere chiunque dei due», commenta Achille. «Sì, mi piace un sacco».

Interrompo il bacio per rispondergli. «Parli troppo».

«Figurati, a te piace quando parlo».

Patroclo si irrigidisce; senza ombra di dubbio Achille lo sta penetrando. Come se scattasse un interruttore, adesso siamo concentrati sul piacere di Patroclo anziché sul mio. Mi sposto all'indietro per muovermi meglio… e offrirgli un bello spettacolo. Dal modo in cui mi guarda è come se non fosse ancora sicuro che sia tutto vero; però lo vorrebbe davvero, davvero tanto.

Nemmeno io sono sicura che sia reale.

Sollevo le braccia in alto e muovo i fianchi, e in maniera del tutto naturale cingo il collo di Achille. È così alto che devo allungarmi un po', ma ne vale la pena, sentendo l'imprecazione di Patroclo.

Lui mi preme un pollice sul clitoride e poi rimane perfettamente immobile perché mi ci sfreghi sopra nel modo migliore. «Voglio sentirti di nuovo venire sul mio uccello, Elena».

«Continua così e succederà». Boccheggio.

Achille mi agguanta i seni e accelera il ritmo, scopando Patroclo con tale energia che sento anch'io ogni affondo. Sembra volersi assicurare che stia bene e che questa fosse l'unica maniera possibile. È quasi come se gli affondi che partono da lui si propagassero in potenti ondate su Patroclo e poi su di me, che mi sollevo e mi riabbasso, e li rispedisco ad Achille. È surreale ed eccitante, e voglio che non finisca mai.

"Voglio che tutto questo non finisca mai".

È troppo bello. La pressione continua ad aumentare e voglio oppormi, ma non abbastanza da fermarmi o rallentare. Achille mi pizzica i capezzoli, lampi di dolore che si aggiungono al piacere del pollice di Patroclo sul clitoride e dell'uccello che mi riempie fino all'orlo. Apro la bocca per chiederne ancora ed ecco che è troppo tardi: sto venendo.

Quando faccio per accasciarmi in avanti, mi sostengono, bloccata nel mezzo. Achille accelera; mi rendo conto vagamente che fino adesso si era trattenuto. Non più. I suoi movimenti fanno spostare il membro di Patroclo dentro di me e moltiplicano l'orgasmo. Ondata dopo ondata, alla fine mi sembra di avere le ossa liquefatte. Achille mi abbraccia con una tenerezza sorprendente, considerando la violenza con cui sta scopando; giurerei di sentirlo baciarmi una tempia.

Patroclo impreca. «Cazzo, sto…». La presa sui miei fianchi

diventa dolorosa ed eccolo che affonda dentro di me con una stoccata, mi tira giù e viene con tanta energia che riesco a sentirlo dentro.

Achille mi adagia piano sul petto del compagno. Lui si riappropria subito della mia bocca; ho a malapena il tempo di godermelo che sento qualcosa di bagnato colpirmi il culo. Mi scosto. «Achille».

«Mmh».

«Mi sei appena venuto sul culo?».

Ridacchia. «Sì».

Aspetto che monti l'irritazione, invece mi viene da ridere. Sorrido a Patroclo. «Gli piace proprio marcare il territorio, eh? Come un cane».

«No». Achille mi dà una pacca sul sedere. «Marco solo le mie *intenzioni*».

A Patroclo sfugge una risata strozzata. «Piantala. La stai facendo contrarre su di me ed è troppo bello».

«Doccia. Poi a dormire».

«Abbiamo fatto la doccia un secondo fa, Achille».

«E io vi ho fatti sporcare in ogni maniera possibile. Andiamo, sarà divertente». Si alza dal letto, mi prende per la vita e mi solleva. Stavolta non urlo. Sono ancora stanca per l'orgasmo e... forse non mi dispiace poi tanto, essere trasportata in giro da lui. Mi piace la possessività negli occhi di Patroclo, che si alza e ci segue sotto la doccia.

Resistiamo a malapena cinque minuti, prima che Achille finisca in ginocchio con l'uccello di Patroclo in bocca e le dita sepolte tra le mie gambe. A un certo punto rotoliamo di nuovo a letto, bagnati e scivolosi, con solo il piacere in mente. A ripetizione, come in una corsa contro il tempo per accumulare più orgasmi possibile prima di dover tornare alla realtà.

Alla fine, però, la realtà si palesa. Come sempre.

Achille si stiracchia, guarda l'orologio e sospira. «È ora di dormire». Si gira su un fianco e prende il telefono. Non posso non ammirare i guizzi dei suoi muscoli. Ha davvero il corpo di un guerriero. Dall'altro lato, Patroclo si sposta per accarezzarmi e ferma la mano sull'anca. Non c'è nulla di sessuale, ma è così piacevole che quasi gemo. L'intimità tranquilla è qualcosa che mi mancherà quasi quanto il sesso. Sia lui sia Achille sono talmente generosi con il contatto fisico, con le parole. Mi… mancheranno.

«Ti sei irrigidita. A cosa stai pensando?».

Vorrei mentire o cambiare argomento; forse sono più incasinata di quanto credessi, perché invece rispondo sinceramente. «Mi mancherete. Non solo il sesso, anche se è uno sballo, però…». Cerco di stringermi nelle spalle, anche se è un po' difficile da sdraiata. «Lascia stare».

«No, invece». Mi scosta i capelli dal viso. Faccio del mio meglio per non pensare a quanto devo essere in disordine. Odio il fatto che il veleno di Paride si insinui ancora nella mia mente, nonostante tutti i miei sforzi. So che usava le critiche per manipolarmi e controllarmi, eppure questo non impedisce all'insicurezza di flagellarmi nei momenti meno opportuni.

Patroclo esita e lancia un'occhiata ad Achille, muto e immobile al mio fianco dall'altra parte. «Non hai bisogno di fingere con noi».

«Lo so». È persino vero. Ma non è questo il problema. Fingere e indossare una maschera mi viene naturale e, anche se con loro due mi sento abbastanza a mio agio da essere me stessa, siamo comunque in una situazione di merda. «Però…».

«Ti fasci sempre la testa prima di rompertela?». Achille si mette seduto e stiracchia le braccia in alto. «Sarà la terza sfida a decidere il futuro. Fino ad allora, preoccuparsi non serve a niente».

«Achille».

Sposto lo sguardo dall'uno all'altro, ma stavolta non ho la minima idea di cosa si stiano dicendo in silenzio. Chissà com'è, fidarsi di qualcuno a tal punto, avere un passato così lungo in comune da parlarsi solo con gli occhi. Io un po' ci riesco con Eris, ma è più che altro per i traumi condivisi. E le conversazioni mute con Ermes e Dioniso in pratica si riducono a un "Ma la senti questa stronza?", durante le feste nella Torre di Dodona. Quello che c'è tra Achille e Patroclo è tutt'altra cosa.

Finalmente, il primo mi guarda. «Non dicevo fesserie prima. Vogliamo tenerti».

«Non puoi tenere una persona».

«Fa lo stesso».

Non posso ripetere questa conversazione a letto. Perché rivanghiamo? Non è cambiato niente, malgrado tutti gli orgasmi avuti. Ormai è una storia trita e ritrita. Mi siedo e mi appoggio alla testiera. «Tu vuoi diventare Ares. Anch'io voglio diventare Ares. Siamo in posizioni diametralmente opposte».

«Solo su questo punto».

Come se fosse così facile. «Quando vincerò, sarai di nuovo il vicecomandante di Atena. Non mi perdonerai mai».

«Forse». Si stringe nelle spalle larghe. «E quando vincerò io, perderai il titolo ma diventerai mia moglie».

L'idea non è sgradevole come la prima volta. Se fossi una persona diversa, forse stanotte basterebbe a farmi cambiare idea, dubitare dei miei obiettivi. Non sarebbe così male, se lui e Patroclo mi tenessero con loro.

Solo che essere "tenuta" da qualcuno è ciò che mi sta soffocando lentamente. Per quanto bella la gabbia, l'uccellino al suo interno è comunque in trappola. Essere sposata con uno dei Tredici non è lo stesso che farne parte. Se fallisco, passerò il resto della vita come un'esclusa. «Ti aspetti davvero che lo accetti».

«Mi aspetto davvero che accetti il risultato del torneo, sì». Altra alzata di spalle. Come sarà essere Achille, sicuro al cento per cento del suo posto nel mondo e della strada aperta davanti a sé? Lo invidio, anche se non capisco come possa sembrare così facile, cazzo.

Sento un piccolo nodo allo stomaco, però mi costringo a fulminarlo con gli occhi. «Quindi lo farai anche *tu*?». Forse dovrei lasciar perdere, ma non ci riesco. «Dite che volete tenermi, tutti e due. Questo comprende l'eventualità che conquisti io il titolo. Se – *quando* – vincerò, vorrete ancora... cosa? Una relazione? È questo che state dicendo?».

Achille sorride. «Sì, principessa. Esattamente». Sembra volermi solo fare contenta, come se non credesse a questa possibilità nemmeno per un secondo. «Di solito è questo che si intende con "tenere" qualcuno».

È troppo bello per essere vero. Al di là dell'intensità della chimica che c'è tra noi, li conosco da pochi giorni. Relazioni vecchie di anni non resisterebbero a ciò che stiamo per affrontare noi. Quante probabilità abbiamo di riuscirci?

Allontano quel pensiero. Non posso farmi distrarre da eventi ipotetici. Sarà quel che sarà. Rovinare tutto con Achille e Patroclo basandomi su delle teorie... forse sarebbe più furbo, ma non voglio farlo.

Invece, mi stiracchio. «Sono stanca. Laviamoci i denti, cambiamo le lenzuola e andiamo a letto». Ignoro la vocina nella mia testa che sussurra che stiamo giocando alla famiglia felice e finirà in una valle di lacrime.

Nell'Olimpo tutto finisce in una valle di lacrime.

Devi approfittare della gioia ovunque riesci a trovarla.

27
Patroclo

Nel bene e nel male, abbiamo una sola destinazione davanti a noi. Non ci sono uscite, deviazioni o modi per cambiare il futuro. Entro pochi giorni il titolo di Ares andrà al vincitore del torneo. La realtà farà irruzione nella bolla di sicurezza che abbiamo creato. Impossibile evitarlo.

Ma non ancora.

«Mi sorprende che tu abbia convinto Bellerofonte a farci portare la colazione». Non è proprio un banchetto (uova, tortini di patate, frutta e pancake), ma comunque è più di quanto mi aspettassi.

Achille scosta la sedia per Elena, ignora il suo sguardo sospettoso e sorride. «Bellerofonte è superprudente in attesa della terza prova. Aggiungici il tentato omicidio e capisci bene che preferisce tenerci il più lontano possibile dagli altri per le prossime ventiquattr'ore».

«Non ho bisogno di un trattamento speciale». Elena esamina il cibo a disposizione e si serve un assaggio di tutto. «Non mi piace l'idea di nascondermi in camera. Mi fa apparire spaventata».

«Non se ne accorgerà nessuno. Non mandano mica in onda quello che succede qui dentro». Achille fa una pausa, l'aria pensierosa. «Anche se Bellerofonte ha detto che cancellerà le interviste in programma per oggi. Sono rischiose, anche se al pubblico racconteranno qualche scusa».

«Gli dèi non vogliano che agli spettatori giunga un'immagine imperfetta», mormoro. Mi accascio sulla sedia libera e comincio a riempirmi il piatto. Muoio di fame. Passare tutta la notte a prosciugarci le energie non è stato saggio, tuttavia non me ne pento. Senza arrivare a dire che a volte è meglio buttare i piani dalla finestra, non posso negare che Elena sia stata un imprevisto. Non importa. Sono comunque d'accordo al cento per cento con Achille: dobbiamo trovare il modo di farla funzionare.

Anche se lei ha ragione: nemmeno uno degli scenari possibili è la soluzione ideale. Non abbiamo buone probabilità di successo, però…

«Patroclo». A giudicare dal tono paziente, non è la prima volta che Elena mi chiama. Ha quel sorrisetto indulgente che mi scalda tutto. Dèi, questa donna fa qualcosa al mio corpo. Non lo capisco fino in fondo, ma ormai ho smesso di interrogarmi.

«Sì?»

«Tua mamma, Stenele. È quasi diventata Afrodite, vero? È successo quando eravamo piccoli, mio padre parlava spesso di lei prima che vi trasferiste». Elena distoglie lo sguardo, sul volto le passa un'ombra che sembra accantonare a viva forza. «Perché si ritirò?».

È una vecchia storia, però non mi dispiace raccontarla di nuovo. Fisso in maniera significativa il piatto davanti a lei, ancora pieno. «Nel frattempo mangia».

«Prepotente».

«Ti servono calorie».

Mi guarda, cocciuta, anche se gli occhi d'ambra danzano. «Ad Achille non hai detto di mangiare».

Lo indico con un cenno del capo. Ha impilato una montagna di cibo sul piatto e l'ha già divorata per metà. Quando si accorge che lo osserviamo, fa spallucce. «Ho fame».

Elena scuote la testa. «Okay, non hai tutti i torti». Fissandomi dritto negli occhi, ingoia un piccolo boccone di omelette.

Una volta certo che continuerà, verso tre tazze di caffè e comincio dal principio. «Le mie mamme, Stenele e Polimela, stanno insieme da quando erano adolescenti».

«Come qualcun altro che conosciamo», mugugna Achille.

Lo ignoro. Ha sentito la storia mille volte, quindi lui prevede il seguito di ogni frase e io le sue interruzioni. «Entrambe provengono da famiglie che hanno fatto parte dei Tredici e, dal momento che diversi titoli stavano per essere riassegnati, avevano buone probabilità di conquistarne uno. Stenele aveva lavorato sotto la precedente Afrodite ed era tra le favorite». Penso che piacesse molto ad Afrodite e, dato che chi detiene il titolo nomina il proprio erede, mia madre era in prima fila.

«Che è successo?».

Aspetto che ingoi un altro boccone prima di guardare altrove. «Volevano avere altri bambini. Polimela era incinta». È passato tanto tempo, i particolari sono un po' confusi nella mia mente, ma ricordo benissimo l'eccitazione al pensiero di non essere più figlio unico… e la rapidità con cui si era tramutata in paura. «Ci fu, ah, un'aggressione».

«Intende dire che quella stronza di Peito organizzò un attacco ai danni di Polimela per fare pressione a Stenele». Achille inarca un sopracciglio al mio sospiro. «Che c'è? È vero. È andata così, anche se non sono mai riusciti a dimostrarlo. Ed *è* una stronza. Gli anni non l'hanno cambiata, o non sarebbe in esilio».

«Peito…». Elena sgrana gli occhi. «È il nome della mamma di Eros. Mi ero quasi dimenticata che ne avesse uno prima di diventare Afrodite».

«Già, ecco, il titolo lo ha perso, giusto?». Achille dà un morso enorme al suo panino.

«Immagino di sì», bisbiglia Elena.

Mi appoggio allo schienale della sedia. «Polimela ebbe un aborto spontaneo». Le mie mamme si rattristano ancora quando capita di parlarne. Non fu l'unico, negli anni che seguirono. Mi chiamavano il loro "miracolo" sorridendo, ma so che l'aver avuto un unico figlio ha lasciato a entrambe un sapore agrodolce in bocca. «Stenele decise di dimettersi e allontanarsi il più possibile dalla politica dell'Olimpo».

Elena guarda il piatto che ha davanti. «Perché non hanno reagito? Togliere di mezzo Peito avrebbe eliminato ogni minaccia».

«Lo sai perché». Anche vivendo per lo più alla periferia dei Tredici, capisco come funziona. C'è sempre un'altra minaccia, un altro nemico. Quelli che restano e prosperano in una tale atmosfera sono disposti a pagarne lo scotto – o addossarlo ai loro cari. Le mie mamme decisero che era un prezzo troppo alto.

Sospira. «Sì. Immagino di sì». Elena prende in mano la forchetta, poi la posa di nuovo. «È tutto molto romantico. Se ne sono pentite?».

Mi stringo nelle spalle. «Più del potere, volevano che la nostra famiglia fosse al sicuro. Sembrano abbastanza contente del risultato». Sono cresciuto in una casa piena d'amore e protetta. Non sono certo che saremmo stati al sicuro se le mie mamme avessero inseguito le proprie ambizioni. Ricordo ancora le tensioni e i litigi di quando ero piccolo. Nella mia memoria ci sono molti punti nebulosi, ma non quelli. Dopo il trasloco si sono rilassate, discutevano meno.

Elena annuisce lentamente. «E cosa pensano della tua partecipazione al torneo?»

«Sanno qual è il nocciolo della questione». Achille fa un verso divertito. «Patroclo e io ci siamo incamminati su questa strada da un sacco di tempo. Sapevano che eravamo destinati alla grandezza e a tutto ciò che questo comporta».

Sorrido mio malgrado. Achille esaspera spesso le mie mamme, però gli vogliono un gran bene, proprio come me. «Già, tu miri alla vetta da un secolo. È una delle prime cose che mi hai detto al campo d'addestramento. Ti sei guardato attorno e hai proclamato: "Un giorno, tutti nell'Olimpo conosceranno il mio nome"».

Non si prende la briga di arrossire. «So cosa voglio».

Elena irrigidisce le spalle, chiaro segno che stiamo per ripiombare nella discussione su Ares, su ciò che significhi e cosa ci riserva il futuro. Finiremo per girare in cerchio all'infinito, perché non c'è alcuna soluzione possibile. Al momento abbiamo solo teorie.

Meglio non partire per la tangente. «Ti ho mostrato i miei. Ora tocca ai tuoi».

Non posso definire il suo sorriso se non fiacco. «Hai avuto un'infanzia felice, vero? Persino prima di trasferirvi?»

«Sì». È vero, non mi è mai mancata la felicità. Ho sempre saputo che le mie mamme mi volevano bene. Non sono mancati i tipici problemi dell'infanzia, soprattutto avendo un carattere piuttosto riflessivo, ma niente che valga la pena commentare.

«Io no». Sposta i capelli dietro una spalla. «Soddisfavano tutti i miei bisogni materiali. Lo so, lo so, Achille, povera ragazzina ricca, ma...».

Sembra un po' mortificato. «Ma Zeus».

«Già, ma Zeus». Sospira e allontana il piatto. Ha mangiato mezza omelette e qualche pezzetto di frutta; non è sufficiente, però non voglio insistere adesso, non proprio quando abbassa leggermente le difese e ci lascia vedere una parte di lei che aveva nascosto finora. «Ha ucciso mia mamma. So che la voce gira da sempre e tutti la considerano una leggenda metropolitana, invece è vero. Stavano litigando e lui l'ha spinta giù dalle scale. Si è spezzata l'osso del collo».

Achille diventa rigido come un palo e mi guarda. Non so cosa si aspetta che dica. "Mi dispiace" suona come un'enorme stronzata. Sto ancora annaspando in cerca delle parole giuste, quando Elena riprende a parlare.

«Non lo dico per farmi compatire. È solo uno dei molti peccati di mio padre. Era un mostro e mi ha cresciuta lui, il che mi rende almeno in parte mostruosa». Finalmente alza gli occhi e la determinazione che le risplende sul volto è sconvolgente. «Quindi sì, sono una principessa viziata, ma non solo. Sono sopravvissuta a mio padre. Sopravvivrò a qualsiasi cosa complottino mio fratello e mia sorella. Forse un tempo mi sarei adeguata ai loro piani, per quieto vivere, ma non sono più quella persona. Merito di essere più di un trofeo».

Non ero preparato all'intensità della fitta che mi trapassa il cuore. «Elena...».

«Ho bisogno di un po' di spazio. Vado a riposarmi». Si alza da tavola e va in camera da letto. La porta che si chiude risuona innaturalmente forte nella suite.

Mi giro verso Achille e sospiro. «Che casino».

«Supererà la delusione una volta che tutti i pezzi andranno al loro posto». Però è accigliato e allontana il piatto senza finire il cibo che stava divorando fino a un attimo fa. «Forse ci vorrà un po' per guadagnarsi il suo perdono, ma ci riusciremo». Non ha la sua sicurezza usuale. «*Deve* perdonarci».

Io penso che Elena non debba fare proprio niente, tantomeno perdonarci. Non per questo. Mi dà un po' la nausea. Ovviamente, chiunque conoscesse la reputazione di Zeus sapeva che non era una brava persona. Tre mogli morte, parecchie accuse sussurrate di violenza sessuale e un figlio che si è rifiutato di sottomettersi ed è scappato dalla città. È un quadro decisamente sgradevole. Non so perché non ho considerato come dev'essere stato crescere in quella casa. Se ricordo bene, la madre di Elena è morta quando lei era adolescente. Zeus si risposò, ma la matrigna sopravvisse appena qualche anno.

Mi viene la pelle d'oca. «E se la spezza?»

«Spezzarla?». Scuote la testa. «Ma l'hai vista? È troppo forte e cocciuta. Magari ogni tanto ne dubita, ma come ha detto anche lei, è una sopravvissuta. Ci vorrà più di una piccola delusione per distruggerla».

Voglio crederci. Davvero. Eppure, le persone non sono solo un problema da risolvere. Spesso le emozioni non hanno nulla a che vedere con la logica. Altrimenti, non ci saremmo mai trovati in questa situazione. «Lo spero».

Achille ha un fremito, una reazione impercettibile. Si abbandona sulla sedia. «Non voglio eliminarla, però...».

«È da tanto che desideri quel titolo». I suoi motivi per lottare sono validi come quelli di Elena, affondano in altrettanto dolore e incertezze del passato. Non è più il bambino inerme cresciuto in un orfanotrofio di Era e spedito a fare il soldato di Ares. È comprensibile che voglia solidificare il suo potere e la sua ambizione. Non riuscire a conquistare il titolo forse non spezzerebbe nemmeno lui, ma Achille non ha mai sperimentato un fallimento una volta deciso ciò che vuole. Non so come reagirebbe se perdesse. «Non so che dire».

«Questa è una novità». Un sorriso stanco, poi si alza in piedi. Mi appoggia una mano sulla spalla. «Mettiamo a posto, lasciamo uno spuntino per Elena nel minifrigo in caso le venga fame più tardi e facciamo un po' di *restorative yoga*. Sono certo che ti scioglierà i muscoli, fai schifo a nascondere la tensione». Un sorriso tirato. «Qualsiasi cosa ci riservi il futuro, ce la caveremo».

«Qualsiasi cosa succeda?». È una supplica infantile, senza basi logiche, che non riesco a evitare. Voglio che siano entrambi felici. Voglio che non finisca tutto così. Sciocco. Sono proprio uno sciocco del cazzo.

«Sì, Patroclo. Qualsiasi cosa succeda».

Mettiamo insieme degli avanzi da conservare in frigo e chiediamo a uno degli uomini di Bellerofonte di portare via il resto. Achille chiude a chiave e io faccio un ultimo giro per la suite. Cancellate le interviste, non dobbiamo andare da nessuna parte, oggi, ma c'è comunque la possibilità di un nuovo attentato alla vita di Elena. Chiunque si sia arrabbiato dopo la prima sfida dev'essere *furibondo* adesso che è in finale.

L'unica luce che si oppone al buio della camera filtra da una fessura tra le tende. Elena è raggomitolata in mezzo al letto, con le coperte tirate fino al collo. Sembra più piccola, mi provoca un sussulto doloroso al petto. No, non al petto, al cuore, cazzo. Achille blatera sempre che sono tenero, ma non è vero. Posso diventare di ghiaccio quando la situazione lo richiede. Tranne ora. Elena ha messo radici al centro del mio essere nel giro di pochi giorni. Non dovrebbe succedere tanto in fretta, eppure mia mamma racconta di come un giorno ha alzato gli occhi, visto l'altra mia mamma al capo opposto della stanza e *ha capito*. Semplice.

Io *ho capito* quando ho visto Achille. Forse non che mi sarei innamorato in una settimana e avremmo passato i successivi dodici anni insieme, ma che sarebbe stato importante per me, sì. Che era già importante per me.

Con Elena non è stato un colpo di fulmine, né da bambini né di sicuro quando ci siamo incontrati per caso da adulti. È stato piuttosto come l'alta marea: ogni volta che ci siamo visti un'onda mi ha portato sempre più vicino a lei, fino a questo momento. Sto annegando e nemmeno mi manca l'odore dell'aria. Voglio questa nuova realtà. Voglio essere sicuro quanto Achille che tutto questo è possibile, anche se non so come.

Torno in salotto e scopro che lui ha spinto indietro il divano per fare spazio. Mi osserva con attenzione sedermi a terra, sospettoso. «Siamo stati troppo violenti, ieri notte?»

«In quel caso ve l'avrei detto». Ieri, il piacere ha avuto la meglio su dolori e lividi, ma aveva ragione lui: il mio corpo si è irrigidito durante la notte. Lo guardo dritto negli occhi. «Solo lividi e muscoli doloranti. Farò un po' di storie e me la caverò».

«Ti prendo in parola». Afferra un cuscino e mi aiuta ad assumere la prima posizione. Il *restorative yoga* consiste in pratica nel mantenere un'unica posizione in cui non c'è nulla in sospensione, per diversi minuti. Adesso non riuscirei comunque a fare altro e la cosa mi irrita.

Mi riprenderò, lo so, ma... In tempo per la terza prova?

«Lo so che sei preoccupato. Troveremo una soluzione». Achille si appoggia al divano con i gomiti sulle ginocchia. «Fidati di me».

«Mi fido». È vero. Se c'è qualcuno che può tirarci fuori dai guai con la mera testardaggine, è quest'uomo. Cambio posizione e cala un tranquillo silenzio. A fine sessione, sono ancora indolenzito dappertutto, però la mia mente è più rilassata. Lascio che Achille mi tiri su e gli cingo il collo con le braccia per un rapido bacio. «Ti amo. Sempre».

«Ti amo anch'io». Mi dà uno schiaffo sul culo. «Adesso andiamo a coccolare la nostra principessa. Ha bisogno di un'àncora».

«Okay». Ha avuto ragione spesso, intuendo di cosa avesse bisogno Elena prima che io ci arrivassi con la logica. Sono piuttosto simili sotto molti punti di vista, quindi forse è in parte per questo. Non ne sono certo. Non che voglia lamentarmi se dividiamo il letto in tre. «Faccio il primo turno di guardia».

«In camera».

Esito, ma non voglio litigare. Oppormi perché *dovrei* è stupido. «Certo».

«Andiamo». Lo seguo, fermandomi solo per spegnere le luci in corridoio. Lui si infila sotto le coperte da un lato, io mi siedo dall'altro, appoggiato alla testiera. Elena si irrigidisce. «Vi ho invitati, forse?»

«Oh, principessa». Achille le cinge la vita con un braccio e l'attira a sé. «Non ci farai mica schiacciare un sonnellino sul divano, vero? Soprattutto considerato che sei per un terzo responsabile del sonno perduto ieri notte. Hai già detto che quel coso è scomodo».

Sospira. «Stai cercando di provocarmi».

«Ma no, voglio solo accoccolarmi mentre Patroclo sta di vedetta». Le posa un bacio sulla tempia. «Chiudi gli occhi. Ti terremo al sicuro noi».

La sento muoversi e quasi sussulto quando mi sfiora un gomito. Scende lungo il braccio e intreccia le dita alle mie. Il mio cuore fa una piroetta e non so che cazzo stia succedendo, ma forse mi sto innamorando di Elena Kasios.

28
Achille

Non appena attraversiamo il corridoio ed entriamo nell'arena, è come trovarsi in un altro mondo. Credo che sia per via del rumore della folla sugli spalti, mi riverbera lungo il corpo e fin nelle ossa. Il labirinto è scomparso, quasi non fosse mai esistito. Adesso, l'ovale centrale è cosparso di sabbia, come durante la cerimonia di apertura. Ci danno dentro con la scena da gladiatori, e me l'aspettavo, in effetti, dato che l'ultima sfida è il combattimento corpo a corpo.

L'ultimo a restare in piedi diventerà Ares.

Lancio un'occhiata a Patroclo. Ha la sua faccia da poker, impassibile, non traspare la minima emozione. Indossa classici indumenti da ginnastica e zoppica un po', però si muove meglio di ieri. Va bene così. Non gli serve essere al massimo delle sue capacità per questa sfida. È qui per guardarmi le spalle, quindi non ha motivo di correre rischi.

Mi assicurerò che non pensi di doverlo fare, a costo di eliminarlo io stesso.

Io indosso qualcosa di simile alle altre due prove, oro e nero che mi danno un'aria da principe oscuro. O almeno così ha detto lo stilista di Atena quando abbiamo studiato l'abbigliamento per ciascun evento e sfida.

Elena ha il suo outfit da regina guerriera. L'ho vista mentre si metteva la tuta intera dorata ed è stato divertente ed eccitante come imprecava per la fatica di infilarla; non posso negare che l'effetto sia fenomenale. Le lascia le braccia scoperte e arriva pochi centimetri sopra le ginocchia. È molto elastica, quindi può muoversi senza problemi, e di un tessuto liscio simile a quello della seconda prova. Sarà quasi impossibile afferrarla o inchiodarla a terra. Ha legato i capelli in una specie di treccia fissata sulla testa (un altro appiglio perso) e illuminato la pelle con l'immancabile glitter.

Si accorge che la sto guardando e distoglie gli occhi. È così da stamattina. Ombrosa. Non posso biasimarla, anche se una parte di me vuole confortarla, quando dovrei concentrarmi sul mio obiettivo ormai prossimo; superare questa sfida, vincere la prossima. Ares è così vicino che ne sento il sapore.

Il cameratismo della seconda prova è scomparso. Niente più cuscinetti. Dopo oggi, uno di noi vedrà i suoi sogni andare in mille pezzi e l'altro dovrà raccoglierli.

Mi attraversa un brivido premonitore. Raccoglieremo i pezzi, di sicuro. Noi tre insieme siamo perfetti, è qualcosa di tanto raro che non ho intenzione di rinunciarvi. Elena *mi piace* un sacco, cazzo. Alla fine mi perdonerà. Deve perdonarmi.

La folla si azzittisce mentre i riflettori si spostano su Atena. Indossa un completo diverso, di un intenso color ambra e chic da fare schifo. Però le sta benissimo. Sta sempre bene, lei. Alza le mani e attira immediatamente l'attenzione di tutti i presenti. Ottenuto sufficiente silenzio, inizia a parlare. «L'ultima sfida è lo scontro corpo a corpo». Una pausa tra le urla della gente. Stavolta si placano più in fretta. «I campioni si batteranno finché non ne rimarrà uno solo». Con un gesto aggraziato della mano indica l'ovale di sabbia ai cui bordi ci siamo fermati noi. «Scegliete le vostre armi, campioni. La sfida comincerà fra tre… due…».

Patroclo contrae i muscoli. «Bastoni». Fa un gesto del mento verso destra e capisco subito cosa intende. C'è un trio di aste espandibili appese a una rastrelliera in quella direzione, a metà arena. Significa passare di corsa davanti a diverse altre opzioni, ma ha ragione lui: meglio usare quello che conosciamo.

«Sì, va bene».

«Non aspettarmi. Sarò proprio dietro di te».

Si gira verso Elena, troppo tardi. La voce di Atena esclama: «Uno. Cominciate». Le grida della folla sovrastano ogni altro suono.

Senza esitare, parto di corsa verso i bastoni. Non sembreranno granché, ma spezzano ossa senza difficoltà e hanno una portata decente. Cosa più importante, li abbiamo usati regolarmente nelle missioni per Atena. L'impugnatura pesante e familiare si adatta perfettamente al palmo della mia mano.

Mi sorprende sentire qualcuno alle mie spalle. Patroclo non può avermi raggiunto con quello scatto, giusto? Mi giro, aspettandomi di vederlo al mio fianco, ma non lo scorgo da nessuna parte; invece c'è Paride che mi si precipita addosso brandendo un pugnale. Quello stronzo mira dritto tra le scapole. Lo schivo, scivolo sulla sabbia e per poco non cado. Merda, avremmo dovuto pensare a esercitarci nel duello su un terreno simile. È una complicazione che non avevo previsto.

Paride vibra un altro colpo, il volto una maschera di collera. «Lo so che ti scopi Elena!».

Il pugnale scivola lungo il bordo del bastone che ho sollevato in tempo. Questo tizio non punta a scalfirmi: mi vuole morto. Il sentimento è reciproco. Arretro di un altro passo, incerto, lasciandogli credere di avermi messo alle strette. «Hai mandato tu l'assassino?».

Si ferma. «Cosa?».

La confusione sembra genuina, ma che ne posso sapere? Non mi ero reso conto che fosse una potenziale minaccia finché non l'ho visto attraverso gli occhi di Elena. Potrebbe mentire. E in fondo, non ha importanza. Mi sarebbe piaciuto eliminarlo di persona anche prima di scoprire che l'ha ferita, spaventata, fatta dubitare di sé stessa. Adesso, è una questione personale.

Scarto di lato per evitare l'attacco successivo. È bravo, ma non più di me. Faccio un movimento così rapido con il bastone che questo emette un fischio nell'aria. Paride non riesce a schivarlo: colpisce la punta del pugnale e lo scaglia lontano.

Lui sussulta e arretra, le mani tese in avanti. «Achille, aspetta».

«Le hai fatto del male». Attacco di nuovo. E di nuovo mi evita per un soffio. «Si fidava di te e tu le hai fatto del male».

«Non l'ho mai toccata! Sta mentendo». Annaspa per allontanarsi, appena più veloce di me. «Sono tutte stronzate».

Quando prende una storta alla caviglia, gli sono addosso e lo spingo giù nella sabbia. «Il bastone non è la scelta migliore per versare sangue». Lo giro supino con un calcio. «Mi sa che dovrò colpirti più volte per assicurarmi che tu sia eliminato».

«Achille!».

Sollevo il bastone in alto. «Sta' zitto, Paride. Mi farai solo arrabbiare di più».

«Patroclo!». Indica qualcosa alle mie spalle con un dito tremante.

So che non dovrei, davvero, però mi giro lo stesso.

Individuo subito Patroclo. Sono certo che lo troverò sempre, anche in mezzo a una folla. In un'arena con solo cinque persone, nulla può distrarmi dalla scena che si svolge sotto i miei occhi.

Il Minotauro lo insegue a passi misurati, leggeri nonostante la stazza. Patroclo ha recuperato un pugnale da qualche parte, ma sembra un giocattolo nella sua mano. L'avversario ha *una cazzo di spada*. Una di quelle così grosse da doverla tenere con due mani. Abbastanza grande da tagliare Patroclo in due. Alzo gli occhi su Atena, ma lei non si è mossa dal punto in cui ha annunciato l'inizio della sfida. Non ci saranno salvataggi dell'ultimo minuto per nessuno di noi.

Patroclo batterebbe il Minotauro in uno scontro leale. Probabilmente. Adesso, con la caviglia malandata e le costole contuse che limitano i suoi movimenti… sarà un bagno di sangue. Da come il tizio mena fendenti, non gli importa se gli falcia qualche cosa.

Lo ucciderà.

Nello stesso istante in cui quel pensiero mi attraversa la mente, Elena compare alle spalle del Minotauro come una dea vendicatrice. Solleva un paio di pugnali e nel volto bellissimo è scritta la sua morte. La nostra donna non ha esitazioni, vibra il colpo dritto alla schiena indifesa.

Il Minotauro deve aver percepito la sua presenza: schiva l'attacco con una giravolta, senza alcuno sforzo, e risponde con un fendente che se andasse a segno le staccherebbe la testa. Lei si abbassa e lo evita facilmente, ma questo non impedisce ai miei polmoni di pietrificarsi. Tutti e due, sono tutti e due in pericolo e in svantaggio.

Se il Minotauro mette a segno un colpo…

Alla sola idea mi sto già muovendo, mi lascio alle spalle Paride e corro verso di loro. Me ne frego se le regole non incoraggiano l'omicidio. Qualcuno ha cercato di uccidere Elena nel dormitorio e Patroclo è ferito. Il modo in cui il Minotauro usa la spada scatena campanelli di allarme a tutto spiano. Sembra più che deciso a fare loro del male. Elena è indomita e veloce, ma troppo piccola. Non reggerebbe a un solo attacco di quell'affare. Perderebbe un braccio o una gamba, nel migliore dei casi.

E Patroclo? Si sacrificherà per lei, quello stupido. Lo so già.

Affretto il passo, sollevando mulinelli di sabbia. Se riesco ad arrivare fino a loro, posso fermarlo. Sono più bravo di quello stronzo. Lo so.

Elena cambia presa sul pugnale, come se volesse lanciarlo, poi ci ripensa. Brava. Non lanciare mai un'arma ancora utile. Avrei dovuto dirglielo. Cazzo, avrei dovuto dirle un sacco di cose.

Sono troppo lontano, non farò mai in tempo.

Il Minotauro aumenta il ritmo, vibra fendenti come uno che ha esperienza con la spada. Elena e Patroclo gli girano attorno, troppo concentrati l'uno sull'altra, decisi a salvarsi a vicenda. È una debolezza visibile a chilometri di distanza e il Minotauro è abbastanza furbo da sfruttarla, come fa proprio adesso.

Sembra puntare tutto su Elena e la pressa da vicino. Lei cerca di allontanarsi dalla lama roteante, i piedi troppo instabili sulla sabbia. Patroclo si lancia per spingerla via, la mano tesa e il petto esposto.

Il Minotauro non perde un secondo. Cambia posizione e inverte la direzione del fendente.

«No!».

Succede in fretta. Così in fretta.

La lama cala. Il sangue di Patroclo schizza nell'aria, tingendo di rosso la maglia bianca. Lui cade in ginocchio quasi al rallentatore, lo shock dipinto sul bel viso, e si accascia a terra.

«*No!*».

Sopra di noi, lampeggia il suo volto con la scritta ELIMINATO. Me ne frego. Corro come un matto, più veloce di quanto sia mai stato prima. Troppo lento. Tanto allenamento, *anni* di allenamento e quando conta davvero, cazzo, sono troppo lento. Inchiodo davanti a lui, ma non c'è tempo. Non posso inginocchiarmi con un nemico che torreggia su di noi.

«Eccoti qua». Il Minotauro brandisce di nuovo la spada. Non sembra soddisfatto dei danni arrecati, non mostra la minima emozione, il volto stranamente inespressivo. «Ce ne hai messo ad arrivare». Fa un passo avanti e i fendenti riprendono. «Sapevo che vi sareste fiondati tutti e due se minacciavano il vostro fidanzatino».

Che altro potevo fare? Patroclo è in quest'arena solo perché l'ho voluto io. Non l'avrebbe mai scelto da solo. Sollevo il bastone. Sembra una difesa patetica di fronte a una spada. «Diamoci sotto».

«Volentieri».

Mi arriva addosso come un tornado, è una furia, la spada sembra essere dappertutto nello stesso momento. Il colpo che metto a segno sulla sua coscia lo rallenta a malapena. Porca puttana, quest'uomo è un mostro.

Non… non so se posso batterlo.

Il pensiero mi destabilizza. Non ne ho mai dubitato fino adesso, quando più conta. Se non ci riesco… Schivo un brutto movimento all'indietro. Ormai dovrebbe cominciare a rallentare. Quelle spade non sono leggere e lui non ha risparmiato energie dall'inizio della prova. Solo che *non* rallenta.

Io invece sì.

Dove cazzo è finita Elena?

Come se l'avessi evocata con il pensiero, colgo un movimento dietro il mio avversario, un lampo dorato nelle luci intense dell'arena. Un secondo dopo gli salta sulla schiena. Stringe il pugnale in una presa letale e per un battito infinito del mio cuore penso che voglia tagliargli la gola. Invece, gli incide con la punta un lato del viso e il suo sangue va a mischiarsi con quello di Patroclo ai suoi piedi. «Per te è finita, coglione».

Lui se la scuote di dosso senza il minimo sforzo. Elena atterra in piedi, vacilla per un secondo e quell'esitazione le costa cara. Il Minotauro si gira di scatto e solleva la spada in aria. Lo shock quasi mi inchioda sul posto. Che cazzo fa? L'eliminazione significa che devi fermarti, e subito. Perché continua a combattere?

L'istinto prende il sopravvento prima che il cervello metta insieme i pezzi: mi fiondo su di lui e lo trascino a terra con un placcaggio scomposto. Piombiamo sulla sabbia con un tonfo e lui non perde tempo a menare quei pugni enormi, martellandomi i fianchi.

Dovrei staccarmi, lasciare che arrivino gli arbitri di gara e si occupino della situazione perché, merda, è il loro compito. E invece no. Davanti agli occhi ho solo lui che brandisce la spada contro Elena e abbatte Patroclo. Voleva *ucciderli*.

Non gli darò un'altra occasione.

Ogni pugno in faccia che metto a segno è una possibilità in meno che ha di fare del male a chi amo. Un colpo più vicino a rimuovere ogni minaccia. Non li toccherà mai più, parola mia.

Delle mani mi afferrano per le braccia e due arbitri mi tirano via. Il Minotauro fa per sedersi, ma un terzo arbitro lo agguanta e lo ributta a terra. Provo a divincolarmi, poi la persona alla mia destra avvicina il viso al mio. «Sei stato eliminato. Smetti di lottare».

«*Cosa?*»

«Sangue versato». Mi indica un polpaccio.

Seguo il suo dito e mi paralizzo. Ho una freccia piantata lì. Non l'ho nemmeno sentita entrare. Alzo lentamente gli occhi e vedo Paride a una certa distanza da noi, con un arco in mano e un sogghigno sulla faccia. «Cazzo».

Sento le ginocchia colpire la sabbia e non ricordo affatto di averlo deciso. Non… non riesco a pensare all'eliminazione, adesso. Arranco verso Patroclo. Si preme una mano sulla pancia, è ricoperta di sangue. Fulmino con un'occhiata l'arbitro. «Ci serve un paramedico!».

La donna ha un sussulto, poi scuote la testa. «Nessuno entra nell'arena finché la sfida non è conclusa».

Mi chino su Patroclo e appoggio la mano sulla sua. «Dèi, mi dispiace così tanto».

«Colpa mia. Troppo... lento». Gira la testa verso di me, pianissimo, troppo sforzo per un movimento tanto piccolo. «Achille...».

«Non finirà così». A quanto sembra, non riesco a metabolizzare il fatto di essere stato eliminato. Non doveva andare in questo modo. Avevamo un piano. Cazzo, *avevo* un piano. Il Minotauro, poi Paride. «*Elena*».

L'ho persa di vista quando ho placcato il Minotauro, ma non può essere stata eliminata. Se vince Paride... Glielo abbiamo promesso. Merda, glielo abbiamo *promesso* e negli ultimi minuti ho perso di vista tutto.

Mi giro a cercarla. "Eccola". Sta andando verso Paride, il furore dipinto sul volto perfetto. Ha solo quel pugnale di merda e lui ha un arco di tutto rispetto teso e puntato nella sua direzione.

Potrebbe colpirla. Cazzo, potrebbe *ucciderla.*

Paride scocca una freccia ed Elena si sposta senza difficoltà di lato, schivandola all'ultimo secondo. Con sguardo truce affretta il passo, corre verso di lui, che ha uno spasmo e si sbriga a prendere un'altra freccia. Le ha piantate nella sabbia ai suoi piedi come fosse un guerriero dei tempi antichi invece di uno stronzetto codardo che è rimasto a guardare mentre gli altri lottavano tra loro per poi togliere di mezzo il vincitore. Incocca la freccia e scocca, ma Elena si butta a terra, lasciandosela passare sopra.

Lancio un'occhiata a Patroclo. Respira ancora, mi prende per i polsi. La forza della sua stretta mi rassicura. «Ce la farà».

Seguo il suo sguardo verso Elena. Voglio che vinca, ovvio. Tra lei e Paride non c'è gara. Tuttavia, in questo momento non riesco a *pensare*. Non se lei e Patroclo sono ancora in pericolo. Non se il mio piano è andato in mille pezzi.

Vola una terza freccia. Lei piroetta via come una ballerina, leggiadra e brava a sfruttare lo slancio per proiettarsi in avanti. È così vicina, a meno di tre metri da lui. Paride afferra un'altra freccia, ormai nel panico, i movimenti goffi. Quasi gli cade di mano. Non le serve altro: quella piccola sciocca gli lancia un pugnale contro. Ha il cinquanta per cento di possibilità di colpirlo, a voler essere ottimisti.

Però lo fa.

Lo ferisce a una spalla, scagliandolo in direzione opposta alle sue frecce di merda, dritto contro il muro che circonda l'arena. Lui scivola a terra stringendosi il punto colpito e urlando qualcosa che non sento in mezzo alle acclamazioni di migliaia di persone tutte attorno a noi.

Elena fa ancora un passo prima di recuperare lucidità. Si raddrizza e si gira verso Atena. Da qui non riesco a vedere la sua espressione, ma ha nella posa delle spalle una tale furia, in pratica la sta sfidando a non proclamare la sua vittoria.

Atena la fissa dall'alto, a lungo, abbastanza da zittire gli applausi e far calare un silenzio che diventa inquietante. Finalmente, solleva le mani in alto. «Abbiamo un vincitore. Congratulazioni… Ares».

L'arena esplode.

Intanto, i paramedici entrano di corsa da una delle arcate d'ingresso, dividendosi in gruppi per occuparsi di ciascun campione ferito. Faccio un gesto per allontanare quelli che si accostano a me. Non ho niente. È un *graffio* del cazzo. È bastato questo per strapparmi di mano il mio sogno. Ci ero così vicino. Vaffanculo, così vicino.

È… finita.

Ho perso.

I miei sogni sono morti e sepolti ed è tutta colpa mia.

29
Elena

Non riesco a smettere di tremare. Devo vedere Patroclo, assicurarmi che stia bene. I paramedici l'hanno messo su una barella e mi passano accanto portandolo fuori dall'arena. Scorgo appena il volto impallidito prima che scompaia alla vista.

Gli arbitri di gara scortano fuori il Minotauro dietro di lui. Continuano a guardarlo di sottecchi, come se non fossero per nulla sicuri che li seguirà senza opporre resistenza. Mi risuonano ancora le sue parole nelle orecchie: "Sapevo che vi sareste fiondati tutti e due se minacciavano il vostro fidanzatino". Ha *usato* Patroclo per attirare me e Achille. Il senso di colpa mi serra la gola.

Se fossi stata più forte...

Se l'avessi eliminato prima che avesse l'opportunità di ridurre Patroclo in fin di vita...

Se...

Achille zoppica verso l'uscita. Mi guarda a malapena. Dovrei lasciargli un po' di spazio, di tempo per metabolizzare quello che è successo. Non l'ho ancora metabolizzato *io*, non mi aspetto che lui sia messo meglio.

Ma non ci riesco. La paura mi inghiotte, più intensa di quanto mi sarei mai aspettata. «Achille». Non mi presta attenzione, non si ferma, non rallenta nemmeno.

Quella sensazione peggiora. «Achille, *di' qualcosa*».

Quasi non esita. «Hai ottenuto quello che volevi, Elena. Togliti quell'aria triste dalla faccia». Continua a non guardarmi, offrendomi invece il profilo bellissimo. «Festeggia».

Sento un vuoto nello stomaco. «Erano tutte stronzate? Quando parlavi del futuro e di tenermi?».

Scuote la testa. «Devo andare in ospedale con Patroclo. Parliamo dopo».

Non sembra una promessa. La butta lì come se fosse pronto a dire qualsiasi cosa per porre fine alla conversazione. A... tutto.

Non lo richiamo. Rimango ferma e lo guardo allontanarsi, portandosi via un pezzo del mio cuore. Quand'è successo? Ho chiarito fin dall'inizio che non avevamo futuro, né io e lui, né io e Patroclo. Di certo non tutti e tre insieme. Non importa quanto fossimo compatibili durante le prove o se sembravano vedermi per come sono davvero o...

Ho un singhiozzo bloccato nel petto che mi rifiuto di lasciarmi sfuggire. Questo è quello che volevo, per cui ho lottato tanto. Sto realizzando i miei sogni e costringendo tutto l'Olimpo a prendermi seriamente.

Achille ha ragione. Dovrei festeggiare e fare un giro vittorioso attorno all'arena. Non starmene qui a trattenere le lacrime.

Bellerofonte si materializza al mio fianco come per magia, con un'espressione studiatamente impassibile. «Devi venire con me, Ares».

Ares.

Ce l'ho fatta. Cazzo, *ho vinto*. Nessuno potrà guardarmi e credere che sono solo un bel visino, un pedone da muovere secondo i capricci di chi è più potente di me. Dovrei essere al settimo cielo e piena di gioia ed eccitata come nessun altro.

Invece, voglio solo assicurarmi che Patroclo stia bene, parlare seriamente con Achille e sentirmi dire che le parole di ieri non erano solo cazzate. Che diceva sul serio, adesso che guardiamo il futuro in faccia.

«*Ares*».

Prendo un respiro profondo e cerco di calmare il cuore impazzito, di riflettere. Le mie azioni hanno delle conseguenze: sia iscrivermi al torneo sia vincerlo. Per quanto voglia inseguire Achille e Patroclo e sanare l'enorme ferita aperta nel mio petto, diventare Ares significa che le mie responsabilità vanno oltre i bisogni personali.

I miei uomini dovranno attendere. Spero di trovarli ancora al mio fianco dopo tutto quello che è successo.

Mi ero a malapena concessa di credere che potessero essere miei e ora forse è tutto finito. Chiudo gli occhi, inspiro di nuovo e quando li riapro ho indosso la mia maschera determinata. "Sono Ares e nessuno potrà sottovalutarmi".

Sorrido a Bellerofonte. «Fa' strada».

Non dice una parola finché non attraversiamo una delle arcate (diversa da quella da cui siamo entrati e usciti durante le prove) e ci incamminiamo su per una rampa di scale. «Stasera ci sarà un evento formale di presentazione, ma il titolo ti appartiene ufficialmente dall'istante in cui hai vinto la terza sfida».

Il tono non svela cosa pensi della mia vittoria. Meglio così. Farà incazzare un sacco di gente e devo abituarmici. Non significa che non possa mostrarmi educata in questo momento. «Grazie per avere ospitato i campioni. So che non è stato un compito facile».

Bellerofonte non commenta. Saliamo un'altra rampa di scale. Ho ancora l'adrenalina a mille, anche se il calo è in arrivo. Sono successe troppe cose, troppo in fretta. È proprio quello che volevo, quindi dovrei essere contenta, giusto? Non capisco questo strano senso di perdita, come se mi avessero avvolta in una coperta di piombo e buttata giù da un molo.

Bellerofonte apre una porta in cima ai gradini e fa un passo indietro. «Ti aspettano».

Non so perché mi sorprenda vedere mio fratello accanto ad Atena. Anche se non era visibile nel palchetto quando lei faceva i vari annunci, non è tipo da non assistere a un evento così importante.

Perseo indossa un completo color carbone e una camicia panna. L'unico segno di disordine sono le grinze a malapena evidenti sui pantaloni; sembra quasi che abbia stretto la stoffa nei pugni come faceva da bambino quando doveva costringersi a non reagire. Ma è ridicolo. Perseo non mostra una tale perdita di controllo da quando è morta nostra madre. Da ancora prima, in effetti.

Atena aspetta che la porta si chiuda dietro di me, poi sospira. «Be', hai mandato tutto a puttane, eh?»

«Prego?»

«Ormai è troppo tardi per preoccuparsene. Nel bene e nel male, sei Ares». Guarda il telefonino. «Devo andare a controllare come stanno i miei subalterni».

«Aspetta». La parola mi sfugge dalle labbra prima che possa fermarla. «Patroclo se la caverà?».

Un lampo negli occhi scuri di Atena, la sola traccia esteriore della sua collera. «Lo stanno portando in ospedale. Le ferite erano troppo gravi per i soli paramedici, adesso spetta al chirurgo. Faranno meglio a salvarlo, *cazzo*».

Salvarlo. Perché potrebbe morire.

«No». Mi sommerge un'ondata di panico, abbastanza forte da destabilizzarmi. Mi giro verso la porta. «Vengo anch'io».

«Ferma dove sei, Ares», sbotta. Aspetta che la guardi, poi continua. «Sei nuova fra i Tredici, quindi non baderò all'insulto, anche se da Kasios dovresti sapere come comportarti. Sei Ares adesso». Scandisce le parole, senza assumere un tono condiscendente. «Io sono Atena. Quegli uomini, Achille e Patroclo, fanno parte della *mia* gente, perciò significa che sono una *mia* responsabilità. Non passare il primo giorno in carica dandomi sui nervi, o te ne farò pentire».

Apro la bocca per replicare e mi blocco all'ultimo secondo. Ha ragione. Per quante promesse ci siamo fatte tra noi... Però, erano promesse? Di sicuro lo sembravano quando Achille mostrava tanta sicurezza, prima che mi liquidasse un attimo fa, prima di andarsene senza degnarmi di un'occhiata.

"Non ti perdonerà mai. È stato un bel sogno finché è durato, ma adesso è finito".

Inspiro lentamente. Se ignoro l'avvertimento di Atena e mi presento in ospedale, c'è la concreta possibilità che nessuno dei due vorrà vedermi. Non penso che mi abbiano mentito, non del tutto, ma so bene che la gente tende a smettere di dire ciò che vuoi sentire quando tu smetti di darle ciò che vuole lei.

Achille pensava di diventare Ares. Quando ha fatto quelle

promesse, l'intenzione era che fossi *io* a piegarmi alla fine dei giochi. Non ha mai considerato davvero che potessi vincere e lo mostrava nella sua sicurezza. E adesso che il suo sogno si è infranto?

Non mi perdonerà.

E di certo non mi farà da spalla.

Deglutisco. A parti invertite, proverei qualcosa di diverso, io? È facile fingere che mi sarebbe passata e avremmo formato una triade felice come se nulla fosse; tuttavia, perdere qualcosa che ho desiderato con ogni fibra del mio essere... Non posso affermare che sarei stata capace di guardarlo in faccia, sposati o no.

Quando parlo, è con tono perfettamente cordiale, senza alcun riflesso del senso di perdita che sta mettendo radici dentro di me. «Ma certo, Atena. Le mie scuse».

«Meglio». Mi passa accanto ed esce.

Riesco a vedere la tempesta che si scatena negli occhi azzurri di Perseo e vorrei seguire con tutta me stessa Atena per evitarla, ma non sono arrivata fino a qui per poi mostrarmi codarda in un momento fondamentale. Ho ottenuto quello che volevo e ciò significa che devo affrontare le conseguenze delle mie azioni.

Dopotutto, adesso faccio parte dei Tredici. Sollevo il mento. «Zeus».

«No. Non ti azzardare a chiamarmi Zeus, adesso». Si passa le mani tra i capelli. «Che cazzo, Elena? Lo sai quanti problemi hai causato? Ho passato la settimana a contenere i danni mentre tu te ne andavi in giro...».

«Ti fermo qui». Faccio per cingermi il busto con le braccia, poi ci ripenso e le stendo lungo i fianchi. «Non ti azzardare a farmi la predica, Perseo. Sì, mi sono iscritta al torneo senza consultarvi, ma *tu* non sei nemmeno passato a vedere come stavo dopo *una cazzo di aggressione*».

Diventa immediatamente di ghiaccio, nascondendo emozioni incontrollate. Siamo proprio dei bugiardi nella mia famiglia, inclusa me. Infine, mio fratello dice: «Avevo le mie ragioni».

«Ti ascolto». Aspetto; non sembra incline a farmene partecipe. E va bene. Raddrizzo la schiena. «Come nuovo Ares, mi riprendo il prigioniero. È fondamentale per scoprire i responsabili e assicurarsi che non ci siano altri attacchi ai danni dei Tredici e delle loro famiglie. In qualità di Ares rientra nelle *mie* prerogative e nemmeno tu puoi fermarmi».

«Ha invocato l'immunità diplomatica».

Mi paralizzo. «Prego?»

«L'aggressore. Era venuto con Minosse». Lo dice con una tranquillità assoluta, smentita dal modo in cui mi scruta, come se potessi diventare violenta da un istante all'altro. «Non era un abitante della città, perciò Minosse ha chiesto licenza di occuparsi della punizione. L'ha fatto portare via».

Mi costringo a non reagire, a trattenermi abbastanza a lungo da mettere insieme quello che mi sta dicendo… e che non mi sta dicendo. «Non crederai davvero che Minosse fosse all'oscuro di tutto. Non ha alcun senso. Che probabilità ci sono che una delle persone scelte con cura per accompagnarlo abbia deciso all'improvviso di intrufolarsi in camera mia e cercare di uccidermi?»

«Ho le mani legate».

«*Perché?*». Non ottenendo subito risposta, insisto. «Sei Zeus. Sei tu a esercitare il potere esecutivo sui forestieri nell'Olimpo. Non hanno motivo di restare qui ora che il titolo di Ares è stato assegnato. Non sei obbligato a farli rimanere. Rimandali a casa loro».

Per un attimo, sembra così esausto che sarei tentata di abbracciarlo, se fossimo quel tipo di famiglia. Non dura a lungo, come sempre con i suoi momenti di debolezza. Scuote la testa e raddrizza la schiena. «Ci sono delle circostanze attenuanti». Sembra volersi fermare, poi sospira. «Immagino che sentirai il rapporto ufficiale domani con il resto dei Tredici. Minosse ci ha riferito di una minaccia plausibile contro l'Olimpo. Vuole stringere un patto in cambio di tale informazione».

Emetto un verso sarcastico. «A me pare una cazzata».

«Già». Perseo accenna l'ombra di un sorriso. «Ma vista la situazione, non posso decidere da solo. Bisognerà metterlo ai voti. Se sta dicendo la verità e conosce dettagli preziosi… non possiamo permetterci di respingerlo».

«Ma *perché*? Siamo separati dal resto del mondo. Cosa potrà mai offrirci che valga il rischio di tenerlo entro i confini della città?».

Guarda l'arena, poi si gira di nuovo verso di me. «La barriera si sta indebolendo».

Sono un pezzo di ghiaccio. «Mi prendi per il culo». Scuoto la testa, sconvolta. «Come? Perché?»

«Se lo sapessi, potrei rimediare. O almeno provarci». Un abbozzo di sorriso che scompare in fretta. «Attraversarla di nascosto è più facile rispetto a una generazione fa, o persino a un decennio fa. Ci siamo impegnati per tenerlo segreto, quindi lo sanno solo i Tredici e pochi collaboratori di Poseidone, ma non durerà a lungo. Non possiamo più garantire protezione da un attacco esterno».

Vengo assalita dalla paura. Questa è roba grossa, davvero grossa. Se saremo costretti ad andare in guerra, gran parte della responsabilità dei soldati e dei combattimenti cadrà sulle *mie* spalle e, come Achille mi ha fatto subito notare, ho molto da imparare prima di essere pronta a una situazione del genere. «Perseo, ci saranno di sicuro informazioni sulla barriera negli archivi». Li ho consultati anch'io, ma alcune sezioni sono riservate ad Apollo e lui non è tipo da condividere l'accesso. Però risponderà alle domande di Zeus. Non avrà altra scelta. «C'è…».

«Abbiamo cercato». Scrolla il capo. «A un certo punto le cronache sono state distrutte e se c'erano delle copie, non riusciamo a trovarle. È stato il primo compito che ho affidato ad Apollo quando ho assunto la carica». Fa una smorfia. «Secondo nostro padre investigare non era una priorità».

«Non ne avevo idea», mormoro.

«Non mettiamo i manifesti». Si passa le mani tra i capelli. «Non so quanto resisterà ancora la barriera né se possa sopravvivere a un attacco diretto. Per quanto sgradevole sia trattare con Minosse, non possiamo permetterci di rifiutare nessuna possibile informazione». Mi guarda dritto negli occhi. «Anche se sospetto che ci sia lui dietro l'aggressione ai tuoi danni».

Vorrei arrabbiarmi, ma non posso. Pur non piacendomi rimanere all'oscuro dei fatti, non posso negare che mio fratello sta facendo del suo meglio per l'Olimpo. Deglutisco. «Capisco».

«Come ho detto, discuteremo le varie opzioni tra qualche giorno, al consiglio dei Tredici».

A quel punto colgo cosa mi suonasse nuovo in tutto questo. «Papà non li riuniva mai. Prendeva le decisioni e si aspettava che tutti obbedissero».

«Lo so». Perseo distoglie lo sguardo. «Non sono lui, Elena. Sarò anche un mostro, ma sono il mostro dell'Olimpo. Tutto ciò che faccio è per questa città e la gente che la abita. Se siamo di fronte a una minaccia esterna ci serve unità fra i Tredici». Esita. «Sarai dalla mia parte?».

Che razza di domanda è? Però, riflettendoci e osservandolo, mi rendo conto che dal punto di vista di Perseo io non sono una certezza. Mi ha trattata come una pedina da muovere sulla scacchiera, mi ha usata e abusata. Nostro padre predicava la lealtà verso la famiglia sopra ogni cosa, però sappiamo tutti e due che erano stronzate. Dèi, Perseo non si è nemmeno scusato sinceramente e, per quanto gli voglia bene, so che è inutile aspettarselo. Potrei – dovrei – odiare mio fratello per ciò che ha fatto.

Ma siamo nell'Olimpo.

Siamo tutti mostri, qui.

Persino i mostri devono lavorare insieme se minacciati da una forza esterna. Sono certa che Achille... Scaccio quel pensiero prima che possa formarsi del tutto. Non importa cosa farebbe o non farebbe Achille. Non posso prendere decisioni basandomi sulla posizione teorica che avrebbero lui e Patroclo nella mia vita, quando ormai è garantito che non vorranno vedermi mai più.

Forse Elena Kasios avrebbe avuto il tempo e lo spazio per piangere qualcosa di simile al senso di perdita annidato nel fondo del mio essere. Ares non ce l'ha. Con la sicurezza dell'Olimpo a rischio, farò il mio dovere. «Sì», dico infine. «Sarò dalla tua parte».

Annuisce e mi passa accanto per uscire, per poi fermarsi con la mano sul pomello. «Elena».

«Sì?»

«Averti come Ares è un macello. Sarà più difficile convincere alcuni dei Tredici a stare dalla nostra parte. Fa sembrare la nostra famiglia avida e assetata di potere, complica la vita a tutti».

Nonostante quelle parole brucino, riesco a trattenere una risposta sarcastica. Quasi. «E quindi?».

Mi lancia un'occhiata da sopra una spalla. Per un attimo, un battito di ciglia, ha uno sguardo più caldo e il sorriso luminoso come prima che nostro padre lo privasse di ogni tenera emozione a forza di botte. «Sono fiero di te. Sei stata fantastica là fuori». Apre la porta ed esce prima che riesca a riprendermi dallo shock e replicare.

Mio fratello è orgoglioso di me.

Forse adesso gli asini voleranno.

"Non si è scusato, comunque". Scuoto la testa. A quanto pare, continuo a chiedere la luna anche quando ho tutto ciò che voglio. È davvero frustrante dovermelo ricordare.

«Sono Ares. Ce l'ho fatta». Dirlo ad alta voce non disperde il senso di perdita che mi circonda. Il groppo in gola si ingigantisce. Ci premo sopra una mano, come se potessi alleviare fisicamente l'emotività. «Maledizione». Capisco che Achille era in ansia per Patroclo, lo sono anch'io. Però… non poteva rivolgermi una sola frase di conforto? Qualcosa per farmi capire che *avremmo* parlato, più tardi, invece di liquidarmi?

Non posso andare da lui. Non senza provocare Atena, e comunque sembra sbagliato presentarsi senza invito. Se non vogliono vedermi, è crudele costringerli.

Prima che possa fare un altro passo, la porta si spalanca ed entrano Eris, Ermes e Dioniso tutti insieme, con Eros e Psiche al seguito. Dioniso mi solleva da terra girando in cerchio fino a darmi la nausea. «Ares! Ma guardati, la piccola guerriera!».

«Mettila giù prima che ti vomiti addosso». Eris aspetta a

malapena che i miei piedi tocchino terra, poi mi afferra per le spalle. «Sei la peggior rottura di scatole che una sorella maggiore possa diventare, ma sei stata grande là fuori. Come hai affrontato il labirinto! Ed eliminato il Minotauro!». Scuote la testa. «Portatrice di caos, come sempre».

«Sempre», mormoro.

Dovrei essere contenta di vedere i miei amici. Dopotutto, è quello che volevo. Adesso siamo allo stesso livello. Non resterò più indietro. Solo che... non mi aspettavo che la vittoria mi sembrasse così vuota.

Mentre Dioniso ed Eris si avvicinano al bar sul fondo del palchetto, Ermes e Psiche chiacchierano come vecchie amiche. "Questo è quello che desideravo. È tutto ciò che desideravo. Sono Ares". Peccato che mi senta come se mi mancasse un braccio.

«Ehi». Eros mi dà un colpetto con la spalla. È bello come sempre, anche in abiti casual – jeans e maglione lavorato ai ferri. Influenzato dalla moglie, senza dubbio. Il palese amore reciproco tra questi due mi provoca una fitta al petto.

«Ehi». Azzardo un sorriso, ma è tremulo.

Lui guarda Psiche ridere per qualcosa che le ha detto Ermes e Dioniso che prepara sei drink. «Qualche giorno fa Ermes mi ha raccontato una storia folle che gira». Lo dice con calma, la voce bassa per farsi sentire solo da me. «Dice che te la fai sia con Achille sia con Patroclo».

Il tremito del labbro inferiore peggiora mio malgrado. «Mi piacciono. Sul serio. Forse anche qualcosa di più». Non so perché glielo stia confessando. Siamo amici, ma certe ferite è meglio tenerle nascoste. Tuttavia, a quanto pare in sua presenza è impossibile.

«A volte l'amore ti colpisce come un fulmine». Quando Psiche ride di nuovo, i suoi occhi azzurri si scaldano. È una bella donna bianca e formosa, con uno stile eccellente e una delle menti più smaliziate che abbia mai incontrato. Lei minimizza e finge di essere solo un'influencer sui social media (tutta bellezza e niente cervello), invece è pericolosa quanto la madre, Demetra. Mi piace un sacco. Fa la felicità del mio amico e gli ha dato la possibilità di conoscere l'amore vero per la prima volta in vita sua.

«Tu vedi il mondo attraverso delle lenti rosa, Eros. Hai qualcosa di più raro dei diamanti rossi. Non tocca a tutti».

«Forse». Si stringe nelle spalle. «Finché non ci provi non puoi saperlo».

"Finché non ci provi non puoi saperlo".

Diventare Ares ha complicato la situazione. Non posso andare da Patroclo e Achille senza scatenare l'ira di Atena – impensabile. Potrebbe creare una divisione fra i Tredici. Mio fratello ha ragione: se c'è una minaccia esterna, le nostre misere rivalità personali non dovrebbero ostacolare la formazione di un fronte unito. Sfortunatamente, so fin troppo bene che "dovrebbe" non significa niente. Non posso mettere a rischio quella necessità. Non posso.

Però Eros non fa parte dei Tredici.

«Ricordi il favore che mi dovevi?». Aspetto che annuisca prima di continuare. «Vorrei che me lo restituissi adesso, per piacere».

«Ti ascolto».

Mi avvicino un po' di più e abbasso la voce. «Puoi andare a trovare Patroclo? È stato ferito e voglio assicurarmi che stia bene. Io non posso andarci senza irritare Atena e non mi perdonerà mai se comincio le mie funzioni di Ares sfidandola».

Eros inarca un sopracciglio. «È tutto?».

Lo è? Il mio lato codardo vuole fermarsi, ma ormai ho superato il limite. Forse i sentimenti che provo per i miei uomini mi scoppieranno in faccia; se non ci provo, finirà male di sicuro. Prendo fiato. «E di' a tutti e due...». Dèi, perché è così difficile buttarlo fuori? «Digli che voglio ancora quel bel futuro che avevano immaginato. Se lo vogliono anche loro».

Eros aspetta, ma che altro c'è da dire? Che penso di aver saltato l'infatuazione e di amarli già? Che voglio la meravigliosa e irritante protezione di Achille per qualsiasi cosa ci attenda, piccola o grande che sia? Che voglio la mente brillante di Patroclo e la sua severa determinazione a prendersi cura di noi? Eros non capirebbe e mi sono già messa più a nudo di quanto riesco a sopportare. «Ho finito».

Annuisce. «Vuoi che vada subito?».

Più devo aspettare una risposta, peggio sarà. Non solo per quello che ci attende. Patroclo deve stare bene, *deve*. «Per favore».

«Consideralo fatto». Mi cinge le spalle con un braccio, attirandomi brevemente a sé. Mi bacia sui capelli. «Sei stata brava. Hai fatto il culo a un sacco di gente».

«Grazie». Stavolta riesco a sorridergli, anche se debolmente. Non importa cosa abbiamo detto ieri: non ci sono garanzie di un lieto fine. Achille credeva con tutto il cuore che sarebbe diventato Ares. Come fa a restare al mio fianco, se gli sembrerà di vivere alla mia ombra? E Patroclo? Malgrado la fortissima chimica e il passato in comune, l'amore tra lui e Achille è resistente come il nucleo della Terra. Se deve scegliere tra lui e me, non c'è storia. Comunque, non glielo chiederei mai.

Inspiro ed espiro altrettanto lentamente. Sono sporca, sudata ed esausta e voglio solo andare a casa e dormire per tre giorni, finché questo mondo nuovo non si sarà stabilizzato attorno a me. Forse Elena avrebbe avuto tale possibilità, ma Ares no.

Raddrizzo le spalle, mi stampo un sorriso sulla faccia e mi unisco a mia sorella e i miei amici per festeggiare.

30
Achille

Dall'arena vado dritto in ospedale, seguendo l'ambulanza in cui è salito Patroclo. Deve sottoporsi a un'operazione, anche se gli infermieri continuavano a dirmi che non è niente di grave, che il medico è ottimista, che andrà tutto bene. "Ottimista". Non dà nessuna certezza. Cammino avanti e indietro in sala d'aspetto finché non trovano una stanza vuota in cui rinchiudermi.

Aspetto e aspetto e aspetto. I minuti trascorrono senza notizie e io ormai mi sto arrampicando su per le pareti, con due pensieri che mi attraversano la mente a intervalli regolari.

"Ho bisogno che stia bene".

"Elena dovrebbe essere qui".

Solo che non è più Elena, giusto? È Ares. Ha ottenuto ciò che ha sempre desiderato, me l'ha strappato dalle mani anche se non è stata lei a eliminarmi. Perché mai dovrebbe preoccuparsi di me, di Patroclo? È ingiusto pensarlo, ma è chiaro che non ha alcuna intenzione di venire, altrimenti sarebbe già arrivata.

In più… non so se sono pronto a vederla. Il futuro che mi ero immaginato, quello per cui mi sono impegnato per anni, è andato distrutto. Al di là di tutto il resto, non sarò mai Ares. Senza quel titolo…

Mi sfrego la faccia. Non so che cazzo sto facendo. Non posso ritrovare l'equilibrio, capire come muovermi finché non saprò che Patroclo sta bene. Lui pianificherà il futuro per tutti e due.

"A meno che non decida di non volermi più. Non sono il vincitore di cui si è innamorato. È colpa mia se è ferito. Non si sarebbe nemmeno iscritto al torneo se non fosse stato per me. Durante la seconda prova mi ha supplicato di proseguire senza di lui e l'ho ignorato".

Impreco. Patroclo non mi lascerebbe mai per non essermi aggiudicato il titolo. Non è così che pensa lui, per quanto ne sia convinta la mia improvvisa insicurezza. No, è molto più probabile che la nostra relazione si sgretoli se non troviamo un modo di restare con Elena. Ha assaggiato l'armonia che lei portava tra noi. Come posso soddisfarlo da solo dopo che ha avuto anche lei?

Mi giro di scatto sentendo bussare; chi entra non è un infermiere e nemmeno Elena. È Eros. Lo conosco, so chi rappresentava sua madre per le mamme di Patroclo. Una nemica. Una rivale. Un pericolo. Non abbiamo mai avuto motivo di incrociarci, lui recita la parte del libertino d'oro e io sono il soldato. O, almeno, un tempo era così per entrambi. Adesso, apparentemente Eros si è dato alla vita domestica con Psiche Dimitriou.

E io? Io non so più chi sono. «Che ci fai qui?»

«Do il cambio a Ermes come messaggero». Si appoggia alla porta. Avrà anche l'aria del playboy, ma tutti sanno quali voci girino su di lui. Quando sua madre era ancora Afrodite, le risolveva i problemi. Lei lo puntava contro chi voleva togliere di mezzo e premeva il grilletto. Che cazzo ci fa qui?

Incrocio le braccia al petto. «Ti ascolto».

«Elena non può venire. Lavorate per Atena, che non vi vuole attorno il nuovo Ares». Socchiude gli occhi. «Ho anche la sensazione che non sia certa di essere la benvenuta».

«A me sembrano tutte scuse». Al posto di Elena, avrei mandato Atena affanculo, per quanto l'ammiri. Patroclo è più importante di tutto il resto.

«Parli come un vero uomo con più muscoli che cervello».

Ho una replica rabbiosa sulla punta della lingua, ma non posso non ricordare la conversazione avuta con Elena dopo la seconda prova. Non avrà esperienza nel comandare soldati, la sua mente però è abbastanza macchinosa da essere a proprio agio nella politica contorta dei Tredici. Io avevo già rapporti con Atena, avrebbero potuto facilitare le cose una volta diventato Ares, eppure so meglio di molti altri che non si piega davanti a nessuno.

Sarebbe stata davvero capace di tenermi lontano da Patroclo?

Quel pensiero mi raggela.

«Ah. Forse un cervello c'è, dopotutto». Eros si stringe nelle spalle. «Non sono affari miei. Dovevo solo consegnare il messaggio di Elena. Ha detto, e cito testualmente: "Digli che voglio ancora quel bel futuro che avevano immaginato. Se lo vogliono anche loro"».

Vuole un futuro con noi. Non so se ridere o imprecare. Questa dev'essere una versione malata del karma, perché ero certo che mi avrebbe perdonato se le avessi tolto il titolo, ma non è la stessa cosa. "Non è la stessa cosa". Senza Ares, Elena è comunque una Kasios. Una pedina nelle mani di suo fratello e tuttavia non priva di potere. Solo uno stupido direbbe il contrario. La gente si ricorderà di lei per sempre ed era già così ancor prima che si iscrivesse al torneo.

Persino prima che vincesse.

Io so chi sono in qualità di vicecomandante di Atena. Non è il ruolo che volevo occupare per il resto della vita, ma capisco i parametri. E sono anche bravo. Il migliore.

Se scommetto tutto su Elena, sacrifico la mia posizione. Atena non è tipo da permettere ai suoi di servire due padroni, e una relazione romantica con Ares significherebbe proprio questo. Lasciare le sue file è un viaggio senza ritorno. Se va male, rimarrò davvero senza niente. «Chiede troppo».

«Se lo dici tu». Eros sospira come se l'avessi deluso. Non capisco come; a malapena lo conosco. «Senti, Elena è mia amica, quindi rispetto al mio solito sarò diretto. Precipitarsi al vostro fianco e sfidare Atena il suo primo giorno da Ares potrà sembrare incredibilmente romantico, ma da questo momento in poi ogni sua azione avrà delle conseguenze. Sta succedendo qualcosa nell'Olimpo, qualcosa che va oltre la mera politica, non può permettersi di farsi dei nemici. Per nessuno. Non c'è in ballo solo la vita del vostro amante». Apre la porta.

«Resterò in sala d'aspetto finché Patroclo non esce dalla sala operatoria, Elena vuole sue notizie. Se decidi di mandarle una risposta, mi trovi lì». Va via senza un'altra parola.

«Stronzo», mugugno.

Non riesco comunque a calmarmi. Torna a perseguitarmi quello che ha detto Elena ieri: che non ero pronto a ciò che significava davvero fare parte dei Tredici. Pensavo che fossero cazzate, ma chi mai può lasciare che la politica gli impedisca di assicurarsi che qualcuno a cui tiene stia bene?

So cosa avrei fatto io al suo posto.

Nonostante le possibili complicazioni di vasta portata, non mi sarei comportato in modo diverso se avessi vinto il titolo. Patroclo è mio. L'Olimpo può anche bruciare, se significa prendermi cura di lui.

Razionalmente, capisco i motivi della scelta di Elena, ma non so se contino. I rischi sono troppo alti a fronte di ben pochi vantaggi garantiti. Per la prima volta in vita mia, non so come procedere. Non ho più la certezza interiore che realizzerò il futuro che desidero.

Ho… fallito.

Me ne farò una ragione (mi conosco abbastanza da capirlo) e allo stesso tempo non riuscirò a pensare a nulla finché non saprò che Patroclo è sopravvissuto all'intervento e lo vedrò con i miei occhi. Tutto il resto può aspettare.

Si riapre la porta e stavolta compare Atena. È tutta d'un pezzo come sullo schermo dell'arena, solo una leggera tensione attorno agli occhi la tradisce. «Patroclo è uscito dalla sala operatoria ed è stato portato in stanza». Faccio un passo avanti e lei mi ferma con un gesto. «Hanno bisogno di un po' di tempo per sistemare tutto, ti faranno accedere non appena possibile».

È comunque troppo tardi, però mi fido di Atena. Se dice che ce l'ha fatta, è così. Espiro di colpo. Il sollievo mi dà un po' di capogiro, anche se riesco a malapena a crederci. Ho bisogno di vederlo. Ho bisogno della sua àncora in mezzo a questa tempesta. Io non vedo una strada davanti a noi, Patroclo invece ci riuscirà sicuramente. «Che macello».

«Senza alcun dubbio». Scuote lentamente la testa. «Sarò onesta con te».

Mi paralizzo. Di solito Atena non mitiga le critiche prendendole alla larga. È franca e va dritta al punto, e questo è uno dei tanti motivi per cui le siamo leali. «Quand'è che non saresti stata diretta con me?».

Accenna un sorriso che non raggiunge gli occhi. «Siamo nei guai. L'Olimpo. Non conosco ancora tutti i particolari, ma oltre ai suoi uomini Minosse ha portato anche informazioni. C'è una minaccia all'orizzonte e non so se la barriera ci proteggerà». Esita, poi afferma: «Ci servivi tu come Ares».

L'amarezza mi dilania la gola al sentirmi ricordare il mio fallimento. Atena non aveva mai menzionato l'eventualità di un tentativo di invasione, ma ciò rafforza l'idea che con me non ci sarebbero state incognite. Nonostante sia combattuto, mi trovo lo stesso a dire: «Elena ti sorprenderà».

«Forse. Avrei preferito comunque che fossi tu».

Mi stringo nelle spalle, non riesco a nascondere la tensione nella voce. «Prenditela con Paride». È più facile dare la colpa a lui che ammettere di aver mandato tutto a puttane. Non appena Elena e Patroclo si sono trovati in pericolo, mi sono dimenticato di eliminarlo e sono corso da loro. Ho continuato a infierire sul Minotauro anche dopo la sconfitta perché era ancora una minaccia e volevo annientarla – e *quello* non aveva nulla a che vedere con il torneo.

È stata Elena a batterlo, e lei non ha perso tempo ad ammazzarlo di pugni. Ha subito puntato Paride. Per questo ha vinto lei e non io. Se fossi stato attento, anch'io avrei potuto schivare le sue frecce.

Ho perso di vista il mio obiettivo.

Elena no.

«Mmh». Atena si avvicina all'unica finestra e guarda fuori. «Lui è ancora sotto i ferri. Ci vorrà un po' prima di averne la certezza, ma sembra che Elena gli abbia causato danni permanenti alla spalla. Non tenderà mai più un arco».

«Considerando quanto spesso la gente usa *gli archi*, dubito che questo lo rallenterà». È un gran peccato. Quel coglione farà meglio a tornarsene nel buco scintillante da cui è uscito per il torneo, perché se lo incontro in strada non sono sicuro di poter controllare l'impulso di spaccargli quel bel faccino.

«Comunque l'ha fatto». Un'alzata di spalle. «In ogni caso, non ci occupiamo delle cose come vorremmo che fossero; le affrontiamo con le carte che smazza la vita. Elena Kasios è diventata Ares proprio quando abbiamo bisogno di qualcuno con esperienza militare. Non è una situazione ideale».

Non ha torto, però mi irrita sentirla parlare così di Elena. «Non avrà pratica di combattimento, ma ha fatto della politica una scienza esatta. Non è inadatta al ruolo. Come ho già detto, penso che ti sorprenderà».

«Forse». Atena mi osserva a lungo. «Bellerofonte dice che tu e Patroclo siete diventati piuttosto... intimi... con la ragazza».

«Bellerofonte non dovrebbe mettersi a spettegolare come gli adolescenti», sbotto.

«Non ci provare». Pesa le parole, ma Atena non ha molta pazienza con chi tergiversa. «Cazzo, sei il miglior vicecomandante che abbia mai avuto, avrò bisogno delle tue competenze nel confronto che ci aspetta». Esita. «Tuttavia rispetterò qualsiasi tua decisione riguardo al futuro».

«Atena». Attendo che mi guardi. «Se mi dimetto e poi cambio idea...».

Un sorriso agrodolce. «Hai più cervello di così, Achille. Quella decisione sarebbe definitiva. Nel bene e nel male, le apparenze contano in questa città. Non posso minare la mia posizione accettando di riprendermi gli scarti di Ares». Va verso la porta. «Qualunque sia la tua decisione, assicurati che sia ciò che vuoi davvero, perché dovrai conviverci per sempre». E poi scompare, chiudendosi piano la porta alle spalle.

È la giornata delle uscite teatrali.

Passa un'altra ora prima che un'infermiera venga a chiamarmi e mi accompagni lungo un corridoio e su un ascensore, e poi per un'altra serie di corridoi, fino alla stanza in cui Patroclo giace in un letto d'ospedale. È troppo pallido, smunto.

La paura di prima torna a viva forza, amplificandosi. «Starà bene?»

«Il dottore le spiegherà tutto». Esita, poi evidentemente mi legge il panico in faccia, si china un po' di più verso di me e abbassa la voce. «Si riprenderà completamente. Magari sarà un percorso accidentato, ma starà bene».

Non so se le credo. *Devo* crederle. «Grazie».

«Si sveglierà quando sarà pronto. Sia paziente, per favore». Mi lancia un'ultima occhiata significativa e poi esce discretamente dalla stanza.

Sembra… piccolo. Patroclo è steso sul letto, attaccato a diversi macchinari, più pallido del solito. Il senso di colpa si risveglia e affonda dentro di me. Ha partecipato al torneo solo per guardarmi le spalle. Avrei dovuto lasciare che lo eliminassero alla seconda prova, come voleva lui, avrei dovuto starlo a sentire ogni volta che mi ha avvisato del pericolo di incaponirsi. L'ho costretto a iscriversi e poi l'ho costretto a continuare benché ferito. Lo volevo al mio fianco e quel desiderio egoista è il motivo per cui si trova in questo letto, immobile ed esausto.

Anche se non impugnavo io la spada che l'ha ferito, è colpa mia.

Qui c'è meno spazio rispetto al piano di sotto e ho paura che se comincio a camminare avanti e indietro andrò a sbattere contro il letto e gli causerò dolore o qualche accidente. Quindi evito, reprimo le energie irrequiete e mi siedo sulla sedia accanto a lui.

È come se quel bastardo aspettasse solo che stessi fermo: apre quasi subito gli occhi. «Achille?». Persino la voce è rovinata, rauca e fioca.

Trascino la sedia più avanti e gli prendo una mano. «Sono qui». Toccarlo mi calma un po', anche se non serve a cancellare il senso di colpa che mi tormenta. Sento un peso terribile sul petto. "Sta bene. Solo questo conta. Sta bene".

«Ho mandato tutto a puttane».

«Penso che possiamo dire con estrema sicurezza che l'unico ad aver mandato tutto a puttane qui sono io». Quella sensazione orribile nel petto emerge nella mia voce, impastando le parole. «Ti ho messo io in questo casino perché non sopportavo di non averti al mio fianco. Ti hanno ferito – due volte – perché me ne sono fregato di tutto tranne che dei *miei* bisogni. Mi dispiace. Lo so che non basta, ma cazzo, mi dispiace, Patroclo».

«Achille...». Mi stringe forte la mano. Molto meno di come riuscirebbe a fare normalmente, però serve allo scopo. «*Paride ha vinto?*»

«No».

Espira e rilassa i muscoli. «Grazie agli dèi. Se Elena avesse dovuto sposare quel bastardo... Le avevamo promesso che non sarebbe mai successo». Spalanca gli occhi. «Aspetta, quindi Elena è Ares».

«Sì». Il mio tono è di nuovo amaro, ma nemmeno io saprei dire se dipende da Elena o dall'intera situazione. Scuoto lentamente la testa. «Avresti dovuto vederla. Ha schivato tre frecce e gli ha lanciato addosso un pugnale».

«Rischioso», mormora.

«Per lei ha funzionato». Mi ritrovo a sorridere nonostante tutto. «L'ha colpito dritto all'articolazione della spalla e l'ha buttato a terra».

Patroclo mi stringe la mano. «Mi dispiace».

«Che hai da dispiacerti, *tu*?». Troppo duro, ma in questa stanza c'è una sola persona che ha fatto un macello colossale e sono io.

Accenna un sorriso. «Lo so che volevi diventare Ares. Mi dispiace che tu non possa vivere il tuo sogno».

Esito; tuttavia, Patroclo è al mio fianco anche in questo e non posso nascondergli delle informazioni, per quanto le parole di Atena mi vortichino ancora in un angolo della mente. «È passata Atena». Di fronte al suo silenzio, mi costringo a continuare. «Dice che mi vuole ancora come vicecomandante. Immagino che Bellerofonte le abbia riferito quanto siamo diventati *intimi* con Elena e voleva avvisarmi che se voglio portare avanti qualcosa con il nuovo Ares devo abbandonare i suoi ranghi. Una volta fatto, non si torna indietro».

«Ah».

Aspetto, ma non arriva nessuna intuizione brillante da parte sua. «Allora?»

«Allora, cosa?». Sprofonda nel cuscino e mi stringe di nuovo la mano. «Non posso dirti quale sia la scelta giusta, Achille. È una decisione importante e puoi prenderla solo tu».

«Di che cazzo parli?».

Scuote la testa. «Sta a te decidere se è un prezzo troppo alto».

Rimugino sulle sue parole, quelle dette e quelle no. «Tu andrai da Elena».

«Io non scelgo tra voi due», esclama con fermezza. «Ti amo. Ti amerò sempre. Ma non posso nemmeno ignorare ciò che provo per lei».

«Atena non sarà contenta se cerchi di tenere il piede in due staffe».

Si stringe nelle spalle. «Allora mi dimetto e vedo se mi assume Apollo. Lui è tipo da riconoscere il valore delle informazioni, quindi non si scomporrà se ho una relazione sia con il nuovo Ares sia con il vicecomandante di Atena».

«Ci avevi già pensato». Non so se sia un'accusa oppure no.

«Credevo che saresti diventato tu Ares». Distoglie lo sguardo. «A essere sincero, non avevo un piano d'emergenza tra la seconda e la terza sfida. Però, Achille...». Mi guarda negli occhi. «Ti conosco. Quando hai parlato di tenere Elena, non erano stupidaggini. Non l'avresti mai tirato in ballo se non ne fossi stato convinto. È davvero cambiato tutto così in fretta solo perché non sei Ares?».

Non ho una risposta facile. Non so nemmeno se esista. Infine, dico: «Se faccio un tentativo con Elena e va male, avrò perso tutto. Per me non è una scelta a cuor leggero».

«Davvero?».

Apro la bocca, mi fermo un attimo prima di protestare. Ha ragione lui? Sì, è rischioso dimettermi e andare da Elena. Forse giocava una partita più complessa durante il torneo, ci manipolava per avere degli alleati che le guardassero le spalle, però...

Non ci credo. Nemmeno per un secondo.

La chimica fra noi tre era reale. Inoltre, io *la capisco*. Non mi serve essere un genio come Patroclo per questo. Si sentiva al sicuro con noi, si è mostrata vulnerabile. Era tutto vero. Ne sono certo.

Mi appoggio allo schienale della scomoda sedia da ospedale senza lasciare la mano di Patroclo. Come sempre, ha ragione lui. Se quello che c'è stato tra noi era reale, è una decisione obbligata. Mi aspettavo che Elena accettasse la perdita del suo sogno dopo la mia vittoria. È estremamente ipocrita non essere disposto a fare lo stesso, anche se ho paura. Scuoto la testa, con un sorriso riluttante agli angoli delle labbra. «Sei proprio una volpe, stronzo».

Ricambia il sorriso. «Alla fine ci saresti arrivato da solo. Ti ho soltanto dato un aiutino». Mi stringe la mano e sembra già più energico. «Hai sempre avuto abbastanza fede per entrambi. Adesso tocca a me. Con Elena funzionerà, ne sono certo».

«Ti credo». Si apre la porta ed entra un uomo bianco e alto con addosso il camice da sala operatoria. Il medico. Guardo Patroclo. «Vediamo di capire che problemi hai, così possiamo farti uscire da qui e andare a prenderci la nostra ragazza».

31
Elena

Partecipare a una riunione con tutti i Tredici è l'esperienza più surreale della mia vita. Mio padre aveva l'abitudine di tenerli separati il più possibile, tranne che nelle sue feste infinite, ma anche in caso contrario *io* non avrei mai avuto un posto all'enorme tavola oblunga che occupiamo adesso.

Li osservo con attenzione uno alla volta, fin troppo consapevole che loro fanno lo stesso con me. Ci sono mio fratello ed Eris, ovviamente, lui a capotavola e lei proprio di fronte a me. Ermes e Dioniso sono seduti l'uno accanto all'altra e bisbigliano tra loro, fingendo di non accorgersi di come Poseidone li fulmini con aria di disapprovazione. È un bianco gigantesco con corti capelli rossi, la barba ancora più rossa e l'aspetto di chi potrebbe sollevare container da trasporto navale a mani nude.

E poi c'è Demetra, seduta con aria assente, le mani appoggiate sul tavolo. È una donna bianca sui cinquant'anni, emana una forte atmosfera da Madre Terra che riesce quasi a nascondere l'ambizione affilata come una lama negli occhi nocciola.

Dopo di lei viene Apollo. Non ho interagito molto con lui, però sono una grande fan di Cassandra, una sua collaboratrice. È un uomo mediorientale più o meno della mia età che non contribuisce spesso alle maldicenze politiche tanto comuni in questo gruppo. Incrocia il mio sguardo e mi rivolge qualcosa di simile a un sorriso rassicurante. Lo ricambio, anche se non mi fido nemmeno un po' e preferisco tenerlo a debita distanza.

Ade e Callisto (Era) sono seduti all'altro capo della tavola rispetto a mio fratello. Lei è la cognata di Ade, quindi ha senso che siano in confidenza, eppure mi stranisce ancora. Noto che quando mio fratello li guarda gli pulsa una vena sulla tempia, poi si gira e assume di nuovo un'aria pacata.

Efesto e Artemide sono cugini, hanno entrambi la stessa carnagione di un bruno chiaro e lucidi capelli scuri. Mi osservano entrambi con la stessa diffidenza. Anche se non troverò alleati in quell'angolo, spero che siano disposti a lavorare insieme per proteggere l'Olimpo.

Si apre la porta ed entra l'unico membro ancora assente. Atena, in completo formale color panna, si avvicina a passi decisi alla destra di mio fratello. Incrocia il mio sguardo con un'espressione che non riesco a decifrare, non certo calda, ma nemmeno gelida.

Mio fratello si schiarisce la voce. «È arrivato il momento di parlarci francamente».

Le due ore successive sono il ritratto della frustrazione. Sapevo che esistevano delle fratture fra i Tredici; vederle con i miei occhi mi costringe ad affondare le unghie nei palmi delle mani per non urlargli addosso. Mio fratello espone le informazioni in suo possesso ed Efesto, Artemide e Poseidone affermano che sta esagerando la minaccia per consolidare il proprio potere. Dioniso ed Ermes provocano tutti quanti e nel frattempo non si perdono una parola. Mia sorella ha un sacco di opinioni e nemmeno io capisco se voglia sostenere nostro fratello o no. Giuro che fa l'evasiva solo per mandare tutti in collera e confondere le acque.

Sorprendentemente, Ade e Demetra non dicono quasi nulla. Da come osservano le varie discussioni che sorgono e le deviano, suppongo che intendano avere una riunione secondaria più tardi, forse includendo Era, per parlare della loro posizione.

Atena sostiene mio fratello a spada tratta, pur affrettandosi a precisare che lei sta dalla parte *dell'Olimpo*. Non di Zeus.

In breve, è una situazione di merda.

Aggiorniamo la seduta senza nemmeno un abbozzo di piano o accordo di qualsiasi genere. Mi fermo accanto a mio fratello. «Adesso capisco».

Un rapido sorriso. «Vieni domani e parleremo».

Altri incontri dietro le quinte. Mi aspetto che ce ne saranno molti nel prossimo futuro, i vari segmenti dei Tredici si ritroveranno a discutere con chi la pensa come loro. Non so come faremo a mettere tutti d'accordo. Non so neanche se sia possibile.

L'unica altra possibilità è che l'Olimpo rischi di cadere preda di nemici che al momento riusciamo a malapena a vedere.

Mi dirigo al mio nuovo ufficio. Sono stata nominata Ares solo qualche giorno fa, ma il corso accelerato ha già messo in evidenza quanto fosse pigro il mio predecessore. Niente è archiviato come dovrebbe. Il suo vicecomandante pensava di potermi parlare sopra per questioni di genere. L'ho licenziato, non prima di spaccargli quasi la testa contro il muro perché aveva cercato di darmi un pugno. Che casino.

Forse sarei più ottimista se non avessi il cuore spezzato.

Tre giorni e non una parola da Achille o Patroclo. La prima sera Eros è venuto a dirmi che quest'ultimo aveva superato l'operazione e ci si aspettava la piena guarigione. È fuori pericolo, tuttavia Achille non mi ha ancora cercata.

Difficile fraintendere il messaggio.

Forse durante il torneo erano sinceri. Anche se era vero allora, quei sentimenti non sono durati una volta che ho rovinato i loro piani. E cazzo, fa sempre più male, ogni volta che ci penso.

Quindi non ci penso.

Ho un sacco di lavoro a tenermi impegnata. Se ogni tanto mi nascondo in ufficio e piango, quando le emozioni formano un groppo troppo stretto, è perché in fondo sono umana.

Trattengo un'imprecazione quando bussano alla porta. «Giuro sugli dèi, Diomede, se sei venuto a lamentarti di nuovo degli orari di lavoro, licenzio anche te».

«Inizio difficile?».

Mi paralizzo, gli occhi inchiodati alla scrivania. Devo avere le allucinazioni. *Di sicuro*, è impossibile che Achille sia qui, dopo tre giorni di silenzio. Quando alzerò gli occhi, il dolore riaffiorerà e dovrò fare qualcosa per il crepacuore, ho bisogno di tutte le mie facoltà per svolgere questo lavoro.

Invece, quando sollevo lo sguardo, è davvero qui. Anzi, non è solo. Il dio dorato di sempre, ogni singolo centimetro di lui, fermo in piedi dietro una sedia a rotelle su cui c'è Patroclo. Lui si presenta bene, considerando che l'ultima volta che l'ho visto lo stavano portando al pronto soccorso. Più pallido del solito e con delle bende che fanno capolino dal colletto della maglia, ma è qui e sorride.

Sono tutti e due qui e sorridono.

Non riesco a muovermi. Non ho la minima idea del perché siano venuti. Vogliono lasciarmi con tatto? Oppure…

«Possiamo entrare?». La voce di Patroclo è un po' roca.

«Uhm. Giusto. Sì». Faccio per alzarmi, poi ci ripenso. «Chiudete la porta». Se va male, l'ultima cosa che mi serve è che la squadra del vecchio Ares senta mentre vengo mollata ufficialmente. Minerebbe ancora di più la mia autorità. Achille e Patroclo erano soldati qui prima di trasferirsi da Atena. Li ho sentiti, i sussurri: avrebbe dovuto vincere Achille, è uno di loro e le sue abilità sono ben note. Mi sono rassegnata a dover aggiungere i miei soldati alla lista di stronzi a cui devo dimostrare che si sbagliano.

Achille sposta la sedia a rotelle e si ferma un attimo per chiudere la porta senza fare rumore. Apro la bocca, poi mi costringo a restare zitta. Sono venuti *loro* da *me*. Achille spinge Patroclo più vicino e si accomoda su una sedia vuota lì accanto. Sospira. «Scusa se ci abbiamo messo tanto. Il medico era cocciuto…».

«Se con "cocciuto" intendi che stava facendo il suo lavoro», interviene l'altro.

«Sì. Quello». Lo zittisce con un gesto. «Com'è fare Ares?».

Appoggio le mani sulla scrivania, soprattutto per nascondere che sto tremando. «Non dico che non sono felice di vedervi, però vorrei sapere perché siete qui. Avete fatto tanta strada solo per scambiarci convenevoli?»

«Giusto. Quello». Achille sembra un po' mortificato. «Alla fine dell'ultima sfida hai cercato rassicurazioni e io ti ho liquidato un po' bruscamente. Mi dispiace. Sono successe tante cose tutte insieme, non ero lucido. Comunque non mi giustifica per averti chiusa fuori e mi dispiace».

Si sta… scusando.

La speranza si riaccende così improvvisa che fa quasi male. «Non importa. Dimenticatene».

Patroclo scuote la testa. «Sì che importa, o non ci guarderesti in quel modo, adesso». Esita. «Sempre se non hai cambiato idea sul futuro di cui abbiamo parlato».

La speranza si rafforza. Potrei bloccare tutto ed evitare di espormi per poi essere abbandonata con una tenerezza devastante. Non posso. Se c'è anche una sola possibilità di stare con loro due, di realizzare il futuro che hanno tessuto davanti ai miei occhi, devo provarci. Mi lecco le labbra. «No. Non ho cambiato idea né su quello né su di voi».

«Cazzo, grazie». Achille si abbandona sulla sedia. Sorride e per la prima volta da quando è entrato sembra tornare sé stesso. «Ci siamo ritirati dal servizio di Atena. In questo momento siamo liberi professionisti. Mettiamoci la firma ufficiale». Si china in avanti. «Prendici con te».

«Così, come se nulla fosse», mormoro. Sta succedendo troppo in fretta, mi gira la testa. «Non capisco. Volevi diventare Ares più di qualunque altra cosa. Davvero metterai da parte ogni ambizione così?»

«No, certo che no». Esita e gli passa una strana espressione sulla faccia. «Al momento decisivo, hai voluto il titolo più di me. Io ho esitato, tu no. Meritavi di vincere, principessa. Te lo sei guadagnato».

«Io…». Deglutisco. «Ma…».

«Ma non significa che mi metterò a riposo e seguirò la tua scia per il resto della nostra vita». Sorride ancora. «A volte i piani cambiano. Nominami vicecomandante. Rimetteremo in riga questi smidollati e mi farò un nome aiutandoti a tenere al sicuro l'Olimpo. Davvero, è meglio così. Invece di un altro Ares tra i tanti, sarò sempre Achille».

Eccolo là, il sollievo che mi fa tremare un po' le ginocchia. Avrei dovuto saperlo che niente può abbattere Achille per molto. «Siamo ambiziosi, eh?»

«Questo non cambierà mai».
"Grazie agli dèi".
Patroclo si schiarisce la voce. «Siamo... siamo davvero una bella squadra, Elena. Con te, penso che ne formeremo una ancora migliore».
La delusione è più intensa della speranza effimera di prima. «Una... squadra».
Achille dà un colpetto sulla spalla di Patroclo. «Sei troppo prudente. Pensa che le stiamo offrendo una collaborazione di lavoro». Amplia il sorriso. «Una squadra in pubblico. Una vera triade in privato. Patroclo dovrà andarci piano per qualche settimana, ma non significa che non possiamo stuzzicarlo un po', nel frattempo».
«*Achille*». L'esasperazione nel tono di Patroclo è addolcita dall'affetto. Si gira di nuovo verso di me. «Ti vogliamo, Elena. Tutta. Ci vuoi con te?».
Sto già annuendo. «Sì. Lo devi anche chiedere? *Sì*, vi voglio con me».
«Bene». Achille si alza in piedi. «Sposiamoci».
Spalanco la bocca. «*Cosa?*»
«Scherzo!». Scoppia a ridere, poi torna serio. «Almeno per ora. Possiamo aspettare per quello».
Patroclo e io ci scambiamo un'occhiata e stavolta non ho bisogno di decifrare nulla. Siamo entrambi colmi di speranza per il futuro, felici all'inverosimile di avere davanti anni con quest'uomo al nostro fianco. Non so se credo nel lieto fine, ma questi due faranno del loro meglio per convincermi.
Non chiedo di meglio.

Ringraziamenti

Questa serie non sarebbe mai decollata senza il sostegno di tantissime persone. Prima di tutto, ringrazio come sempre i miei lettori. Grazie perché vi unite al mio caos e mi permettete di giocare senza regole con i vostri miti greci preferiti. Grazie a tutti i librai indipendenti, ai recensori, agli influencer e ai lettori che hanno messo questo libro in mano ad altre persone e l'hanno sostenuto fin dall'inizio.

Tutta la mia gratitudine va a Mary Altman per avermi detto di sì quando le ho mandato una mail che diceva più o meno: "Ehi, lo so che per questo romanzo avevamo previsto di parlare di Achille ed Elena, ma vorrei che ci fosse anche Patroclo". Non potrei desiderare una editor migliore, sempre disponibile a seguire la mia vena caotica e darmi la libertà di fare magie. Questo libro è mille volte meglio grazie al tuo sostegno e ai suoi consigli.

Molte grazie a Christa Désir per avermi detto quello che non volevo ma dovevo assolutamente sentire. Grazie per avermi aiutata a stendere la trama e articolarla per non finire solo con tre persone arrabbiate che facevano sempre gli stessi discorsi.

Apprezzamento infinito a Stefani Sloma, che mi ha tenuta per mano durante la fase di promozione e marketing. Questa serie cammina sulle proprie gambe grazie al tuo supporto ed entusiasmo, e non potrei chiedere un'addetta stampa migliore!

Grazie al resto della squadra di Sourcebooks, inclusi Jessica Smith, Dawn Adams, Rachel Gilmer, Jocelyn Travis, Katie Stutz e Susie Benton.

Un immenso ringraziamento a Piper J. Drake, Asa Maria Bradley, Jenny Nordbak, Nisha Sharma e Andie J. Christopher per essermi stati accanto tra alti e bassi e svolte brusche. Grazie a K. Sterling, Reese Ryan, Fortune Whelan, Ali Williams, Amanda Cinelli e Brina Starler per avermi fatto compagnia negli attacchi di scrittura la mattina presto.

Per ultimo, ma mai ultimo, grazie a Tim. Sì, lo so che stavi continuando a leggere in cerca del tuo nome. Grazie per essere il mio primo sostenitore, il calcio in culo quando ne ho bisogno e la persona che non esita mai a ricordarmi quanto sia fiera di me. Ti amo!

Indice

Anagramma

Ultimi volumi pubblicati

Cecily von Ziegesar, *La ragazza che guardava la luna*
Georgia Toffolo, *Tutta colpa di Londra*
Joanne Bonny, *Bugie a colazione*
Sally Britton, *Uno scandalo per il duca*
Abby Jimenez, *Restiamo solo amici*
Emily Stone, *Succede quasi sempre per caso*
Anna Premoli, *Non sono una signora*
Karen Swan, *Innamorarsi a Natale*
Felicia Kingsley, *Non è un paese per single*
Julie Caplin, *Amore, neve e cioccolato*
Jessica Redland, *Festa sotto la neve*
Carole Matthews, *Tutto bene tranne il Natale*
Vi Keeland - Penelope Ward, *Mister Money*
Lizzie Byron, *Pochi giorni a Natale*
Tilly Tennant, *Un Natale d'altri tempi*
Kristen McKanagh, *Palla di neve*
T.A. Williams, *Sognando il Natale*
Lizzie Shane, *12 cuccioli per Natale*
Jenny Gladwell, *Un regalo sotto l'albero*
Sue Moorcroft, *Un desiderio molto speciale*
Jenny Hale, *Una vacanza per Natale*
Louise Bay, *Mister Mayfair*
Jenny Bayliss, *La stagione delle seconde possibilità*
Anna Zarlenga, *Nessuno disturbi l'amore*
Shari Low, *A caccia dell'amore*
Lucy Coleman, *Nella casa dei ricordi perduti*
Ellen Berry, *Fiocchi di neve e una tazza di tè*
Lisa Darcy, *Il piccolo negozio di fiori di Lily Mason*
Paola Servente, *Il problema è Mister Darcy*
Alexandra Potter, *Bel pasticcio Nell Stevens!*

Jackie Fraser, *La libreria delle seconde possibilità*
Miranda Dickinson, *Tutta colpa del gatto*
Lise Syven, *Non succederà mai più*
Elena Armas, *Facciamo finta che mi ami*
Milly Johnson, *I perfetti innamorati*
Carol Kirkwood, *Sotto una romantica luna greca*
Karen Swan, *Il sentiero degli incontri segreti*
Julie Caplin, *Iniziò tutto un giorno d'estate*
Lizzy Dent, *L'estate delle bugie*
Dustin Thao, *Ancora una volta con te*
Lilac Mills, *Il piccolo negozio dei matrimoni*
Kelly Ruth, *Il piccolo vigneto in Provenza*
Ali McNamara, *Un vicino di casa molto speciale*
Sue Moorcroft, *Un'estate insieme*
Emma Chase, *Mister Reality*
Penelope Douglas, *Io ti proteggerò*
Elle Kennedy, *L'eredità*
Amo Jones, *Il filo d'argento*
Amo Jones, *Il silenzio dorato*
Lauren Layne, *Una proposta indimenticabile*
Max Monroe, *La scommessa*
Mariana Zapata, *Ogni strada porta da te*
Nicole Snow, *Ribelle quasi per caso*
Nicole Snow, *In silenzio quasi per caso*
Anna Premoli, *Sfida all'ultimo bacio*
Mia Another, *L'amore non è un manga*
Lucy Coleman, *Succede sempre d'estate*
Katee Robert, *I peccati degli dèi*
Nicola May, *I segreti del piccolo negozio dei desideri*
Mandy Baggot, *Tutta colpa dell'estate*
Jenny Hale, *Un'altra estate con te*
Pamela Kelley, *Il piccolo ristorante del lieto fine*
Maia, *L'amore sta bene su tutto*
Whitney G., *Lascia lei lui per me*
Jane Lovering, *La mia piccola casa di campagna*
J. T Geissinger, *Crudele da morire*
Holly Hepburn, *Il piccolo negozio dei tesori perduti*
Vi Keeland - Penelope Ward, *Non ti chiedo altro*
Alice Oseman, *Solitaire. Senza nuvole*
Felicia Kingsley, *Ti aspetto a Central Park*
Karen Swan, *Appuntamento a mezzanotte*
Julie Caplin, *Amore, zucchero e una tazza di caffè*

Jenny Hale, *Sotto le stelle di Natale*
Sue Moorcroft, *Una vacanza molto speciale*
Lucy Score, *Cose che non abbiamo mai superato*
Emily Stone, *Un ultimo regalo. One Last Gift*
Trisha Ashley, *Non è Natale senza di te*
Lindsey Hooper, *I gatti di casa Hemingway*
Kate Frost, *Natale ad Amsterdam. The Amsterdam Affair*
Linn B. Halton, *Il cottage degli amori segreti*
Anna Premoli, *Un amore sulla neve*
Penelope Douglas, *Birthday Girl*
Penelope Douglas, *Punk 57. Insieme siamo perfetti*
Emily Bell, *Un magico appuntamento sotto le stelle*
Kristen McKanagh, *La gattina che arrivò per Natale*
Lucy Score, *Un incubo chiamato amore. By a thread*
Lucy Score, *Il peggior uomo della mia vita. The worst best man*
Lucy Score, *Come se tu fossi mio. Pretend you are mine*
Mia Sheridan, *Dimmi che sarai qui. Archer's Voice*
Elle Kennedy, *Il contratto. The Deal*
Katherine Center, *Bodyguard*
Chloe Liese, *Tu prima di me. Two Wrongs Make a Right*
Katee Robert, *I piaceri degli dèi*
Clare Swatman, *Prima che sia troppo tardi*
Cali Keys, *I miei giorni alla libreria della felicità*
Cassandra Rocca, *Sotto le stelle di Parigi*
Abby Jimenez, *Perfetti innamorati. Life's Too Short*
Penelope Douglas, *Falls Boys*
Mariana Zapata, *From Lukov with Love. Non so perché ti amo*
Elle Kennedy, *Lo sbaglio. The Mistake*
Elle Kennedy, *Il tradimento. The Score*
Angie Hockman, *La vacanza che cambiò la mia vita. Shipped*
Lucy Score, *Maggie cambia casa. Maggie moves on*
Miranda Dickinson, *Con tutto il mio amore. All my love*
Anna Zarlenga, *Odio per odio uguale amore*
Mariana Zapata, *L'infinito tra me e te. The Wall of Winnipeg and me*
Penelope Douglas, *Il mio sbaglio più grande. Corrupt*
Penelope Douglas, *Mille ragioni per odiarti. Hideaway*
Penelope Douglas, *L'errore che rifarei. Kill Switch*
Elena Armas, *Facciamo finta che non finirà. The American Roommate Experiment*
Jillian Dodd, *That Boy*
Robin C., *Unbroken. Aspettami questa notte*
Ella Maise, *Sono pazza di Jason Thorn*